필경사 바틀비

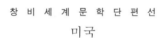

창 비 세 계 문 학 단 편 선
미국

창비세계문학 · 미국

필경사 바틀비

초판 1쇄 발행 / 2010년 1월 8일
초판 17쇄 발행 / 2025년 5월 12일

지은이 / 허먼 멜빌 외
엮고 옮긴이 / 한기욱
펴낸이 / 염종선
책임편집 / 황혜숙
펴낸곳 / (주)창비
등록 / 1986년 8월 5일 제85호
주소 / 10881 경기도 파주시 회동길 184
전화 / 031-955-3333
팩시밀리 / 영업 031-955-3399 · 편집 031-955-3400
홈페이지 / www.changbi.com
전자우편 / lit@changbi.com

ⓒ (주)창비 2010
ISBN 978-89-364-7175-0 03840
ISBN 978-89-364-7975-6 (전9권)

필경사
바틀비

허먼 멜빌 외 지음

한기욱 엮고 옮김

창 비 세 계 문 학 단 편 선

미국

창비

 삼백 쪽 남짓한 책 한권에 최상의 미국 단편소설들을 묶어내려는 기획
에는 어려운 선택이 따른다. 숱한 명단편 가운데서 고작 열 편가량을 골라
야 하기 때문이다. 게다가 미국문학에서는 단편의 지위와 비중이 유별나
게 높다. 근대적인 단편소설의 효시 가운데 하나로 1820, 30년대에 미국에
서 씌어진 짧은 이야기들이 거론되거니와 미국의 주요 작가들이 단편에
대단한 예술적 공력을 쏟은 것도 눈여겨볼 일이다. 이 선집에 호손, 포우,
멜빌, 트웨인, 제임스, 크레인, 피츠제럴드, 포크너 등 미국문학 대가들의
걸작 단편 여덟 편이 포함된 것은 이 때문이다.
 작품 선정에서 일차로 고려한 것은 예술성이다. 다만 이때의 예술성이
란 근대적 가치와 미국적 삶의 방식을 발본적으로 탐문하는 미국문학의
특성과 떼놓을 수 없다. 이 예술적 특성은 미국인의 특수한 역사적 경
험—영국 식민지에서 독립하여 최초의 민주적 근대국가를 형성하는 한
편 아메리카 원주민을 학살하고 흑인을 노예화하는 이중의 과정—속에
서 형성된 것이다. 이런 예술적 특성을 탁월하게 구현한 대가들의 걸작들
과 더불어 인종적, 성적, 계층적, 지역적으로 다양한 미국적 삶의 스펙트
럼을 그 주체의 생생한 목소리로 들려주기 위해서 길먼, 체스넛, 앤더슨의
빼어난 단편들이 선택되었다.
 예술성의 필수요소로서 혁신적인 문체와 화법에도 각별히 주목했다. 현
실인지 꿈인지 모를 애매모호한 이야기를 하거나 일인칭 화자의 독백을
절묘하게 활용하고, 민담풍의 재담을 자유자재로 구사하는가 하면 미쳐가

는 화자의 내면을 섬뜩하게 드러내는 등 미국의 걸작 단편들은 항상 문체와 화법의 혁신을 동반하기 때문이다.

이렇게 고르고 고른 결과 호손의 「젊은 굿맨 브라운」(1835)에서 포크너의 「에밀리에게 장미를」(1930)에 이르는 열한 편의 작품이 선정되었다. 시기상으로는 미국 국민문학 형성기에 해당하는 1830년대에서 모더니즘 문학이 한창이던 1930년대까지의 한세기를 망라한 셈이다. 이후에도 빼어난 단편들이 끊임없이 출간되어 미국문학을 더 풍요롭게 만든 것을 감안하면 시대범위를 더 늘려 잡지 못한 것은 아쉬운 일이다. 하지만 기간 연장은 고사하고 해당 기간 내에서도 뚜렷한 자취를 남긴 작가조차 다 넣지 못한 것이 못내 안타깝다. 특히 헤밍웨이를 포함시키지 못한 것이 우울한데, 그 대신 너무 길다는 이유로 이런 종류의 단편선집에서 노상 제외되는 멜빌의 「필경사 바틀비」를 넣은 것이 위안이다.

엄연한 사실과 역사의 맥락에서도 종종 기이하고 섬뜩해지는 이 이야기들에서 독자 나름으로 미국문학의 특성을 헤아린다든지 미국인의 경험을 유추해보는 것도 유익할 것이다. 그러나 어디까지나 이야기로서의 재미를 만끽할 것을 권하며, 여기 수록된 단편들이 그런 기대에 충분히 보답하리라고 믿는다.

차례

Nathaniel Hawthorne

| 너새니얼 호손 |

1804~64

매사추세츠 주 쎄일럼 출생. 1825년 보도인 대학 졸업 후 십여년간 쎄일럼에서 뉴잉글랜드의 역사를 연구하면서 습작생활을 했다. 1830년부터 잡지에 간간이 단편 작품을 발표하다가 첫 단편집 『두 번 말한 이야기들』(*Twice-Told Tales*, 1837)과 두번째 단편집 『구목사관의 이끼』(*Mosses from an Old Manse*, 1846)를 출간하여 평단의 호평을 받았다. 사회주의적 실험공동체인 브룩 농장(Brook Farm)에 참여한 바 있고 보스턴 세관에 근무하기도 했다. 미국문학 최고의 고전으로 꼽히는 『주홍글자』(*The Scarlet Letter*, 1850)를 비롯한 네 편의 장편소설을 썼다. 그의 장·단편 소설에서 드러나듯, 호손은 청교도역사의 유산과 죄와 죄의식의 문제, 예술과 과학의 문제를 근대성의 양면적인 관점에서 천착하고 정교한 언어로 섬세하게 다루었다. 역사와 사실의 맥락 속에 상징, 우화, 설화를 끌어들이고 불확정적인 서술방식을 구사하여 종교와 도덕의 양면성과 인간심리의 어두운 진실을 묘파했다. 또한 일찌감치 여성 주체의 중요성을 인식하고 빼어나게 형상화했으며, 허먼 멜빌과 헨리 제임스를 비롯한 후배 작가들에게 깊은 영향을 주었다.

■ 젊은 굿맨 브라운 Young Goodman Brown

『뉴잉글랜드 매거진』(*New England Magazine*) 1835년 4월호에 발표되었고 『구목사관의 이끼』에 수록되었다. 영국 식민지배에서 독립하기 전인 17세기 후반 보스턴 근교 쎄일럼이라는 청교도 마을에 살던 평범한 젊은이가 숲에서 기이한 경험을 겪고 나서 신앙을 상실하게 된다는 이야기이다. 1692년 쎄일럼 마녀재판사건 직전의 상황을 배경으로 삼고 있지만 작품 자체는 상당히 상징적·우화적이다. 브라운과 그의 아내 페이스의 이름에 깃든 우화적 의미라든지, 악의 존재를 천연덕스럽게 제시하고 꿈인지 생시인지 모를 애매한 서술을 주요한 예술적 장치로 활용하는 것도 주목을 요한다. 이런 수법을 통해 브라운 개인의 신앙의 문제가 점차 청교도 마을공동체 전체의 믿음의 문제와 결부된다. 인간 본성에서 선과 악의 대립과 공존을 낮과 밤, 마을과 숲, 공동체와 개인의 대비를 통해 섬세하게 드러내면서 청교도 공동체의 성격을 탐색하는 자원으로 활용하는 솜씨가 탁월하다. 미국의 근대적 삶의 표리부동한 성격을 예리하게 짚어내는, 상징적 울림이 풍부한 작품이다.

젊은 굿맨 브라운

젊은 굿맨 브라운은 황혼녘에 쎄일럼 마을(보스턴 북쪽 25킬로미터 지점에 위치한 식민지 시대의 정착촌 마을—옮긴이)의 거리로 나섰다. 그러나 문간을 넘고 나서 젊은 아내와 작별의 키스를 나누려고 고개를 돌렸다. 페이스(Faith, '믿음' 혹은 '신앙'의 뜻—옮긴이)라는 이름에 잘 어울리는 그의 아내가 예쁜 얼굴을 길가로 내밀며 굿맨 브라운을 부를 때 그녀의 모자에 달린 분홍색 리본이 바람에 나부꼈다.

"여보." 그녀는 입술을 그의 귀에 바싹 대고 부드럽지만 꽤나 슬픈 어조로 속삭였다. "제발 내일 해뜰 녘까지 여행을 미루고 오늘밤은 집의 침대에서 주무세요. 여자가 혼자 있으면 이런저런 꿈과 상념에 시달려 때로는 스스로가 두려워져요. 여보, 일년 중 다른 밤은 몰라도 오늘밤만은 제발 저랑 함께 있어줘요!"라고 속삭였다.

"사랑하는 나의 페이스." 굿맨 브라운은 대답했다. "일년의 모든 밤들 중에 오늘 하룻밤만은 당신 곁을 떠나 있어야 하오. 당신이 말한 내 여행이란 것이 지금부터 내일 해뜰 녘 사이에 다녀와야 하는 거니까. 아니, 내 사랑스럽고 예쁜 아내여, 벌써 나를 의심하는 건가, 결혼한 지 석 달밖에 안됐는데!"

"그러시다면 신의 축복을 빌겠어요!" 분홍색 리본을 나부끼며 페이스가 말했다. "무사히 잘 다녀오시길 빌어요."

"아멘!" 굿맨 브라운이 외쳤다. "사랑하는 페이스, 기도를 하고 해질 무렵에 잠자리에 들면 당신한테 아무 해도 없을 거요."

이렇게 그들은 헤어졌다. 굿맨 브라운은 길을 따라가다가 교회당 모퉁이를 돌기 직전 뒤를 돌아보았다. 여전히 자신을 지켜보고 있는 페이스의 얼굴에는 분홍색 리본에도 불구하고 우울한 기운이 서려 있었다.

'가여운 페이스!' 그는 가슴을 저미는 아픔을 느끼며 생각했다. '이런 일로 그녀 곁을 떠나다니 나는 얼마나 나쁜 놈인가! 그녀는 꿈이야기도 하잖아. 마치 꿈에서 오늘밤 무슨 일이 일어날지 경고라도 한 것처럼 꿈이야기를 할 때 그녀의 얼굴에 수심이 어려 있는 것 같았어. 하지만 안돼, 안돼, 그런 일을 생각만 해도 그녀는 죽을 거야. 그래, 그녀는 축복받은 지상의 천사야. 오늘 이 하룻밤만 지나면 나는 그녀의 치맛자락에 매달려 천국까지 그녀를 따라갈 거야.'

앞날에 대해 이런 훌륭한 결심을 하자 굿맨 브라운은 현재의 사악한 목적을 위하여 좀더 서두르는 것이 당연하다고 느꼈다. 그는 음침하기 그지없는 나무들로 어둑해진 황량한 숲길에 들어섰다. 숲은 나무들이 하도 촘촘히 들어차 있어 좁은 길은 비집고 나가기도 힘들거니와 즉각 그 뒤가 닫혀버릴 정도였다. 사방이 고적할 대로 고적했다. 그런데 그 고적함 속에는 이런 기이한 느낌이 있었다. 즉 숲길을 가는 나그네는 수많은 나무줄기와 빽빽하게 드리운 나뭇가지 뒤에 누가 숨어 있는지 도무지 알 수 없고, 따라서 외롭게 걸어가면서도 보이지 않는 수많은 사람들 사이를 통과하고 있는 듯했다.

'나무마다 그 뒤에 악마 같은 인디언이 숨어 있을지 몰라.' 굿맨 브라운은 혼잣말을 했다. 그러고는 무서운 듯이 뒤를 흘깃 돌아보면서

'진짜 악마가 바로 내 곁에 나타나면 어떡하지!' 하고 덧붙였다.

굿맨 브라운은 고개를 뒤로 돌린 채 굽은 숲길을 지났다. 고개를 다시 앞으로 돌렸을 때 그는 근엄하고 점잖은 복장의 한 남자가 늙은 나무의 발치에 앉아 있는 모습을 보았다. 그 사람은 굿맨 브라운이 다가가자 일어나서 그와 함께 나란히 걷기 시작했다.

"자네 늦었군, 굿맨 브라운." 그 사람이 말했다. "내가 보스턴을 지날 때 올드 싸우스 교회의 시계종이 쳤는데, 족히 십오분은 지났거든."(보스턴에서 쎄일럼까지는 25킬로미터 이상이기 때문에 초자연적인 속도임 — 옮긴이)

"페이스한테 잠시 붙잡혀 있었어요." 젊은이는 전혀 예기치 못한 것은 아니지만 그 사람의 갑작스러운 출현에 떨리는 목소리로 대답했다.

숲은 이제 아주 어둑해졌는데 두 사람이 가는 길 쪽이 가장 어두웠다. 애써 분간해보면 그 두번째 나그네는 쉰살 가량의 나이에 굿맨 브라운과 같은 계층으로 보였는데, 아마도 용모보다는 표정에서 더 그렇겠지만 상당히 닮은 모습이라서, 두 사람은 부자(父子)간으로 생각될 수 있을 정도였다. 나이든 사람은 굿맨 브라운처럼 옷차림도 수수하고 태도도 꾸밈없었지만, 세상사를 훤히 알고 있어서 만약 용무가 있어 지사(知事, 영국왕의 통치권을 대행하는 식민지의 우두머리 — 옮긴이)의 만찬이나 윌리엄 왕(메어리 2세 여왕의 사촌이자 남편으로 1689~1702년 동안 함께 영국과 영국령 식민지들을 통치했음 — 옮긴이)의 궁전에 가더라도 전혀 당황하지 않을 인물일 것 같은, 뭔가 형언하기 어려운 분위기가 있었다. 그러나 그의 면모 가운데서 유독 두드러지는 것은 그의 지팡이였다. 그것은 거대한 검은 뱀의 형상을 닮았는데, 너무나 진기하게 만들어져서 흡사 살아 있는 뱀처럼 뒤틀리고 꿈틀거리는 듯 보였다. 이는 물론 변덕스러운 빛으로 말미암은 착시현상이었을 것이다.

"이보게, 굿맨 브라운!" 그의 동행인이 소리쳤다. "여행의 시작치고는 속도가 너무 느려. 그렇게 쉬이 지칠 것 같으면 내 지팡이를 잡게나."

"이보세요," 하고 굿맨 브라운은 느린 걸음을 아예 완전히 멈추면서 말했다. "여기서 당신을 만나기로 한 약속을 지켰으니 이제 나는 온 곳으로 돌아가야겠습니다. 당신의 일에 관해서는 찜찜한 게 있어서요."

"그런가?" 그 뱀 같은 사람은 씩 웃으면서 대답했다. "그래도 계속 걸어가자고. 가면서 따져보기로 하지. 만약 내가 자네를 설득하지 못하면 돌아가도 좋네. 우린 아직 숲속으로 얼마 안 들어왔잖아."

"너무 깊이, 너무 깊이 들어왔어요!" 굿맨 브라운은 무심결에 다시 걷기 시작하면서 그렇게 외쳤다. "우리 아버지는 이런 용무로 숲속으로 들어오신 적이 없었고 우리 할아버지도 마찬가지셨어요. 우리는 순교시대(가톨릭 신자인 영국의 메어리 여왕 통치하에서 신교도들이 박해를 받은 1553~58년의 기간—옮긴이) 이래로 정직하고 독실한 기독교 집안이었어요. 그러니 어떻게 내가 브라운 집안에서 처음으로 이런 길을 가면서……"

"이런 사람과 동행할 수 있겠느냐고 말하려는 거겠지" 하고 노인은 그가 중단한 대목을 짐작하여 말했다. "굿맨 브라운, 말 잘했어! 나는 이곳 청교도들 가운데서 어느 집안 못지않게 자네 집안과 잘 알고 지냈어. 그런데 그게 하찮은 이야기가 아니야. 나는 경관이었던 자네 할아버지가 쎄일럼 거리를 돌아다니며 퀘이커교도 여인을 모질게 채찍질하는 걸 도와주었어. 그리고 필립 왕(1675~76년 뉴잉글랜드 식민지와 전쟁을 벌인 왐파노아그 인디언의 추장—옮긴이) 전쟁 때 자네 아버지가 인디언 마을에 불을 지르도록 화로에서 불붙인 관솔 마디를 가져다준 것도 바로 나였어. 그들은 모두 내 친한 벗들이었고, 우리는 이 길을 따라 즐겁게 산책을 하고 자정이 넘어서 흥겨이 돌아온 적도 한두 번이 아니야. 그들을 봐서라도 자네와 기꺼이 친구가 되고 싶어."

"만약 말씀대로라면," 하고 굿맨 브라운은 대답했다. "두 분이 이런 문제들에 대해서 일언반구도 없었다는 것이 놀라워요. 아니, 사실, 놀랄 일도 아니지요. 그런 종류의 소문이 조금만 났어도 그분들은 뉴잉글랜드에서 쫓겨나셨을 테니까요. 우리는 기도는 물론 선행도 실천하는 집안이며, 그런 사악한 짓을 용납하지 않아요."

"사악한 일이건 아니건," 하고 뒤틀린 지팡이를 지닌 나그네가 말했다. "나는 여기 뉴잉글랜드에서 알고 지내는 사람들이 아주 많다네. 많은 교회 집사들이 나와 함께 성찬식 포도주를 마셔왔고 여러 마을의 행정위원들이 나를 위원장으로 추대하고 각급 의회의 대다수 의원들이 내 이권의 군건한 지지자들이지. 또한 지사와 나는…… 하지만 이런 것들은 일급비밀이라서."

"아니 그럴 수가!" 조금도 동요하지 않는 동행인을 놀란 눈길로 바라보며 굿맨 브라운은 소리쳤다. "그렇지만 나는 지사니 의원이니 하는 사람들과는 아무 상관이 없어요. 그 사람들은 나름의 방식이 있을 테지만 나 같은 평범한 농부가 따라야 할 건 아니잖아요. 그러나 당신과 동행한다면 내가 어떻게 쎄일럼 마을에 돌아가서 훌륭하신 우리 목사님의 눈을 마주 볼 수 있겠어요? 아아, 안식일과 주중 설교일에 목사님의 목소리를 들으면 난 두려워 떨릴 거예요."

나이든 나그네는 여태껏 진지하게 경청했지만 이제 더는 참을 수 없다는 듯 발작적으로 웃음을 터뜨리며 어찌나 세게 몸을 흔들어대는지 그의 뱀 같은 지팡이가 그에 공명하여 실제로 꿈틀대는 것 같았다.

"하! 하! 하!" 그는 연거푸 폭소를 터뜨리더니 마침내 진정하며 말했다. "그래, 굿맨 브라운, 계속하게나, 계속해. 하지만 제발 날 웃겨 죽이지는 말게."

"그렇다면, 문제를 단박에 끝내지요." 굿맨 브라운은 상당히 화가 나서 말했다. "내 아내 페이스가 있잖아요. 이 일을 알면 사랑스러운 그녀의 가슴이 터져버릴 텐데, 차라리 내 가슴이 터지는 게 나아요!"

"아니, 그런 경우라면, 굿맨 브라운, 그냥 자네 길을 가게나," 하고 노인이 대답했다. "우리 앞에서 절뚝거리며 걸어가는 저런 노파 스무명이라면 몰라도 페이스에게는 조금도 해를 끼치고 싶지 않아."

이렇게 말하면서 노인은 지팡이로 앞서서 숲길을 가는 한 여성의 형상을 가리켰다. 굿맨 브라운은 그 형상이 자신이 어렸을 때 교리문답을 가르쳐주었고 지금도 목사님과 굿킨 집사와 더불어 자신의 도덕적 정신적 조언자 노릇을 하는 매우 독실하고 모범적인 노부인임을 알아보았다.

"구디 클로이즈가 해질 녘에 이렇게 깊은 숲속에 와 있다니 정말 놀랄 일이군요." 굿맨 브라운이 말했다. "하지만, 이보세요, 허락하신다면 우리가 이 독실한 부인을 앞지를 때까지 나는 숲속 지름길로 갈까해요. 부인이 당신을 모르기 때문에 내가 누구랑 어울리고 있는지, 어디로 가는지 물어볼 것 같거든요."

"그렇게 하게." 그의 동행인이 말했다. "자넨 숲으로 질러가게. 나는 계속 길을 따라갈 테니까."

그래서 굿맨 브라운은 방향을 틀어 길에서 벗어났다. 그러나 그의 동행인이 길을 따라 살며시 나아가 노파와 지팡이 하나 거리만큼 가까이 다가서는 것을 주의깊게 지켜보았다. 한편 노파는 그렇게 나이든 여자치고는 유난히 빠른 속도로 발걸음을 서둘렀고, 길을 가면서 뭔가 분명치 않은 말을 중얼대고 있었는데, 필시 기도인 듯했다. 동행인은 지팡이를 뻗어서 뱀 꼬리 같은 지팡이 끝으로 노파의 쭈글쭈글한 목을 건드렸다.

"악마야!" 신앙심 깊은 노부인이 비명을 질렀다.

"그렇다면 구디 클로이즈가 옛 친구를 알아본다는 말이군?" 나그네는 노부인을 마주 보고 꿈틀대는 지팡이에 몸을 기대며 말했다.

"아, 정말, 영감님 아니세요?"라고 그 훌륭한 부인이 외쳤다. "맞네요, 정말이네. 지금 그 실없는 녀석의 할아버지인 나의 옛 친구, 굿맨 브라운의 모습으로 나타나셨네요. 하지만 영감님, 믿을 수 있겠어요? 제 빗자루가 요상하게도 사라져버렸답니다. 제 추측으로는, 교수형을 면한 마녀 구디 코리가 훔쳐간 것 같아요. 그것도 내 몸에 온통 야생 쎌러리, 양지꽃, 바꽃(마법과 관련된 식물들—옮긴이) 등의 독즙을 발랐는데도 말이죠……"

"곱게 간 밀가루와 갓난애의 비곗살을 섞어서 말이지." 굿맨 브라운의 할아버지처럼 생긴 사람이 말했다.

"참, 영감님은 그 비법을 알고 계시죠." 노파가 큰 소리로 깔깔대며 말했다. "그래서 말씀드린 대로 모임에 갈 준비는 다 됐는데 타고 갈 말은 없고 해서 걸어가기로 작정했지요. 오늘밤에 훌륭한 젊은이 하나가 성찬을 받을 것이라는 말을 들었거든요. 하지만 이제 영감님께서 팔을 빌려주신다면 우리는 눈 깜짝할 사이에 거기에 당도할 텐데."

"그건 안되겠는걸." 노파의 친구가 대답했다. "내 팔을 빌려줄 순 없지만, 구디 클로이즈, 원한다면 내 지팡이가 여기 있네."

그렇게 말하면서 노인은 지팡이를 노파의 발치에 던졌는데 그 지팡이는 그가 예전에 이집트의 마술사들에게 빌려주었던 지팡이들 가운데 하나였기 때문인지 그 자리에서 생명을 얻은 듯했다.(구약성서 「출애굽기」 편에서 이집트 마술사들은 파라오 앞에 지팡이를 던져 뱀으로 둔갑시키는 아론의 재주를 따라함—옮긴이) 그러나 굿맨 브라운은 이 사실을 알아차릴 수 없었다. 그가 놀라서 눈길을 위로 향했다가 다시 내렸을 때는 구디 클로이즈도 뱀처럼 생긴 지팡이도 보이지 않고, 오로지 동행하는 노인만 마치 아무 일도 일어나지 않은 것처럼 차분히 브라운을 기다리고 있었다.

"저 노부인이 내게 교리문답을 가르쳐줬어요!" 하고 굿맨 브라운이 말했는데, 이 간단한 한마디에는 엄청난 의미가 담겨 있었다.

그들은 계속 걸었다. 그동안 나이든 여행자는 젊은 동행인에게 속도를 내고 꾸준히 길을 가라고 타일렀는데, 얼마나 적절하게 말을 구사하는지 마치 그의 논점은 그 자신이 제안한 것이라기보다 듣는 사람의 가슴속에서 저절로 솟아난 듯싶었다. 길을 가면서 노인은 지팡이로 쓰려고 단풍나무 가지 하나를 꺾어 이슬에 젖은 곁가지와 잔가지를 쳐내기 시작했다. 그의 손가락이 닿자마자 가지들은 이상하게도 시들면서 마치 일주일 내내 햇볕에 말린 것처럼 바싹 말라버렸다. 이렇게 두 사람은 빠른 걸음으로 거침없이 나아갔다. 그러다가 어느 움푹 파인 음침한 장소에 이르자 갑자기 굿맨 브라운은 나무 그루터기에 주저앉으며 더이상 가지 않겠다고 했다.

"이보세요," 하고 그가 완강하게 말했다. "결심했어요. 이 일로는 한 발짝도 떼지 않겠습니다. 그 불쌍한 노파가 천국으로 갈 것이라고 생각했는데 악마한테 가는 길을 택한다고 해서 내가 어쩌겠어요! 그게 내가 사랑하는 페이스를 버리고 노파를 따라갈 이유가 되나요?"

"곧 생각이 달라질 걸세." 그의 동행인이 침착하게 말했다. "여기 앉아서 잠시 쉬게. 그리고 다시 움직이고 싶을 때는 여기 내 지팡이가 도움이 될 걸세."

더이상 말이 없이 노인은 동행인에게 단풍나무 지팡이를 던져주고는 점점 깊어가는 어둠속으로 사라지듯 순식간에 종적을 감추었다. 젊은이는 길가에 잠시 앉아서 스스로에게 큰 박수를 보내고 이제 아침 산책길에서 자신이 정말 깨끗한 양심으로 목사님을 대할 것이며 독실한 늙은 집사 굿킨과 눈을 마주쳐도 전혀 움츠러들지 않을 것이라고 생각했다. 그리고 그처럼 사악하게 보낼 뻔했지만 이제 페이스의 팔에 안겨 순수하고 달콤하게 보낼 수 있게 된 그날 밤의 잠은 얼마나 평온할 것인가를 생각했다. 이런 즐겁고 기특한 생각에 잠겨 있다가 굿맨 브라운은 길을 따라오는 말발굽 소리를 듣고서, 이제는 천만다행히도 돌아섰지만 자신을 여기까지 오게 한 죄스러운 목적을 의식하고는 숲의 경계 안으로 몸을 숨기는 편이 낫겠다고 생각했다.

말발굽 소리가 가까워지면서 말 탄 사람들의 목소리도 들렸는데, 그것은 진지한 대화를 나누고 있는 두 사람의 근엄하고 나이 지긋한 목소리였다. 이 뒤섞인 소리들은 굿맨 브라운이 숨어 있는 장소에서 불과 몇미터 떨어진 길을 따라 지나가고 있는 듯했다. 그러나 필시 바로 그 지점의 어둠이 워낙 깊었기 때문일 테지만 나그네들도 그들의 말도 보이지 않았다. 그들의 모습이 길가 작은 나뭇가지들을 스쳐지나갔지만 그들이 틀림없이 가로질러왔을 밝은 하늘에서 한순간이나마 희미한 빛줄기를 쬐었는지는 분명치 않았다. 굿맨 브라운은 쪼그려앉았다가 발끝으로 일어서는 동작을 번갈아하면서 나뭇가지를 제치고 머리를 최대한 내밀어보았지만 그들의 그림자조차 분간할 수 없었다. 그래서 그는 더욱 애가 닳았는데, 왜냐하면, 그럴 수가 있으랴 싶지만, 그가 알아차린 것은 성직수임식이나 교회 회의에 갈 때 흔히 그랬듯이 목사님과 굿킨 집사가 함께 조용히 말을 타고 갈 때의 목소리라고 장담할 수 있었기 때문이다. 아직 말소리가 들리는 거리에서 말 탄 사람 가운데 한명이 잠깐 멈춰서더니 호리호리한 나뭇가지를 하나 꺾었다.

"목사님, 성직수임식 만찬과 오늘밤 모임 둘 중 선택하라면 차라리 수임식 만찬에 빠지고 싶습니다." 집사의 것 같은 목소리가 말했다. "우리 신도들 가운데 몇몇은 팰무스(쎄일럼에서 110킬로미터 떨어진 케이프

코드의 한 마을—옮긴이)와 그 너머에서, 몇몇은 코네티컷과 로드아일랜드에서도 온다고 하더군요. 그밖에 우리 중의 최고에 버금갈 만큼 자기들 나름의 마술에 능통한 인디언 주술사도 몇몇 온다고 해요. 게다가 참한 젊은 여성 하나가 성찬을 받을 거라는군요."

"굿킨 집사님, 아주 잘됐군요!" 목사의 근엄하고 지긋한 목소리가 대답했다. "힘껏 달려갑시다. 잘못하면 늦겠어요. 알다시피, 내가 현장에 도착할 때까지는 아무 일도 진행할 수 없으니까요."

타각타각하는 말발굽 소리가 다시 났고, 너무나 기이하게 허공에서 주고받는 목소리들이 이제껏 어떤 교회 회중(會衆)도 모인 적이 없고 단 한 명의 기독교인도 기도한 적이 없었던 숲을 가로질러 나아갔다. 그렇다면 이 성스러운 남자들이 이교도의 황야에 이토록 깊숙이 들어와서 대체 어디로 여행한다는 말인가? 젊은 굿맨 브라운은 격심한 메스꺼움으로 현기증이 나고 마음이 무거워져 그 자리에 당장 주저앉을 것만 같아서 나무를 붙잡아 몸을 지탱했다. 그는 자기 위쪽에 진정 천국이 있는지 의심하며 하늘을 쳐다보았다. 그러나 창공이 둥글게 펼쳐 있고 그 속에서 별들이 빛나고 있었다.

"위에는 천국이 아래에는 페이스가 있으니 난 계속 악마에게 굳건히 맞서리라!" 하고 굿맨 브라운이 소리쳤다.

그가 깊고 둥근 밤하늘을 계속 올려다보며 기도하려고 두 손을 들어 올리자 바람이 불지도 않았는데 구름 하나가 천정(天頂)을 잽싸게 가로질러가더니 빛나는 별들을 가려버렸다. 그 검은 구름덩이가 북쪽으로 신속하게 몰려가는 머리 바로 위쪽을 제외하고는 그래도 푸른 하늘이 여전히 보였다. 마치 두툼한 구름층에서 나온 듯 공중 높은 곳에서 혼란스럽고 분명치 않은 목소리들이 들려왔다. 한순간 굿맨 브라운은 거기서 자기 마을 사람들, 즉 그들 다수는 성찬식 식탁에서 만났고 몇몇은 술집에서 난동을 피우는 것을 본 적 있는 경건하거나 불경스러운 남녀들의 말투를 분간할 수 있다는 생각이 들었다. 그러나 다음 순간, 그 소리들이 너무 불분명해서 바람 한점 없이 수런대는 오래된 숲의 웅얼거림 말고 무슨 소리를 들었는지 의심이 들었다. 그러자 다시 친근한 목소리들이, 쎄일럼 마을에서 밝은 대낮에는 날마다 들었으나 밤의 구름 아래서는 지금까지 결코 듣지 못한 친근한 목소리들이 좀더 크게 들려왔다. 그중 무슨 슬픈 일인지는 몰라도 비탄의 소리를 내면서 어떤 도움을 간청하는 듯한 젊은 여인의 목소리가 들렸다. 그녀는 몹시 애절하게 도움을 구하는 듯했다. 그런데 눈에 보이지 않는 대중은, 성인이건 죄인이건 모두 그녀에게 앞으로 나아가라고 격려하는 듯했다.

"페이스!" 굿맨 브라운은 고뇌와 절망의 목소리로 부르짖었다. 그러자 마치 정신나간 놈들이 온 황야를 누비며 그녀를 찾는 듯 숲의 메아리들이 그의 목소리를 흉내내어 "페이스! 페이스!" 하고 외쳐댔다.

비탄과 분노와 공포의 외침이 밤을 뚫고 나갈 때 불행한 남편은 숨을 죽이고 그 외침에 대한 반응을 살폈다. 검은 구름이 휩쓸듯 지나가면서 굿맨 브라운 위에 맑고 고요한 하늘이 드러날 때, 비명소리가 들렸으나 즉시 더 크게 중얼거리는 목소리들에 묻혀 아득한 웃음소리 속으로 사라졌다. 그러나 허공을 가로질러 뭔가가 펄럭이면서 사뿐히 내려와 나뭇가지에 걸렸다. 젊은이는 그것을 움켜쥐었다. 내려다보니 분홍색 리본이었다.

"나의 페이스는 사라졌다!" 한순간 넋을 잃은 후에 그가 외쳤다. "이제 지상에는 선이 없고 죄란 이름일 뿐이야. 악마여, 와라. 이 세상이 그대의 것이니."

절망에 사로잡혀 한참동안 큰소리로 웃으면서 굿맨 브라운은 지팡이를 잡고 다시 길을 떠났는데 어찌나 속도가 빠른지 걷거나 뛴다기보다는 날아서 숲길을 가는 듯했다. 숲길은 점점 더 거칠고 황량해지고 그 흔적이 희미해지다가 끝내는 아예 사라져버렸고 그는 어두운 황야의 한복판에 남겨졌다. 그럼에도 그는 인간을 악으로 인도하는 본능으로 계속 돌진했다. 나무들이 삐걱거리는 소리, 들짐승들이 울부짖는 소리, 인디언들의 고함소리 등 숲 전체가 무서운 소리들로 가득 차 있었다. 그러는 동안 바람소리가 어떤 때는 먼 곳의 교회당 종소리처럼 울리다가 어떤 때는 마치 삼라만상이 온통 나그네를 비웃고 경멸하듯 그의 주위에서 크게 울부짖었다. 그러나 바로 그 자신이 이 현장의 으뜸가는 공포였고 다른 공포들로부터 조금도 움츠러들지 않았다.

바람이 비웃자 굿맨 브라운은 "하! 하! 하!" 하고 크게 웃었다. "그래 누가 더 큰소리로 웃는지 들어보자. 너희의 사악한 주술로 나를 겁줄 생각은 아예 하지도 마라! 마녀여 오라, 마법사여 오라, 인디언 주술사여 오라, 악마여 너 자신이 직접 오라, 굿맨 브라운이 여기 간다. 굿맨 브라운이 너희를 두려워하기보다 너희가 그를 두려워하게 될 거다!"

사실상, 유령이 출몰하는 그 숲 전체를 통틀어 굿맨 브라운의 형상보다 더 소름끼치는 것은 있을 수 없었다. 그는 미친 듯한 몸짓으로 지팡이를 휘두르며 검은 소나무들 사이를 쏜살같이 내달리면서 영감처럼 떠오르는 끔찍할 정도로 불경스러운 생각을 마구 내뱉기도 하고 큰소리로 웃어젖혀 숲의 모든 메아리들이 그의 주위에서 마치 악령처럼 덩달아 웃음을 터뜨리게 만들기도 했다. 악마의 본모습은 악마가 인간의 가슴속에서 미쳐날뛸 때보다는 덜 섬뜩한 법이다. 그렇게 악령 들린 그는 나는 듯이 달려가다가 전방의 나무들 사이에서 떨리며 타오르는 붉은 빛을 보았다. 그것은 한밤중에 숲속 공터의 쓰러진 나무줄기와 가지에 불을 붙여서 무시무시한 짙붉은 불길이 하늘 높이 치솟을 때와 같았다. 그는 자신을 쉬지 않고 몰아온 태풍이 잠시 진정된 사이에 한숨을 돌렸는데 수많은 목소리에 실려 장중하게 울리는 찬송가 같은 것이 점점 커지는 것을 느꼈다. 그가 아는 곡이었다. 마을 교회당의 성가대에서 친숙해진 곡이었다. 그 찬송가는 힘겹게 차츰 사위어가다가 합창으로 이어졌는데, 그것은 사람 목소리가 아니라 어두운 황야의 온갖 소리들이 함께 소름끼치는 조화를 이루면서 울려퍼지는 그런 합창이었다. 굿맨 브라운은 크게 소리쳤다. 그러자 그의 외침은 황무지의 외침과 하나로 뒤섞이면서 자신의 귀로도 분간할 수 없었다.

잠시 침묵이 흐르는 동안 그가 살며시 앞으로 나아가자 그의 눈에 한가득 빛이 번쩍거렸다. 숲의 어두운 벽에 에워싸인 공터 한쪽 끝에는 조야하지만 자연 그대로의 모습으로 제단이나 설교단과 상당히 비슷하게 생긴 바위 하나가 솟아 있었다. 그 바위 주위에는 마치 저녁예배 모임 때 켜는 촛불처럼 꼭대기 부분은 화염에 휩싸였으나 줄기는 말짱한 네 그루의 불타는 소나무가 있었다. 바위 꼭대기 위로 드리워진 무성한 나뭇잎 더미가 온통 불붙어 밤하늘 높이 타오를 때 공터 전체가 갑작스레 환해졌다. 늘어진 나뭇가지며 길게 처진 나뭇잎 하나 하나가 활활 타올랐다. 붉은 빛이 치솟았다 꺼지면서 수많은 사람들의 모습이 환히 빛났다가 다시, 그늘 속으로 사라졌고 다시, 이를테면 어둠속에서 생겨난 것처럼 금세 적막한 숲의 한복판을 가득 채웠다.

"검은 옷을 입은 근엄한 사람들이군!" 굿맨 브라운이 말했다.

사실 그랬다. 어두워졌다 환해졌다 하는 불빛에 따라 너울대며 드러나는 모습들 가운데는 다음날이면 지방의회 석상에 나타날 얼굴도 보였고 주일날마다 이 땅의 가장 성스러운 설교단에 서서 경건하게 하늘을 우러러보고 빽빽이 들어선 신도들을 자상하게 굽어보곤 하는 얼굴도 보였다. 지사의 부인이 거기에 와 있었다고 확언하는 사람들도 있다. 적어도 지사 부인이 잘 아는 귀부인들과 명망 높은 남편의 아내들, 상당수의 미망인들, 하나같이 평판이 훌륭한 노처녀들, 그리고 엄마한테 발각될까봐 불안에 떨고 있는 아리따운 소녀들이 와 있었다. 어두운 들판 위로 번쩍 빛나는 갑작스러운 빛줄기 때문에 굿맨 브라운이 눈이 부셔서 잘못 본 것이 아니라면 그는 남다른 신앙심으로 유명한 쎄일럼 마을의 성도 스무 명을 알아보았다. 선한 노인 굿킨 집사는 벌써 도착해서 그가 존경하는 성스러운 목사님 곁에서 대기중이었다. 그러나 불경스럽기 짝이 없게도 이런 근엄하고 평판 좋고 독실한 사람들, 이들 교회장로들, 이들 정숙한 여성과 순정한 처녀들이 방탕한 생활을 하는 사내들과 타락한 여자들, 야비하고 추잡한 악행에 물들고 심지어 끔찍한 범죄를 저질렀다고 의심받는 사람들과 함께 어울리고 있었다. 선한 사람들이 사악한 사람들을 피하지 않고 죄인들이 성자들 앞에서 부끄러워하지 않는 광경은 이상해 보였다. 또한 영국의 어떤 마술보다 무시무시한 주술로 그들이 태어난 숲을 종종 공포로 떨게 했던 인디언 성직자들 혹은 주술사들도 그들의 적인 백인들 사이에 흩어져 섞여 있었다.

'하지만 페이스는 어디 있는 걸까?' 하고 굿맨 브라운은 생각했고, 희망이 가슴에 차올라 몸이 떨렸다.

또다른 찬송가가 울렸는데 경건한 사랑을 노래하는 느리고 장중한 선율이지만 우리의 본성이 죄에 대해 상상할 수 있는 모든 것을 표현하고 그보다 더한 것을 음험하게 암시하는 가사가 붙어 있었다. 평범한 사람들로서는 헤아릴 수 없는 것이 악마들의 가르침이다. 찬송가가 구절구절 이어졌고, 그 구절들 사이마다 황무지의 합창 역시 강력한 오르간의 깊디깊은 울림처럼 솟구쳤다. 그리고 그 무서운 성가의 마지막 울림과 함께, 마치 포효하는 바람소리, 세차게 흐르는 물소리, 울부 짖는 짐승소리 등 아직도 이교도로 남아 있는 황야의 모든 소리들이 죄지은 사람의 목소리와 뒤섞이고 화합해 만물의 왕에게 경배하는 듯한 소리가 들려왔다. 네 그루의 불타는 소나무에서 불꽃이 더 높이 솟구치자 불경스러운 군중 위를 휘감은 연기 속에서 무서운 형상과 얼굴이 어렴풋이 나타났다. 그와 동시에 바위 위의 불길이 붉게 분출하면서 기단 위쪽으로 백열광의 아치 모양을 이뤘는데, 이제 기단 쪽에서 한 형상이 나타났다. 정중히 말하건대, 그 유령 같은 형상은 옷차림과 태도 모두에서 뉴잉글랜드 교회의 근엄한 성직자와 아주 비슷했다.

"개종자들을 앞으로 데려오라!" 하고 외치는 목소리가 공터를 가로질러 메아리치며 숲속으로 퍼져나갔다.

그 말에 굿맨 브라운은 나무 그늘에서 걸어나와 모인 사람들에게 다가갔고, 자기 마음속에 있는 사악한 모든 것에 공감함으로써 그들에게 혐오스러운 형제애를 느꼈다. 그러자 맹세컨대, 분명 돌아가신 아버지의 모습이 연기의 소용돌이 속에서 내려다보면서 그에게 앞으로 나아가라고 손짓했지만 그런 반면에 절망으로 어두운 표정의 한 여인이 손을 내밀어 그에게 물러나라고 경고하는 듯했다. 그 여자가 그의 어머니였을까? 그러나 목사님과 선량한 굿킨 집사가 그의 팔을 붙들어 타오르는 바위로 인도했을 때 그는 생각으로나마 한 발짝 물러설 힘도 저항할 힘도 없었다. 또한 그 쪽으로 베일을 쓴 한 여자의 가냘픈 형상이 신앙심 깊은 교리문답 선생인 구디 클로이즈와 악마한테서 지옥의 여왕 자리를 약속받은 마사 캐리어(Martha Carrier, 1692년 재판에서 마녀로 교수형에 처해졌음—옮긴이) 사이에 이끌려왔다. 마사 캐리어는 정말이지 미쳐날뛰는 노파였어! 그리하여 불꽃 아치 아래 두 개종자가 섰다.

"나의 아이들아, 네 종족의 성찬식에 온 것을 환영하노라!" 어두운 형상이 말했다. "너희는 이렇게 젊을 때 너희의 본성과 운명을 발견했구나. 나의 아이들아, 뒤를 돌아봐라!"

그들이 돌아보았더니, 이를테면 화염의 수의(壽衣)를 두른 듯 갑작스레 환히 드러난 악마 숭배자들이 보였는데, 그들 각각의 얼굴에는 환영의 미소가 음험하게 번득였다.

"거기, 너희가 어릴 때부터 존경해온 사람들이 모두 있다." 검은 형상이 말을 이었다. "너희는 그들을 네 자신보다 훨씬 더 성스러운 사람으로 여겼고 너희의 죄를 그들의 올곧은 삶과 천국을 향한 신앙심 깊은 염원에 견주면서 움츠러들곤 했지. 그러나 그들은 나를 숭배하는 이 모임에 모두 와 있다. 오늘밤 그들의 은밀한 행위를 아는 특전이 너희에게 주어질 것이다. 백발이 성성한 교회 장로들이 집안의 젊은 하녀에게 음탕한 말을 속삭이고, 수많은 여자들이 미망인의 상복을 갈망하여 잠자리에서 남편에게 약 탄 술을 먹여 자기 품에서 영원히 잠들게 하고, 수염도 나지 않은 어린 것들이 서둘러 아버지의 재산을 물려받으려 하고, 아름다운 처녀들이 ― 얼굴 붉힐 것 없어, 사랑스러운 아이들아! ― 정원에 작은 무덤을 파고 갓난애의 장례식에 유일한 조객으로 나를 청한 일들을 말이야. 인간 마음의 죄에 대한 공감을 통하여 너희는 교회건 침실이건 거리건 들판이건 숲이건 범죄가 행해지는 모든 장소들을 냄새로 다 찾아낼 것이고, 지구 전체가 온통 죄의 흔적이며 하나의 거대한 핏자국임을 보고 크게 기뻐할 것이다. 이보다 훨씬 더한 것도 있지! 모든 사람의 가슴에서 모든 사악한 술책의 원천인 죄의 깊은 신비를 꿰뚫어보는 것이 너희의 일이 될 것이다. 이 신비야말로 인간의 힘으로는 ― 아니 내 힘을 최대한 발휘해도! ― 도저히 행동으로 나타낼 수 없는 그런 사악한 충동을 무진장 공급해주지. 자, 나의 아이들아, 이제 서로 마주 보아라."

그들은 서로 마주 보았다. 지옥불을 붙인 횃불의 번쩍이는 빛을 통해 그 비참한 남자는 자기 페이스를 보았고, 아내는 자기 남편을 보면서 그 신성모독의 제단 앞에서 몸을 떨었다.

"그래! 나의 아이들아, 너희가 거기 서 있구나." 그 형상은 끔찍한 절망으로 비감마저 어린, 장중하고 엄숙한 어조로 말했다. 마치 한때 천사였던 그의 본성이 아직도 비참한 인간들을 애도하는 듯했다. "서로의 마음에 의지하여 너희는 여태껏 미덕이란 것이 모두 꿈만은 아니기를 희망해왔다. 이제 너희는 그런 미망에서 벗어난 것이다! 악이야말로 인간의 본성이다. 악이 너희의 유일한 행복일 수밖에 없는 것이다. 나의 아이들아, 너희 종족의 성찬식에 온 것을 다시 한번 환영한다!"

"환영한다!" 악마 숭배자들은 절망과 승리에 찬 한 목소리로 복창했다.

그렇게 두 사람은 이 어두운 세상의 사악함의 벼랑 위에서 아직도 망설이고 있는 유일한 한쌍의 남녀로서 거기 서 있었다. 바위에는 자연적으로 움푹 파인 구덩이가 있었다. 거기에 담긴 것이 짙붉은 빛으로 벌겋게 물든 물이던가? 아니면 피였던가? 아니면 혹시 액체로 된 불꽃이었던가? 악의 화신은 이 구덩이에 손을 담가서 곧 그들의 이마에 세례 표시를 할 태세였다는데, 그것은 그들이 죄의 신비를 맛본 사람들로서 이제 행동이건 생각이건 자기 자신의 은밀한 죄보다 다른 사람들의 은밀한 죄를 더 깊이 의식할 수 있다는 표시였다. 남편은 창백한 아내에게, 페이스는 남편에게 눈길을 던졌다. 또 한번 눈길이 닿을 때면 그들은 자신이 드러낸 것과 자신이 본 것에 동시에 몸서리치며 서로서로에게 얼마나 비참하게 타락한 모습을 보여줄 것인가!

"페이스, 페이스!" 남편이 소리쳤다. "천국을 올려다보고 악마에게 저항해!"

페이스가 자기 말에 따랐는지 굿맨 브라운은 알지 못했다. 그 말을 하자마자 그는 자신이 고요한 밤의 정적 속에서 저 멀리 숲을 가로지르면서 어렵사리 사라져가는 포효하는 바람소리에 귀기울이고 있음을 발견했다. 그는 비틀거리며 바위에 기댔고 바위가 차갑고 축축하다고 느꼈다. 그러는 동안 온통 타올랐던 늘어진 나뭇가지 하나가 이제는 그의 뺨에 차디찬 이슬을 뿌렸다.

다음날 아침 젊은 굿맨 브라운은 당황한 사람처럼 주위를 두리번거리며 쎄일럼 마을의 거리로 천천히 들어섰다. 훌륭한 목사님은 아침 식욕을 돋우고 설교도 숙고할 요량으로 묘지를 따라 산책하다가 굿맨 브라운과 마주치자 그에게 축복의 말을 건넸다. 그러나 그는 마치 저주받은 사람을 피하듯 그 존경스러운 성자로부터 몸을 움츠렸다. 늙은 굿킨 집사는 가정예배를 보는 중이라서 성스러운 기도소리가 열린 창문을 통해 들렸다. "저 마귀는 어떤 신에게 기도하는 걸까?" 굿맨 브라운이 말했다. 독실한 신자인 구디 클로이즈 노파는 자기 집의 격자창가에서 이른 햇빛을 받고 서서 아침 우유 반 리터를 가져온 어린 소녀에게 교리문답을 가르치고 있었다. 굿맨 브라운은 마치 악마의 손아귀에서 뺏어오듯 아이를 낚아챘다. 교회당 모퉁이를 돌면서 그는 분홍색 리본을 한 페이스의 머리를 보았다. 그녀는 걱정스레 앞을 응시하다가 그의 모습을 보자 너무 기쁜 나머지 길을 따라 깡충깡충 뛰어와 마을 사람들이 다 보는 앞에서 남편에게 키스를 하려고 했다. 그러나 굿맨 브라운은 엄하고 슬픈 눈으로 그녀의 얼굴을 들여다보고는 인사도 하지 않고 지나쳤다.

굿맨 브라운은 숲에서 잠이 들어 마녀집회라는 황당한 꿈을 꾸었을 뿐일까?

원한다면 그렇다고 해두자. 하지만 아아! 그것은 젊은 굿맨 브라운한테는 사악한 징조의 꿈이었다. 그는 그 무서운 꿈을 꾼 밤부터 절망적인 사람은 아니라 해도 준엄하고, 슬프고, 어두운 생각에 잠긴, 불신에 찬 사람이 되어버렸다. 교회 회중이 성스러운 찬송가를 부르는 안식일에 그는 찬송가를 들을 수가 없었다. 죄악의 찬가가 그의 귀에 큰소리로 엄습하는 바람에 그 모든 축복받은 곡조가 묻혀버렸기 때문이다. 목사가 설교단에서 펴놓은 성경에 손을 얹은 채 힘차고 열정적으로 기독교의 신성한 진리에 대하여, 성자다운 삶과 영광스러운 죽음에 대하여, 그리고 미래의 형언할 수 없는 행복과 불행에 대하여 열변을 토할 때면 굿맨 브라운은 지붕이 내려앉아 백발이 성성한 이 불경스러운 목사와 그의 청중에게 천벌을 내리지 않을까 두려워 얼굴이 창백해졌다. 종종 자정에 갑자기 잠이 깨면 그는 페이스의 품에서 흠칫 물러났고, 가족들이 무릎을 꿇고 기도를 드리는 아침이나 저녁 시간에는 얼굴을 찌푸리고 혼자 중얼거리며 아내를 엄하게 노려보고는 고개를 돌렸다. 그리고 그가 오래 살다가 백발의 주검이 되어 장지로 실려갔을 때, 노파가 된 페이스와 자식들과 손자들이 따라가 적잖은 이웃사람들을 제하고도 상당한 장례행렬을 이루었지만 그들은 그의 묘비에 희망적인 비문 한 줄 새기지 못했다. 왜냐하면 그의 임종의 시간은 침울했기 때문이다.

더 읽을거리

『나사니엘 호손 단편선』(천승걸 옮김, 민음사 1998)은 호손의 대표적인 단편 12편을 뽑아서 번역하고 자상한 해설을 덧붙였다. 『주홍글씨』(이장환 옮김, 범우사 1985)는 남녀간의 불륜을 통해 아메리카 이주 초기 청교도사회의 됨됨이를 성찰하는 호손 문학의 최고 걸작이다. 『블라이드데일 로맨스』(김지원·한혜경 옮김, 문학과지성사 2006)는 브룩 농장의 경험을 바탕으로 쓴 장편으로 남녀간의 로맨스를 통해 초월주의와 자유주의를 성찰한 작품이다. 그밖에 연구서지로는 한기욱 「모더니티와 미국 르네쌍스기의 작가들」(『안과밖』, 4호, 1998년 상반기)을 참고할 만한데 1830~50년대 작가들의 특징을 개관하고 그 예로 호손의 「젊은 굿맨 브라운」과 멜빌의 「필경사 바틀비」를 논하는 글이다.

Edgar Allan Poe

| 에드거 앨런 포우 |

1809~49

보스턴 출생이지만 남부에서 성장. 유랑극단 배우였던 부모를 일찍 여읜 포우는 리치먼드의 상인 존 앨런에게 맡겨졌다. 버지니아대학에 입학하였으나 중퇴하고 양부와 결별했다. 1827년에 시선 집을 발간하고 1832년부터 단편을 기고했다. 1834년 열세살인 사촌동생 버지니아와 결혼했다. 리 치먼드의 『남부문학통신』(*Southern Literary Messenger*)을 비롯한 여러 잡지의 편집자로 활동했 다. 장편소설 『아서 고든 핌의 모험』(*The Narrative of Arthur Gordon Pym*, 1838)과 두 권짜리 단 편집 『그로테스크하고 기이한 이야기들』(*Tales of the Grotesque and Arabesque*, 1940)을 출간했 다. 호손의 『두 번 말한 이야기들』에 대한 그의 서평(1842)은 최초의 단편소설론으로 평가된다. 노름, 술, 마약에 빠진 불운한 천재의 이미지가 따라붙곤 하지만 포우는 유능한 편집자이자 예리 한 평론가, 비범한 시인·단편작가이자 탐정소설의 창안자이기도 했다. 여러 경향의 단편 중에 「라이지아」(Ligeia, 1838) 「어서 가의 몰락」(The Fall of the House of Usher, 1839) 「검은 고양이」 같은 심리공포물과 「모르그 가의 살인」(The Murders in the Rue Morgue, 1841) 「도둑맞은 편지」 (The Purloined Letter, 1844) 같은 탐정추리물이 세계문학에 지대한 영향을 끼쳤다.

검은 고양이 The Black Cat

      1843년 8월 필라델피아의 한 잡지(*United States Saturday Post*)에 발표되었고 단편집 『이야기들』(*Tales*, 1845)에 수록되었다. 한 남자가 삐뚤어진 심리에 사로잡혀 애지중지하던 검은 고양이를 박해하고 죽인 후에 아내마저 살해하여 지하실 구석에 감추고 벽을 쌓아올리는 섬뜩한 이야기이다. 이 작품은 포우 공포소설의 여러 모티프를 골고루 보여준다. 가령 이 작품과 「삐뚤어진 악귀」(The Imp of the Perverse, 1845)에서 핵심적으로 다뤄지는 '삐뚤어짐'이라는 충동은 단순한 개인적 괴팍함 이상의 의미를 지니고 있다. 두 고양이 사이의 '더블'(double)의 관계도 「윌리엄 윌슨」(William Wilson, 1939)을 포함한 여러 작품에 심심찮게 등장한다. 또한 시체를 벽 속에 넣고 봉하는 모티프도 「고자질하는 심장」(The Tell-Tale Heart, 1843)이나 「아몬띨라도의 술통」(The Cask of Amontilado, 1846)에서 변주되어 나타난다. 미친 사람이 미치지 않았음을 강조하면서 미쳐가는 이야기를 하는 서술방식 역시 두 작품의 그것과 유사하다. 이런 역설적인 화법은 공포감을 드높이며 근대의 분열된 주체를 실감나게 제시하는 효과가 있다.

검은 고양이

　지금부터 내가 쓰려는 가장 황당하면서도 가장 일상적인 이야기에 관하여, 나는 세상 사람들이 믿어주기를 기대하지도 간청하지도 않는다. 나 자신의 감각조차 스스로 증거하기를 거부하는 마당에 그런 기대를 한다면 나야말로 미치광이일 것이다. 하지만 나는 미친 것이 아니며, 그리고 꿈을 꾸는 것도 분명코 아니다. 그러나 나는 내일 죽을 것이므로 오늘 내 영혼의 짐을 내려놓으려 한다. 나의 당장의 목적은 일련의 단순한 가정사를 세상 사람들에게 명백하고 간결하게 그리고 아무런 논평 없이 내놓는 것이다. 결과적으로 이 사건은 내게 공포와 번민을 안겨주고 나를 파괴했다. 그러나 나는 이 사건을 설명하려 들지 않겠다. 내게 이 사건은 무엇보다 공포를 주었지만 많은 사람들에게는 무섭기보다는 기괴한 것으로 여겨질 것이다. 어쩌면 장차 나의 환상을 상식으로 풀이할 수 있는 지식인이 나올 것이다. 나 자신보다 더 차분하고 더 논리적이며 훨씬 더 냉정한 지식인, 내가 두려워하며 상술하는 상황에서 오로지 범상하게 연결된 자연스러운 인과(因果)들만을 파악할 지식인 말이다.

　나는 유년시절부터 성질이 유순하고 인정이 많기로 유명했다. 상냥한 마음씨가 너무 도드라져 나는 친구들한테 놀림을 받았다. 나는 특히 동물을 좋아했고 부모님은 내가 원하는 대로 꽤 여러가지 애완동물을 사주셨다. 이 애완동물들과 함께 나는 대부분의 시간을 보냈으며, 이것들을 먹이고 어루만질 때만큼 행복한 때는 없었다. 이런 성격상의 특색은 내가 성장하면서 함께 자라났고, 어른이 되어서는 내 즐거움의 주된 원천 가운데 하나가 되었다. 충실하고 총명한 개에게 애정을 품어본 적이 있는 사람에게 이렇게 해서 얻어지는 만족감이 어떤 것이고 얼마나 강렬한가를 구태여 설명할 필요는 없을 것이다. 짐승의 사심 없고 자기희생적인 사랑에는 한낱 인간의 인색한 우정과 얄팍한 충심(忠心)에 자주 시달려본 사람의 마음에 찡한 감동을 주는 뭔가가 있다.

나는 일찍 결혼했는데, 아내한테서 나와 마음에 맞는 기질을 발견하고 기뻤다. 내가 집에서 키우는 애완동물을 각별히 좋아하는 것을 보고 아내는 기회 닿는 대로 가장 마음에 드는 종의 동물들을 구입했다. 우리는 새, 금붕어, 멋진 개 한마리, 토끼, 작은 원숭이 한마리, 그리고 고양이 한마리를 가지고 있었다.

맨 나중의 고양이는 유달리 크고 아름다운 녀석으로, 몸 전체가 검고 깜짝 놀랄 정도로 명민했다. 속으로 미신에 적잖게 물들어 있는 아내는 녀석이 영리하다고 하면서 모든 검은 고양이는 마녀가 변신한 것이라는, 예로부터의 통념을 자주 암시하곤 했다. 아내가 그 점에서 진지했다는 것은 아니며, 내가 이 문제를 언급하는 것은 다른 이유에서가 아니라 지금 우연히 그 일이 기억났기 때문일 뿐이다.

플루토(그리스·로마 신화에서 지옥 혹은 하계를 다스리는 통치자——옮긴이)——이게 그 고양이의 이름이었는데——는 내가 가장 좋아하는 녀석이자 놀이친구였다. 녀석에게 먹이를 주는 사람은 나뿐이었고 녀석은 내가 집 주위 어디를 가건 항상 나를 따라다녔다. 심지어 길거리로 나갈 때 녀석이 나를 따라오지 못하게 하느라고 크게 애를 먹었다.

우리의 우정은 이런 식으로 몇년간 지속되었다. 그동안 나의 전반적인 기질과 성격은 폭음이라는 악마를 매개로 (고백하자니 얼굴이 화끈거리지만) 급격하게 악화되어갔다. 나는 날이 갈수록 우울해졌고 성급해졌으며 다른 사람의 감정을 배려하지 않게 되었다. 나는 아내에게 폭언을 하기에 이르렀고, 마침내 신체적 폭력을 가하기까지 했다. 물론 애완동물들도 내 성질이 변화한 데 영향받지 않을 수 없었다. 나는 녀석들을 소홀히 다뤘을뿐더러 학대하기까지 했다. 토끼나 원숭이, 심지어 개조차도 우연히 또는 어리광부리느라 다가와 방해할 때 나는 거리낌없이 녀석들을 학대했다. 하지만 플루토에게만은 아직 호의를 갖고 있어서 그렇게 학대하지 않도록 자제할 수 있었다. 그러나 내 병은 심해져갔고 ── 술만큼 무서운 병이 있을까! ── 마침내는 플루토마저, 이제 늙어서 성미가 약간 까다로워진 플루토마저 내 나빠진 성질에 영향을 받기 시작했다.

어느날 밤, 읍내 인근의 한 단골 술집에서 만취하여 집으로 돌아오면서 왠지 고양이가 나를 피한다는 생각이 들었다. 내가 녀석을 움켜쥐자 녀석은 나의 난폭한 행동에 놀라 이빨로 내 손에 가벼운 상처를 냈다. 순간 나는 분노의 악귀에 사로잡혔다. 나는 이미 제정신이 아니었다. 나의 본래 영혼이 즉각 내 몸에서 빠져나가는 듯했고, 마귀보다 더한, 술로 인해 생겨난 악의가 온몸에 속속들이 스며들었다. 나는 조끼 호주머니에서 주머니칼을 꺼내 열고 가엾은 고양이의 목을 틀어쥔 채 용의주도하게 한쪽 눈을 눈구멍에서 도려냈던 것이다! 이런 천벌을 받을 잔혹행위를 글로 쓰고 있는 지금도, 나는 얼굴이 달아오르고, 몸이 화끈거리고, 몸서리가 쳐진다.

잠으로 전날 밤 폭음의 독기가 빠지고 아침에 이성이 돌아왔을 때,

내가 저지른 범죄에 대해 공포와 후회가 절반씩 뒤섞인 감정을 느꼈다. 그러나 그것은 기껏해야 미약하고 모호한 감정이었고, 영혼이 훼손된 것은 아니었다. 나는 다시 폭음에 빠졌고, 곧 그 행위의 기억은 모두 술로써 잊혀졌다.

　그러는 동안 고양이는 서서히 회복되었다. 눈알이 빠진 눈구멍이 소름끼치는 모습을 하고 있는 것은 사실이지만, 녀석은 이제는 전혀 통증을 느끼지 않는 것 같았다. 녀석은 여느 때처럼 집 안을 돌아다녔으나, 내가 다가가면 아니나다를까 소스라치게 놀라 도망쳤다. 예전의 애정이 아직 많이 남아 있는 나로서는 한때 나를 그토록 사랑했던 고양이가 이렇게 명백하게 나를 싫어하는 것이 처음에는 가슴아팠다. 그러나 이런 감정은 곧 짜증으로 바뀌었다. 그리고는 마치 나를 최종적으로 그리고 돌이킬 수 없이 무너뜨리려는 듯 삐뚤어짐이라는 기운이 찾아왔다. 이 기운에 대해 철학은 전혀 고려하지 않는다. 그러나 나는 내 영혼이 살아 있음을 확신하는 것만큼이나 삐뚤어짐이 인간 마음의 원초적인 충동 가운데 하나임을—인간 성격의 향방을 결정하는 불가분의 본원적 기능이나 감정 가운데 하나임을—확신한다. 다른 이유 때문이 아니라 오로지 그렇게 해서는 **안된다**는 것을 알고 있기 때문에 나쁜 짓이나 어리석은 짓을 수차례 저질러보지 않은 사람이 있을까? 오로지 **법**이 법이라는 것을 이해하기 때문에 우리는 더없이 훌륭한 판단마저 무시하고 **법**이란 것을 어기려는 성향을 항상 갖고 있는 것이 아닐까? 이를테면 이런 삐뚤어진 기운이 나를 최종적으로 무너뜨리고야 말았다. 해를 끼치지 않는 고양이에게 계속 상해를 가하여 마침내 죽이게끔 충동질한 것은 바로 영혼이 **스스로를 괴롭히려는**, 즉 영혼이 그 자신의 본성에 폭력을 가하려는—오로지 악행을 위한 악행을 저지르고픈—깊이를 헤아릴 수 없는 이런 갈망이었다. 어느날 아침, 나는

36

냉혹하게 녀석의 목에 올가미를 살짝 걸어 나뭇가지에 매달았다. 녀석을 매달 때 눈에서는 눈물이 흐르고 가슴속에서는 더없이 쓰라린 회한이 일었다. 내가 녀석을 목매단 것은 녀석이 나를 사랑했다는 것을 알고 있었기 때문이며, 녀석이 내 기분을 상하게 할 짓은 절대 하지 않았다고 느꼈기 때문이며, 그런 행위를 함으로써 내가 죄를 짓고 있다는 것을 알고 있었기 때문이다. 그런 일이 가능할진 모르지만 가장 자비롭고 가장 무서운 하느님의 무한한 자비심조차도 미치지 못하는 구렁텅이에 빠뜨릴 만큼 내 불멸의 영혼을 위태롭게 하는 치명적인 죄 말이다.

이 잔인한 짓을 벌인 날 밤, 나는 '불이야!' 하는 고함소리에 잠에서 깼다. 내 침대 위의 커튼이 불길에 싸여 있었다. 집 전체가 불타고 있었다. 아내와 하인과 나 자신은 간신히 화재 현장에서 피할 수 있었다. 집은 완전히 파괴되었다. 내 재산 전부가 통째로 날아갔으며 그때부터 나는 절망에 몸을 내맡겼다.

나는 이 재해와 그 잔학행위 사이에 인과적인 연관성을 찾으려 할 만큼 나약한 인간은 아니다. 그러나 나는 일련의 사실을 상세히 이야기할 작정이며, 그런 사실의 연쇄를 이루는 사소한 고리 하나도 소홀하게 넘기고 싶지 않다. 화재 다음날 나는 불탄 현장에 가보았다. 벽들은 하나를 제외하고 모두 함몰되어 있었다. 예외적으로 남아 있는 것은 집 한가운데쯤에 위치한 것으로, 내 침대 머리가 향해 있던 별로 두껍지도 않은 칸막이벽이었다. 이 벽의 회반죽은 화마(火魔)를 꽤나 많이 견뎌냈는데, 내 생각에 그것은 최근에 새로 칠한 회반죽 덕택인 듯했다. 이 벽 근처에 군중이 빽빽하게 몰려 있었고, 많은 사람들이 벽의 특정 부분을 아주 세심하고 주의깊게 들여다보고 있는 듯했다. "이상해!" "특이하군!"이라든지 그와 비슷한 표현들이 내 호기심을 자극했다. 가까이 가보니 마치 하얀 표면에 얕은 부조로 새겨진 듯한 커다란 고양이의 형상이 보였다. 그 형상은 실로 경탄할 정도로 정교하게 찍혀 있었다. 고양이의 목둘레에는 밧줄이 감겨 있었다.

맨 처음 이 유령——그것을 유령이 아니라고 여길 수 없었으니까——을 보았을 때 나의 경이와 공포는 극에 달했다. 그러나 마침내 나는 차분하게 생각해보았다. 내 기억으로 고양이를 목매단 것은 집에 딸린 정원에서였다. '불이야!' 하는 소리에 정원은 순식간에 군중으로 가득 찼다. 그들 가운데 누군가가 밧줄을 잘라 고양이 시체를 나무에서 내려서 내 침실의 열린 창문 안으로 집어던졌음이 분명하다. 십중팔구 나를 잠에서 깨우기 위한 행동이었을 것이다. 다른 벽들이 무너지면서 내 잔인성에 희생된 고양이는 회반죽을 새로 바른 벽 속에 압착되었고, 그런 다음 회반죽의 석회와 화염, 그리고 사체에서 나온 암모니아가 결합해 내가 본 고양이 초상을 완성한 것이다.

방금 상술한 소름끼치는 사실에 대하여 나는, 양심에 거리낌없지는 않을지라도, 이런 식으로 이치에 닿는 손쉬운 해명을 했다. 그렇지만 이 사건은 내 마음에 깊은 인상을 남길 수밖에 없었다. 그후로 여러 달 동안 나는 고양이의 환영을 지울 수 없었다. 그리고 이 기간 동안 내 정신 속에 양심의 가책처럼 보이지만 딱히 그렇지만은 않은 애매한 감정이 다시 찾아들었다. 나는 심지어 고양이가 없어진 것을 유감으로 생각하면서, 당시 습관적으로 드나들던 그 지긋지긋한 술집들에서도 녀석을 대신할, 같은 품종에 상당히 비슷한 생김새의 또다른 고양이가 없을까 하고 주위를 둘러보기까지 했다.

어느날 밤, 내가 온갖 악행의 소굴인 술집에서 반쯤 넋이 나간 채로 앉아 있을 때 그곳의 주된 가구랄 수 있는, 진이나 럼을 담는 커다란 술통 위에 뭔가 조용히 쉬고 있는 시커먼 물체에 갑자기 주의가 끌렸다. 나는 그때까지 몇분 동안 이 술통 꼭대기를 줄곧 쳐다보고 있었는데, 나를 놀라게 한 것은 술통 위의 물체를 그때서야 알아보았다는 사실이었다. 나는 가까이 가서 그것을 손으로 만졌다. 그것은 검은 고양이로 무척 큰놈이었고, 몸집이 플루토 못지않게 컸고 한군데만 빼고 모든 면에서 그를 빼닮았다. 플루토는 몸의 어떤 부위에도 흰 털이 없었지만 이 고양이는 또렷하지는 않지만 거의 가슴 부위 전체를 덮는 크고 하얀 반점이 있었다.

내가 만지자 녀석은 즉시 일어나서 큰 소리로 목을 가르랑거리고 내 손에 몸을 비비며 내가 알아주는 것을 기뻐하는 듯했다. 그러니 녀석이야말로 내가 찾고 있던 바로 그 고양이였다. 나는 가게 주인에게 녀석을 사고 싶다고 즉각 제안했으나 주인은 녀석은 자기 소유가 아니며 자기는 녀석을 전혀 모를뿐더러 본 적도 없다고 했다.

나는 고양이를 계속 쓰다듬어주었고, 내가 집에 돌아갈 준비를 하자 그 동물은 나를 따라올 의향을 나타냈다. 나는 녀석이 따라오도록 허락했고, 가는 도중에 이따금 몸을 굽혀 녀석을 토닥여주었다. 녀석은 집에 도착하자 이내 집 안에 익숙하게 길들여졌고 곧바로 아내가 애지중지하는 동물이 되었다.

나로 말할 것 같으면 속에서 곧 녀석에 대한 반감이 솟아나는 것을 깨달았다. 이는 나의 기대와는 정반대의 결과였다. 어째서 그런지, 왜 그런지 모르지만 나에 대한 녀석의 명백한 애정이 꽤나 역겹고 성가셨다. 이런 역겨움과 성가심의 느낌은 점점 심해져서 매서운 증오로 변해갔다. 나는 그 고양이를 기피했다. 일종의 수치심과 이전의 내 잔인한 행동에 대한 기억 때문에, 나는 녀석을 신체적으로 학대하지는 않았다. 몇주일 동안은 녀석을 때리지도, 다른 방식으로 난폭하게 학대하지도 않았다. 하지만 서서히, 아주 서서히, 나는 형언할 수 없는 혐오감을 갖고 녀석을 바라보게 되었으며 마치 역병의 숨결을 피하듯 그

가증스러운 존재를 말없이 피하게 되었다.

분명히 녀석에 대한 내 증오심이 한층 더 강해진 계기는 녀석을 집에 데려온 다음날 아침, 녀석 역시 플루토와 마찬가지로 한쪽 눈이 뽑혀 있다는 것을 발견하게 된 일이었다. 그러나 이런 사정으로 인해 아내는 녀석을 더 애지중지하게 되었을 뿐이다. 앞서 말했듯이 아내는 한때 나의 두드러진 특징이자 더없이 소박하고 순수한 수많은 즐거움의 원천이던 그런 인정스러운 감정을 풍부하게 갖고 있었던 것이다.

그러나 이 고양이에 대한 나의 혐오감이 커질수록 나에 대한 녀석의 각별한 애정도 증가하는 듯했다. 독자에게 이해시키기 힘들 정도로 집요하게 녀석은 내가 가는 곳마다 따라다녔다. 내가 어디에 앉건 녀석은 내 의자 밑에 웅크려앉거나 내 무릎 위로 튀어올라와 역겨울 정도로 몸을 비벼대곤 했다. 내가 일어나 걸어가려 하면 두 발 사이로 기어들어와 하마터면 넘어질 뻔하게 만들거나 아니면 그 길고 날카로운 발톱으로 내 옷을 꼭 붙들고 가슴팍까지 기어오르곤 했다. 그럴 때에는 주먹을 날려 녀석을 박살내고 싶었지만, 그러지 않으려고 자제했다. 부분적으로 예전의 내 범죄에 대한 기억 때문이기도 했지만──당장 고백하자면──주로 이 짐승에 대한 순전한 두려움 때문이었다.

이 두려움은 정확히 말하자면 신체적 해악에 대한 두려움은 아니었지만 그렇다면 그것을 달리 어떻게 규정해야 할지 난감했다. 털어놓기 부끄럽지만──그렇다, 이 중죄인 감방에서조차 털어놓기 부끄러울 정도이다──이 고양이가 내게 불러일으킨 공포와 잔혹함은 상상하기 힘들 정도로 터무니없는 망상 때문에 증대되었다. 아내는 내가 말했던 흰 털자국의 특징에 대해 여러 차례 일깨워주었다. 그것은 이 기이한 짐승과 내가 죽인 고양이의 단 하나 눈에 띄게 다른 점이었다. 이 자국이 크기는 해도 원래는 그 형태가 아주 희미했음을 독자는 기억할 것이다. 그러나 조금씩, 거의 알아채지 못할 정도로 조금씩, 나의 이성이 오랫동안 그것을 착각으로 부인하려고 애썼을 정도로 조금씩, 이 자국은 이윽고 아주 또렷한 윤곽을 갖추어갔다. 그것은 이제 내가 이름을 대기가 몸서리쳐지는 물체를 나타내고 있었다. 무엇보다 그것 때문에 그 괴물 같은 녀석을 혐오하고 두려워했으며 그럴 용기만 있었다면 녀석을 제거했을 것이다. 이를테면 그것은 이제 무시무시하고 소름끼치는 **교수대**를 빼닮은 형상이었다! 아아, 그것은 **공포와 범죄, 고뇌와 죽음**의 음침하고 끔찍한 도구였다!

이제 나는 실로 보통 인간의 비참함을 훨씬 넘어서는 비참함의 지경에 이르렀다. 한마리의 미개한 짐승이 —— 이전에 내가 경멸하여 죽인 것과 같은 종의 고양이가 —— 고귀한 신의 형상으로 빚어진 인간인 나에게 그토록 많은 고뇌를 불러일으키다니! 아아! 나는 낮이건 밤이건 안식의 축복을 더이상 누리지 못했다! 낮 동안 그 짐승은 한시도 내 곁을 떠나지 않았고, 밤에는 내가 매시간 형언할 수 없이 무서운 꿈에 시달리다 소스라치게 놀라 깨어나면 **그놈**이 내 얼굴에 뜨거운 숨결을 내뿜으면서 내 가슴을 항시 엄청난 무게로 —— 나로서는 떨쳐버릴 힘이 없는 **몽마**(夢魔)의 화신처럼 —— 짓누르고 있었다.

이런 고문에 짓눌려 내 속에 남아 있던 희미한 선의마저 사라졌다. 사악한 생각들 —— 가장 어둡고 가장 사악한 생각들 —— 이 나의 유일한 벗이 되었다. 평소 내 기질상의 침울함이 모든 사물과 인류에 대한 증오로 커져갔다. 그러는 동안 이제 나는 자주 느닷없고 억제할 수 없는 분노의 폭발에 맹목적으로 몸을 맡기게 되었는데, 이로 말미암은 고통을 가장 일상적으로 가장 인내심있게 겪은 사람은, 아아! 다름아닌, 불평할 줄 모르는 아내였다.

우리는 가난해서 낡은 집에 살 수밖에 없었는데, 어느날 아내는 집안 일로 나를 따라 지하실에 내려갔다. 고양이도 나를 따라 가파른 계단을 내려오는 통에 나는 하마터면 곤두박질칠 뻔했고 미칠 듯이 화가 치밀었다. 격노한 탓에 이제껏 폭력을 자제하게 했던 어린아이 같은 공포도 잊은 채 나는 도끼를 들어올려 고양이를 향해 내리치려고 했다. 내가 바라던 대로 내리쳤다면 고양이는 물론, 그 자리에서 치명상을 입었을 것이다. 그러나 그 일격은 아내의 손에 저지되었다. 이렇게 방해를 받자 악령보다 더한 분노가 치밀어오른 나는 아내의 손을 뿌리치고 도끼를 그녀의 머리에 내리꽂았다. 아내는 신음소리 한번 내지 않고 그 자리에서 죽어 나동그라졌다.

　이 섬뜩한 살인이 끝나자 나는 즉시 매우 용의주도하게 시체를 숨기는 일에 착수했다. 낮이든 밤이든 시체를 집 밖으로 옮기면 필시 이웃사람들에게 들킬 위험이 있다는 것을 나는 알았다. 갖가지 방법들이 머리에 떠올랐다. 한번은 시체를 잘게 토막내어 불에 태워 없애버릴까 생각했다. 어떤 때는 지하실 바닥에 무덤을 파기로 결심하기도 했다. 또 어떤 때는 시체를 마당의 우물 속에 던져넣을까, 또 어떤 때는 시체를 상품인 것처럼 상자에 포장하고 여느 물건처럼 준비해서 짐꾼을 시켜 집 밖으로 내보낼까 숙고하기도 했다. 마침내, 이것들 가운데 무엇보다 훨씬 더 편리할 것 같은 방안이 우연히 떠올랐다. 지하실 안에 벽을 쌓아서 시체를 봉하기로 결심한 것이다. 중세의 수사들이 그들의 희생자를 벽을 쌓아 봉해버렸다는 기록처럼 말이다.

　지하실은 이런 목적에 안성맞춤이었다. 지하실의 벽들은 엉성하게 축조되어 있었고 최근에 거친 회반죽으로 죽 발라버렸는데, 지하실 안의 공기가 습하여 회반죽이 아직 굳지 않았다. 게다가 한쪽 벽에는 보조 굴뚝이나 벽난로 때문에 생긴 돌출부가 있었는데, 그 속이 메워져 있고 지하실의 다른 부분과 비슷해 보이도록 다듬어져 있었다. 나는 이 지점의 벽돌을 손쉽게 걷어내 그 속에 시체를 집어넣고 이전처럼 감쪽같이 벽을 쌓아 몽땅 봉해버리면 아무도 수상쩍은 것을 찾아낼 수 없을 것이라고 확신했다.

나의 이런 계산은 틀리지 않았다. 쇠지레로 나는 쉽게 벽돌을 떼어내고 시체를 안쪽 벽에 조심스럽게 기대세워 그 위치에 그대로 받쳐놓았다. 그러고는 별로 힘들이지 않고 바깥쪽 벽을 원래의 구조대로 다시 쌓았다. 최대한 신중하게 모르타르와 모래와 짐승털을 구입해둔 나는 예전 것과 구분되지 않는 회반죽을 준비해서 새로 쌓은 벽돌 위에 매우 세심하게 발랐다. 일을 끝마치자 만사가 잘됐다는 흡족한 기분이 들었다. 벽은 손댄 표시가 조금도 나지 않았다. 바닥의 쓰레기들도 아주 세심하게 치웠다. 나는 의기양양하여 주위를 돌아보면서 이렇게 중얼거렸다. '적어도 이 정도면 헛수고는 아니야.'

그다음에 내가 취한 조치는 이토록 엄청난 불행을 초래한 그 고양이를 찾는 일이었다. 마침내 녀석을 죽이기로 굳게 결심했기 때문이다. 그 순간에 내가 녀석을 찾을 수 있었다면 녀석의 파멸은 의문의 여지가 없었을 것이다. 그러나 그 교활한 동물은 지난번 내가 격분한 데 겁을 집어먹었는지 내가 지금 같은 기분일 때는 근처에 얼씬도 하지 않는 것 같았다. 그 혐오스러운 동물이 사라지자 내 마음속에 얼마나 깊고 복된 안도감이 생겨났는가는 묘사할 수도 상상할 수도 없다. 녀석은 그날 밤에도 나타나지 않았다. 그렇기에 나는 녀석이 집에 들어온 이래 적어도 그날 하룻밤만은 평온하게 잠을 푹 잤다. 그렇다, 살인이라는 중압감이 내 영혼을 짓누르고 있음에도 숙면을 한 것이다!

이튿날도 그 다음날도 나를 고문하던 고양이는 나타나지 않았다. 나는 다시 한번 자유인이 되어 안도의 숨을 쉬었다. 그 괴물은 겁을 집어먹고 집에서 아예 도망친 것이다! 나는 두번 다시 녀석의 꼴을 보지 않게 된 것이다! 나는 더없이 행복했다! 사악한 행위를 했다는 죄책감이 들긴 했지만 별로 심란하지 않았다. 몇차례 심문을 받았지만 나는 쉽게 답변했다. 심지어 한차례 가택수색까지 실시되었지만 물론 아무것도 발견되지 않았다. 나는 내 앞날의 크나큰 행복을 굳건히 낙관하고 있었다.

살인을 저지른 지 나흘째 되는 날, 한 무리의 경찰이 아주 느닷없이 집으로 들이닥쳐 또다시 엄중한 가택수색을 실시했다. 그러나 시체를 숨긴 장소는 찾아낼 수 없다고 확신하고 있었기 때문에 나는 전혀 당황하지 않았다. 경찰관들은 내게 수색에 동행할 것을 명령했다. 그들은 집 안 구석구석을 철저히 뒤졌다. 드디어 그들은 세번짼지 네번째로 지하실로 내려갔다. 나는 눈 하나 깜짝하지 않았다. 내 심장은 순진무구하게 잠든 사람처럼 고요히 뛰고 있었다. 나는 지하실 끝에서 끝까지 걸었다. 팔짱을 끼고 이리저리 유유히 돌아다녔다. 경찰은 철저히 조사했다고 생각하고 떠날 채비를 했다. 내 마음속의 기쁨이 너무 벅차서 누를 수가 없었다. 나는 승리의 표시로 딱 한마디라도 하고 싶거니와 내 무죄에 대한 경찰들의 확신을 한층 더 굳혀주고 싶어서 몸이 달았다.

"경관님들," 나는 경찰관 일행이 층계를 올라갈 때 마침내 말했다. "여러분의 의심을 가라앉힐 수 있어서 기쁘군요. 여러분 모두에게 건강을 빌고 더욱 경의를 표하고자 합니다. 그런데 말이죠, 여러분, 이 집은— 이 집은 말이죠, 아주 잘 지어진 집이에요."〔이때 나는 무엇인가 술술 말하려는 미칠 듯한 욕망에 사로잡힌 탓에 나 자신이 무슨 말을 내뱉는지조차 알지 못했다.〕"빼어나게 잘 지어진 집이라고 할 수 있지요. 이 벽들은 말이죠,—보십시오, 가려는 겁니까?—이 벽들은 견고하게 쌓여 있지요" 하면서, 나는 여기서 그냥 허세를 부려보려는 발작적인 욕망에 사로잡혀 손에 쥐고 있던 지팡이로 내 사랑하는 아내의 시체가 뒤편에 서 있는 바로 그 벽돌 부분을 세게 두들겼다.

하느님, 마왕의 독이빨로부터 나를 지켜주시고 구해주소서! 지팡이 두드리는 소리의 울림이 침묵 속에 가라앉자마자 무덤 내부에서 응답하는 한 목소리가 들렸다! 처음에는 어린애의 흐느낌처럼 숨죽인 듯 간헐적이던 소리가 나중에는 순식간에 아주 기이하고 사람 소리랄 수 없는 길고 크고 지속적인 비명소리——울부짖음——로 바뀌었다. 그것은 공포와 승리감이 반반씩 뒤섞인 구슬픈 비명이었다. 지옥의 고통에 빠져 있는 저주받은 자들과 그런 저주를 보고 기뻐 날뛰는 마귀들의 목소리가 합해진 것으로, 오로지 지옥에서만 나올 법한 소리였다.

나 자신의 생각을 말한다는 것은 어리석은 일이다. 정신이 아득해지면서 나는 맞은편 벽까지 비틀거리며 갔다. 층계에 있던 경찰관 일행도 극도의 공포와 두려움으로 한순간 꼼짝 않고 서 있었다. 다음 순간, 열두 개의 억센 팔이 달려들어 벽을 허물었다. 벽은 통째로 무너졌다. 이미 심하게 부패하고 핏덩이로 엉긴 시체가 사람들 눈앞에 우뚝 서 있었다. 시체의 머리 위에는 시뻘건 입을 크게 벌리고 불타는 외눈을 한 그 섬뜩한 고양이가 앉아 있었다. 교활한 술책으로 나를 유혹하여 살인을 저지르게 하고, 고자질하는 목소리로 나를 교수대로 인도한 그 고양이였다. 나는 그 괴물을 무덤 안에 넣은 채 벽을 쌓았던 것이다!

■ 더 읽을거리

『도둑맞은 편지』(김진경 옮김, 문학과지성사 1997)에는 「도둑맞은 편지」「어셔가의 몰락」을 포함하여 포우의 대표작 단편 다섯 편을 골라 번역하고 해설을 달았다. 『우울과 몽상: 에드거 앨런 포 소설 전집』(홍성영 옮김, 하늘연못 2002)은 환상, 유머, 추리, 공포의 주제로 따로 묶인 네 권짜리 포우 단편전집이다.

Herman Melville

| 허먼 멜빌 |

1819~91

뉴욕 출생. 친·외조부가 모두 독립전쟁의 영웅이었다. 부유한 수입상이던 아버지가 사업실패로 파산하고 죽자 멜빌은 일찍이 가게점원, 은행원, 농부, 광부, 교사, 선원 등의 일자리를 전전했는데 이때의 경험이 그의 작품의 밑바탕이 되었다. 특히 "포경선이 나의 예일대이자 하버드대였다"는 이쉬미얼의 고백처럼 멜빌은 포경선과 상선, 군함을 타고 세계를 돌아다닌 경험에서 다양한 소재뿐 아니라 미국사회와 서구문명에 대한 비판적 안목까지 얻었다. 『타이피』(*Typee*, 1846) 『오무』(*Omoo*, 1848) 『레드번』(*Redburn*, 1849) 『화이트재킷』(*White-Jacket*, 1850) 등 초기의 성공적인 장편들이 당대 유행하던 해양모험소설과 구분되는 것은 이런 비판적 안목이 스며 있기 때문이다. 미국문학의 최고 걸작으로 꼽히는 『모비 딕』(*Moby-Dick*, 1851)은 이런 관점이 무르익으면서 의미심장한 서사와 성공적으로 결합된 결과이다. 멜빌은 『모비 딕』에 대한 반응이 신통찮고 『피에르』(*Pierre*, 1852)가 실패하자 실의에 빠졌지만 그후에도 「필경사 바틀비」 「베니토 써레노」(*Benito Cereno*, 1855) 『사기꾼』(*The Confidence-Man*, 1857) 등의 뛰어난 중단편과 장편, 그리고 방대한 시편을 남겼다. 유고작으로 『선원 빌리 버드』(*Billy Budd, Sailor*, 1924)가 있다.

필경사 바틀비 Bartleby, the Scrivener: A story of Wall Street

　　뉴욕 『퍼트넘즈 먼슬리 매거진』(*Putnam's Monthly Magazine*) 1853년 11, 12월호에 익명으로 연재되었고 중단편집 『피아자 테일즈』(*The Piazza Tales*, 1856)에 수록되었다. 단편 치고는 길다. 오랫동안 그 진가가 묻혀 있었지만 지금은 미국문학, 나아가 세계문학에서 가장 뛰어난 단편 가운데 하나로 평가된다. 20세기 초반 멜빌 문학의 재평가 이후 한동안 바틀비라는 인물이 누구를 모델로 한 것인지를 중심으로 논의가 전개되었다. 그후 바틀비의 유순하되 비타협적인 거부 방식과 변호사의 온정적이고 타협적인 면모가 대비되면서 다양한 비평적 견해가 등장했다. 바틀비의 노동자적 면모와 변호사의 자본가적 면모에 주목하는 비평, 바틀비를 자본주의와 불화하는 예술가 혹은 소외된 근대인의 전형으로 읽는 독법, 부조리극과의 유사성이나 카프카적인 면모를 부각하는 해석, 바틀비가 자본주의체제를 혁명적으로 거부하는 인물이라는 주장 등 갖가지 해석이 나왔다. 분명한 것은 멜빌이 특이한 인물과 그의 기이한 행동을 통해 근대 자본주의체제의 삶의 원리를 정면으로 문제삼고 있다는 것이다. 이런 근본적인 발상이 철학적 사변이나 설교가 아니라 흥미로운 이야기로 제시되는 것은 정교한 언어, 혁신적인 화법, 적실한 유머 등 멜빌의 비범한 언어예술 덕분일 것이다. 가령 온갖 상상의 날개를 펼쳤다 접었다 하는 변호사의 속내를 빤히 드러내는 독백(자유간접화법), "그렇게 안 하고 싶습니다"라는 어구가 반복되고 변주될 때마다 미묘하게 달라지는 뉘앙스, 심각한 상황에서 슬쩍 끼어드는 썰렁한 유머, 월 가 사무실 공간을 삭막한 사물의 느낌 그대로 불러내는 멜빌의 모던한 묘사력 등이 모두 이 작품의 빼어남에 기여하는 필수요소들이다.

필경사 바틀비

월 가 이야기

나는 나이가 꽤 지긋한 사람이다. 지난 삼십년 동안 내 직업의 성격상 나는 흥미롭고 다소 특이한 집단의 사람들을 제법 깊이 접하게 되었다. 내가 알기로는 그들에 대해서 아직 어떤 글도 씌어진 것이 없는데, 법무 필경사 혹은 대서인 들 말이다. 나는 직업상으로나 개인적으로 그들 상당수를 알고 지냈고, 만일 내가 원한다면 마음씨 착한 신사들은 미소를 짓고 감상적인 사람들은 눈물을 흘릴 다양하고 기구한 내력들을 이야기할 수 있다. 그러나 내가 보거나 들은 중에 가장 이상한 필경사인 바틀비의 생애에 관한 몇몇 구절만 남기고 다른 모든 필경사들의 전기는 포기하고자 한다. 다른 필경사에 대해서라면 일생을 다루는 전기를 쓸 수도 있지만 바틀비에 대해서는 그런 종류의 글을 전혀 쓸 수 없다. 나는 이 사람에 대한 충실하고 만족스러운 전기를 쓸 만한 자료란 존재하지 않는다고 믿는다. 그것은 문학에는 돌이킬 수 없는 손실이다. 바틀비는 일차자료 말고는 어떤 것도 확인할 수 없는 그런 존재 중의 하나인데, 그의 경우에는 일차자료란 것이 얼마 안되는 것이다. 바틀비의 경우 내 놀란 두 눈으로 본 것, 그것이 결말 부분에 등장하는 한가지 모호한 소문을 제외하면, 사실 내가 그에 관해 알고 있는 전부이다.

 내 앞에 처음 모습을 드러낸 바틀비를 소개하기 전에 나 자신과 종업원들, 나의 일과 사무실, 그리고 전반적인 환경에 대해 약간 언급하는 것이 적절하겠다. 왜냐하면 그런 묘사를 어느정도 해놓아야 곧 등장할 주인공을 충분히 이해할 수 있기 때문이다.

 우선, 나는 젊을 때부터 줄곧 편하게 사는 것이 제일이라는 확신으로 가득 찬 사람이다. 따라서, 하도 격렬하고 신경을 곤두세우게 해서 때때로 소동이 일어나기까지 하는 것으로 소문난 직업에 종사하지만 그런 종류의 고충 때문에 내 평화가 침해되는 일은 결코 없었다. 나는 배심원단 앞에서 열변을 토하거나 대중의 갈채를 불러일으키는 일은 일절 하지 않고 혼자 조용히 아늑한 사무실에 처박혀 부자들의 채권, 저당증서, 부동산 권리증서 등을 쌓아놓고 수지맞는 일을 하는, 그런 야심없는 변호사 중 하나이다. 나를 아는 사람은 누구나 나를 더없이 안전한 사람이라고 여긴다. 시적 정열 따위에는 관심없는 인물인 고(故) 존 제이콥 애스터(John Jacob Astor, 1763~1848, 중국무역, 부동산, 모피회사 등으로 성공한 당대 미국의 최고 부호—옮긴이)는 나의 첫째 장점이 신중함이고 둘째 장점은 체계성이라고 서슴없이 단언했다. 내가 이 말을 하는 것은 허영심 때문이 아니라 다만 나 자신이 고 존 제이콥 애스터의 변호사 일을 맡아보지 못한 사람이 아니라는 사실을 기록하기 위해서이다. 그러나 인정하건대, 나는 그의 이름을 자주 입에 올리기를 좋아한다. 왜냐하면 그 이름에는 구슬 같은 원순음(圓脣音)이 있어서, 마치 순금에 부딪힌 양 낭랑하게 울리기 때문이다. 나는 고 존 제이콥 애스터의 호의적인 견해에 무감하지 않다는 것을 기꺼이 덧붙이고자 한다.

 이 작은 이야기가 시작되기 얼마 전에 내 업무량은 크게 증가했다. 뉴욕 주의 지금은 없어진, 예전의 그 좋은 형평법 법원(뉴욕 주에 1777년에 설치되었다가 1846년 주 헌법 개정으로 폐지됨―옮긴이)의 주사 자리가 내게 주어진 것이었다. 그것은 그다지 힘이 들지 않는 일이지만 매우 흡족할 정도로 수지가 맞았다. 나는 웬만해서는 화를 내지 않거니와 부당한 일이나 황당한 일에 분개하는 위험천만한 행동은 더더욱 삼갔다. 그렇지만 여기서 내가 새 헌법에 의하여 형평법 법원의 주사직이 갑자기 폐지된 폭거를 ○○한 시기상조의 조처로 여기고 있다고 성급히 단언하는 것을 양해해주기 바란다. 평생 동안의 이득을 기대했는데 실제로는 불과 몇년밖에 혜택을 받지 못했기 때문이다. 하지만 이건 여담이다.

내 사무실은 월 가 ○○번지 위층에 있었다. 사무실의 한쪽 끝은 건물 꼭대기에서 밑바닥까지 관통하는 널찍한 채광용 수직공동(垂直空洞) 안쪽의 흰 벽을 마주 보고 있었다. 이 전망은 확실히 풍경화가가 말하는 '생기'가 결여되어 있어 무엇보다 활력이 없다는 생각이 들 수 있었다. 그렇다면 사무실 반대쪽 끝에서 보이는 전망은 앞의 전망보다 더 나을 건 없더라도 적어도 좋은 대조를 이루고 있었다. 이쪽 방향의 창문을 내다보면 오래되고 늘 그늘이 져서 거무칙칙한 높다란 벽돌벽이 막힘없이 눈에 들어오는데, 이 벽은 그 숨겨진 아름다움을 알아보기 위해 망원경을 쓸 필요가 없으며 어떤 근시안이라도 볼 수 있을 정도로 내 사무실 유리창에서 3미터도 안되는 곳까지 바싹 다가와 있었다. 주변 건물들이 대단히 높고 사무실이 이층에 있는 탓에 이 벽과 사무실 건물 벽 사이의 간격은 거대한 정방형의 물탱크와 적잖게 닮아 있었다.

바틀비가 출현하기 직전 나는 두 사람을 필경사로 고용하고 있었고 장래가 촉망되는 한 소년을 사무실 사환으로 두고 있었다. 첫째 터키, 둘째 니퍼즈, 셋째 진저 넛이었다. 이 이름들은 인명부에서 비슷한 예

허먼 멜빌 필경사 바틀비

51

를 찾아보기 힘든 희귀한 이름처럼 보일지도 모른다. 사실은 이 이름들은 내 직원 세 사람이 서로에게 붙인 별명으로서, 그들 각각의 신체나 성격을 표현하는 것으로 여겨졌다. 터키(보통명사로 얼굴이 붉은 칠면조―옮긴이)는 땅딸하고 숨이 가쁜, 내 또래의―말하자면 환갑이 머잖은 나이의―영국인이었다. 오전에는 그의 얼굴이 불그레하니 혈색이 좋다고 할 수 있지만 점심시간인 정오 후에는 크리스마스날 석탄으로 가득한 벽난로처럼 활활 타고, 저녁 여섯시경까지 계속 타다가, 말하자면 서서히 사위어갔다. 그 시간 이후 나는 그 얼굴주인을 더이상 보지 못하지만, 태양과 함께 정점에 도달한 그의 얼굴은 태양과 함께 졌다가 그 다음날도 전날처럼 규칙적이고 그 못지않게 찬란하게 태양과 함께 떠올라 정점에 도달했다가 저무는 것 같았다. 인생을 살면서 나는 많은 특이한 우연의 일치를 알게 되었는데, 그중 다른 것 못지않은 것이 이런 사실이었다. 즉 정확히 터키가 자기의 붉고 빛나는 혈색에서 최대한의 광채를 뿜어내는 바로 그때, 그 중대한 순간에 내가 보기에는 스물네 시간 중 나머지 시간 동안 그의 업무 역량이 심각하게 저하되는 일과시간 역시 시작된다는 것이었다. 터키가 그때 게으르기 짝이 없다거나 업무를 지긋지긋해한다는 뜻이 아니다. 전혀 그렇지 않다. 오히려 그가 너무너무 원기왕성해진다는 데 어려움이 있었다. 그는 이상할 정도로 흥분하며 당황하고 들떠서 경솔한 행동을 하는 면이 있었다. 그는 잉크병에 펜을 담그면서 조심하지 않았다. 내 서류에 그가 남긴 잉크 얼룩들은 모두 정오 열두시 이후에 떨어뜨린 것이다. 실로 터키는 오후만 되면 경솔해져서 슬프게도 얼룩을 묻히는 습성이 있을뿐더러 어떤 날에는 한술 더 떠서 꽤나 시끄러웠다. 그런 때는 그의 얼굴 역시 무연탄 위에 촉탄(燭炭)을 쌓아올린 것처럼 한층 더 시뻘겋게 달아올랐다. 그는 의자로 불쾌한 소리를 내는가 하면 모래통(잉크를 말리려고 뿌리는 모래를 담아둔 통—옮긴이)을 쏟기도 했다. 펜을 고치려고 안달하다가 산산조각나자 돌연 불같이 화를 내며 그것을 바닥에 내동 댕이치기도 했다. 그러고는 일어서서 책상 위로 몸을 굽혀 그처럼 나이 지긋한 사람으로서는 보기 민망할 정도로 점잖지 못하게 서류를 마구 헝클어뜨리곤 했다. 그럼에도 터키는 여러모로 내게 무척 소중한 사람이고 또한 정오 이전에는 줄곧 가장 빠르고 꾸준한 사람으로서 쉽게 넘볼 수 없는 방식으로 대단한 양의 일을 완수했다. 이런 이유들 때문에 그의 기행을 기꺼이 눈감아주곤 했으나, 사실은 가끔 그에게 잔소리를 하기도 했다. 그러나 잔소리를 하더라도 아주 부드럽게 했는데 그것은 그가 오전에는 더없이 정중하고, 아니 더없이 온후하고 더없이 공손한 사람이지만 오후에는 자극을 받으면 말투가 약간 경솔해지는, 사실상 거만해지는 경향이 있었기 때문이다. 그런데 나는 그의 오전 근무를 높이 평가하고 있어 그를 계속 데리고 있을 작정이지만 그럼에도 열두시 이후 그의 불같은 방식 때문에 불편했다. 나는 사태를 조용하게 처리하는 사람이라서, 자칫 충고하다가 그에게서 험악한 말대꾸를 당할까봐 어느 토요일 정오에 (그의 증상은 토요일이면 항상 더 심각해진다) 아주 부드럽게 넌지시 말해보기로 했다. 즉 이제 그도 늙어가고 있으니 근무를 단축하는 것이 좋지 않겠느냐고, 간단히 말해서 열두시 이후 사무실에 나올 필요 없이 점심 후에 숙소로 귀가해서 차 마시는 시간까지 쉬는 것이 좋겠다고 말했다. 그러나 안된다는 것이다. 그는 자신의 헌신적인 오후 근무를 고집했다. 그가 웅변조로 자신의 오전 근무가 유용하다면, 그렇다면 오후 근무는 얼마나 필수불가결하겠는가 하고 내게 장담할 때—긴 자로 사무실 맞은편 끝을 겨냥하는 동작을 취하면서—그의 얼굴색은 참기 힘들 정도로 타오르는 듯했다.

"선생님, 외람된 말씀입니다만," 이런 경우에 터키는 말했다. "나는 나 자신을 선생님의 오른팔이라고 생각합니다. 오전에는 단지 군대를 소집해서 배치시키기만 하지만 오후에는 내가 직접 군대의 선두에 서서 적에게 돌격하는 겁니다. 이렇게요." 그러면서 터키는 자로 격렬하게 찌르는 시늉을 했다.

"하지만 터키, 얼룩이 생기잖아." 내가 넌지시 말했다.

"그렇지요, 하지만 외람된 말씀이지만, 선생님, 이 머리카락을 보세요! 나는 늙어가고 있습니다. 따뜻한 오후에 얼룩 한두 점이 나온다고 이런 희끗희끗한 노인을 심하게 문책할 것은 아니지요. 노년이란 설령 문서 한쪽 전체를 얼룩지게 하더라도 존중받아야 하지요. 외람된 말씀이지만, 선생님, 우린 둘 다 늙어가고 있어요."

이렇게 동류의식에 호소하면 저항하기가 힘들어진다. 어쨌거나 나는 그가 일찍 퇴근하지 않으리라는 것을 알았다. 그래서 그가 남아 있도록 내버려두기로 작정했지만 그래도 오후 동안에는 덜 중요한 서류를 다루게 해야 한다고 결심했다.

내 종업원 명부에 두번째로 올라 있는 니퍼즈(보통명사로 집게, 족집게를 뜻함—옮긴이)는 구레나룻을 기르고 혈색이 나빠 전체적으로 해적처럼 보이는 스물다섯살 가량의 청년이었다. 나는 언제나 그를 두 가지 사악한 힘—야망과 소화불량—의 희생자로 여겼다. 야망은 단순한 필경사의 일을 참지 못하는 어떤 성향, 이를테면 법률문서의 원안 작성처럼 엄격히 전문가만 해야 할 일에 당치 않게 손대는 버릇으로 나타났다. 소화불량은 이따금 신경질적으로 퉁명스러워지면서 이를 드러내며 짜증을 낸다든지 필사중에 실수를 저지르면 소리나게 이를 간다든지 한창 일하다가 쓸데없이 악담을—말한다기보다는 내뱉는 방식으로—한다든지 그리고 특히 그가 일하는 책상 높이에 끊임없이 불만을 갖는 것으로 나타나는 듯했다. 기계를 만지는 데는 매우 뛰어난 재능이 있지만 니퍼즈는 이 책상을 결코 자기 마음에 맞게 조절할 수가 없었다. 그는 갖가지 블록, 판지조각 등의 토막들로 책상을 괴고 마침내 막판에는 압지를 접어서 정교한 조정을 시도하기까지 했다. 그러나 어떤 재간을 부려도 소용이 없었다. 만약 등을 편안하게 하려고 책상 뚜껑을 턱에 닿을 정도로 가파른 각도로 높이고서 마치 네덜란드식 가파른 집 지붕을 책상으로 삼는 사람처럼 글을 쓸 때면 팔의 혈액순환이 안된다고 분명히 말했다. 책상 높이를 허리춤까지 낮추고 책상 위로 몸을 구부려 글을 쓰면, 이번에는 등이 쑤시듯 아팠다. 요컨대 문제의 진상은 니퍼즈가 자신이 무엇을 원하는지 알지 못했다는 것이다. 아니면 정녕 원하는 것이 있다면 그건 필경사의 책상을 아예 치워버리는 것이었다. 그의 병든 야망의 표출 가운데는 그가 고객이라고 부르는, 초라한 외투를 입은 정체불명 친구들의 방문을 즐기는 것도 끼어 있었다. 사실 그는 때로는 꽤 중요한 지역정치가였을 뿐 아니라 이따금 법원에서 사소한 업무도 보았고 툼즈(1836년 맨해튼 남쪽에 건립된 뉴욕시 법무청사 및 구치소(The New York Halls of Justice and House of Detention)의 별칭—옮긴이) 인근에서도 알려진 사람이라는 것을 나는 알고 있었다. 그러나 나는 내 사무실로 그를 찾아와 거드름을 피우며 자기가 니퍼즈의 고객이라고 주장한 한 인물이 다름아닌 빚쟁이였고 부동산 권리증서라고 하는 것이 청구서였다고 믿을 충분한 이유가 있다. 그러나 그의 이런 모든 결점과 그로 인해 야기되는 성가심에도 불구하고 니퍼즈는 그의 동료인 터키와 마찬가지로 내게 매우 유용한 사람이었다. 그는 깔끔하고 재빠르게 필사를 했으며 마음이 내키면 충분히 신사적인 품행을 보여주었다. 여기에 덧붙여 그는 항상 신사답게 옷을 입었고, 그래서 말하자면 사무실에 신망을 더해주었다. 반면에 터키로 말하자면 나는 그가 사무실에 누가 되지 않도록 하느라고 법석을 떨어야만

했다. 그의 옷은 기름때에 찌든 모습인데다 싸구려 식당 냄새를 풍기기 십상이었다. 그는 여름에 바지를 매우 헐렁하고 불룩하게 입었다. 그의 외투는 혐오스럽기 짝이 없고 모자는 손댈 수 없을 정도였다. 그러나 그가 영국인 직원으로서 타고난 예의범절로 사무실에 들어오는 순간 항상 모자를 벗기 때문에 그의 모자는 어떻든 상관없었지만 외투는 별개의 문제였다. 외투에 대해 나는 그를 설득해보았지만 효과가 없었다. 사실은 수입이 너무 적은 사람이 그토록 번들거리는 얼굴과 윤기있는 외투를 동시에 뽐낼 수는 없었던 것 같다. 니퍼즈가 언젠가 말한 대로 터키의 돈은 주로 싸구려 술에 들어갔다. 어느 겨울날 나는 터키에게 매우 점잖아 보이는 내 외투 한벌을 선물했다. 솜을 덧댄 회색 외투인데 무릎에서 목까지 단추가 달려 있어 매우 편안하고 따스했다. 나는 터키가 내 호의를 고맙게 여기고, 오후만 되면 도지는 경솔하고 소란스러운 언행을 자제할 것으로 생각했다. 그러나 천만의 말씀이었다. 귀리를 너무 많이 주면 도리어 말에게 해롭다는 원칙과 마찬가지로 그렇게 담요같이 포근한 외투를 감싸고 단추를 꽉 채우는 것이 그에게 해로운 영향을 주었다고 나는 진정 믿는다. 사실 경솔하고 고집 센 말이 귀리를 먹으면 날뛴다는 속담과 똑같이, 외투를 입은 터키도 그랬다. 외투가 그를 건방지게 만든 것이다. 그는 물질적 풍요가 해가 되는 사람이었다.

터키의 방종한 습성에 대해 내 나름대로 짐작하는 바가 있지만, 니퍼즈에 대해서는 다른 면에서 어떤 결함이 있건 적어도 술은 삼가는 젊은이라는 것을 사뭇 확신하고 있었다. 그러나 사실은, 천성이 그에게 술을 대어주는 격이었으니, 그는 태어날 때부터 성마르고 브랜디 같은 체질로 꽉 차 있어서 차후의 음주가 조금도 필요하지 않았던 것이다. 조용한 사무실에서 때때로 니퍼즈가 더는 못 참겠다는 듯이 자리에서 일어나 책상에 몸을 구부리고 팔을 넓게 벌려 책상 전체를 붙잡고는 마치 그것이 고의로 자기를 방해하고 화를 돋우려고 작정한 심술쟁이라도 되는 것처럼 이리 움직이고 저리 잡아당기면서 바닥에 책상을 갈아대는 섬뜩한 모습을 곰곰이 생각할 때 나는 니퍼즈에게 물 탄 브랜디가 전혀 필요하지 않다는 것을 분명히 인식하게 된다.

니퍼즈의 짜증과 그에 따른 신경과민이 그 특이한 원인——소화불량——때문에 주로 오전에 현저하게 나타나는 반면 오후에는 비교적 순해진다는 사실은 나로서는 다행이었다. 터키의 발작은 열두시경이 되어서야 시작되므로 한번도 두 사람의 기행을 한꺼번에 상대하지 않아도 되었기 때문이다. 그들의 발작은 마치 경비병의 근무 교대처럼 서로 교대했다. 니퍼즈의 발작이 시작되면 터키의 발작은 가라앉았고, 그 역도 마찬가지였다. 이는 주어진 정황에서는 자연의 훌륭한 배려였다.

내 종업원 명부의 세번째인 진저 넛(생강이 든 빵이나 비스킷——옮긴이)은 열두살쯤 되는 소년이었다. 그의 아버지는 짐마차 마부였는데 죽기 전에 아들이 마부석 대신 판사석에 앉아 있는 모습을 보기를 열망했다. 그래서 그는 주급 1달러에 아들을 법률 문하생이자 심부름꾼이자 청소부 자격으로 내 사무실에 보냈다. 진저 넛은 자기만의 자그마한 책상을 갖고 있으나 별로 사용하지 않았다. 검사를 해보면 서랍에는 갖가지 견과류 껍데기들이 수북했다. 실로 약삭빠른 이 젊은이에게는 고상한 법학 전체가 견과 껍데기 속에 담겨 있는 셈이다. 진저 넛이 하는 일 가운데서 다른 것 못지않게 중요할뿐더러 더없이 민첩하게 수행하기도 하는 일은 터키와 니퍼즈에게 빵과 사과를 조달하는 임무였다. 법률 문서를 필사하는 일은 소문대로 무척 무미건조하고 갈증나는 일이라서, 나의 필경사 둘은 세관과 우체국 근처의 수많은 노점에서 구할 수 있는 스피천버그 사과(여름에 익는 적색·황색의 미국산 사과——옮긴이)

로 아주 자주 입을 축이고 싶어했다. 또한 그들은 그 특이한 빵—작고 납작하고 둥글고 아주 향긋한 빵—을 사러 진저 넛을 뻔질나게 보냈는데, 이 빵 이름을 따서 그의 별명을 지었다. 어느 추운 아침에 업무가 지루하기만 할 때에 터키는 생강빵을 그저 살짝 구운 과자인 것처럼 수십개씩이나 게걸스럽게 먹어치우곤 했는데—사실 그것들은 1페니에 여섯 개나 여덟 개씩 팔았다—그럴 때는 펜이 종이 위를 긁는 소리가 입에서 파삭파삭한 조각들이 와삭 부서지는 소리와 뒤섞였다. 터키가 오후에 흥분해서 저지르는 경거망동 중에서 그가 한번은 생강빵을 입에 물고 침을 묻혀서 그것을 봉인 대신 저당증서에 찰싹 갖다 붙인 일이 있었다. 그때 나는 그를 해고할 뻔했다. 그러나 그는 동양식으로 절을 하면서 "외람된 말씀이지만 선생님, 내 돈으로 선생님의 문방구를 조달한 셈이니 내가 후한 사람이지요" 하고 말하는 바람에 내 마음이 진정되었다.

나의 원래 업무—부동산 양도증서 작성 변호사이자 부동산 권리증서 추적자이자 온갖 종류의 난해한 서류 작성자의 업무—는 법원의 주사 직을 맡고 나서 상당히 증가했다. 이제 필경사들의 일감이 크게 불어났다. 나는 이미 고용한 직원들을 다그쳐야 할뿐더러 아무래도 새로운 일손을 구해야 했다.

구인광고를 보고 어느날 아침 젊은이 하나가 여름이라 문을 열어놓은 사무실 문간에 꼼짝 않고 서 있었다. 지금도 그 모습이 눈에 선하다! 창백할 정도의 단정함, 애처로운 기품, 그리고 치유할 수 없는 고독. 그가 바틀비였다.

그의 자격과 관련하여 몇마디 물어본 다음 나는 그를 고용했다. 나의 필경사 군단에 그토록 눈에 띄게 침착한 면모의 사람을 갖게 된 것이 기뻤으며, 그런 면모가 터키의 변덕스러운 기질과 니퍼즈의 불같은 성질에 유익하게 작용하리라고 생각했다. 미리 말해두었어야 하는 일이지만, 반투명유리 접이문이 내 사무실 공간을 두 부분으로 나누고 있었는데, 하나는 필경사들이 차지하고 다른 하나는 내가 차지하고 있었다. 기분에 따라 나는 이 문을 열거나 닫았다. 나는 바틀비를 접이문 옆의 한구석에 배치하되 내 공간 쪽에 두기로 했다. 자질구레한 문제를 처리해야 할 경우를 대비하여 이 조용한 사람을 내가 부르기 쉬운 곳에 두기 위해서였다. 나는 그의 책상을 사무실 그 부분의 조그만 옆 창문에 바싹 붙여놓았다. 그 창은 원래 어떤 지저분한 뒤뜰과 벽돌의 옆모습을 보여주었으나 나중에 건물이 세워지는 바람에 현재는 약간의 빛은 받아들이되 경치는 전혀 보여주지 못했다. 유리창에서 1미터 내에 벽 하나가 있었고, 빛은 마치 둥근 천장의 매우 작은 구멍에서 나오는 것처럼 훨씬 위에서 높다란 두 건물 사이를 타고 내려왔다. 더욱 더 만족스러운 배치를 위하여 나는 바틀비 쪽에서 내 목소리는 들을 수 있되 그를 내 시야에서 완전히 격리할 수 있는 높다란 접이식 녹색 칸막이를 구입했다. 그래서 그런대로 사적인 자유와 그와의 소통을 동시에 누릴 수 있었다.

처음에 바틀비는 엄청난 양의 필사를 했다. 마치 뭔가 필사할 것에 오랫동안 굶주린 사람처럼 그는 내 문서를 닥치는 대로 먹어치우듯 했다. 소화를 위해 쉬지도 않았다. 그는 밤낮을 가리지 않고 일하면서 낮에는 햇빛으로 밤에는 촛불을 켜고 필사를 했다. 만약 그가 즐겁게 일하기만 했다면 나는 그의 근면을 상당히 기뻐했을 것이다. 그러나 그는 말없이, 창백하게, 기계적으로 필사를 계속했다.

자기가 필사한 것이 정확한지 한자 한자 검증하는 것도 당연히 필경사 일의 빠뜨릴 수 없는 부분이다. 한 사무실에 두 명 이상의 필경사가 있으면, 한 사람이 필사본을 읽고 다른 사람이 원본을 붙들고 있는 식으로 필경사들끼리 서로 도와가며 이런 검토작업을 한다. 이 일은 아주 지루하고 피곤하고 졸리는 작업이다. 어떤 다혈질의 사람들에게 이 일은 도저히 견디기 힘들 것이라는 상상을 쉽게 할 수 있다. 예컨대 원기왕성한 시인 바이런이 바틀비와 함께 느긋하게 앉아서 가령 꼬불꼬불한 필치로 빽빽하게 씌어진 오백 면짜리 법률문서를 검토했으리라고는 도저히 믿을 수 없다.

가끔씩 일이 한창 바쁠 때는 몇몇 간단한 서류를 비교하는 일을 내가 직접 돕기도 하는데, 이런 목적으로 터키나 니퍼즈를 부르는 것이 내 습관이었다. 바틀비를 칸막이로 가리되 편리하게 내 곁에 둔 한가지 목적은 이런 사소한 경우에 그의 써비스를 받고자 함이었다. 내 생각에 그날은 그가 나와 함께 있은 지 삼일째 되는 날이었고, 그때까지는 바틀비가 자신의 필사를 검토할 필요가 아직 없었다. 얼마 안되지만 당면한 용무를 끝내려고 다급했던 나는 부리나케 바틀비를 불렀다. 급하기도 했지만 바틀비의 즉각적인 반응을 당연히 기대하면서 나는 고개를 숙여 내 책상에 놓인 원본을 들여다보면서 사본을 쥔 오른손을 옆으로 다소 거칠게 뻗었다. 바틀비가 자신의 은신처에서 나오자마자 사본을 잡고 잠시도 지체하지 않고 작업에 착수할 수 있도록 하기 위해서였다.

바로 이런 자세로 나는 앉은 채로 그를 부르면서 내가 그에게 바라는 것이 무엇인지를——즉 분량이 얼마 안되는 서류를 나와 함께 검토하는 일을——신속하게 말했다. 바틀비가 자신의 구석자리에서 움직이지 않고 그 특유의 온화하면서도 단호한 목소리로 "그렇게 안 하고 싶습니다"하고 대답했을 때 나의 놀라움, 아니 대경실색을 상상해보라.

나는 놀라서 어리벙벙한 정신을 가다듬으며 잠시 동안 아무 말 없이 앉아 있었다. 즉각 떠오른 생각은 내가 잘못 들었거나 아니면 바틀비가 내 뜻을 완전히 오해했다는 것이었다. 나는 내가 구사할 수 있는 가장 선명한 어조로 그 부탁을 되풀이했다. 그러나 똑같이 선명한 어조로 "그렇게 안 하고 싶습니다"라는 종전과 같은 대답이 들렸다.

"그렇게 안 하고 싶다니," 나는 크게 흥분하여 자리에서 일어나 사무실을 성큼성큼 가로질러 걸어가며 그 말을 되풀이했다. "무슨 소리야? 자네 미쳤어? 내가 여기 이 서류를 비교하게 도와달란 말이야—이거 받아" 하고는 그 서류를 그를 향해 디밀었다.

"그렇게 안 하고 싶습니다." 그가 말했다.

나는 꼼짝 않고 그를 노려보았다. 그의 여윈 얼굴은 태연했고 어둑한 잿빛 눈은 평온했다. 동요하는 기색이라곤 전혀 없었다. 그의 거동에 조금이라도 불안, 분노, 초조, 혹은 불손의 빛이 있었더라면, 다시 말해서 약간이라도 평범하고 인간적인 면모가 있었더라면 나는 틀림없이 그를 사무실에서 사정없이 내쫓았을 것이다. 그러나 실제로는 키케로 석고 흉상을 문밖으로 내쫓을 생각을 하는 편이 차라리 나을 지경이었다. 나는 그가 필사를 계속하는 동안 잠시 그를 노려보고 서 있다가 내 책상에 다시 돌아와 앉았다. 이건 정말 이상해, 하고 나는 생각했다. 어떻게 하는 것이 상책일까? 그러나 나는 일 때문에 바빴다. 그 문제는 당분간 덮어두었다가 나중에 한가할 때 생각하기로 결론지었다. 그래서 다른 방에서 니퍼즈를 불러 신속하게 서류를 검토했다.

이 일이 있은 지 며칠 후 바틀비는 네 통의 긴 문서를 완성했다. 그것은 형평법 고등법원에서 일주일 동안 내가 받아낸 증언 네 통의 사본이었다. 그 서류들은 반드시 검토해야 했다. 중요한 소송인만큼 아주 정확한 기록이 절대 필요했다. 사전준비를 다 한 다음 네 통의 사본을 네 명의 직원에게 하나씩 나눠주고 내가 원본을 읽을 요량으로 옆방에서 터키, 니퍼즈, 진저 넛을 불렀다. 이에 따라 터키, 니퍼즈, 진저 넛이 각자 손에 서류를 들고 열을 지어 앉았을 때, 나는 이 흥미로운 그룹에 동참하라고 바틀비를 불렀다.

"바틀비! 빨리, 기다리고 있잖아."

카펫을 깔지 않은 바닥에 천천히 책상다리가 긁히는 소리가 나더니 곧 그가 자기 은신처 입구에서 나타나 섰다.

"무슨 일이십니까?" 그가 부드럽게 말했다.

"필사본, 필사본 말일세." 내가 서둘러 말했다. "우린 필사본을 검토할 거야. 자, 여기." 그러고는 그를 향해 네번째 사본을 내밀었다.

"그렇게 안 하고 싶습니다" 하고 말하고는 그는 칸막이 뒤쪽으로 점잖게 사라졌다.

잠시 동안 나는 소금기둥으로 변해, 줄지어 앉은 직원들 맨앞에 우두커니 서 있었다. 정신을 차리자 나는 칸막이 쪽으로 가서 그런 터무니없는 행동을 하는 이유를 물었다.

"왜 거절하는 거지?"

"그렇게 안 하고 싶습니다."

다른 사람이었더라면 나는 당장 무섭게 화를 내고 더이상 말로 하지 않고 그를 내 면전에서 굴욕적으로 쫓아냈을 것이다. 그러나 바틀비에게는 묘하게 나의 적의를 가라앉힐 뿐 아니라 놀라운 방법으로 나를 감동시키고 당황케 하는 면이 있었다. 나는 이치를 따지며 그를 설득하기 시작했다.

"우리가 검토하려는 건 바로 자네의 필사본들이야. 한번의 검토로 네 개의 사본이 모두 처리될 테니까 자네 일을 덜어주는 것이야. 이건 일반적인 관례야. 필경사라면 누구나 자기 필사본을 검토하는 일에 일조해야 하는 거야. 그렇지 않겠어? 말도 하지 않을 거야? 대답해!"

"그렇게 안 하고 싶습니다." 그가 플루트 소리 같은 어조로 대답했다. 내가 바틀비에게 이야기를 하고 있는 동안 그는 내가 하는 발언을 구절구절 음미하고, 그 의미를 충분히 이해하고, 그 불가항력적인 결론을 부정할 수 없는 듯했으나, 그럼에도 불구하고 어떤 최우선적인 고려사항 때문에 그렇게 대답할 수밖에 없는 것처럼 보였다.

"그렇다면 자넨 내 요청을 따르지 않기로 결정한 거야? 일반적인 관례와 상식에 따라 한 요청을 말이야?"

그는 그 점에 대해서는 내 추측이 맞다고 간단히 확인시켜주었다. 그랬다. 그의 결정은 돌이킬 수 없는 것이었다.

사람이란 유례없이 극히 불합리한 방식으로 윽박지름을 당하면 가장 명백한 믿음마저 흔들리기 시작하는 경우가 드물지 않다. 말하자면 그 모든 정의와 이성이 아무리 훌륭하다 할지라도 그것이 모두 상대방 편을 들고 있다는 추측을 어렴풋하게 하기 시작하는 것이다. 따라서 이해관계가 없는 사람들이 현장에 있으면 동요하는 마음을 얼마간 다잡기 위해 그들에게 도움을 구하게 된다.

"터키," 나는 말했다. "이걸 어떻게 생각하는가? 내가 옳지 않은가?"

"외람된 말씀입니다만, 선생님," 터키가 유순하기 그지없는 어조로 말했다. "선생님이 옳다고 생각합니다."

"니퍼즈," 나는 말했다. "자넨 이걸 어떻게 생각하는가?"

"저녀석을 사무실 밖으로 내쫓아야 한다고 생각합니다."

(이 대목에서 눈치빠른 독자는 오전이기 때문에 터키의 대답은 공손하고 차분한 어조로 표현된 반면 니퍼즈는 성마른 어조로 대답하고 있음을 알아차릴 것이다. 혹은 앞서 나온 문장을 빌려 말하면, 니퍼즈의 험악한 심사가 발동중이고 터키의 그것은 꺼진 상태였다.)

"진저 넛," 아무리 작은 지지표라도 내 편에 올리고 싶어 말했다.

"넌 어떻게 생각하니?"

"선생님, 제 생각에 저 아저씨는 살짝 머리가 돈 것 같아요." 진저 넛이 씩 웃으며 대답했다.

"자네 동료들이 하는 말을 들어보라고." 칸막이 쪽으로 고개를 돌리며 내가 말했다. "나와서 자네 의무를 다하란 말이야."

그러나 그는 아무런 대답도 하지 않았다. 나는 아주 난감하여 한동안 깊은 상념에 빠졌다. 하지만 또다시 바쁜 업무가 나를 재촉했다. 나는 다시 이 딜레마에 대한 숙고를 나중에 여가 날 때까지 미루기로 결정했다. 약간 수고스럽기는 했지만 우리는 바틀비 없이 서류 검토작업을 해냈다. 그렇지만 터키가 한두 장 넘길 때마다 이런 식의 진행은 완전히 관례에 어긋난다는 의견을 정중하게 비치는 반면 니퍼즈는 소화불량으로 인한 신경과민으로 의자에서 몸을 비틀어대고 이따금씩 이를 갈면서 칸막이 뒤쪽의 고집불통 멍청이에게 저주의 말을 내뱉었다. 그런데 그(니퍼즈)로서는 돈을 받지 않고 다른 사람의 일을 해주기는 이번이 처음이자 마지막이었다.

한편 바틀비는 자기만의 별난 업무 외에 아무것도 안중에 없는 듯 자기 은신처에 들어앉아 있었다.

그 필경사가 또 하나의 긴 서류작업에 몰두한 지 며칠이 지나갔다. 최근 그의 놀랄 만한 행동 때문에 나는 그의 습성을 세밀히 주시하게 되었다. 내가 관찰해보니 그는 나가서 식사하는 일이 한번도 없으며, 사실상 아무 데도 가지 않았다. 나만 모르는지 몰라도 아직까지 그가 사무실 밖에 있는 모습을 본 적이 없었다. 그는 항시 사무실 한구석을 지키는 보초였다. 그러나 오전 열한시경이면 진저 넛이 내가 앉은 곳에서는 보이지 않는 몸짓으로 조용히 거기로 불려가듯 바틀비의 칸막이 입구 쪽으로 다가가곤 하는 것을 나는 눈치챘다. 그런 다음 진저 넛은 몇 펜스를 쨍그랑거리며 사무실에서 나가서 한웅큼의 생강빵을 들고 다시 나타났는데, 그것을 바틀비의 은신처에 전달하고 수고비조로 빵 두 개를 받곤 했다.

그렇다면 녀석은 생강빵을 먹고 사는군 하고 나는 생각했다. 제대로 말하자면 점심식사를 결코 하지 않는다는 것이지. 그렇다면 녀석은 채식주의자임에 틀림없어. 그렇지만 그것도 아냐, 녀석은 채소조차 일절 먹지 않고 생강빵 말고는 아무것도 먹지 않아. 그러자 내 마음은 오로지 생강빵만 먹고 사는 것이 인간 체질에 어떤 영향을 미칠까 하는 공상에 빠져들었다. 생강빵이 생강빵으로 불리는 까닭은 빵에 그 특이한 구성요소 중의 하나이자 최종적으로 맛을 내는 성분으로 생강이 들어 있기 때문이다. 근데, 생강은 어떤 것이더라? 맵고 향긋한 것이지. 바틀비가 맵고 향긋한가? 전혀 그렇지 않아. 그렇다면 생강은 바틀비에게 어떤 영향도 끼치지 않았어. 아마 녀석도 생강이 어떤 영향도 끼치지 않기를 바랐을 거야.

수동적 저항만큼 성실한 사람을 화나게 하는 것은 없다. 만약 그런 저항을 당한 사람이 몰인정하지 않은 기질이고 또 저항하는 사람이 수동성의 면에서 전혀 악의가 없다면, 그렇다면 전자는 기분이 좋을 때에는 자신의 판단으로는 해결할 수 없다고 판명되는 것을 자신의 상상력으로는 관대하게 해석하려고 애쓸 것이다. 대부분의 경우 정확히 그런 식으로 나는 바틀비와 그의 습성을 주시했다. 불쌍한 녀석! 하고 나는 생각했다. 녀석은 해를 끼칠 뜻은 없어. 오만하게 굴려는 의도는 없는 게 분명해. 녀석의 얼굴을 보면 녀석의 기행이 본의가 아니라는 것이 충분히 드러나지. 녀석은 내게 유용해. 난 녀석과 잘 지낼 수 있어. 만일 녀석을 내쫓는다면 십중팔구 녀석은 나보다 까다로운 고용주한테 걸려들어 거친 대접을 받고 아마 비참하게 쫓겨나 굶어죽게 될 거야. 그래. 여기서 나는 감미로운 자기긍정을 값싸게 손에 넣을 수 있어. 바틀비와 정답게 지내며 녀석의 기묘한 고집을 너그럽게 봐주더라도 내게는 별다른 비용이 들지 않는 반면 언젠가는 양심의 감미로운 양식이 될 만한 것을 내 영혼에 비축하게 되는 거야. 그러나 내가 변함없이 이런 기분이었던 것은 아니다. 바틀비의 수동성이 가끔 나를 짜증나게 했다. 나는 그와 새로운 적대관계로 맞섬으로써 그에게서 내 화에 상응하는 어떤 불같은 화를 촉발시키고 싶은 묘한 충동을 느꼈다. 그러나 사실은 차라리 윈저 비누(향료가 든 갈색 또는 백색의 화장비누—옮긴이) 조각을 손가락 마디로 쳐서 불을 지피려고 하는 편이 나았을 것이다. 그러나 어느날 오후 내가 삿된 충동에 사로잡히는 바람에 다음과 같은 작은 소동이 일어났다.

"바틀비." 내가 말했다. "그 서류를 모두 필사한 다음에 나와 함께 대조해보자고."

"그렇게 안 하고 싶습니다."

"뭐라고? 설마 그런 고집불통의 기행을 끝까지 밀고 나갈 생각은 아니겠지?"

대답이 없었다.

나는 가까운 접문을 밀어서 열고 터키와 니퍼즈를 돌아보며 큰 소리로 외쳤다.

"바틀비가 두번째로 자기 서류를 검토하지 않겠다고 하는군. 터키, 자네는 이걸 어떻게 생각하는가?"

그때는 오후였다는 것을 명심해야 한다. 터키는 놋쇠 보일러처럼 벌겋게 달아오른 채 앉아 있었다. 그의 벗겨진 머리에서는 김이 솟아나고 있었고 덤벙대는 손으로 얼룩진 서류를 만지고 있었다.

"어떻게 생각하느냐고요?" 터키가 으르렁댔다. "당장 녀석의 칸막이로 들어가 눈이 시퍼렇게 되도록 패줄 생각이에요!"

그렇게 말하고 터키는 일어서서 양팔을 휘두르며 권투 자세를 취했다. 그는 자신의 약속을 실행하려고 서둘러 가려 했고, 나는 점심 이후 터키의 호전성을 경솔하게 자극한 결과에 놀라 그를 붙들었다.

"터키, 자리에 앉게." 내가 말했다. "그리고 니퍼즈가 뭐라고 하는지 들어보게. 니퍼즈, 자네는 어떻게 생각하는가? 내가 바틀비를 즉시 해고하는 것이 정당하지 않을까?"

"미안하지만 선생님, 그건 선생님이 결정하실 일입니다. 저는 그의 행위가 상당히 유별나며, 사실 터키와 저 자신을 고려하면 부당하다고 생각합니다. 하지만 그게 그냥 일시적인 변덕일 수도 있지요."

"아," 하고 나는 소리를 질렀다. "그렇다면 이상하게도 자넨 생각이 바뀌었군. 이제 그에 대해 아주 점잖게 말하는군."

"모두 맥주 탓이죠." 터키가 소리쳤다. "점잖은 것은 맥주의 영향이지요. 니퍼즈와 내가 오늘 함께 식사를 했거든요. 선생님, 내가 얼마나 점잖은지 보세요. 내가 가서 녀석의 눈을 갈겨줄까요?"

"지금 바틀비를 두고 하는 말 같은데. 안돼, 터키, 오늘은 안돼." 내가 대답했다. "제발 주먹을 거두게."

나는 문을 닫고 다시 바틀비에게로 갔다. 나는 내 자신의 운명을 재촉하고 싶은 유혹을 한층 더 느꼈다. 다시 반항의 대상이 되기를 애타게 바랐던 것이다. 바틀비가 사무실에서 결코 나간 적이 없다는 사실이 기억났다.

"바틀비," 내가 말했다. "진저 넛이 나가고 없어. 자네가 잠깐 우체국에 들러주겠나? (우체국은 걸어서 삼분 거리밖에 안되었다.) 그래서 나한테 우편물이 와 있는지 알아봐주겠나?"

"그렇게 안 하고 싶습니다."

"안 가겠다는 말인가?"

"안 가고 싶습니다."

나는 비틀거리며 내 책상으로 돌아왔고 거기 앉아서 깊은 생각에 빠졌다. 맹목적인 고집이 고개를 처들었다. 이 말라빠지고 땡전 한푼 없는 놈에게, 내가 고용한 종업원에게 나 자신이 굴욕스럽게 거부당하는 또다른 방법은 없을까? 무엇을 더 시키면 완벽하게 합리적인 일인데도 녀석이 틀림없이 거부할까?

"바틀비!"

대답이 없었다.

"바틀비." 좀더 큰 소리였다.

대답이 없었다.

"바틀비." 나는 포효했다.

세 번 주문을 외어 유령을 불러내는 마법에 응하듯 흡사 유령처럼 바틀비가 자기 은신처의 입구에 나타났다.

"옆방에 가서 니퍼즈한테 내가 부른다고 말해줘."

"그렇게 안 하고 싶습니다." 그는 공손히 천천히 말하고는 가만히 사라졌다.

"좋았어, 바틀비." 나는 엄정하고 침착한 어조로 조용히 말함으로써 당장이라도 어떤 끔찍한 보복을 하겠다는 불굴의 의지를 내비쳤다. 그 순간에는 그런 유의 보복을 할 생각이 얼마쯤 있었다. 그러나 저녁 먹을 시간이 가까워짐에 따라 대체로 오늘은 심적인 당혹과 고민으로 상당히 고통을 당했으니 이만 모자를 쓰고 퇴근길에 오르는 것이 최상이라는 생각이 들었다.

인정할 것은 인정해야 하는가? 이 모든 일의 결론은 다음과 같은 것들이 어느새 내 사무실의 기정사실이 되어버렸다는 것이다. 즉 바틀비라는 이름의 창백한 젊은 필경사가 내 사무실에 책상 하나를 갖게 되었다는 것, 그 필경사는 통상 2절지(100단어) 당 4센트의 임금을 받고 나를 위해 필사를 한다는 것, 그러나 그는 자기가 필사한 사본을 검토하는 작업에서는 항상 면제받고 그 의무는 훨씬 더 빈틈없다는 칭찬과 더불어 터키와 니퍼즈에게 전가된다는 것. 게다가 앞서 말한 바틀비는 어떤 종류건 아무리 사소한 것이건 심부름은 결코 보낼 수 없다는 것, 설령 그런 일을 맡아달라는 간청을 받더라도 그는 두말할 나위 없이 "그렇게 안 하고 싶을" 것임을, 달리 말하면 단도직입적으로 거절할 것임을 모두들 양해하고 있다는 것이었다.

날이 감에 따라 나는 바틀비와 상당히 화해하게 되었다. 그의 착실함, 전혀 방탕하지 않은 점, 부단한 근면성(그가 칸막이 뒤에서 선 채로 공상에 빠지고 싶어할 때를 제외하고), 깊은 고요함, 어떤 정황에서도 한결같은 태도 등으로 인해 그를 고용한 것은 사무실에 소중한 이득이었다. 가장 중요한 한가지는 이것, 즉 그가 항상 거기에 있다는 것, 아침에 가장 먼저 와 있고 하루종일 자리를 지키며 밤에 마지막까지 남아 있다는 것이었다. 나는 그의 정직성을 각별히 신뢰하고 있었다. 가장 소중한 서류도 그에게 맡기면 지극히 안전하다고 느꼈다. 물론 때로는 아무리 해도 내가 그에게 별안간 발작적으로 화를 내지 않을 수 없었다. 왜냐하면 내 사무실에 머물면서 바틀비가 누리는 무언의 조건이랄 수 있는 그 기이한 습성, 특권, 그리고 이제껏 들어보지 못한 예외 들을 항상 명심하기란 대단히 어렵기 때문이었다. 나는 때때로 급한 용무를 신속히 처리하려는 열망에서 무심코 짧고 급한 어조로 바틀비를 소환하곤 했는데, 가령 빨간 끈으로 어떤 서류를 눌러서 묶다가 첫번째 끈 매듭을 손가락으로 눌러달라고 부르는 경우가 그랬다. 물론 칸막이 뒤에서 "그렇게 안 하고 싶습니다"라는 평상시의 대답이 어김없이 나왔다. 그러면 인간 본성이 공유하는 나약함을 지닌 인간인 이상 그렇게 괴팍하고 그렇게 비합리적인 반응에 어찌 호통치지 않을 수 있겠는가. 그러나 내가 당하는 이런 종류의 거절이 매번 누적됨에 따라 무심결에 그런 행동을 반복할 확률은 대체로 줄어들 수밖에 없었다.

여기서 미리 말해둘 것은, 사람들이 빽빽하게 들어찬 법무 건물들에 사무실을 두고 있는 대다수 법조계 사람들의 관례에 따라 내 사무실에도 열쇠가 여러 개 있었다는 것이다. 하나는 내 방의 먼지를 매일 떨고 쓸며 매주 걸레로 닦는 다락방 아줌마가 갖고 있었다. 또 하나는 편의상 터키가 갖고 있었다. 세번째 열쇠는 때때로 내가 주머니에 넣고 다녔다. 네번째 것은 누가 갖고 있는지 나도 몰랐다.

그런데 어느 일요일 아침 나는 유명한 전도사의 설교를 들으러 트리니티 교회(뉴욕 맨해튼 남쪽의 월 가와 브로드웨이 교차로에 위치한 유서깊은 교회—옮긴이)에 가게 되었고 그곳에 도착해보니 꽤 일러서 사무실에 잠시 들를까 하는 생각이 났다. 다행히 열쇠를 갖고 있었으나, 막상 자물쇠에 꽂아 넣으니 열쇠가 안쪽에서 끼워놓은 뭔가에 걸려 들어가지 않는다는 것을 알았다. 깜짝 놀라서 내가 소리치자 황당하게도 안쪽에서 열쇠가 돌아가더니 그 야윈 면상을 내게 들이밀고 조금 열린 문을 붙잡은 채 바틀비가 유령처럼 나타났다. 그는 셔츠 바람에 이상한 누더기 같은 속옷 차림이었는데 미안하지만 지금은 자기가 어떤 일을 한창 하는 중이라서 당장은 들어오지 않는 것이 좋겠다고 조용히 말했다. 게다가 내가 어쩌면 그 구역을 두세 차례 돌아보는 것이 낫겠으며 그때쯤에는 자기가 용무를 끝냈을 것이라고 한두 마디 간단히 덧붙였다.

그런데 일요일 아침 내 변호사 사무실에 살고 있는 바틀비의 예기치 못한 출현과 송장처럼 창백하면서도 신사처럼 태연하며 동시에 확고하고 침착하기까지 한 모습에 너무나 기이한 영향을 받은 나머지 나는 엉겁결에 사무실 문에서 슬금슬금 걸어나와 그의 뜻대로 했다. 그러나 이 불가사의한 필경사의 유순한 뻔뻔스러움에 반발하면서도 어쩌지 못하는 데에 따른 잡다한 고통이 없지는 않았다. 사실, 그의 놀라운 유순함이야말로 나를 무장해제시켰을 뿐 아니라 말하자면 내 사내다움마저 앗아간 주된 요인이었다. 왜냐하면 자신이 고용한 직원에게 지시를 받고 자신의 사무실에서 나가라는 명령을 받는 경우를 당하는 사람은 그러는 동안 사내다움을 잃은 것이나 마찬가지라고 생각하기 때문이다. 게다가 나는 바틀비가 셔츠 바람으로, 셔츠 말고는 아무것도 입지 않은 상태로 일요일 아침에 내 사무실에서 도대체 무슨 짓을 하고 있었는지 꺼림칙하기 그지없었다. 뭔가 잘못된 일이 일어나고 있는가? 아냐, 그것은 불가능해. 바틀비가 부도덕한 인물이라고는 한순간도 생각할 수 없어. 하지만 녀석이 거기서 대체 무슨 일을 하고 있었을까?── 필사를 하고 있었을까? 그것도 아냐. 바틀비의 기행이 어떠하든 녀석은 두드러지게 단정한 사람이거든. 알몸에 가까운 상태로 책상에 앉아 있을 사람이 결코 아니지. 게다가 오늘은 일요일인데, 바틀비가 세속적인 일로 안식일 예법을 어길 거라는 생각은 도저히 할 수 없어.

그럼에도 불구하고 내 마음은 진정되지 않았고, 들뜬 호기심으로 가득 찬 채 드디어 사무실로 돌아갔다. 아무런 방해도 받지 않고 나는 열쇠를 꽂고 문을 열고 들어갔다. 바틀비는 보이지 않았다. 마음을 졸이며 사무실 안을 둘러보고 칸막이 뒤쪽까지 들여다보았으나 그는 사라진 것이 분명했다. 사무실 안을 좀더 자세히 살펴보니 언제부터인지 몰라도 바틀비가 내 사무실에서 먹고 입고 잠을 잤으며, 그것도 접시며 거울이며 침대도 없이 그렇게 했음이 틀림없다는 생각이 들었다. 한쪽 구석에 있는 낡아빠진 소파의 쿠션에는 야윈 몸을 뉘였던 흔적이 희미하게 남아 있었다. 책상 아래에는 똘똘 말아놓은 담요 한장이, 텅 빈 난로의 받침대 아래에는 검은 구두약 통과 구둣솔이, 의자 위에는 비누와 누더기 타월과 함께 양철 대야가. 신문지 속에는 생강빵 부스러기와 치즈 한조각이 있었다. 그래, 하고 나는 생각했다. 바틀비가 이곳을 집으로 삼아 혼자서 독신생활을 해온 것이 분명하구나. 그러자 즉각 바틀비의 의지가지없는 비참한 외로움이 여기서 드러나는구나 하는 생각이 스쳤다. 그의 가난도 가난이지만, 그의 고독은 얼마나 끔찍한가! 생각해보라. 일요일이면 월 가는 페트라(요르단에 있던 고대 도시로 한때 부유했으나 곧 쇠퇴하여 멸망했음—옮긴이)처럼 인적이 끊기고, 매일 밤이면 텅 비어버린다. 이 건물 역시 평일에는 일과 활기로 법석대다가 해질 녘에는 완전히 공허한 울림을 주고 일요일 내내 버려진다. 그런데 바틀비는 여기에 거처를 마련하고 한때 많은 사람들로 붐비던 곳이 쓸쓸해지는 광경을 홀로 지켜보는 것이다. 카르타고의 폐허 속에서 시름에 잠긴 무고한 마리우스(BC 157~BC 86, 로마의 장군이자 정치가로서 일곱 차례나 집정관을 역임했으나 만년에는 정쟁에서 패해 아프리카로 피신하는 처량한 신세가 되었음—옮긴이)의 쇠락한 모습 같다고나 할까!

난생 처음으로 가슴을 찌르듯 밀려오는 우수의 감정이 나를 사로잡았다. 이제껏 나는 감미로운 슬픔밖에 경험한 적이 없었다. 하나 지금은 다 같은 인간이라는 유대감이 항거할 수 없는 힘으로 나를 어두운 우수로 끌어들였다. 형제애의 우수! 나나 바틀비나 다 같은 아담의 후예가 아닌가. 나는 그날 내가 보았던 화사한 비단옷의 생기찬 얼굴들을 기억했다. 나들이옷을 화려하게 차려입고 미시씨피 강 같은 브로드웨이를 백조처럼 미끄러지듯 나아가는 그들을 나는 그 창백한 필경사와 대조했다. 우리는 세상이 명랑하다고 여기지만 불행은 멀찌감치 숨어 있어서 우리가 불행이 없다고 여길 뿐이다. 이런 슬픈 공상들—분명 병들고 어리석은 두뇌가 낳은 망상들—은 바틀비의 기행과 관련된 좀더 특별한 다른 생각들로 이어졌다. 이상한 발견의 예감이 내 주위에 감돌았다. 내게 그 필경사의 창백한 형체는 낯선 자들이 무심히 지켜보는 가운데 떨리는 수의에 감긴 채 입관할 준비가 되어 있는 듯했다.

문득 내 주목을 끈 것은 자물쇠에 보란 듯이 열쇠가 꽂혀 있는 바틀비의 닫힌 책상이었다.

내가 무슨 나쁜 생각을 품은 것도 비정하게 호기심을 충족시키려는 것도 아니야. 게다가 그 책상은 내 것이고 내용물 또한 내 것이니 난 과감하게 안을 들여다볼 거야,라고 나는 생각했다. 모든 것이 체계적으로 정리되어 있고 서류들도 가지런히 정돈되어 있었다. 정리용 분류함들은 속이 깊어서 나는 서류철을 꺼내고 깊숙한 곳까지 더듬어보았다. 곧 거기에 뭔가 손에 잡히는 것이 있어서 끄집어냈다. 그것은 홀치기염색을 한 낡고 큰 손수건으로, 묵직한데다 매듭으로 묶여 있었다. 그 매듭을 풀고 보니 저금통이었다.

그간 내가 바틀비에게서 눈여겨본 그 모든 눈에 띄지 않는 수수께끼를 이제 떠올려보았다. 그는 대답할 때 말고는 절대 말을 하지 않았다는 것, 때때로 혼자만의 시간이 상당히 있는데도 독서하는—아니 심지어 신문을 읽는—모습을 본 적이 없다는 것, 오랜 시간 동안 칸막이 뒤쪽의 어슴푸레한 창가에 서서 막다른 벽돌벽을 내다보곤 했다는 것을 기억했다. 나는 그가 크든 작든 식당을 찾아간 적이 없음을 확인했으며 창백한 얼굴로 보건대 터키처럼 맥주를 마시거나 혹은 다른 사람들처럼 차나 심지어 커피를 마신 적도 결코 없음이 분명했다. 내가 알기로는 특별히 어떤 곳에 간 적도, 정말이지 지금 같은 경우를 제외하면 산책 한번 간 적도 없으며, 자기가 누구인지 어디서 왔는지 세상에 친척이 있는지 없는지 말하기를 거부했으며, 그토록 야위고 창백하지만 건강이 나쁘다고 불평한 적이 없다는 것도 분명했다. 그리고 무엇보다 그에게는 무의식적이지만 어떤 창백한──어떻게 말해야 할까?──창백한 도도함이랄까 아니 준엄한 과묵함의 분위기가 있음을 기억했다. 확실히 그런 분위기에 눌려서 나는 그의 기행을 얌전히 받아들이는 한편 그가 오랫동안 계속 꼼짝 않는 것으로 봐서 칸막이 뒤에 선 채 틀림없이 면벽 공상에 빠져 있는데도 아무리 자질구레한 일이라도 그에게 부탁하기를 두려워했던 것이다.

　이런 모든 사안을 곰곰 되새기고 그것을 그가 내 사무실을 자신의 변함없는 거처이자 집으로 삼고 있었다는 조금 전에 발견한 사실과 결합하면서 그의 병적인 우울증까지 염두에 두자, 요컨대 이 모든 사안에 두루 생각이 미치자 내게 슬그머니 신중해야겠다는 느낌이 들기 시작했다. 나의 첫번째 감정은 순수한 우울과 진지하기 그지없는 연민의 감정이었다. 그러나 내 상상 속에서 바틀비의 절망적인 고독이 커지면 커질수록 그에 비례하여 바로 그 우울감이 공포로, 연민이 반발로 바뀌었다. 비참한 모습을 생각하거나 보면 어느 정도까지는 최상의 애정이 우러나오지만, 특별한 경우 그 정도를 넘어서면 그렇지 않다는 것이 과연 사실이며, 너무 섬뜩한 사실이기도 하다. 이런 일이란 어김없이 인간 마음의 타고난 이기심에서 기인한다고 주장하는 사람은 잘못된 것이다. 이는 차라리 과도한 기질적 질환은 치유할 수 없다는 절망감에서 나오는 것이다. 감수성이 예민한 존재에게 연민은 고통이 아닌 경우가 드물다. 그런데 그런 연민으로는 효과적인 구원에 이를 수 없다는 지각이 마침내 생기면 상식에 따라 영혼은 연민을 버릴 수밖에 없다. 그날 아침 목격한 것으로 말미암아 나는 그 필경사가 선천적인 불치병의 희생자라는 것을 납득하게 되었다. 내가 그의 육신에 자선을 베풀 수는 있다. 그러나 그를 아프게 하는 것은 그의 육신이 아니다.

아픔을 겪는 것은 그의 영혼인데, 그 영혼에는 내 손이 미치지 않는다.

나는 그날 아침 트리니티 교회에 가려는 뜻을 이루지 못했다. 왠지 몰라도 내가 본 것으로 말미암아 나는 당분간 교회에 갈 자격을 상실한 것 같았다. 나는 집을 향해 걸어가면서 바틀비를 어떻게 할지 생각했다. 마침내 나는 이런 결심을 했다. 다음날 아침 그에게 이력과 기타 사항에 대해 몇가지 질문을 차분하게 할 것이며, 그가 그 질문에 대답하기를 공개적이고 거리낌없이 거절한다면(그는 '그렇게 안 하고 싶다'고 할 것 같은데), 그렇다면 얼마가 되건 내가 그에게 주어야 할 급료에다 20달러짜리 지폐 한장을 더 얹어주면서 그의 근무는 이제 필요치 않노라고, 하지만 다른 어떤 방식으로든 그를 도울 수 있다면 즐거이 그렇게 하겠노라고, 특히 그의 고향이 어디든 그곳으로 돌아가기를 바란다면 기꺼이 여비를 부담하겠노라고 말할 것이다. 게다가 집에 도착한 후에도 언제라도 도움이 필요할 경우에 편지를 하면 틀림없이 답장을 하겠노라고 할 것이다.

다음날 아침이 왔다.

"바틀비." 칸막이 뒤쪽의 그를 부드럽게 부르며 내가 말했다.

대답이 없었다.

"바틀비," 내가 좀더 부드러운 어조로 말했다. "이리 와. 자네가 안 하고 싶은 일을 해달라고 부탁하지는 않을 테니 — 그냥 자네한테 이야기하고 싶어."

이 말에 그는 아무 소리 없이 슬며시 모습을 드러냈다.

"바틀비, 자네가 어디서 태어났는지 말해주겠어?"

"그렇게 안 하고 싶습니다."

"무엇이든 자네 자신에 대해 말해주겠어?"

"그렇게 안 하고 싶습니다."

허먼 멜빌 필경사 바틀비

"하지만 내게 말하는 것을 거부할 무슨 합당한 이유라도 있어? 나는 자네한테 친근감을 느끼는데."

그는 내가 말하는 동안 나를 바라보지 않고 내가 앉아 있던 곳 바로 뒤 내 머리 위 15센티미터쯤에 있는 키케로 흉상에 계속 눈길을 맞추고 있었다.

"바틀비, 자네 대답은 무엇인가?" 상당한 시간 동안 대답을 기다린 후에 내가 말했다. 그러는 동안 그 가늘고 하얀 입이 아주 어렴풋이 떨렸을 뿐 바틀비의 표정은 동요하지 않았다.

"지금은 대답 안 하고 싶습니다." 하고 말하고는 그가 자기 은신처로 물러갔다.

고백하건대 내 마음이 상당히 약한 탓이어서겠지만 나는 이번 경우 그의 태도에 화가 났다. 그 태도 속에 일종의 차분한 경멸이 도사리고 있는 듯했을 뿐 아니라 그가 내게서 받은 부인할 수 없이 좋은 대우와 관대함을 고려하면 그의 괴팍한 외고집은 배은망덕한 것 같았다.

다시금 나는 어찌해야 할지 되새기면서 앉아 있었다. 바틀비의 행동에 모멸감을 느꼈고 그를 해고하기로 이미 결심하고서 사무실에 들어섰지만, 그럼에도 묘하게 뭔가 미신적인 것이 심장을 두드려 나로 하여금 그 결심을 실행하지 못하게 막고, 만약 내가 세상에서 가장 고독한 이 사람에게 감히 쓰라린 말을 한마디만 벙긋하면 나를 나쁜 놈이라고 비난할 듯한 느낌이 들었다. 마침내 그의 칸막이 뒤쪽으로 내 의자를 친근하게 끌어다 앉으면서 나는 이렇게 말했다. "바틀비, 그렇다면 자네 이력을 밝히는 건 신경쓰지 말게. 하지만 친구로서 간청하건대 가능한 한 이 사무실의 관례에 따라주길 바라. 내일이나 모레나 서류 검토를 돕겠다고 지금 말해줘. 간단히 말해서 하루이틀 후에는 자네가 좀 합리적으로 될 거라고 지금 말해줘. 그렇게 하겠다고 해줘, 바틀비."

"현재로선 좀 합리적으로 안되고 싶습니다"라는 것이 송장처럼 창백한 그의 답변이었다.

바로 그때 접문이 열리더니 니퍼즈가 다가왔다. 그는 보통때보다 심한 소화불량으로 유별나게 밤잠을 설친 탓에 고통스러운 듯했다. 그는 바틀비의 마지막 말을 엿들은 것이다.

"뭐, 안 하고 싶다고?" 니퍼즈가 이를 갈아대듯 말했다. "제가 선생님이라면 녀석이 하고 싶도록 만들겠어요." 그가 나에게 말했다. "저는 녀석이 하고 싶게 만들테고, 하고 싶은 것을 주겠어요. 고집불통의 나귀 같은 녀석! 선생님, 이번에 녀석이 안 하고 싶은 건 대체 뭔가요?"

바틀비는 손 하나 꿈적하지 않았다.

"니퍼즈 씨," 내가 말했다. "당신은 당분간 물러나 있었으면 싶어."

어찌된 일인지 최근에 나는 이 '싶다'라는 단어를 딱히 적절하지 않은 온갖 경우에도 무심결에 사용하는 습성을 갖게 되었다. 그래서 바틀비와 접촉함으로써 내가 정신적인 면에서 이미 심각한 영향을 받았다는 생각이 들어 몸이 떨렸다. 그런데 이보다 더 심각한 어떤 이상증세가 나타날 수 있지 않을까? 이런 우려는 나로 하여금 즉결조치를 취하도록 결정하는 효과가 없지 않았다.

니퍼즈가 아주 심술궂고 부루퉁한 표정으로 나가자 터키가 온화하고 공손하게 다가왔다.

"외람된 말씀입니다만 선생님," 그가 말했다. "어제 내가 여기 바틀비 생각을 해봤는데요, 만약 그가 매일 좋은 맥주 1리터 정도만 마시고 싶어하기만 하면 버릇을 고쳐서 자기 서류 검토작업에 참가할 수 있도록 하는 데 상당한 도움이 될 겁니다."

"자네 역시 그 단어에 전염되었군." 내가 약간 흥분하여 말했다.

"외람된 말씀입니다만 선생님, 무슨 단어 말씀입니까?" 하고 터키가 물으면서 칸막이 뒤의 좁아터진 공간으로 공손히 밀고 들어왔고 그 바람에 나는 바틀비를 떠미는 꼴이 되었다. "무슨 단어 말씀입니까, 선생님?"

"여기에 혼자 있고 싶습니다." 자신의 사적인 공간에 그렇게 사람들이 몰려드는 데 기분이 상한 듯 바틀비가 말했다.

"터키, 저게 그 단어야." 내가 말했다. "바로 저거라고."

"아, '싫다'라는 단어? 아 맞아요—— 이상한 단어지요. 나 자신은 그 단어를 결코 사용하지 않습니다. 하지만 선생님, 말씀드렸듯이 만약 그가 마시고 싶어하기만 한다면——"

"터키," 내가 말을 끊었다. "자넨 제발 물러나게."

"내가 물러났으면 싫으시다면, 아 물론이죠, 선생님."

터키가 물러나기 위해 접문을 열었을 때 니퍼즈가 자기 책상에서 나를 흘긋 쳐다보고는 내가 어떤 서류를 푸른 종이와 하얀 종이 중 어느 쪽에 필사했으면 싶은지 물었다. 그는 '싫다'라는 단어를 조금도 짓궂은 억양으로 말한 것은 아니었다. 이 단어가 그의 입에서 무심결에 나온 것이 분명했다. 나는 속으로 나 자신과 직원들의 머리는 아닐지라도 입을 이미 상당 정도 변질시킨 이 미친 사람을 확실히 제거해야겠다고 생각했다. 그러나 즉시 해고를 공표하지 않는 것이 신중하다고 생각했다.

다음날 나는 바틀비가 면벽 공상에 잠긴 채 그냥 창가에 서 있을 뿐임을 알아차렸다. 왜 필사를 하지 않느냐고 묻자 그는 더이상 필사를 하지 않기로 결심했다고 말했다.

"아니, 이번에는 왜? 다음에는 어떡할 건데?" 나는 소리를 질렀다. "더이상 필사를 안 한다고?"

"더이상 안 합니다."

"그런데 이유가 뭐야?"

"알려주지 않으면 그 이유를 모르시겠어요?" 그가 무관심하게 대답했다.

나는 단호하게 그를 쳐다보았고 그의 눈이 흐리멍덩해 보이는 것을 알아차렸다. 그가 나한테 고용된 뒤 처음 몇주 동안 어두운 창가에서 전례없이 부지런하게 필사를 하느라고 눈이 일시적으로 상했으리라는 생각이 즉각 떠올랐다.

속이 짠했다. 나는 그에게 뭔가 위로의 말을 했다. 한동안 필사를 그만두는 것은 물론 현명한 행동임을 암시하면서 나는 그에게 이 기회에 야외로 나가 건강에 좋은 운동을 해보라고 권했다. 그러나 그는 그렇게 하지 않았다. 이로부터 며칠 후 다른 직원들도 없는데 편지 몇통을 급히 부치려고 서둘러대던 나는 바틀비가 다른 할일이 하나도 없으므로 평소보다는 고분고분해져서 편지를 부치러 우체국에 가리라는 생각이 들었다. 그러나 그는 딱 잘라서 거절했다. 그래서 매우 불편하게도 내가 직접 갔다.

또 며칠이 지나갔다. 바틀비의 눈이 나아졌는지 어떤지 나는 알 수 없었다. 외관상 어느 모로 보나 나아진 것 같았다. 그러나 나아졌는지 묻자 그는 아무런 대답도 해주지 않았다. 어쨌거나 그는 더이상 필사를 하지 않으려고 했다. 나의 끈질긴 질문에 대한 응답으로 마침내 그는 필사를 영원히 그만두었음을 알려주었다.

"뭐라고!" 내가 소리쳤다. "자네 눈이 완치되면 — 전에 없이 좋아지면 — 그때도 필사를 하지 않을 건가?"

"필사를 포기했어요" 하고 대답하고는 그는 슬그머니 옆으로 빠졌다.

그는 여느 때처럼 내 사무실의 붙박이 같은 존재로 남아 있었다. 아니—그게 가능하다면—그는 전보다 더욱더 붙박이가 되었다. 이 일을 어떻게 해야 하는가? 사무실에서 아무 일도 하지 않으려 하는데 그가 왜 거기 남아 있어야 하는가? 그는 이제 목걸이로 사용할 수 없는 것은 물론 짊어지자니 괴로운 연자맷돌(「마태복음」 18장 6절을 인유한 구절—옮긴이) 같은 존재가 되어버린 것이 분명했다. 그러나 나는 그가 딱했다. 그 때문에 이따금 내가 거북해졌다고 말한다면 그것은 전적으로 진실은 아니다. 그가 친척이나 친구 이름을 하나라도 댔다면 나는 그 사람에게 당장 편지를 써서 이 불쌍한 친구를 어디든 편한 은신처로 데려가달라고 신신당부했을 것이다. 그러나 그는 혼자인 듯, 온 우주에서 완전히 혼자인 듯했다. 대서양 한가운데 떠 있는 난파선의 잔해 조각이랄까. 하지만 결국에는 내 업무와 관련된 필요사항이 다른 모든 고려사항보다 더 시급했다. 나는 될 수 있는 대로 점잖게 바틀비에게 6일 내에 무조건 사무실을 떠나야 한다고 말했다. 나는 그에게 그 사이에 다른 거처를 구하는 조치를 취해야 한다고 경고했다. 그쪽에서 이사갈 채비를 시작하면 내가 다른 거처를 구하는 일을 돕겠다고도 제안했다. "그리고 바틀비, 자네가 마침내 나를 떠날 때 완전히 빈털터리로 가게 하지는 않겠네. 이 시간부터 6일 이내라는 것을 명심하게"라고 덧붙였다.

그 기간이 만료되어 내가 칸막이 뒤를 들여다보니, 이런! 바틀비가 거기 있었다.

나는 외투 단추를 꼭 잠그고 몸의 균형을 잡고 천천히 다가가서 그의 어깨를 건드리고는 이렇게 말했다. "시간이 됐어. 자네는 이곳을 떠나야 해. 딱하긴 하네만, 여기 돈이 있어. 하지만 자넨 가야 해."

"그렇게 안 하고 싶습니다." 그가 여전히 내게 등을 돌린 채 대답했다.

"자넨 가야 한다니까."

그는 더이상 말이 없었다.

그당시 나는 이 사람이 늘 보여주는 정직성에 무한한 신뢰를 갖고 있었다. 그는 부주의하게 바닥에 떨어뜨린 6페니나 1실링짜리를 내게 자주 돌려주었다. 나는 그런 푼돈의 문제에서는 매우 칠칠치 못한 경향이 있기 때문이다. 그렇기에 그 다음에 나온 조처는 터무니없게 여길 일이 아니다.

"바틀비," 내가 말했다. "내가 자네한테 지불할 급료가 12달러인데, 여기 32달러가 있네. 여분의 20달러는 자네 것이야. 이거 받을 텐가?" 하고 나는 그를 향해 지폐를 건넸다.

그러나 그는 어떤 움직임도 보이지 않았다.

"그럼 돈은 여기에다 놓아둘게" 하고 돈을 책상 위에 놓고 문진으로 눌러두었다. 그런 다음 모자와 지팡이를 가지고 문으로 간 나는 차분하게 돌아서서 이렇게 덧붙였다. "바틀비, 이 사무실에서 자네 물건을 옮긴 다음에 자네는 물론 문을 잠가야 하겠지──자네 외에 모든 사람이 그때는 퇴근했을 테니까──그런데 미안하지만 자네 열쇠를 문 앞의 깔개 아래에 살짝 넣어놓으면 내가 아침에 찾을 수 있겠어. 난 다시는 자네를 보지 못할 거야. 그러니 잘 가게. 이제부터 자네의 새 거처에서 내가 자네에게 도움이 될 수 있다면 편지로 꼭 알려주게. 바틀비, 안녕, 잘 가게."

그러나 그는 한마디도 대답하지 않았다. 어떤 폐허가 된 사원의 마지막 기둥처럼 그는 그가 아니라면 텅 비었을 방의 한복판에 말없이 고독하게 서 있었다.

생각에 잠겨 집으로 걸어가다보니 내 속의 허영심이 동정심을 눌렀다. 바틀비를 제거하는 나 자신의 고수다운 처리솜씨를 무척 대견하게 생각하지 않을 수 없었다. 나는 그걸 고수답다고 일컫는데, 냉정한 사유를 하는 사람에게는 그렇게 보일 수밖에 없다. 내 일처리 방식의 미덕은 그 완벽한 조용함에 있는 듯했다. 천박하게 윽박지른다든지 어떤 식이든 허세를 부린다든지 성질내고 소리지르며 사무실 안을 왔다갔다하면서 바틀비에게 거지 같은 짐을 싸가지고 당장 나가라며 격한 명령을 마구 내뱉는 일은 없었다. 그런 종류의 일은 전혀 없었다. 바틀비에게 큰 소리로 떠나라고 명령하지 않고──하수라면 그랬을 테지만──나는 그가 떠나야 하는 근거를 가정했고 그 가정 위에 내가 할 말들을 모두 구축했다. 내 일처리 방식에 대해 생각하면 할수록 스스로 더욱 매료되었다. 그럼에도 불구하고 다음날 아침 깨어나자마자 나는 의심이 들었다. 아무래도 잠자는 사이에 허영의 기운이 빠져버린 것이다. 사람이 가장 냉정하고 현명해지는 시간 중 하나는 아침에 깨어난 직후이다. 내 일처리 방식은 변함없이 현명해 보였으나 오로지 이론상으로만 그랬다. 그것이 실제로는 어떤 것으로 판명될 것인가, 그것이 문제였다. 바틀비가 떠날 것이라는 가정은 참으로 절묘한 생각이었지만, 따지고 보면 그 가정은 나의 가정일 뿐 바틀비의 가정은 전혀 아니었다. 중요한 점은 그가 나를 떠날 것이라고 내가 가정했느냐 아니냐가 아니라 그가 그렇게 하고 싶으냐 아니냐의 문제였다. 그는 가정대로 하기보다 하고 싶은 것을 하는 사람인 것이다.

아침식사를 한 후 내 가정이 맞거나 틀릴 확률을 따지면서 나는 시내로 걸어갔다. 한순간에는 내 가정이 참담한 실패로 판명되고 바틀비가 보통때처럼 사무실에 건재해 있을 것이라는 생각이 들었다가 다음 순간 그의 의자가 틀림없이 비어 있을 것 같았다. 그런 식으로 내 생각은 수시로 바뀌었다. 브로드웨이와 커낼 가가 만나는 모퉁이에서 나는 많은 사람들이 떼지어 서서 상당히 흥분한 상태로 열띤 대화를 나누고 있는 것을 보았다.

"그가 안 그런다는 쪽에 내기를 걸겠어." 내가 지나가자 누군가의 목소리가 들렸다.

"안 가는 쪽이라고?——좋아!" 내가 말했다. "돈을 거시오."

나는 돈을 꺼내려고 본능적으로 호주머니에 손을 넣으려다가 오늘이 선거일이라는 것이 기억났다. 내가 엿들은 말은 바틀비와는 아무런 관련이 없고 시장에 출마한 어떤 후보가 당선되느냐 낙선되느냐에 관한 것이었다. 긴장된 상태에서 나는 말하자면 브로드웨이 사람 전부가 나처럼 흥분해서 나와 똑같은 문제로 갑론을박하고 있는 줄로 상상한 것이다. 거리의 소동 덕분에 순간적으로 얼빠진 내 상태가 은폐된 것에 매우 감사하며 나는 가던 길을 갔다.

의도한 대로 나는 평소보다 일찍 사무실 문 앞에 도착했다. 한동안 귀를 기울이고 서 있었다. 사방이 고요했다. 그가 가버린 것이 분명했다. 나는 손잡이를 돌려보았다. 문은 잠겨 있었다. 그래, 내 일처리 방식이 마법처럼 효력을 발휘한 거야. 녀석이 정말로 사라진 것이 틀림없어. 그러나 뭔가 우울한 기분이 섞여들어왔다. 나의 빛나는 성공이 유감스러울 지경이었다. 바틀비가 나를 위해 남겨두기로 했던 열쇠를 찾으려고 문 앞 깔개 아래 손을 넣어 더듬다가 우연히 내 무릎이 문짝에 부딪히는 바람에 마치 사람을 부르는 듯 노크 소리가 났고, 그 응답으로 안에서 누군가의 목소리가 들렸다. "잠깐만요. 지금 일하고 있는 중이에요."

바틀비였다.

나는 벼락을 맞은 느낌이었다. 한순간 나는 오래전 버지니아에서 구름 한점 없는 어느 여름 오후에 번개에 맞아 파이프를 입에 물고 죽은 사람처럼 서 있었다. 활짝 열린 따뜻한 창가에서 그는 죽었고, 그 꿈결

같은 오후에 창밖으로 몸을 구부린 상태 그대로 남아 있다가 누군가가 건드리자 푹 쓰러졌다는 것이다.

"안 갔어!" 한참 만에 내가 중얼거렸다. 그러나 그 불가해한 필경사가 내게 행사하고 내가 아무리 안달해도 완전히 피할 수 없는 불가사의한 권위에 다시 복종하면서, 나는 천천히 계단을 내려와 거리로 나왔다. 그리고 그 구역 근처를 돌아다니면서 이 금시초문의 황당한 일을 당하여 내가 이제 어떻게 해야 할지 생각했다. 실제로 완력을 행사해서 그 사람을 쫓아낼 수는 없었다. 심한 욕을 해서 그를 몰아내는 방법도 도움이 되지 않을 것이다. 경찰을 불러들이는 것은 유쾌하지 못한 발상이었다. 그렇지만 그가 나에 대해 송장 같은 승리를 누리게 두는 것, 이 또한 나로서는 생각도 할 수 없었다. 어떻게 해야 할까? 아니, 어떤 일도 할 수 없다면 내가 이 문제에서 가정할 수 있는 것이 더 없을까? 그래, 전에 내가 미래를 내다보며 바틀비가 떠날 거라고 가정했듯이 이제 과거를 돌아보며 그가 이미 떠났다고 가정할 수 있지 않을까. 이 가정을 정당하게 실행하는 일환으로 황급히 사무실에 뛰어들어가, 바틀비가 마치 공기인 것처럼 전혀 보이지 않는 척하면서 그를 향해 똑바로 걸어가는 거야. 그런 식으로 처리하는 것이야말로 단연 정곡을 찌르는 듯했다. 바틀비도 이런 식으로 가정의 원칙을 적용당하면 견디기 힘들 것이다. 그러나 다시 생각해보니 이 계획이 성공할지 상당히 의심스러웠다. 나는 다시 한번 그를 상대로 철저히 문제를 따지기로 결심했다.

"바틀비," 사무실로 들어서며 나는 조용하고도 심각한 표정으로 말했다. "나는 심히 불쾌해. 바틀비, 내 마음이 아프다고. 자네를 훨씬 좋게 보았는데. 자네가 신사다운 됨됨이를 지니고 있어서 어떤 미묘한 곤경에 처해 있어도 약간의 암시면, 간단히 말해서 하나의 가정이면

족할 거라고 생각했었어. 그러나 내가 잘못 본 것 같아. 아니," 나는 진정으로 놀라면서 내가 전날 저녁에 놓아둔 바로 그 자리에 있는 돈을 가리키며 "아직 돈에 손도 대지 않았군"이라고 덧붙였다.

그는 아무 대답도 하지 않았다.

"나를 떠날 건가 안 떠날 건가?" 나는 불끈 화를 내면서 그에게 바싹 다가가서 다그쳤다.

"당신을 안 떠나고 싶습니다." 그가 '안'이라는 단어에 부드러운 강세를 넣으며 대답했다.

"도대체 자네가 무슨 권리로 여기 머물겠다는 건가? 집세라도 내는가? 세금이라도 내는가? 아니면 이 사무실이 자네 건가?"

그는 아무 대답도 하지 않았다.

"이제 필사할 각오가 된 건가? 눈은 나았어? 오늘 아침에 간단한 서류 하나를 필사해주겠나? 아니면 몇구절 대조 검토하는 걸 돕겠어? 아니면 우체국에 잠깐 다녀오겠어? 한마디로 이 사무실을 떠나지 않겠다는 자네의 거절에 그럴듯한 구실이 될 만한 어떤 일이라도 하겠어?"

그는 말없이 자기 은신처로 물러났다.

나는 그때 너무 분해서 신경이 곤두선 상태라서 당장에는 더이상의 감정 표현을 자제하는 편이 현명하다고 생각했다. 바틀비와 나 둘밖에 없었다. 나는 불운한 애덤즈와 그보다 더 불운한 콜트가 단둘이 콜트의 한적한 사무실에서 있을 때 일어난 비극이 기억났다.(1842년 뉴욕에서 쎄뮤얼 애덤즈가 존 C. 콜트에게 살해당한 사건을 언급하는 대목임—옮긴이) 불쌍한 콜트가 애덤즈 때문에 몹시 화가 나서 경솔하게도 걷잡을 수 없이 흥분하는 바람에 뜻밖에 치명적인 행위—분명히 누구보다도 행위자 자신이 가장 개탄했을 행위—로 치닫고 만 사건의 전말이 떠올랐다. 그 사건을 음미하면 그 언쟁이 공적인 길거리나 사적인 저택에서 일어났더라면 현실의 비극처럼 종결되지 않았을 것이라는 생각이 종종 들었다. 인간적인 분위기의 가정적 이미지를 전혀 찾아볼 수 없는 어떤 건물 위층의 외딴 사무실——분명 카펫이 깔리지 않아 먼지투성이고 삭막한 외양의 사무실——에 둘만 있는 정황, 이것이야말로 불운한 콜트의 무모한 화를 돋우는 데 크게 일조한 요소가 틀림없었다.

그러나 아담처럼 원초적인 이 노여움이라는 놈이 내 속에서 솟아올라 바틀비와 관련하여 나를 유혹할 때 나는 그놈을 꽉 붙잡아 내동댕이쳤다. 어떻게 그랬느냐고? 글쎄, 그냥 신성한 금지명령, 즉 "내가 너희에게 새 계명을 주노니, 너희는 서로를 사랑하라"(「요한복음」 13장 34절 예수가 제자들에게 한 말씀——옮긴이)라는 구절을 상기했을 뿐이다. 그래, 바로 이것이 나를 구한 것이다. 고매한 사상이라는 점을 접어두더라도 자선은 종종 대단히 현명하고 신중한 원리로 작동하며, 자선을 베푸는 사람에게 근사한 안전장치가 된다. 사람들은 질투 때문에 살인죄를 범해왔다. 또 노여움 때문에, 증오 때문에, 이기심 때문에, 교만한 마음 때문에도 범해왔다. 하지만 다정한 자선 때문에 악마의 소행인 살인을 저질렀다는 말은 이제껏 들어보지 못했다. 그렇다면 다른 고상한 동기를 거론할 것도 없이, 단순히 자기이익을 위해서라도 모든 사람은, 특히 성을 잘 내는 사람은 자선과 박애를 행할 만하다. 어쨌거나 지금 이 문제의 경우에 나는 바틀비의 행위를 호의적으로 해석함으로써 그 필경사에 대한 나의 격앙된 감정을 가라앉히려고 애썼다. 불쌍한 녀석, 불쌍한 녀석! 하고 나는 생각했다. 녀석에게 어떤 의도가 있는 것은 아니며, 게다가 녀석은 어려운 시절을 겪었으니 잘 대해줘야지.

나는 또한 즉각 일에 몰두하는 동시에 낙담한 내 마음을 위로하려고 노력했다. 나는 아침나절 동안 바틀비가 자기 마음이 내키는 때에 자발적으로 자기 은신처에서 나와 문 쪽으로 단호한 행진을 시작하리라는 상상을 애써 해보았다. 그러나 아니었다. 열두시 반이 되자, 터키가 얼굴을 벌겋게 붉히고 잉크병을 뒤엎으며 온통 법석을 떨기 시작했고 니퍼즈는 한결 누그러지면서 조용하고 정중해졌고 진저 넛은 점심용 사과를 우적우적 씹어먹었으며, 바틀비는 깊디깊은 면벽 공상에 빠진 채 여전히 자기 창가에 서 있었다. 이 사실을 믿어야 할까? 이 사실을 인정해야만 할까? 그날 오후 내가 바틀비에게 더이상 말 한마디 않고 사무실에서 나갔다는 사실 말이다.

이렇게 또 며칠이 지나갔고 그사이에 나는 여가가 날 때 의지에 관한 에드워즈(Jonathan Edwards, 1703~53, 미국 식민지시대 캘빈주의 신학자이며 대각성운동의 지도자로 자유의지에 관한 저서를 출간했음—옮긴이)의 저서와 필연성에 관한 프리스틀리(Joseph Priestly, 1733~1804, 영국의 자연철학자이자 비국교도 성직자로서 인간의 자유의지를 부정함—옮긴이)의 저서를 조금 들여다보았다. 그때의 정황에서 그 책들은 유익한 감정을 유발했다. 나는 차츰 바틀비와 관련된 이런 고생이 영겁 전에 모두 예정되어 있었으며 바틀비는 나 같은 범부로서는 헤아릴 수 없는 전지(全知)한 섭리의 어떤 신비한 목적을 위해 내게 할당되었다는 믿음에 빠져들었다. 그래, 바틀비야, 칸막이 뒤에 있어라 하고 나는 생각했다. 다시는 너를 박해하지 않으마. 너는 이 의자들처럼 해가 없고 시끄럽게 굴지도 않아. 요컨대 네가 여기 있다는 것을 알고 있을 때만큼 사적인 느낌이 든 적이 없어. 드디어 나는 내 삶의 예정된 목적을 보고 느끼고 꿰뚫어보고 있어. 나는 만족해. 다른 사람들은 좀더 고상한 역할을 맡을 수도 있겠지만, 바틀비야, 이 세상에서 나의 임무는 네가 머물렀으면 하는 기간만큼 네게 사무실 공간을 제공하는 것이야.

만약 내 사무실을 방문한 법조계 친구들이 청하지도 않은 무자비한 논평을 내게 마구 해대지 않았더라면 이런 현명하고 축복받은 마음가

짐은 계속되었으리라고 믿는다. 그러나 도량이 좁은 사람들과 끊임없이 마찰하다보면 마침내 좀더 관대한 사람들의 최상의 결심마저 갉아먹히는 일이 종종 일어난다. 다만 그 일을 되새겨보면, 내 사무실에 들어오는 사람들이 영문을 알 수 없는 바틀비의 기이한 면모에 놀라서 그에 관해 어떤 불길한 발언을 불쑥 내뱉고 싶어한다는 것은 분명 이상한 일이 아니었다. 가끔 내게 용무가 있는 법정대리인이 사무실을 방문했다가 그 필경사밖에 없음을 발견하고 그에게서 내 행방에 관해 모종의 정확한 정보를 얻고자 했겠지만, 바틀비는 그의 한가로운 말에 주의를 기울이지 않고 사무실 한가운데 꼼짝 않고 서 있곤 했다. 그래서 그런 자세의 바틀비를 한동안 지켜보고 난 뒤 그 대리인은 찾아왔을 때와 똑같이 아무것도 알아내지 못하고 떠나버리곤 했다.

또한 중재가 진행중이라서 사무실이 변호사와 증인으로 붐비고 업무가 급하게 처리될 때, 거기 참석하여 일에 깊이 몰두한 어떤 법조계 인사가 바틀비에게 전혀 일이 없는 것을 보고는 근처의 자기 (그 법조계 인사의) 사무실에 달려가서 무슨 서류를 가져와달라고 요청하기도 했다. 바틀비는 그런 부탁을 차분하게 거절하면서 전과 똑같이 아무 일도 하지 않고 가만있었을 것이다. 그럴 때 그 법조인이 놀란 눈으로 노려보면서 나를 돌아다보는 것이다. 그러면 내가 무슨 말을 할 수 있겠는가? 법조계 지인들 사이에서 내가 사무실에 두고 있는 이 이상한 인물과 관련하여 놀라는 수군거림이 소문처럼 돌고 있음을 나는 마침내 알게 되었다. 이 때문에 나는 아주 많은 걱정을 했다. 그리고 바틀비가 혹시라도 장수하는 인물로 판명될 경우에까지 생각이 미쳤다. 그럴 경우 그가 내 사무실을 계속 차지하고 내 권위를 부정하며 내 방문객을 당혹하게 만들고 변호사로서의 내 평판을 깎아내리고 사무실 전체에 암울한 분위기를 드리우고 자기 저축으로 끝까지 연명하고 (왜냐하면 그는 분명 하루에 5센트밖에 쓰지 않기 때문에) 그래서 결국 어쩌면 나보다 오래 살아서 영속적 점유권에 의거하여 내 사무실의 소유권을 주장할 것이라는 생각이 들었다. 이런 불길한 예상들이 점점 더 나를 엄습하고 친구들이 내 사무실의 유령 같은 인물에 대해 무자비한 발언을 계속 해댐에 따라 내 속에서 거대한 변화가 일어났다. 나는 내 모든 능력을 동원하여, 이 악몽 같은 참을 수 없는 존재를 영원히 떨쳐버리기로 결심한 것이다.

그러나 이 목적에 맞는 복잡한 계획을 궁리하기 전에 나는 먼저 바틀비에게 완전히 떠나는 것이 합당하다고 그냥 넌지시 일러주었다. 차분하고 진지한 어조로 떠나는 것을 세심하게 숙고해보라고 권했다. 그러나 삼일간 숙고한 뒤 그는 자기의 원래 결심이 변함없음을 내게 알려주었다. 간단히 말해서 그는 아직도 나와 함께 있고 싶다는 것이었다.

어떻게 해야 하나? 나는 이제 외투의 마지막 단추까지 채우며 혼자 중얼거렸다. 어떻게 해야 하나? 어떻게 해야 하나? 양심상 이 사람, 아니 이 유령을 내가 어떻게 해야 하나? 나는 녀석을 떨쳐내야 하고, 녀석은 가야 한다. 그렇지만 어떻게? 녀석을, 이 불쌍하고 창백하고 수동적인 인간을 차마 밀쳐내지는 못할 노릇이야. 그렇게 무력한 존재를 문밖으로 쫓아낼 순 없잖은가? 그런 잔인함으로 자신의 불명예를 초래할 순 없잖은가? 그래, 나는 그러지 않을 것이며 그럴 수도 없다. 차라리 녀석이 여기서 살다가 죽게 내버려두고, 그런 후에 녀석의 유해를 벽속에 묻어주는 편이 낫다. 그렇다면 어떻게 할 것인가? 아무리 꼬드겨도 녀석은 꼼짝도 않으려고 하는데. 뇌물을 줘봐도 책상의 문진 아래그대로 남겨두고. 요컨대 녀석은 나한테 들러붙고 싶은 게 틀림없어.

그렇다면 뭔가 가혹하고 비상한 조치를 취해야 해. 뭐라고! 그렇다고 경관을 시켜 녀석의 멱살을 잡게 하고, 그 죄없는 창백한 인간을 상스러운 교도소로 보낼 수는 없지 않은가? 그리고 대체 무슨 근거로 그런 짓을 할 수 있단 말인가? 녀석이 부랑자라고? 뭐라고! 꼼짝도 않으려는 녀석이 떠돌이 부랑자라고? 그렇다면 녀석을 부랑자로 취급하려는 까닭은 녀석이 부랑자가 되지 않으려고 하기 때문인 셈이네. 그건 정말 말이 안돼. 명백한 부양수단이 없다는 것, 녀석의 약점은 바로 그것이야. 이것도 틀렸어. 왜냐하면 녀석이 자기 힘으로 벌어먹고 있는 것은 엄연한 사실이며 그것이야말로 부양수단을 소유하고 있음을 보여줄 수 있는, 반박 불가능한 유일한 증거이기 때문이야. 그렇다면 더이상 할말이 없네. 녀석이 나를 떠나려고 하지 않으니 내가 녀석을 떠날 수밖에 없어. 사무실을 바꾸는 거야. 다른 곳으로 이사를 가고, 만약 새 사무실에서 녀석을 발견하면 그때는 통상적인 불법침입자로 고소하겠다는 뜻을 녀석에게 정식으로 통고하는 거야.

이에 따라서 다음날 나는 그에게 이렇게 통고했다. "사무실이 시청에서 너무 떨어져 있는 것 같아. 공기도 안 좋고. 간단히 말해서 다음 주에 사무실을 옮기려고 하는데 이제는 자네의 써비스가 필요없겠어. 지금 자네한테 이 말을 하는 것은 자네가 다른 일자리를 알아보라고 하는 걸세."

그는 아무런 대답도 하지 않았고, 나도 더이상의 말은 하지 않았다.

정해진 이삿날에 나는 수레와 인부를 구해서 사무실로 갔다. 가구랄 것이 거의 없었기 때문에 몇시간 내에 모든 짐을 옮겼다. 그러는 동안 줄곧 바틀비는 칸막이 뒤에 서 있었고, 나는 칸막이를 맨 마지막으로 옮기라고 지시했다. 칸막이가 걷혔다. 칸막이가 마치 거대한 2절판 책처럼 접히고 난 후 그는 헐벗은 빈 방에 꼼짝하지 않고 있었다. 입구에 서서 잠시 그를 지켜보는 동안 내 속의 뭔가가 나를 질책했다.

나는 손을 호주머니에 넣고 그러고는——그러고는——마음이 울컥해서 사무실에 다시 들어갔다.

"잘 있게, 바틀비. 나는 가네. 잘 있게. 어쨌든 하느님의 축복이 있기를, 그리고 이거 받게" 하면서 뭔가를 그의 손에 슬쩍 쥐여주었다. 그러나 그것은 곧바로 바닥에 떨어졌다. 그러자──이런 말 하기 이상하지만──그토록 떨쳐버리기를 갈망했던 그에게서 나는 억지로 내 자신을 떼어냈다.

새 사무실에 자리를 잡으면서 나는 하루이틀간은 문을 잠그고 다녔고 복도의 발소리에도 깜짝깜짝 놀랐다. 잠시라도 자리를 비웠다가 사무실로 돌아올 때면 문지방에 잠깐 멈춰서서 열쇠를 꽂기 전에 주의깊게 귀기울이곤 했다. 그러나 나의 두려움은 쓸데없는 것이었다. 바틀비는 내 근처에 얼씬도 하지 않았다.

만사가 순조롭게 되어간다고 생각할 즈음, 당황한 듯이 보이는 한 낯선 신사가 나를 찾아와 최근까지 월 가 ○○번지에 사무실을 갖고 있던 사람이 아니냐고 물었다.

불길한 예감으로 가득한 채 나는 그렇다고 대답했다.

"그렇다면, 선생님," 하고 변호사로 밝혀진 그 낯선 신사가 말했다. "당신이 거기 남겨둔 사람은 당신 책임입니다. 그 사람은 어떤 필사도 거절하고 어떤 일도 거절하며 그렇게 안 하고 싶다고 할 뿐이고 사무실을 떠나기를 거절하고 있어요."

"선생님, 아주 딱하게 되었군요." 나는 차분한 척했지만 속으로는 떨면서 말했다. "그렇지만 당신이 언급하는 사람은 정말로 나와 아무런 관계도 아니오. 나한테 책임을 물을 수 있는, 내 친척도 아니고 도제도 아니란 말이오."

"도대체 그 사람은 누굽니까?"

"내가 당신한테 그걸 알려줄 형편이 전혀 못되오. 그에 대해 아무것도 알지 못하니까요. 이전에 그를 필경사로 고용한 적은 있지만, 그가 내 일을 안 한 지 꽤 되었소."

"그렇다면 제가 그를 처리하지요——안녕히 계세요, 선생님."

며칠이 지났지만 아무런 소식도 들리지 않았다. 나는 그곳에 들러서 불쌍한 바틀비를 만나려는 자비로운 충동을 이따금 느꼈으나 뭔지 모르게 거리끼는 바가 있어서 그러지 못했다.

또 한주가 지나도 아무런 소식이 들리지 않자 나는 지금쯤은 그와 관련된 모든 일이 끝났겠지 하는 생각이 마침내 들었다. 그러나 그 다음 날 출근하는데 몇몇 사람이 신경이 곤두설 만큼 흥분한 상태로 사무실 앞에서 기다리고 있었다.

"바로 저 사람이야——이제 오는군." 맨 앞에 있는 사람이 소리쳤는데, 자세히 보니 전에 혼자서 나를 방문한 그 변호사였다.

"선생님, 그 사람을 즉시 데려가셔야겠어요." 그들 중에 뚱뚱한 사람이 내게 다가오며 외쳤는데, 나는 그가 월 가 ○○번지의 건물 주인임을 알고 있었다. "내 세입자들인 이 신사분들이 더이상 견딜 수 없답니다. B씨가," 하고 그 변호사를 가리키며 건물 주인이 말했다. "그 사람을 사무실에서 쫓아냈더니 그 사람은 이제 건물 곳곳에 출몰하여 낮에는 계단 난간에 앉아 있다가 밤에는 건물 현관에서 잠을 잔답니다. 모든 사람이 걱정하고 있어요. 사무실을 찾는 고객들이 발길을 돌리고 있고요. 폭도(1849년 5월 뉴욕 '애스터 플레이스' 시위에 참가한 시위군중을 가리킴——옮긴이)에 대한 두려움도 상당히 퍼져 있어요. 선생님이 뭔가 조치를, 그것도 지체없이 취해주셔야겠어요."

이런 빗발치는 말들에 대경실색하여 나는 뒤로 물러났고 새 사무실에 들어가 문을 잠가버리고 싶었다. 바틀비가 어느 누구와도 상관없듯이 나와도 아무런 관계가 없다고 줄기차게 항변했지만 소용이 없었다.

그들은 내가 바틀비와 관련있었던 것으로 알려진 마지막 사람이라며 나를 심하게 문책했다. 게다가 (그곳에 와 있는 한 사람이 어렴풋이 위협했듯이) 신문에 나올까 두려웠던 나는 그 문제를 숙고했고, 만약 그 변호사가 내게 자기 (그 변호사의) 사무실에서 바틀비와 은밀한 면담을 갖도록 주선해준다면 그날 오후 그들이 불평한 그 골칫거리 존재를 그들로부터 떼어내도록 최선을 다하겠노라고 말했다.

예전의 사무실 계단을 올라가니 바틀비가 층계참의 난간에 말없이 앉아 있었다.

"바틀비, 여기서 뭘 하는 거야?" 내가 말했다.

"난간에 앉아 있어요." 그가 유순하게 대답했다.

나는 몸짓으로 그를 그 변호사 사무실로 데리고 들어갔고, 그러자 변호사는 우리를 남겨두고 나갔다.

"바틀비," 내가 말했다. "사무실에서 해고된 뒤 건물 현관을 계속 점유함으로써 자네가 나한테 크나큰 시련을 안겨주고 있다는 건 알고 있어?"

대답이 없었다.

"이제 둘 중 하나를 택할 수밖에 없어. 자네가 무슨 조치를 취하든지 아니면 자네한테 무슨 조치가 취해지든지. 그런데 어떤 종류의 일에 종사하고 싶나? 어딘가에 취직해서 다시 필사일을 하고 싶나?"

"아니요, 나는 어떤 변화도 안 겪고 싶습니다."

"포목상 점원 일은 어떤가?"

"그 일은 너무 틀어박혀 있어서요. 싫어요, 점원 일은 하고 싶지 않습니다. 하지만 내가 까다로운 것은 아니에요."

"너무 틀어박혀 있다니," 하고 내가 소리쳤다. "아니 자네는 계속 틀어박혀 있잖아!"

"점원 자리는 안 택하고 싶습니다." 그는 마치 그 작은 사안을 즉각 매듭지으려는 듯이 대꾸했다.

"바텐더 일은 자네 마음에 맞을 것 같나? 그 일은 눈을 피곤하게 하지는 않아."

"그 일은 전혀 하고 싶지 않습니다. 하지만 앞서 말했듯이 내가 까다로운 것은 아니에요."

그가 이례적으로 말을 많이 해서 나는 고무되었다. 나는 다시 공략했다.

"좋아, 그렇다면 상인들 대신 지방에 돌아다니면서 수금하는 일을 하고 싶어? 그러면 건강이 나아질 거야."

"아니요, 뭔가 다른 일을 하고 싶습니다."

"그렇다면 대화로써 젊은 신사를 즐겁게 해주는 말동무 자격으로 유럽에 가는 것은 어떻겠어, 그건 자네 마음에 들겠지?"

"전혀 마음에 들지 않아요. 그 일에는 조금도 확실한 면이 없는 것 같습니다. 저는 붙박이 일이 좋아요. 하지만 내가 까다로운 것은 아니에요."

"그럼 붙박여 있어." 나는 여기서 참을성을 잃고 소리쳤고, 나와 그 사이의 그 모든 분통 터지는 접촉 중에서 처음으로 상당히 화를 냈다. "밤이 되기 전에 자네가 이 건물에서 나가지 않으면, 내가 이 건물을 떠날 수밖에 없을 것 같아—아니, 바로 내가 떠—떠—떠나야만 한다고!" 나는 요지부동의 그를 순응시키려면 어떤 위협으로 겁줘야 할지 알지 못해서 상당히 어정쩡하게 말을 맺었다. 더이상의 노력을 모두 단념하고 다급하게 그를 떠나려 했는데 그때 최종적인 생각 하나가 떠올랐다. 이전에 한번도 품어보지 않은 생각은 아니었다.

"바틀비," 그런 흥분되는 상황에서 취할 수 있는 최대한 상냥한 어조로 내가 말했다. "지금 나랑 함께 집으로——내 사무실이 아니라 내 숙소로——가지 않겠나? 그리고 거기 머물면서 우리가 한가한 때에 함께 자네 문제를 편리하게 조정하여 처리할 수 없을까? 자, 지금, 당장 함께 가자고."

"아니요, 지금은 어떤 변화도 안 겪고 싶습니다."

나는 아무 대답도 하지 않았다. 그러나 순식간에 날랜 동작으로 사람들을 효과적으로 요리조리 피하면서 그 건물에서 뛰쳐나와 브로드웨이 쪽으로 월 가를 달려올라가서 맨 처음 눈에 띄는 승합마차에 올라타고는 곧 그 자리에서 사라졌다. 차분함을 되찾자마자, 건물 주인과 세입자들의 요구에 대해서나 바틀비에게 호의를 베풀고 그를 야만적인 박해로부터 보호하려는 나 자신의 욕망과 의무감과 관련해서나, 내가 할 수 있는 일은 이제 다했음을 또렷이 인식했다. 나는 이제 아무런 걱정 없이 평온한 상태가 되려고 애썼으며 그런 시도는 양심적으로는 정당화되었지만 사실 내가 바란 것만큼 그리 성공적이지는 못했다. 몹시 화난 건물 주인과 격앙된 세입자들에게 다시 쫓길까봐 두려운 나머지 나는 며칠간 내 업무를 니퍼즈에게 맡기고 사륜마차를 타고 뉴욕 시내의 북부 여기저기와 교외 곳곳을 돌아다녔다. 저지씨티와 호보컨 (두 지역 모두 뉴욕 서쪽 허드슨 강 건너편에 있음——옮긴이)까지 건너갔으며 맨해튼빌과 애스토리아(전자는 맨해튼의 북부에, 존 제이콥 애스터의 이름을 딴 애스토리아는 맨해튼 동쪽 현재 퀸즈 지역에 있음——옮긴이)를 몰래 방문했던 것이다. 사실 한동안 나는 사륜마차 속에서 살다시피 했다.

사무실에 다시 나왔을 때 건물 주인한테서 온 쪽지가 내 책상에 보란 듯이 놓여 있었다. 나는 떨리는 손으로 그 쪽지를 펼쳤다. 읽어보니 쪽지를 쓴 이가 경찰에 사람을 보내어 바틀비를 부랑자로 툼즈 구치소에 잡아가게 했다는 것을 내게 통지하는 내용이었다. 게다가 내가 누구보다 바틀비에 대해 많이 알고 있으니 툼즈에 출두해서 사실을 적절하게 진술하기를 바란다는 것이었다. 이 기별은 내게 상반되는 효과를 끼쳤다. 처음에 나는 분개했으나 마침내는 찬동하다시피 했다. 건물 주인은 열성적이고 성질이 급해서 나라면 결코 택하지 않았을 그런 일처리 방식을 택한 것이다. 그러나 마지막 방편으로서는 그런 특이한 상황에서 그것 말고 다른 대안이 없는 듯했다.

나중에 알게 되었지만, 그 불쌍한 필경사는 자신이 툼즈로 호송된다는 말을 듣자 조금도 저항하지 않고 그 특유의 창백하고 무감한 방식으로 묵묵히 따랐다.

인정 많고 호기심어린 구경꾼 몇몇이 일행에 가담했고 바틀비와 팔짱을 낀 경관 중의 하나가 앞장서는 가운데 그 말없는 행렬은 정오의 떠들썩한 통행로의 그 모든 소음과 열기와 환희를 헤치며 줄지어 나아갔다.

쪽지를 받은 바로 그날 나는 툼즈에, 아니 좀더 정확히 말하자면 법무청사에 갔다. 담당 교도관을 찾아서 방문한 목적을 진술하니 내가 묘사한 인물이 정말 안에 있다고 통고해주었다. 그래서 나는 그 관리에게 바틀비가 아무리 이해하기 힘든 괴짜일지라도 진짜로 정직한 사람이며 대단히 불쌍한 사람이라고 확실하게 말했다. 나는 내가 아는 바를 모두 털어놓았으며 그를 가두어놓되 가능한 한 관대하게 대우하다가 뭔가 덜 가혹한 조치를 취하는 방안을 제안하면서 말을 맺었다. 사실은 덜 가혹한 조치가 어떤 것인지는 몰랐지만 말이다. 어쨌든 다른 대책을 취할 수 없다면 구빈원에서 그를 맡아야 한다. 그리고 나는 면회를 하게 해달라고 간청했다.

수치스러운 죄목으로 들어온 것이 아닌데다 모든 면에서 상당히 평온하고 무해하기 때문에 당국은 그가 옥사 주위를, 특히 잔디밭이 있는 밀폐된 안뜰을 자유롭게 돌아다닐 수 있도록 허용했다. 그래서 나는 그를 거기서 발견했다. 나는 그가 높은 벽을 향해 얼굴을 돌린 채 더없이 조용한 안뜰에 홀로 서 있는 동안 감옥 창문의 가느다란 틈새를 통해 사방에서 살인자와 도둑 들의 눈길이 바틀비를 뚫어지게 지켜보는 광경을 보는 것 같았다.

"바틀비!"

"당신이 누군지 압니다." 그가 돌아보지 않고 말했다. "하지만 당신한테 하고 싶은 말이 없습니다."

"바틀비, 자네를 이곳에 집어넣은 것은 내가 아니야." 의심하는 듯한 그의 말에 나는 마음이 몹시 아파서 말했다. "그리고 자네한테는 이곳이 그렇게 지독한 장소는 아닐 거야. 여기 있다고 해서 어떤 수치스러운 전력이 붙는 건 아니야. 그리고 보라고, 이곳이 흔히 생각하듯 그렇게 슬픈 장소도 아냐. 보라고, 저기에 하늘도 있지, 여기에 풀도 있지."

"여기가 어딘지는 알고 있어요." 그가 대답했으나 더이상 말하려 하지 않았고 그래서 나는 그를 떠났다. 다시 복도로 들어서자 덩치가 크고 고깃덩이처럼 생긴 남자가 앞치마 차림으로 내게 다가오더니 엄지손가락을 어깨 너머로 치켜들며 "저치가 당신 친구요?" 하고 말을 붙였다.

"그렇소."

"그 친구는 굶어죽을 작정이오? 만약 그렇다면 감방 음식을 먹게 내버려두시구려, 그뿐이오."

"당신은 누구요?" 이런 장소에서 이렇게 비공식적인 투로 말하는 사람을 어떻게 생각해야 할지 몰라 내가 물었다.

"나는 사식업자요. 여기에 친구들이 들어와 있는 신사양반들은 나를 고용하여 뭔가 먹을 만한 것을 친구들한테 제공하지요."

"그런가요?" 교도관을 돌아보며 내가 말했다.

교도관은 그렇다고 말했다.

"그렇다면, 좋소." 사식업자(사람들이 그를 그렇게 부르니까)의 손에 은화 몇개를 슬쩍 넣어주면서 내가 말했다. "저기 있는 내 친구에게 특별한 주의를 기울여주길 바라오. 당신이 제공할 수 있는 최상의 식사를 넣어주도록 해주세요. 그리고 가능한 한 그를 공손하게 대해야 하오."

"나를 소개시켜주실 거죠, 그렇죠?" 사식업자는 자신의 교양을 시범적으로 보여줄 기회를 갖고 싶어서 안달이 난 듯한 표정으로 나를 바라보며 말했다.

필경사에게 유익할 것이라고 생각해서 나는 묵묵히 따랐다. 그리고 사식업자의 이름을 묻고 그와 함께 바틀비에게 다가갔다.

"바틀비, 이 사람은 커틀릿스 씨야. 자네한테 매우 유용한 친구라는 것을 알게 될 거야."

"당신의 하인입니다, 나리. 당신 하인이에요." 앞치마 차림의 사식업자가 깊이 머리를 숙이면서 말했다. "여기가 마음에 들기 바랍니다, 나리. 좋은 뜰에——서늘한 방들이 있으니——여기서 한동안 우리와 함께 머무셨으면 합니다——기분좋게 지내십시오. 제 아내와 제가 나리의 식사를 아내의 내실에서 시중들어도 되겠습니까?"

"오늘은 식사를 안 하고 싶습니다." 고개를 돌리며 바틀비가 말했다. "내 속에 맞지 않을 겁니다. 나는 정찬에 익숙하지 않거든요." 그렇게 말하면서 그는 안뜰의 맞은편으로 서서히 이동해서 막힌 벽을 마주 보는 곳에 자리를 잡았다.

"이거 어떻게 된 거요?" 놀라서 나를 노려보며 사식업자가 말했다.

"저 사람 좀 이상하네요?"

"정신이 약간 나간 것 같아요." 나는 슬픈 목소리로 말했다.

"정신이 나갔다고요? 정신이 나갔다는 겁니까? 글쎄요, 이제 보니, 이거 참. 나는 저기 당신 친구가 문서위조자 양반이라고 생각했어요. 위조자 양반들은 늘 창백하고 품위있어 보이지요——불쌍한 마음이 들지 않을 수 없어요. 불쌍한 마음을 금할 수 없어요, 선생님. 먼로 에드워즈(Monroe Edwards, 1808~47, 텍사스 초기의 노예 밀수입자이며 문서위조자——옮긴이)를 아십니까?" 그가 비장하게 덧붙이면서 말을 멈췄다. 그러더니 측은하다는 듯이 내 어깨에 손을 얹고는 한숨을 쉬었다. "그 사람은 씽씽(뉴욕시 북쪽 오씨닝에 위치한 교도소——옮긴이)에서 폐병으로 죽었어요. 그런데 먼로를 모르십니까?"

"몰라요, 문서위조자와 어울려 지낸 적이 없어요. 더이상 머무를 수는 없군요. 저기 내 친구를 돌봐주세요. 그럼 손해볼 일은 없을 겁니다. 또 봅시다."

그로부터 며칠 뒤 나는 다시 툼즈 구치소의 출입을 허락받아 바틀비를 찾으러 복도를 죽 돌아다녔으나 그를 찾지 못했다.

"그가 조금 전에 감방에서 나오는 것을 보았소." 한 교도관이 말했다. "어쩌면 안뜰에서 서성거리고 있을 거요."

그래서 나는 그쪽으로 갔다.

"그 말없는 사람을 찾고 있소?" 또다른 교도관이 내 곁을 지나가면서 말했다. "저쪽에 누워 있소. 저쪽 안뜰에 잠들어 있소. 눕는 것을 본 지 이십분도 안되었소."

안뜰은 쥐죽은 듯이 조용했다. 그곳은 일반 죄수들은 들어가지 못했다. 주위를 에워싼 엄청나게 두꺼운 벽들은 모든 소음을 막아주었다. 이집트 양식의 석조물이 그 침울함으로 나를 짓눌렀다. 그러나 발아래에 부드러운 잔디가 틈새를 비집고 자라났다. 그 모습은 마치 영원한 피라미드의 심장처럼 보였다. 이를테면 피라미드 속에서 새들이 쪼개진 틈새에 떨어뜨린 잔디씨앗이 어떤 이상한 마법에 의해 싹이 튼 것 같았다.

나는 벽의 아랫부분에 묘하게 움츠린 자세로 있는 소진된 모습의 바틀비를 보았다. 무릎을 웅크리고 차가운 돌에 머리를 갖다댄 채 모로 누워 있었다. 그러나 아무런 움직임도 없었다. 나는 발걸음을 멈추었다가 그에게 바싹 다가가서 몸을 구부렸고 그의 침침한 눈이 감겨 있지 않다는 것을 발견했다. 그렇지 않았다면 그가 깊은 잠을 자는 것처럼 보였을 것이다. 뭔가 그를 만져보라고 재촉했다. 그의 손을 만지는 순간 저릿저릿한 전율이 팔을 타고 올라왔다가 척추를 타고 발까지 내려갔다.

그때 사식업자의 둥근 얼굴이 나를 빤히 쳐다보았다. "그의 식사가 준비되었어요. 그는 오늘도 식사를 안할 건가요? 아니면 식사도 않고 사는 사람입니까?"

"식사를 하지 않고 살지요." 이렇게 말하고 나는 그의 눈을 감겨주었다.

"어라! 잠들었네요?"

"제왕과 만조백관과 함께(「욥기」 3장 14절을 인유한 구절──옮긴이) 잠들었소." 내가 중얼거렸다.

이 이야기를 더 진행할 필요가 거의 없어 보인다. 불쌍한 바틀비의 매장과 관련된 얼마 안되는 이야기는 상상력으로 충분히 메울 수 있을 것이다. 그러나 독자와 헤어지기 전에, 이런 말은 하고 싶다. 이 짧은 이야기로 말미암아 바틀비가 누구인지 그리고 본 화자가 그를 알기 전에 그가 어떤 종류의 삶을 영위했는지 호기심이 생길 만큼 독자가 흥미를 갖게 되었다면 나 역시 그런 호기심을 충분히 갖고 있되 전혀 충족시킬 수 없다고 대답할 수 있을 뿐이라고. 다만 여기서 필경사의 죽음 후 몇개월 만에 내 귀에 들어온 한가지 사소한 소문을 밝혀야 할지 모르겠다. 나는 그 소문의 근거가 무엇인지 확인할 수 없었고 따라서 그것이 얼마나 진실한지도 지금 알 수 없다. 그러나 이 모호한 소문이 애처롭기 그지없긴 해도 내게 얼마간 흥미로운 암시도 없지 않은만큼 다른 몇몇 사람의 경우에도 알고 보면 마찬가질 수 있겠으니, 간단히 언급하기로 한다. 그 소문은 이렇다. 즉 바틀비가 워싱턴의 배달 불능 우편물 취급소(Dead Letter Office, 미국 우정국 산하로 1825년에 설치되었음—옮긴이)의 말단 직원이었는데, 행정부의 물갈이로 갑자기 그 자리에서 쫓겨났다는 것이다. 이 소문을 곰곰이 생각할 때면 나를 사로잡는 감정을 표현할 길이 없다. 배달 불능 편지라니! 죽은 사람 같은 느낌이 들지 않는가? 천성적으로 혹은 불운에 의해 창백한 절망에 빠지기 쉬운 사람을 생각해보라. 그런 사람이 계속해서 이 배달 불능 편지를 다루면서 그것들을 분류해서 태우는 것보다 그 창백한 절망을 깊게 하는 데 더 안성맞춤인 일이 있을까? 그 편지들은 매년 대량으로 소각되었다. 때때로 창백한 직원은 접힌 편지지 속에서 반지를 꺼내는데, 반지의 임자가 되어야 했을 그 손가락은 어쩌면 무덤 속에서 썩고 있을 것이다. 또한 자선헌금으로 최대한 신속하게 보낸 지폐 한장을 꺼내지만 그 돈이 구제할 사람은 이제 먹을 수도 배고픔을 느낄 수도 없다. 그리고 뒤늦게 용서를 꺼내지만 그것을 받을 사람은 절망하면서 죽었고, 희망을 꺼내지만 그것을 받을 사람은 희망을 품지 못하고 죽었으며, 희소식을 꺼내지만 그것을 받을 사람은 구제되지 못한 재난에 질식당해 죽어버린 것이다. 삶의 심부름에 나선 이 편지들이 죽음으로 질주한 것이다.

　아, 바틀비여! 아, 인간이여!

■ **더 읽을거리**

　『바틀비』(정남영 주해, 갈무리 2006)는 작품 원문에 영어 구문과 용법에 대한 꼼꼼한 주석을 달고 작품 이해를 돕는 해설을 붙인 주석본이다. 신문수 『허먼 멜빌: 탈색된 진실의 추구자』(건국대 출판부 1995)는 멜빌의 생애와 주요작품을 개관하고, 멜빌 비평의 흐름을 간결하게 정리한 입문서이다. 『모비 딕』의 우리말 번역본으로는 상대적으로 나은 양병탁본(중앙출판사 1998), 이가형본(학원출판사 1994) 오국근본(삼성출판사 1991)을 참조할 것.

Mark Twain

| 마크 트웨인 |

1835~1910

본명은 쌔뮤얼 랭혼 클레먼스(Samuel Langhorne Clemens). 미주리 주 플로리다 출생. 네살 때 미시씨피 강가의 한니발로 이사하여 성장기를 보냈다. 일찍이 아버지를 여의고 인쇄소 견습공, 수로 안내인, 신문기자 생활을 했다. 이런 경험이 그의 최고 걸작 『허클베리 핀의 모험』(*The Adventures of Huckleberry Finn*, 1884) 속에 녹아들어 있다. 이 작품은 아이의 순진한 눈을 통해 흑인노예제로 뒤틀린 남부문화를 비판하고 헉 핀과 짐의 동반여행을 통해 흑백공동체를 시험했다. 또한 가난한 남부 백인과 흑인 노예의 입말을 사용함으로써 남서부 문학의 토착적 힘을 보여주고 미국소설의 언어를 혁신했다. 그후에도 트웨인은 '도금시대'(the Gilded Age)를 비판하는 한편 미국인의 정체성을 캐묻는 작품을 썼다. 역사적 상상력으로 미국문명을 성찰하는 『아서 왕궁의 커네티컷 양키』(*A Connecticut Yankee in King Arthur's Court*, 1889), 인종문제에 대해 천착하는 『멍청이 윌슨과 기이한 쌍둥이들』(*Pudd'nhead Wilson and Those Extraordinary Twins*, 1894) 등의 장편과, 「해들리버그를 타락시킨 남자」(The Man That Corrupted Hadleyburg, 1899) 『불가사의한 이방인』(*The Mysterious Stranger*, 1916) 등의 뛰어난 중단편을 남겼다.

■ 캘레바래스 군의 명물, 뜀뛰는 개구리
The Celebrated Jumping Frog of Calaveras County

뉴욕 『쌔터데이 프레스』(*Saturday Press*) 1865년 11월 18일자에 '짐 스마일리와 그의 뜀뛰는 개구리'(Jim Smiley and His Jumping Frog)라는 제목으로 발표되었고 제목을 바꾸고 작가의 수정을 거쳐 첫 단편집 『캘레바래스 군의 명물 뜀뛰는 개구리 및 그밖의 이야기들』(1867)에 수록되었다. 이 선집의 번역은 단편집 수록본의 텍스트를 따랐다. 트웨인 자신이 "미국에서 생산된 가장 유머러스한 이야기"라고 지칭한 이 짧은 스케치풍의 이야기는 발표 즉시 폭발적인 인기를 끌었다. '허풍스런 이야기'(tall tale)의 전통을 활용하는 이 작품에서 특별히 주목할 것은 두 겹의 이야기 방식, 그리고 감정의 이입과 분리를 적절히 조절하는 이야기 솜씨이다. 원래 화자는 동부에 있는 친구의 부탁을 받고 서부 광산촌의 싸이먼 휠러 노인을 찾아가서 친구의 친구인 리오니대스 W. 스마일리의 안부를 묻는다. 그러자 휠러 노인이 그와 무관한, 내기에 중독된 짐 스마일리의 이야기를 한바탕 늘어놓는다. 방심하다가 외지인에게 당하는 짐 스마일리의 어리석음을 비웃는 내용이지만 화자의 시선은 따뜻하고 화술은 청산유수이다. 특히 황당하고 우스꽝스러운 일화를 시치미 떼고 이야기하는 휠러 노인의 빼어난 이야기꾼 기질과 더불어 민담풍의 토속적인 어법에 묻어나는 해학과 풍자가 압권이다.

캘레바래스 군의 명물, 뜀뛰는 개구리

    동부에서 편지를 보내온 내 친구의 부탁을 들어주기 위해 나는 마음
씨좋고 수다스러운 싸이먼 휠러 노인을 찾아갔다. 그리고 부탁받은 대
로 내 친구의 친구인 리오니대스 W. 스마일리의 안부를 물었고, 여기에
그 결과를 덧붙인다. 나는 내심 리오니대스 W. 스마일리는 가공의 인물
이며, 내 친구는 그런 인물을 결코 알지 못했고 다만 이런 추측을 했을
것이라고 의심하고 있다. 즉 내가 휠러 노인에게 리오니대스 W. 스마일
리의 안부를 물으면 그 노인은 악명높은 짐 스마일리가 떠오를 것이고
그러면 내게 쓸데없을뿐더러 길고 지루한, 그에 관한 분통터지는 일화
를 늘어놓아 나를 더없이 따분하게 하리라는 추측 말이다. 만약 그것
이 내 친구의 계획이었다면 영락없이 성공한 셈이다.

    싸이먼 휠러는 앤젤스라는 쇠락한 광산촌의 다 쓰러져가는 선술집
난롯가에서 편안하게 졸고 있었다. 나는 그가 뚱뚱하고 대머리이고 차
분한 안색에 마음을 끄는 온화하고 소박한 표정이 배어 있는 것을 눈
여겨보았다. 그는 깨어나 내게 인사를 건넸다. 나는 그에게 내 친구가
리오니대스 W. 스마일리라는 소년시절의 소중한 친구——내 친구가 듣
기로는 한때 앤젤스 광산촌에 거주한 젊은 복음주의 목사 리오니대스 W.

스마일리——에 관해 몇가지 알아봐달라고 해서 왔다고 했다. 나는 휠러 씨가 이 리오니대스 W. 스마일리 목사에 대해 어떤 소식이라도 전해줄 수 있다면 큰 신세를 진 것으로 알겠노라는 말을 덧붙였다.

싸이먼 휠러는 나를 한쪽 구석으로 몰아넣고 자기 의자로 앞을 가로막고는 자리에 앉아서 이 단락 뒤에 나오는 단조로운 이야기를 술술 풀어놓았다. 그는 전혀 미소짓지도 눈살을 찌푸리지도 목소리를 바꾸지도 않았고 첫 문장부터 줄곧 청산유수의 어조로 일관했으며 흥분하는 기색은 조금도 보이지 않았다. 그러나 그 끝없는 이야기가 진행되는 동안 인상깊은 성실함과 진지함의 기운이 흘렀고, 그 모습을 보니 그가 자기 이야기에 뭔가 우습거나 익살맞은 데가 있다고 생각하기는커녕 그 이야기를 정말로 중요한 문제로 여기며 이야기의 두 주인공을 **교묘한 책략**의 탁월한 천재로 흠모하고 있음을 분명히 알 수 있었다. 내 눈에 한 남자가 그처럼 별난 이야기를 한번도 웃지 않고 물흐르듯이 차분히 해나가는 광경은 절묘한 부조리로 여겨졌다. 앞서 말했듯이 내가 그에게 리오니대스 W. 스마일리 목사에 대해 아는 바를 말해달라고 청하자 그는 다음과 같이 대답했다. 나는 그가 자기 방식대로 이야기를 풀어가도록 내버려두었고 단 한번도 그의 말을 끊지 않았다.

짐 스마일리라는 친구가 한때 이곳에 있었지. 1849년 겨울인가——아니 어쩌면 1850년 봄인가——어느 쪽인지 아무래도 정확히 기억나지 않지만 둘 중에 하나라고 생각하는 까닭은 그 친구가 처음 광산촌에 왔을 때 거대한 수로공사가 끝나지 않았던 것을 기억하기 때문이야. 아무튼 그 친구는 자기 반대편에 내기를 걸 사람만 있다면 눈에 띄는 것은 무엇이든 내기를 걸고, 만약 내기 걸 사람이 없으면 자기가 편을 바꾸곤 하는 무진장 별난 사람이었어. 상대방이 좋다는 방식은 그 친구에게도 좋았고 내기를 걸 수만 있다면 어떤 방식도 그 친구는 만족이었어. 그러나 그래도 그 친구는 운이 좋았어, 남달리 운이 좋았지. 거의 언제나 승자가 되는 거야. 그 친구는 언제나 만반의 준비를 갖추고 기회를 노렸어. 무슨 일이라도 말만 나오면 그 친구가 내기를 하자고 나섰고, 아까 말했듯이 어떤 편에든 꼭 내기를 거는 거야. 경마가 열리면, 시합이 끝날 때쯤 그는 돈을 왕창 따거나 아니면 파산했어. 개싸움이 있어도 내기를 걸고 고양이싸움이 있어도 내기를 걸고 닭싸움이 있어도 내기를 걸었어. 아니 담장 위에 새 두 마리가 앉아 있으면 어느 쪽이 먼저 날아갈지를 두고도 내기를 하자고 한다니까. 야외부흥회가 있으면 빠짐없이 가서 워커 목사를 두고 내기를 걸곤 했어. 그 친구의 판단으로 워커 목사는 인근에서 최고의 설교자였는데, 사실인즉 그랬고 목사는 훌륭한 사람이었어. 심지어 투구벌레 한마리가 기어가는 것을 보기라도 하면 그 친구는 저놈의 벌레가 가려는 곳이 어디든 그곳에 도착하는 데 시간이 얼마나 걸릴지를 두고 당신한테 내기를 걸어올 테고, 당신이 응하면 그 투구벌레를 따라 멕시코까지 가서라도 반드시 목적지와 노상에서 머문 시간을 알아낼 거야. 이 동네 사내녀석들 상당수가 그런 스마일리를 보았으니 걔들도 당신한테 그 친구 이야기를 할 수 있겠지. 그래, 어디에 거느냐는 건 그 친구에게는 전혀 중요하지 않았어. 뭐든지 내기를 거는 황당무계한 친구였지. 한번은 워커 목사 부인이 몹시 아파서 아주 오랫동안 몸져누워 있었는데, 살아날 것 같지 않았어. 그런데 어느날 아침 목사가 부흥회장 안으로 들어오자 스마일리가 일어서서 목사에게 부인의 안부를 물었어. 목사는 그녀가──무한한 자비의 주님 덕분에──상당히 좋아졌고 너무나 빠르게 차도를 보이기 때문에 주님의 축복으로 회복할 수도 있을 거라고 말했어. 그러자 스마일리는 미처 생각도 하기 전에 "글쎄요, 아무래도 부인이 회복되지 않는 쪽에 2달러 50센트 걸겠어요" 하고 말하는 거야.

이런 스마일리한테 암말이 한마리 있었어. 사내녀석들은 그 암말을 '십오분짜리 경주마'라고 불렀지만, 물론 그 암말이 그보다는 빨랐으니까 그건 그냥 재미로 부르는 것이었단 말이야. 그 암말이 그렇게 느려터진데다 천식이니 선역(腺疫, 말이나 당나귀 따위의 림프선이 곪는 급성 전염병——옮긴이)이니 결핵이니 그런 몹쓸 병을 달고 살았는데도 그 친구는 그 말로 돈을 따곤 했어. 사람들은 그 암말이 이삼백 미터 앞서 출발하도록 배려하고는 경주 도중에 그 암말을 추월하곤 했어. 그러나 경주 막판에 이르면 그 암말은 언제나 흥분해서 막무가내로 미쳐날뛰고 두 다리를 벌리고 서서 때론 허공에다 때론 담장 너머로 발길질을 해대며 기침에 재채기에 콧김까지 뿜어대고 엄청나게 먼지를 일으키며 엄청 야단법석을 떠는 거야. 그러다가 결승 가로대에서는 어김없이 아무리 엄밀하게 재도 겨우 모가지 하나쯤 앞서서 들어오는 거야.

그리고 그 친구에겐 작은 새끼 불독 한마리가 있었는데, 녀석을 보면 아무짝에 소용없고 그저 빈둥거리며 심술궂은 표정으로 뭔가 훔칠 기회만 노리는 놈이라는 생각이 들 거야. 그러나 녀석은 제 몸에 돈이 걸리는 순간 생판 다른 개로 돌변하는 거야. 아래턱을 증기선 앞갑판처럼 쑥 내밀고 이빨을 드러내면서 용광로처럼 살벌한 빛을 뿜어댔어. 다른 개가 달려들어 으르렁대고 물어뜯고 어깨 너머로 두세 차례 메다꽂아도 앤드류 잭슨(Andrew Jackson, 1767~1845, 영국군을 무찌른 장군으로 미국 제7대 대통령이 되었음——옮긴이)——이게 녀석의 이름이었어——그녀석은 괜찮다고, 달리 무얼 기대하겠느냐는 듯이 시치미를 딱 잡아떼곤 했지. 그동안 사람들이 있는 돈 없는 돈 다 걸면서 상대편 개에 건 돈은 두 배, 세 배로 늘어났어. 그때 느닷없이 녀석은 상대방 개의 뒷다리 관절을 덥석 물고 꼭 매달려 있는 거야——질겅질겅 씹는 게 아니라 세월아 네월아 하면서 상대편에서 항복 신호를 보일 때까지 그냥 지그시 물고 늘어지더란 말이야. 스마일리는 녀석에게 돈을 걸 때마다 항상 승자가 되는 거야. 그런데 한번은 둥근톱에 뒷다리가 잘려나간 개에게 장비를 채워 상대로 내세웠어. 상황이 갈 데까지 가서 모두들 돈을 다 걸고 나자 녀석은 자기가 즐겨 무는 부위를 향해 와락 달려들다가 자기가 기만당했다는 사실을, 상대방 개가 말하자면 그를 꼼짝달싹 못하는 지경에 몰아넣었다는 사실을 한순간에 깨닫고 허를 찔린 듯했어. 그러자 녀석은 전의를 상실한 듯 보였고 싸움에서 이기려고 하지도 않더니 결국에는 심하게 당하고 말았어. 녀석은 스마일리에게 가슴이 미어터지는 듯한 표정을, 이를테면 싸움에서 자기의 주특기는 뒷다리 물고 늘어지기인데 뒷다리가 없는 개를 내세운 것은 그의 잘못이라고 질책하는 듯한 표정을 지었어. 그리고 녀석은 절뚝거리며 몇걸음 걷다가 나자빠져 죽고 말았어. 하여간 그 앤드류 잭슨은 괜찮은 개였고 만약 살아 있었다면 이름을 떨쳤을 거야. 녀석에게 이렇다 할 기회가 없었기 때문에 그렇지 사실 녀석에겐 자질이 있었고 타고난 재능이 있었다는 것을 내가 잘 알지. 녀석한테 재능이 없다면 그런 상황에서 개 한마리가 그런 싸움을 벌일 수 있다는 건 이치에 맞지 않아. 녀석의 마지막 싸움 장면과 그 결과를 생각하면 나는 항상 안쓰러워.

근데, 이 스마일리에게 랫 테리어(쥐 잡는 특기를 지닌 테리어 개의 일종—옮긴이)니 수평아리니 수고양이니 하는 그런 종류의 동물이 수도 없이 많아서 어떤 동물을 데려와도 그는 내기 상대를 다 내세울 수 있었어. 그 친구가 하루는 개구리 한마리를 잡아서 집으로 가져가면서 그 개구리를 교육시킬 계획이라고 말했어. 그러고는 석 달 동안 오로지 뒷마당에 나가 개구리에게 뜀뛰기를 가르칠 뿐이었어. 근데 스마일리가 개구리에게 단단히 교육시킨 것은 사실이야. 뒤쪽에서 개구리를 쿡 찌르면 다음 순간 그놈의 개구리 녀석이 도넛처럼 공중에서 빙그르 르 재주를 넘는데 공중제비를 한 바퀴, 도약을 잘한 경우에는 두 바퀴 까지 돌고는 꼭 고양이마냥 발바닥을 바닥에 착 붙이고 사뿐하게 내려 앉는 거야. 그 친구는 개구리에게 뜀뛰기를 해서 파리를 잡는 훈련도 시켰고, 끊임없이 연습을 시킨 결과 개구리는 눈에 띄는 족족 파리를 잡곤 했어. 스마일리는 개구리에게 필요한 것은 교육밖에 없고 자기 개구리는 못하는 게 거의 없다고 했는데, 나는 그 말을 믿어. 사실, 스 마일리가 대니얼 웹스터(Daniel Webster, 1782~1852, 남북전쟁 이전 시대 에 활약한 연설과 책략이 뛰어난 정치가—옮긴이) ── 대니얼 웹스터가 그 개 구리의 이름이었어 ──를 바로 이 바닥에 내려놓으면서 "대니얼, 파리 야, 어서 잡아!" 하고 외치니까, 눈 깜짝할 사이에 그 개구리 녀석이 펄 쩍 튀어오르더니 저기 카운터에 앉아 있는 파리를 획 잡아채어 진흙덩 어리가 떨어지듯 묵직하게 바닥에 털썩 내려앉는 거야. 그러고는 마치 어느 개구리도 다 하는 일을 했을 뿐인 것처럼 천연덕스럽게 뒷다리로 머리를 긁적이기 시작하는 거야. 그렇게 대단한 재주가 있는데도 그렇 게 겸손하고 솔직한 개구리는 없을 거야. 평평한 바닥에서 정정당당하 게 뜀뛰는 종목에 있어서 녀석은 다리를 한번만 뻗으면 자기 종족의 어떤 녀석보다 멀리 갈 수 있었어. 평평한 바닥에서의 뜀뛰기는 녀석 의 장기랄 수 있고, 이 종목에서 스마일리는 녀석에게 있는 돈 없는 돈 몽땅 걸곤 했어. 스마일리는 자기 개구리를 엄청나게 자랑스러워했는 데, 그럴 만도 했지. 왜냐하면 온갖 곳에 여행을 다녀본 사람들이 자기 네들이 본 개구리 가운데서 그 녀석이 가장 훌륭하다고 이구동성이었 거든.

근데, 스마일리는 그 녀석을 작은 격자상자 속에 넣어두었다가 가끔 시내로 가지고 나와 내기를 걸곤 했어. 하루는 한 친구 ── 광산촌에 처음 온 사람이었는데──가 상자를 갖고 있는 스마일리와 마주치자 이렇게 말하는 거야.

"그 상자에 들어 있는 게 도대체 뭡니까?"

그러자 스마일리는 약간 무관심한 투로 이렇게 말하는 거야. "앵무새일 수도 있고 어쩌면 카나리아일 수도 있지만 사실은 둘 다 아니오. 그냥 개구리일 뿐이오."

그러면 그 친구가 상자를 붙잡고 조심스럽게 살펴보고 이리저리 돌려보고 나서 "흐음, 그렇구먼. 근데 이 녀석은 장기라도 있습니까?" 하고 묻는 거야.

"글쎄," 스마일리는 느긋하고 무심하게 말하는 거야. "이 녀석의 장기가 한가지는 있다고 봐야지요. 캘레바래스 군의 어떤 개구리보다 뜀뛰기를 잘한다고 할까요."

그 친구는 다시 상자를 붙잡고 오랫동안 각별하게 바라보더니 스마일리에게 다시 건네면서 아주 의도적으로 이렇게 말하는 거야. "글쎄요, 나는 저 개구리한테 다른 개구리보다 조금이라도 나은 게 뭐가 있는지 모르겠군요."

"어쩌면 형씨는 모를 수도 있겠지요" 하고 스마일리가 말하는 거야. "어쩌면 형씨는 개구리를 이해할 수도 있고 전혀 이해 못할 수도 있겠지요. 어쩌면 형씨는 경험이 있어서, 말하자면 단순한 아마추어가 아닐 수도 있겠지요. 어쨌거나 나는 내 나름의 의견이 있고, 이 녀석이 캘레바래스 군의 개구리 중에 가장 뜀뛰기를 잘한다는 데 사십 달러 걸겠소."

그러자 그 친구는 잠시 고민하더니 약간 슬픈 듯한 표정으로 이렇게 말하는 거야. "근데, 나는 이 동네에 초행일 뿐이고 개구리도 없어요. 하지만 내게 개구리가 있다면 형씨와 내기를 하겠소."

그러자 스마일리가 이렇게 말하는 거야. "괜찮아요 — 괜찮아요 — 형씨가 이 상자를 잠시 봐주면 내가 가서 형씨에게 개구리 한마리를 구해주지요." 그래서 그 친구는 상자를 받았고 스마일리의 돈에다 자기 돈 사십 달러를 얹고는 앉아서 기다렸어.

이렇게 되어 그 친구는 혼자 생각에 생각을 거듭하면서 거기에 한참 동안 앉아 있었지. 그러다가 스마일리의 개구리를 꺼내어 억지로 입을 벌리고 티스푼을 꺼내 메추라기 사냥용 탄환으로 개구리의 뱃속을 — 목구멍까지 미어터지도록 — 채워넣고는 바닥에 앉혔어. 습지로 들어갔던 스마일리는 한참을 진창 속에 첨벙댄 끝에 마침내 개구리 한마리를 잡아갖고 돌아와서는 이 친구에게 주면서 이렇게 말하는 거야.

"이제, 준비가 되면, 형씨는 그 개구리를 대니얼과 나란히, 앞다리가 대니얼하고 가지런하게 되도록 맞춰 놓으세요. 그럼 내가 출발 신호를 할 테니까." 그리고 스마일리가 "하나 — 둘 — 셋 — **출발!**"하고 외치자, 그와 그 친구는 개구리의 뒤꽁무니를 가볍게 찔렀어. 그러자 새 개구리는 생기있게 폴짝 뛰어오르는데 대니얼은 몸에 끙 힘을 주고 어깨를 마치 프랑스 사람처럼 — 이렇게 — 말이오 — 들썩일 뿐 꿈적도 하지 않았어. 대니얼은 모루처럼 단단하게 박혀서는 닻을 내린 배처럼 움직일 수 없었어. 스마일리는 대단히 놀라고 속이 뒤집어졌지만 물론 뭐가 잘못됐는지 전혀 알지 못했어.

그 친구는 판돈을 가지고 자리에서 일어났고 문밖으로 나가려다가 대니얼을 향해 어깨 너머로 엄지손가락을 — 이렇게 — 불쑥 겨누면서 아주 의도적으로 그 말을 다시 하는 거야. "글쎄, 나는 저 개구리한테 다른 개구리보다 조금이라도 나은 게 뭐가 있는지 모르겠어."

스마일리 그 친구는 서서 머리를 긁적이며 오랫동안 대니얼을 내려다보고는 마침내 이렇게 말하는 거야. "이놈의 개구리가 도대체 뭣 때문에 시키는 대로 안하는지 정말 궁금하네——녀석한테 무슨 문제가 있는지 궁금해——어쩐지 녀석의 배가 엄청나게 불룩해 보이네." 그리고 스마일리가 대니얼의 목 뒷덜미를 붙잡아 들어올리고는 "이런 빌어먹을, 이 킬로그램도 넘겠어!" 하고 말하면서 거꾸로 뒤집었더니 대니얼은 두 뭉텅이나 되는 탄환을 내뱉는 것이었어. 그때서야 스마일리는 상황이 어떻게 돌아가는지 간파하고 무진장 화가 났어. 개구리를 내려놓고 그 친구를 추적하러 나갔지만 결코 붙잡지는 못했어. 그리고……

〔이 대목에서 싸이먼 휠러는 누군가가 앞마당에서 자기 이름을 부르는 소리를 듣고 무슨 일로 그러는지 보려고 자리에서 일어섰다.〕 그는 나가면서 나를 돌아보며 "형씨, 거기 그냥 앉아서 편히 쉬고 있어요——잠깐이면 돌아올 테니까" 하고 말했다.

그러나 미안하지만 모험을 좋아하는 부랑자 짐 스마일리의 이야기가 계속 이어진다고 해서 리오니대스 W. 스마일리 목사에 관한 정보를 많이 얻을 것 같지 않아서 나는 자리에서 일어섰다.

막 문을 나서려는데 마침 돌아오는 넉살좋은 휠러를 만났고, 그는 나를 붙들고 다시금 이야기를 시작했다.

"근데, 이 스마일리에게는 꼬리가 없고 그냥 바나나같이 짜리몽땅한 것만 달려 있는 노란 애꾸눈의 암소가 하나 있었는데, 그게……"

"아! 망할 놈의 스마일리와 그의 병든 암소 같으니!" 나는 온화한 목소리로 중얼거렸고 휠러 씨에게 작별인사를 하고 그 자리를 떠났다.

더 읽을거리

　　『뜀뛰는 개구리: 마크 트웨인 유머 단편선』(김소연 옮김, 예문 2005)은 트웨인의 초기 단편들 가운데 유머러스한 작품 24편을 뽑아서 번역해놓았고, 『허클베리 핀의 모험』은 다수 번역본 가운데 김욱동 역본(민음사 2003)을 참조. 이 번역본은 유실됐던 원고를 복원한 1996년 랜덤하우스 판본을 사용했다. 그밖에 『마크 트웨인 자서전』(안기순 옮김, 고즈윈 2005)은 찰스 네이더 편집의 트웨인 자서전(1959)을 옮긴 것으로, 트웨인의 생애와 문학세계를 이해하는 데 도움이 된다.

Henry James

| 헨리 제임스 |

1843~1916

뉴욕 명문가 출생. 아버지는 당대 최고의 지식인이며 형은 철학자 윌리엄 제임스이다. 어려서부터 아버지와 함께 유럽을 자주 방문하고 1870년대 후반부터 주로 영국에 머물면서 글쓰기에 매진했으며, 말년에 영국으로 귀화했다. 스무 편의 장편에다 백편이 훨씬 넘는 중·단편, 방대한 양의 평문, 여행기, 자서전, 일기 등을 남겼다. 화제작인 중편 『데이지 밀러』(*Daisy Miller*, 1878)로 대서양 양안에서 이름을 떨쳤고 『한 여인의 초상』(*The Portrait of a Lady*, 1881)으로 당대 소설문학의 최고 경지를 보여주었다. 그는 19세기 유럽 사실주의 소설과 호손의 문학적 유산을 계승·발전시켰다. 여성인물을 소설의 중심에 놓고 사실주의와 로맨스 양식을 혼용하는 한편 복합적인 관점과 화법을 구사하여 인물들의 내밀한 심리까지 포착하는 정교한 리얼리즘을 벼려냈다. 소설형식의 혁신과 비평가적 안목을 바탕으로 제임스는 미국문화와 유럽문화를 쌍방향으로 비교하고 더 나은 삶의 가능성을 모색하는 '국제주제'를 소설의 주요 과제로 제시했다. 『비둘기의 날개』(*The Wings of the Dove*, 1902) 이후 제임스 소설은 사유와 감각이 더 미묘해지면서 도덕적 판단은 모호해지는 양상을 보인다. 이 때문에 제임스의 후기 소설경향은 원숙한 리얼리즘에서 모더니즘적 특성으로 이행한 것으로 평가된다.

■ 진품 The Real Thing

영국의 문예주간지 『흑과 백』(*Black and White*) 1892년 4월 16일자에 발표되었고 『진품 및 그 밖의 이야기들』(1893)에 수록되었다. 일급 화가를 꿈꾸는 삽화가의 작업실에 누가 봐도 귀족처럼 보이는 멋진 외모의 모나크 부부가 찾아와 모델이 되기를 원한다. 화자인 삽화가에게는 원래 하층계급 출신의 유능한 모델인 미스 첨이 있었다. 모나크 부부는 자기들이 '진품'이기 때문에 귀족 인물의 삽화에 완벽한 모델이 된다고 주장한다. 그러나 삽화가가 그들을 모델로 써본 결과는 예상과 달랐다. 그들이 모델을 선 인물은 진짜 귀족처럼 보이지 못한 반면 오히려 미스 첨과 새로 고용한 뜨내기 외국인 청년 오론떼가 그런 모델의 역할을 훌륭히 해낸 것이다. 이 범상한 듯 특이한 사건을 통해 제임스는 삶과 예술, 진품(진짜)과 가짜, 실물과 재현의 미묘한 관계를 빼어난 솜씨로 다룬다. 모나크 부부가 귀족 인물의 모델로 실패하는 일화에는 모사론적 재현방식의 한계와 아울러 불모의 삶을 영위하는 귀족계급에 대한 비판이 깔려 있다. 그러나 그 비판은 하인 노릇까지 마다않는 모나크 부부에 대한 연민과 균형을 이룬다. 이 작품은 삶과 예술의 관계에 관한 중요한 이론적 문제를 제기하되 그것이 이야기 속에 융합됨으로써 극적인 긴장을 잃지 않는다.

진품

1

"어떤 신사와 숙녀께서 오셨는데요, 선생님."(초인종이 울리면 문을 열어주곤 하던) 문지기의 아내가 알려주었을 때, 나는 소망이 생각을 낳기 마련이라 당시 자주 그랬듯이 초상화를 그려달라고 오는 사람들을 즉각 떠올렸다. 나중에 보니 이번 방문객들은 초상화를 그려달라고 오긴 했으나, 내가 바라던 그런 의미의 손님은 아니었다. 그러나 처음에는 그들이 초상화를 주문하러 왔을 법하지 않다는 표시가 전혀 나지 않았다. 신사는 쉰살가량으로 훤칠한 키에 자세가 아주 곧았고, 잿빛이 감도는 콧수염을 기르고 멋지게 딱 맞는 진회색 외투를 입고 있었다. 그의 콧수염이나 외투를 직업적 관점에서 눈여겨본—이발사나 재단사로서 보았다는 의미는 아니다—내게 그는 유명인사로 여겨졌을 법도 했다. 유명인사가 그렇게 두드러지게 멋진 경우가 많다면 말이다. 이를테면 앞모습이 번지르르한 사람이 공인(公人)일 가능성은 거의 없다는 것이 내가 오래전부터 알고 있는 진실이었다. 숙녀를 힐끗 쳐다보니 이 역설적인 법칙을 한층 더 실감할 수 있었다. 그녀 역시

'명사'이기에는 인물이 너무 빼어났다. 더욱이 이런 유명인사를 둘씩이나 한꺼번에 마주치기란 거의 불가능하다.

둘 중 어느 쪽도 즉시 입을 열지 않았다. 그들은 상대방에게 말문을 열 기회를 주고 싶은 듯 말을 꺼내지 않고 서로를 계속 바라보기만 할 뿐이었다. 그들은 눈에 띄게 수줍어했다. 그들은 거기 선 채 내가 맞아들여주기를 기다렸는데, 나중에 알게 되었지만 그것은 그들이 취할 수 있는 가장 실리적인 태도였다. 이런 방식으로 그들은 당황하는 태도를 통해 자신들의 목적을 이루었다. 화폭에 자신의 모습이 그려지는 것처럼 상스러운 일을 원한다고 차마 말하기가 꺼려져 고통스러워하는 사람을 보아왔지만 이번 방문객들의 거리낌은 좀처럼 극복할 수 없을 것 같았다. 하지만 신사 쪽에서 "아내의 초상화를 부탁합니다"라고 하든지 아니면 숙녀 쪽에서 "남편의 초상화를 부탁합니다"라고 한마디만 하면 되었을 것이다. 어쩌면 그들은 부부가 아닐 수도 있었고, 그런 경우라면 당연히 문제는 좀더 미묘해질 것이다. 어쩌면 둘이 함께 그려주기를 원할 수도 있었는데, 그런 경우라면 그 말을 꺼낼 제삼자를 동반했어야 했다.

"저희는 리버트 씨의 소개로 왔습니다." 희미한 미소를 지으며 마침내 숙녀가 말을 꺼냈다. 그 미소는 사그라진 미모를 어렴풋이 암시해줄뿐더러 유화의 '퇴색한' 부분을 젖은 스펀지로 닦아냈을 때와 같은 효과가 났다. 그녀는 그녀대로 동행한 남자처럼 키가 크고 자세도 곧았으며 그보다 열살 정도 아래로 보였다. 그리고 얼굴에 표정이 담기지 않은 여자치고는 몹시 슬퍼 보였다. 말하자면 그녀의 화장한 타원형 얼굴은 마치 노출된 표면처럼 마모된 흔적을 드러냈던 것이다. 시간의 손길이 그녀를 마음껏 주무르긴 했지만 결국 단순화하는 쪽을 택한 듯했다. 그녀는 날씬하고 꼿꼿했다. 주름과 주머니와 단추가 달린 감청색 옷을 근사하게 차려입은 것을 보면 그녀의 옷도 분명히 남편이 거래하는 재단사에게서 맞춘 것이었다. 이 부부에게는 뭐랄까 검소한 부자 같은 분위기가 풍겼는데, 돈을 별로 안 들이고 상당한 사치를 한 것이 빤했다. 초상화도 그들의 사치품 가운데 하나가 될 운명이라면 내 편에서 어떤 조건을 내걸지 숙고해야 할 것 같았다.

"아, 클로드 리버트 씨가 저를 추천했다고요?" 내가 물었다. 그리고 그는 풍경화만 그리니까 이렇게 주선해줘도 손해볼 일은 없을 거라고 내심 생각했지만 그가 아주 친절한 일을 했노라고 덧붙였다.

숙녀가 신사를 아주 빤히 쳐다보았고 신사는 방을 둘러보았다. 그러고는 바닥을 잠시 응시하고 수염을 만지더니 유쾌한 눈빛으로 나를 보며 말했다. "그분은 선생님이 적임자라고 하더군요."

"초상화를 그려주길 바라는 분들께 적임자가 되려고 하지요."

"예, 저희를 그려주셨으면 합니다." 부인이 초조하게 말했다.

"두 분을 함께 말씀이십니까?"

방문객들은 서로 눈길을 주고받았다. "만일 저도 다루신다면, 그건 두 배가 되겠지요." 신사가 더듬거리며 말했다.

"오 그렇죠, 한 사람보다 두 사람일 때 비용이 더 높아지는 게 당연하죠."

"저희는 수지가 맞았으면 합니다." 남편이 속을 털어놓았다.

"아주 친절하시군요" 하고 나는 너무나 이례적인 배려에 감사하며 대답했다. 왜냐하면 나는 그가 화가에게 돈을 지불하겠다는 뜻인 줄 알았기 때문이다.

일이 이상하게 돌아가고 있다는 느낌이 숙녀에게 들기 시작한 듯했다. "저희는 삽화를 염두에 두고 말하는 거예요──리버트 씨가 선생님이 인물을 넣을 수도 있다고 해서요."

"인물을요? 삽화를요?" 나도 그들만큼이나 혼란스러웠다.

"이 사람을 그려넣어달라는 말씀입니다." 신사가 얼굴을 붉히며 말했다.

그때서야 나는 클로드 리버트가 내게 어떤 짓을 했는지 알아챘다. 내가 잡지나 이야기책, 최신의 생활 스케치 등에 실을 흑백 펜화 작업을 하며, 따라서 모델을 자주 고용한다고 이들에게 일러준 것이다. 그건 맞는 말이었다. 하지만 수입도 수입이지만 위대한 초상화가가 되는 영예를 내 뇌리에서 떨쳐낼 수 없었다는 것 또한 그 못지않은 진실이었다(지금에야 그 사실을 고백하는 바인데, 초상화가가 되려는 그 열망이 모든 것을 이루게 했기 때문인지 아니면 아무것도 이루지 못하게 했기 때문인지는 독자의 추측에 맡긴다). '삽화'를 그리는 것은 밥벌이용이었다. 나는 후세에 명성을 남기기 위해 (내게 언제나 단연코 가장 흥미롭게 여겨졌던) 다른 예술분야에 기대를 걸고 있었다. 돈을 벌기 위해서라도 그 분야에 기대를 거는 데 아무런 부끄러움이 없었지만, 돈 벌 가능성이란 내 방문객들이 공짜로 '그려지기'를 바라는 그 순간부터 아득히 멀어져갔다. 나는 실망했다. 왜냐하면 회화적 관점에서 나는 즉각 그들을 간파해버렸기 때문이다. 나는 그들이 어떤 유형인지 파악했고, 그런 유형을 어떻게 다룰지는 이미 결정해놓았던 것이다. 나중에 생각해보니 그것은 그들 마음엔 전혀 들지 않았을 그런 결정이었다.

"아, 당신들은——당신들은——그러니까——?" 놀란 마음을 가라앉히자마자 내가 말을 꺼냈다. 나는 '모델'이라는 상스러운 단어를 차마 꺼낼 수가 없었다. 그것은 이 사람들에겐 너무도 안 어울렸다.

"경험은 별로 없습니다." 숙녀가 말했다.

"우리는 뭐든 해야 할 처지랍니다, 선생님 쪽 분야의 화가라면 우리가 소용될 듯해서요." 남편이 내뱉듯 말했다. 그는 자신들이 아는 화가도 별로 없어서 혹시나 하고 리버트 씨(그는 물론 풍경화가였지만 가끔 인물을 그려넣기도 했다——내 기억으로는 그랬던 것 같다)에게 먼저 찾아갔다고 덧붙였다. 그들은 몇년 전 노퍽 어디에선가 스케치를 하고 있던 그를 만난 적이 있었다.

"저희도 한때는 스케치를 좀 했거든요." 부인이 넌지시 말했다.

"아주 쑥스럽게 되었지만, 우리는 무조건 뭐라도 해야 할 처지입니다." 남편이 말을 이었다.

"물론 저희가 아주 젊지는 않지만요." 희미한 미소를 지으며 그녀가 인정했다.

자기들 신상에 대해 좀더 알아두는 게 좋겠다는 말을 하면서 남편은 산뜻한 새 지갑(그들의 소지품은 모두 다 신제품이었다)에서 명함을 꺼내 내게 건넸는데, 거기엔 '소령 모나크'라는 글자가 새겨져 있었다. 그 글자들은 인상적이긴 했지만 그들에 대해 더 알려주는 바는 별로 없었다. 하지만 방문객은 곧 이렇게 덧붙였다. "저는 군에서 퇴역했고 불운하게도 재산을 날려버렸어요. 사실 우리 수입은 쥐꼬리만하답니다."

"사는 게 정말 지긋지긋해요." 모나크 부인이 말했다.

그들은 신중하게 처신하고자 한 것이 분명했다. 이를테면 신사계급이라 해서 으스대지 않으려고 신경을 썼다. 나는 그들이 신사계급이라는 사실을 일종의 약점으로 기꺼이 인식할 태세임을 간파했지만, 동시에 그들에게 나름의 장점이 있다는 생각——역경에 처한 그들에겐 위로가 되는 점인데——도 은근히 갖고 있음을 짐작했다. 그들에게는 분명히 장점이 있었다. 하지만 이런 장점이란 사교계에서나 통하는 것이라는 느낌이 강하게 들었다. 예컨대 그들이 있으면 응접실이 더 근사해

보이는 그런 장점 말이다. 하지만 응접실이란 언제나 그림 같은 곳이며 또한 그림 같아야 하는 법이다.

그의 아내가 그들의 나이에 대해 넌지시 말했기 때문에 모나크 소령은 이런 발언을 했다. "물론 우리가 이 일을 하려고 생각한 건 몸매 때문입니다. 아직도 자세를 바르게 취할 수 있거든요." 순간 나는 몸매가 정말로 그들의 강점임을 알아보았다. '물론'이라는 그의 말은 허황되게 들리지 않고 오히려 뭐가 문제인지를 분명히 해주었다. "이 사람 몸매는 최고지요." 만찬 후 완곡한 어투를 생략한 채 흥겹게 대화하듯 그가 아내를 향해 고개를 끄덕이며 말을 이었다. 나는 우리가 실제로 포도주를 사이에 두고 앉아 있기나 한 듯이, 그의 몸매도 아내 못지않게 아주 훌륭하다는 말을 하지 않을 수 없었다. 그 말에 대한 대꾸로 그는 이렇게 화답했다. "선생님이 우리 같은 사람을 쓰실 일이 있다면 우리가 어울리지 않을까 싶었어요. 특히 이 사람이야말로 책에 나오는 귀부인으로 딱이지요."

나는 그들이 아주 재미있었고 그 재미를 더 느껴보려고 최대한 그들의 관점을 취해보았다. 그래서 내가 비판적인 말을 입에 올리지 않을 그런 관계에서나 만날 법한 이 부부를 마치 임대중인 짐승이나 유용한 흑인이나 되듯 신체적으로 평가하고 있음을 알고 당황스러웠으나 모나크 부인을 엄정하게 살펴본 다음 나는 잠시 후에 확신에 찬 목소리로 소리칠 수 있었다. "오, 그렇군요. 책에 나오는 귀부인이로군요!" 그녀는 이상하게 엉터리 삽화처럼 보였다.

"원하시면 서보겠습니다." 소령이 말했다. 그리고 그는 정말로 위풍당당하게 내 앞에서 일어섰다.

그가 얼마나 큰지 한눈에 알 수 있었다. 188센티미터의 키에 완벽한 신사의 모습이었다. 회원모집중이라서 눈길을 끌어야 할 클럽이라면 봉급을 주고 그를 고용해서 눈에 잘 띄는 창가에 세워두면 수지가 맞을 것 같았다. 즉각 떠오른 생각은 나를 찾아오는 바람에 그들이 천직을 놓쳐버린 게 아닐까 하는 것이었다. 확실히 그들이 광고 쪽으로 나갔더라면 활용될 여지가 훨씬 많았을 것이다. 물론 세부사항까지는 알 수 없었지만, 그들이 —자신들의 돈벌이가 아니라— 누군가에게 돈벌이를 시켜주는 모습은 쉽게 떠올랐다. 그들에게는 재단사나 호텔경영자, 혹은 비누장수에게 돈벌이를 시켜줄 만한 뭔가가 있었다. 나는 그들이 "우리는 언제나 이것을 애용합니다"라는 문구를 가슴에 꽂고 다니면 효과 만점일 거라는 생각이 들었고 그들이 민첩하게 호텔 정식을 먹는 모습도 떠올랐다.

모나크 부인은 조용히 앉아 있었는데, 거만해서가 아니라 수줍음 때문이었다. 이윽고 남편이 그녀에게 말했다. "여보, 일어서서 당신이 얼마나 맵시있는지 보여드려요." 그녀는 순순히 일어섰지만 얼마나 멋진 몸매를 가졌는지 보이기 위해 굳이 일어설 필요는 없었다. 그녀는 화실 끝까지 걸어갔다가 떨리는 눈길로 남편을 쳐다보면서 얼굴을 붉히며 되돌아왔다. 나는 빠리에서 우연히 목격한 일이 생각났다. 나는 그때 그곳에 곧 상연될 연극의 연출을 맡은 극작가 친구와 함께 있었는데, 역을 맡겨달라고 한 여배우가 찾아왔다. 여배우는 지금의 모나크 부인처럼 그 친구 앞을 왔다갔다했다. 모나크 부인도 몸매를 선보이는 일을 훌륭하게 해냈지만 나는 박수 치는 것을 자제했다. 이런 사람들이 이렇게 돈 안되는 일을 하려 드는 것이 너무 이상했다. 그녀는 연봉이 만 파운드는 되어 보였다. 남편이 그녀를 묘사하는 데 사용한 런던의 최신 유행어대로 그녀는 본질적으로, 그리고 전형적으로 '맵시있는' 여자였다. 같은 발상으로 말하면 그녀의 자태는 눈에 띄게, 그리고 흠잡을 데 없이 '훌륭했다.' 그 나이의 여자로서는 놀랄 만큼 허리가 가늘었고, 게다가 구부릴 때의 팔꿈치 곡선미는 고전적인 느낌을 주었다. 그녀는 흔히들 그러듯이 일정한 각도로 고개를 치켜들고 있었다. 하지만 그녀가 도대체 왜 나를 찾아왔단 말인가? 그녀 같은 숙녀라면 큰 상점에서 재킷이나 입어보고 있어야 마땅했다. 나는 이번 방문객들이 궁금할 뿐 아니라 '예술적'일까봐 겁이 났다. 그럴 경우 문제가 대단히 복잡해질 것이기 때문이었다. 그녀가 다시 자리에 앉았을 때 나는 감사를 표하면서 데생화가가 모델에게 가장 중시하는 것은 가만히 있는 능력이라고 말했다.

"오, 이 사람은 가만히 있는 건 잘합니다." 모나크 소령이 말했다. 그러고는 익살스럽게 덧붙였다. "제가 항상 가만히 뒀거든요."

"제가 고약하게 안절부절못하는 타입은 아니죠, 그렇죠?" 모나크 부인이 남편에게 호소했다.

그는 그 대답을 나한테 했다. "이런 말씀 드려도 부적절한 건 아니겠지요——우린 아주 사무적이어야 하니까요, 안 그렇습니까?——사실 결혼할 무렵 아내는 '미의 여신상'으로 불렸답니다."

"오, 여보!" 모나크 부인이 애처롭게 말했다.

"물론 어느정도 표현력이 필요하지요." 내가 대답했다.

"물론이지요!" 두 사람이 소리쳤다.

"그리고 이 일이 지독히 피곤한 일이라는 건 아시겠지요."

"오, 우리는 절대 피곤해하지 않아요!" 그들이 아주 간절하게 소리쳤다.

"이런 종류의 일을 해본 경험이 있으세요?"

그들은 머뭇거리며 서로를 바라보았다. "사진은 찍었어요, 엄청나게 많이요." 모나크 부인이 말했다.

"이 사람 말은 사람들이 우리에게 사진을 찍자고 했다는 뜻입니다."

소령이 덧붙였다.

"그랬을 것 같군요—인물이 너무 좋으시니까."

"무슨 생각으로 그랬는지 모르지만 사람들이 항상 우리를 따라다녔습니다."

"사진은 언제나 공짜로 얻곤 했답니다." 모나크 부인이 미소지었다.

"몇장 가져올걸 그랬지, 여보." 남편이 말했다.

"남은 게 있는지 모르겠어요. 너무 많이 줘버려서요." 그녀가 내게 해명했다.

"싸인과 함께 이런저런 글귀를 적어서 줬지요." 소령이 말했다.

"가게에 가면 구할 수 있을까요?" 악의 없는 농담으로 내가 질문했다.

"오, 그럼요. 이 사람 사진은 그렇지요. 전엔 있었어요."

"지금은 없어요." 바닥을 내려다보며 모나크 부인이 말했다.

2

나는 그들이 증정용 사진에 적어넣은 '글귀'를 상상할 수 있었고, 그들의 필체가 근사했을 것이라는 확신이 들었다. 이상하게도 그들에 관한 것이라면 무엇이든 너무나 빨리 확신이 들었다. 그들이 지금 잔돈 푼이라도 벌어야 할 만큼 가난하다면, 전에도 그렇게 여유가 있었던 것은 아니었다. 잘생긴 용모가 그들의 밑천이었고, 그들은 이 밑천을 바탕으로 할 수 있는 일을 즐거운 마음으로 최대한 잘해보려고 했다. 그들은 이십년간 시골 저택을 찾아다니다보니 멍청함이랄까 깊은 지적 휴면(休眠) 같은 것이 얼굴에 나타났으며, 기분좋은 억양을 구사할 수 있었던 것이다. 나는 읽지도 않은 잡지들이 흩어져 있는 양지바른 응접실에 모나크 부인이 줄곧 앉아 있는 광경을 떠올릴 수 있었고 물기 젖은 관목숲을 산책하는 모습도 상상할 수 있었는데, 어느 쪽이건 감탄할 만큼 멋지게 차려입은 모습이었다. 그리고 소령이 다른 사람들과 함께 사냥했던 짐승들의 깊은 은신처며 사냥감 이야기를 나누려고 밤늦게 흡연실로 갈 때 입었던 근사한 복장도 떠올릴 수 있었다. 나는 그들이 입은 각반과 방수복, 멋진 트위드 양복과 무릎덮개, 지팡이 세트와 낚시도구와 산뜻한 우산 등을 상상할 수 있었다. 그리고 그들의 하인들의 외모라든지 시골 역 플랫폼에 놓아둔 다양한 소형 여행가방들의 생김새까지도 정확히 떠올릴 수 있었다.

그들은 팁을 적게 주었지만 호감을 샀고, 스스로는 아무 일도 하지 않았지만 환영을 받았다. 그들은 어디서나 아주 잘 어울렸다. 그들의 신장, 얼굴빛, '몸매'가 대중의 취향을 만족시켰던 것이다. 이런 사실을 알면서도 그들은 우둔하거나 천박하게 굴지 않았고 자존심을 지켰다. 그들은 피상적이지 않았다. 즉 철저한 처신과 꼿꼿한 자세를 유지했으며 그것을 신조로 삼았다. 이런 행동 취향을 가진 사람들은 신조가 있어야 했다. 활기 없는 저택에서도 그들이 명랑한 분위기를 자아낼 것으로 기대를 받은 연유를 알 수 있었다. 그런데 지금은 무슨 일이 일어난 것이고—그게 무슨 일이건간에 그들의 적은 수입은 더 적어지고 급기야는 최소한으로 줄어들어서—그들은 용돈이라도 벌기 위해 무슨 일이든 할 수밖에 없게 되었다. 친구들은 그들을 좋아했지만 그들을 부양하고 싶지는 않았다. 그들에게는—그들의 옷차림이나 태도, 그들의 유형에는—신용을 나타내는 뭔가가 있었다. 그러나 신용이란 것이 이따금씩 동전소리가 울려퍼지는 커다란 빈 주머니라면, 적어도 동전소리가 들리기는 해야 하는 법이다. 그들이 내게 원한 것은 그 소리가 나도록 도와달라는 것이었다. 다행히 그들에게는 아이가 없었다.

나는 얼마 되지 않아 그 사실을 알아차렸다. 그들은 아마 우리 관계도 비밀에 부치고 싶어했을 것이다. 그들이 '몸매만' 그려달라고 한 이유가 바로 그것이었는데, 만일 얼굴을 그린다면 그들이 누구인지 드러날 것이기 때문이었다.

나는 그들이 마음에 들었다. 그들은 아주 소박했다. 그들이 모델로 적합하기만 하다면 나로서는 반대할 생각이 없었다. 하지만 온갖 완벽한 점에도 불구하고 어쩐지 그들에게 쉽게 믿음이 가지 않았다. 어쨌거나 그들은 아마추어였고, 아마추어에 대한 혐오야말로 내 인생의 주된 열정이었다. 이것에 덧붙여 또다른 괴벽도 작용했는데, 그것은 실물보다 재현된 대상을 선호하는 나의 타고난 성향이었다. 실물의 결함은 표현이 부족하기 쉽다는 점이었다. 나는 나타난 사물이 좋았다. 그때는 확신을 가질 수 있었다. 그 사물이 실재하는가 아닌가는 부차적이고 거의 언제나 쓸데없는 질문이었다. 그리고 또다른 고려사항들도 있었는데, 그중 첫번째는 내가 벌써 두어 사람을 쓰고 있다는 사실이었다. 그중 특히 한 사람은 발이 크고 알파카 옷을 입는 킬번 출신의 젊은이인데 이년 동안 정기적으로 내 삽화의 모델 노릇을 해왔고, 나는 여전히——고상하지 못해서 그런지 모르나——그 사람에게 만족하고 있었다. 내 사정이 어떠한지를 방문객들에게 솔직히 설명했지만, 그들은 내 예상보다 훨씬 신중하게 대비책을 세워놓고 있었다. 그들은 자기들에게 기회가 있다고 차분히 논리적으로 설명했다. 왜냐하면 클로드 리버트가 그들에게 우리 시대의 작가 한 사람——가장 비범한 소설가——의 호화장정본이 기획중이라고 이미 말해주었기 때문이다. 이 작가는 오랫동안 저속한 다수한테 무시당했고 다만 주의깊은 비평가(필립 빈쎈트를 굳이 언급할 필요가 있을까?)로부터 대단히 높은 평가를 받았으나 운좋게도 늘그막에 빛을 보고 고급비평의 조명을 제대로 받은 것이다. 이런 때늦은 평가에는 대중 쪽에서 속죄하는 의미가 담겨 있는 것이 확실했다. 고상한 취향의 한 출판업자에 의해 기획된 문제의 이 판본은 실로 대단한 보상행위였다. 책을 장식할 목판은 영국 화단이 영국 문단을 대표하는 가장 독자적인 작가들 중의 하나에 바치는 경의의 표시였다. 모나크 소령 부부는 이 기획에서 내가 맡은 부분에 **그들을** 넣어줄 수 있으리라는 희망을 품고 왔다고 고백했다. 그들은 내가 이 전집의 첫권인 '러틀랜드 램지'의 삽화 작업을 할 것이라는 사실을 알고 있었다. 하지만 첫권은 시험용이었다. 이 기획에 끝까지 참여할 것인가 여부는 내가 내놓을 작업이 얼마나 만족스러우냐에 달려 있음을 나는 그들에게 분명히 해둘 수밖에 없었다. 만일 첫권의 삽화가 흡족하지 않으면 고용주들은 나를 가차없이 자를 것이다. 그러므로 이 일은 나로서는 하나의 위기였고, 따라서 당연히 나는 필요하다면 새로운 모델을 찾아보고 최상의 유형을 확보하는 등 특별한 준비를 하고 있었다. 하지만 온갖 역을 두루 해낼 훌륭한 모델 두셋을 정해놓고 싶다는 점은 인정했다.

"저희가, 어, 특별한 의상을 자주 입어야 할까요?" 모나크 부인이 주저하며 물었다.

"당연하지, 여보——그게 모델 일의 절반인걸."

"그러면 우리가 입을 의상은 우리가 마련해야 하나요?"

"오, 아닙니다. 제겐 옷이 많이 있어요. 모델은 화가가 원하는 대로 무슨 옷이건 갈아입어야 하지요."

"그럼, 어——같은——옷을 말씀하시는 건가요?"

"같은 옷이라뇨?"

모나크 부인은 다시 자기 남편을 바라보았다.

그가 설명했다. "오, 아내는 같은 의상을 여럿이 함께 사용하는지 알고 싶은 겁니다." 나는 그렇다고 털어놓을 수밖에 없었고, 그중 몇벌은 (내겐 기름때에 찌든 지난 세기의 진짜 의상들이 많이 있었다) 백년 전에 살던 세속의 남녀들이 실제 입었던 옷이라고 덧붙였다. "몸에 맞기만 하면 뭐든 입어야죠." 소령이 말했다.

"오, 그건 내가 정해드립니다——그림에서 그 옷들이 맞춤하게 보이도록 말이지요."

"전 현대물에 더 어울릴 것 같아요. 원하시는 모습 그대로일 거예요." 모나크 부인이 말했다.

"아내는 집에 옷이 많습니다. 당대 생활을 다룬다면 아내가 가진 옷도 쓸 만할 겁니다." 그녀의 남편이 말을 이었다.

"오, 부인께 아주 자연스럽게 어울리는 장면들이 떠오르는군요." 그러자 정말 되는 대로 얽어놓은 진부한 각본——성질이 날까봐 읽지도 않고 삽화를 그렸던 단편들——이 떠올랐고, 이 훌륭한 부인은 그 이야기의 조야한 공간을 채우는 데 도움이 될 것 같았다. 하지만 이런 종류의 일——매일 거듭되는 기계적인 고역——에 쓸 모델은 충분히 있으며, 현재 쓰고 있는 모델들이 그 일에 아주 적임이라는 사실을 다시 떠올려야 했다.

"저희는 그저 어떤 인물들이 저희와 비슷하지 않을까 생각한 것뿐이랍니다." 모나크 부인이 부드럽게 말하며 자리에서 일어섰다.

그녀의 남편도 일어났다. 그는 아련히 애원하는 눈빛으로 나를 바라보며 서 있었는데 이렇게 멋진 남자가 그러니 너무 애처로웠다. "가끔은 이런 사람을 쓰는 게 더 매력적이지 않을까요? 이를테면 어——어——" 그가 더듬거리며 자신이 하고픈 말을 내가 해주길 바랐다. 하지만 나는 그럴 수가 없었는데 무슨 말인지 몰랐기 때문이다. 그래서 그는 어색하게 말을 끄집어냈다. "진품 말입니다. 진짜 신사나 숙녀 말이죠." 대체로 동의할 마음이 있었으므로 나는 그건 대단한 일이라고 인정했다. 이 말에 고무된 모나크 소령은 울음을 꾹 참으면서 말을 이었다. "정말 힘들답니다. 우린 안 해본 게 없어요." 울컥하는 마음이 전달되었는데, 그의 아내는 견디기 어려웠던 모양이다. 내가 알아차리기도 전에 모나크 부인은 소파에 다시 주저앉아 울음을 터뜨렸다. 남편이 그녀 곁에 앉더니 한쪽 손을 잡아주었다. 그러자 그녀는 나머지 한 손으로 재빨리 눈물을 닦고 나를 올려다보았다. 나는 당혹감을 느꼈다. "별별 일자리에 다 지원해놓고 기별이 오길 기다리고 기도했어요. 짐작하시겠지만 처음에는 참담했어요. 비서직이나 그 비슷한 일자리요? 차라리 귀족 직위를 달라는 편이 나을 지경이에요. 전 뭐라도 할 마음이 있어요. 몸이 튼튼하니 배달이나 석탄 적재도 할 수 있어요. 금줄 달린 모자를 쓰고 양품점 앞에서 마차 문을 열어줄 의향도 있어요. 역 주위에 어슬렁대다 여행용 짐가방을 나를 수도 있고요, 우체부 노릇도 할 수 있어요. 하지만 그들은 절 거들떠보지도 않는답니다. 세상에는 저 같은 사람들이 이미 수도 없이 널려 있거든요. 한때 포도주를 마시며 사냥개를 키우던 신사들이 불쌍한 거지가 된 거죠!"

나는 내가 할 수 있는 모든 방법으로 그들을 안심시켰다. 방문객들은 곧 다시 일어섰고 우리는 시험삼아 한시간 동안 작업을 해보자는 데 합의했다. 우리가 이런 논의를 하고 있을 때 문이 열리더니 미스 첨이 젖은 우산을 들고 들어왔다. 미스 첨은 승합마차를 타고 메이더 베일(런던의 한 구역으로 화실에서 가장 가까운 승합마차 정류장—옮긴이)까지 와서 거기서부터 0.8킬로미터를 걸어온 것이다. 그녀는 약간 추레해 보였고 흙탕물이 조금 튀어 있었다. 나는 그녀가 들어설 때마다 저렇게 볼품 없는 그녀가 다른 사람 역할을 할 때는 어쩌면 그렇게 멋질 수 있는지 정말 기이하다는 생각이 매번 들었다. 그녀는 보잘것없는 조그만 미스 첨이지만 로맨스의 여주인공 역할을 넉넉히 소화했다. 그녀는 주근깨 투성이의 런던 빈민가 출신에 불과하지만 고상한 귀부인에서 양치기 소녀까지 모든 역을 해낼 수 있었다. 그녀가 멋진 목소리와 긴 머리카락을 가졌을 수도 있듯이 그녀에게 그런 천부적인 재능이 있었던 것이다. 철자법도 모르고 맥주를 좋아하는 아가씨지만, 그녀에게는 두세 가지 '장기'와 연습과 요령과 타고난 위트와 일종의 변덕스러운 감수성과 연극에 대한 열정과 일곱 자매와 특히 에이치(h) 발음에 대한 철저한 무시가 있었다. 모나크 부부가 맨 먼저 본 것은 그녀의 우산이 젖어 있다는 것이었고, 흠잡을 데 없이 완벽하게 차려입은 그들로서는 그런 우산을 보고 눈에 띄게 움찔했다. 그들이 도착한 이래 계속 비가 내렸던 것이다.

"완전히 다 젖었지 뭐예요. 승합마차에 사람들이 엄청나게 많더라고요. 선생님이 역 근처에 살면 좋겠어요." 미스 첨이 말했다. 내가 그녀에게 최대한 빨리 준비하라고 요구하자 그녀는 늘 옷을 갈아입던 방으로 들어갔다. 하지만 방을 나가기 전에 그녀는 이번엔 무슨 옷으로 갈아입어야 하느냐고 물었다.

"러시아 공주잖아, 모르겠어?" 내가 대답했다. "『칩사이드』(소설을 싣는 잡지 중의 하나—옮긴이)의 연재물에 쓸 검은 벨벳 옷을 입은 '황금빛 눈'의 공주 말이야."

"황금빛 눈이라고요? 어머나!" 미스 첨이 소리쳤고, 모나크 부부는 그녀가 물러가는 모습을 뚫어지게 바라보았다. 그녀는 늦게 올 때면 내가 돌아보기도 전에 항상 자기가 알아서 옷을 차려입었다. 나는 모나크 부부가 그녀를 보고 무슨 일을 해야 할지 알아차렸으면 해서 그들을 일부러 좀더 붙잡아두었다. 나는 그녀가 내가 생각하는 최상의 모델이며 정말 대단히 총명하다고 말했다.

"선생님 보기에 저 아가씨가 러시아 공주 같나요?" 모나크 소령이 내심 놀라서 물었다.

"제가 그렇게 보이게 만들면, 그렇게 보이죠."

"오, 그렇게 보이게 만드셔야 한단 말씀이군요——!" 그가 예리하게 따졌다.

"그게 바랄 수 있는 최선이지요. 그렇게 만들려고 해도 안되는 사람들이 너무 많거든요."

"자, 보세요, 귀부인이 바로 여기 있지 않습니까?" 설득력있게 미소를 지으며 그가 아내의 팔짱을 끼었다. "이미 만들어진 귀부인 말입니다!"

"오, 전 러시아 공주는 아니에요." 모나크 부인이 약간 쌀쌀맞게 항의했다. 나는 그녀가 몇몇 러시아 공주를 알고 지냈으며 그들이 마음에 들지 않았다는 것을 느낄 수 있었다. 미스 첨과 작업할 때는 전혀 걱정할 필요가 없는 그런 유의 복잡한 문제가 벌써 생긴 것이다.

문제의 젊은 아가씨는 검은 벨벳 옷——이 드레스는 꽤 낡았고 그녀의 여윈 어깨선을 상당히 깊숙이 드러냈다——을 입고 불그레한 손에 일본 부채를 들고 나왔다. 지금 작업중인 장면에서는 누군가의 머리 너머로 바라보는 자세를 취해야 한다고 그녀에게 일러주었다. "누구 머리 위로 봐야할지는 잊어버렸네. 하긴 그게 중요한 건 아니지. 그냥 머리 위로 쳐다보라고."

"난로 너머로 보는 게 낫겠어요." 미스 첨이 말했다. 그리고 그녀는 난롯가에 자리를 잡았다. 그녀가 자세를 잡고 몸을 꼿꼿이 펴더니 고개를 약간 뒤로 기울이고 부채를 약간 앞으로 늘어뜨리자, 적어도 선입관을 가진 내 감각으로 보기에 그녀는 빼어나고 매력적이며 이국적이면서 위험스러워 보였다. 모나크 부부와 나는 그런 모습을 한 그녀를 남겨둔 채 아래층으로 내려왔다.

"저도 저만큼은 할 수 있을 것 같은데요." 모나크 부인이 말했다.

"오, 그녀가 초라하다고 생각하시는군요. 하지만 예술의 연금술도 감안하셔야지요."

하지만 그들은 자신들이 진품이라는 확고한 이점을 든든하게 믿고서 누가 봐도 한결 편안한 모습으로 자리를 떴다. 나는 그들이 미스 첨에 대해 진저리를 치는 모습이 눈에 선했다. 자리로 돌아와 그들이 찾아온 용건을 말해주자 그녀는 우습다는 듯이 말했다.

"음, 그 숙녀분이 모델을 할 수 있다면 전 경리일이나 봐야겠네요." 내 모델이 말했다.

"그녀는 정말 귀부인 같아." 순진하게 약올리는 말투로 내가 대꾸했다.

"그렇다면 선생님한테는 더더욱 안됐네요. 다른 역은 할 줄 모른다는 말이니까요."

"사교계를 다룬 소설에는 괜찮을 거야."

"오, 정말 그래요, 그런 소설에는 쓸 만하겠어요!" 내 모델은 익살스럽게 단언했다. "근데 그딴 소설은 그 여자가 굳이 안 들어가도 이미 형편없잖아요?" 나는 종종 미스 첨에게 그런 소설을 대놓고 욕하곤 했던 것이다.

3

내가 모나크 부인을 처음 써본 것은 사교계 소설 한 작품에 나오는 미스터리를 밝히는 삽화를 그릴 때였다. 도움이 필요한 일이 있을까 하고 그녀의 남편이 함께 왔다. 그가 대체로 그녀와 함께 오고 싶어한다는 것은 명백해 보였다. 처음에는 그가 '예의범절' 차원에서, 즉 질투가 나서 간섭하러 오는 게 아닐까 의심스러웠다. 그런 생각은 너무나 피곤해서, 만일 사실로 확인되었다면 우리 관계는 금방 끝났을 것이다. 그러나 그런 의도는 전혀 없으며, 그가 부인과 같이 오는 것은 (혹시 그가 필요할지 모르는데다가) 오로지 다른 할 일이 없기 때문임을 곧 알게 되었다. 아내가 그에게서 떨어져 있으면 그는 할 일이 없어졌으니, 여태껏 그녀는 한번도 그의 곁을 떠난 적이 없었던 것이다. 그들의 옹색한 처지에서 서로간의 긴밀한 결합은 그들에게 주된 위안이며, 이 결합에는 약점이 전혀 없다고 나는 제대로 판단했다. 그것은 진정한 결혼관계였고 결혼을 망설이는 이들에게 용기를 북돋우는 사례이자 비관론자들에게는 요령부득의 난제였다. 그들의 주거지는 변변찮았고(나중에 주거지야말로 그들한테 진정으로 직업에 부합하는 유일한 점이라고 생각했던 기억이 났다), 소령이 혼자 남겨졌을 비참한 숙소를 상상할 수 있었다. 아내와 함께라면 견딜 수 있을 테지만 아내 없이는 견디기 힘든 그런 곳이었을 것이다.

그는 눈치가 빨라서 자신이 쓸모없을 때면 굳이 사근사근하게 굴려고 애쓰지 않았다. 내가 작업에 몰두해서 이야기를 나눌 수 없을 때면 그는 그냥 앉아서 기다렸다. 그러나 나는 그에게 이야기시키기를 좋아했다. 왜냐하면 그의 이야기로 인해 작업에 방해만 되지 않는다면 내 일이 덜 지저분하고 덜 유별나게 느껴졌기 때문이다. 그의 말을 듣다 보면 외출할 때의 신나는 기분과 집 안에서 알뜰하게 지내는 효과를 동시에 누릴 수 있었다. 단 한 가지 장애가 있었는데, 그것은 그와 그의 아내가 아는 사람들 가운데 내가 아는 사람이 하나도 없었다는 것이다. 지금 생각해보면 우리가 관계한 기간 동안 내가 도대체 누구랑 알고 지내는지 그가 참 궁금해했던 것 같다. 그로서는 도무지 짐작할 도리가 없었으므로 우리는 장황하게 이야기를 늘어놓지 않았다. 우리는 화제를 가죽과 주류(마구 제조상, 반바지 제조업자 및 좋은 적포도주를 저렴하게 구입하는 법), 그리고 '좋은 기차'와 작은 사냥감의 습성 같은 문제로 제한했다. 이 마지막 두 화제에 대한 그의 전문지식은 대단해서 역장과 조류학자를 겸할 수 있을 정도였다. 그는 거창한 문제를 다룰 수 없을 때면 자잘한 일들을 즐겁게 이야기했으며, 내가 그의 사교계 회고담을 따라가지 못할 때에는 티내지 않고 대화를 내 수준으로 낮출 줄 알았다.

누구든 간단히 때려눕힐 만한 사내가 이렇게 비위를 맞추려 애쓰는 모습이 애처롭기도 했다. 그는 난롯불이 잘 타는지 살피고 물어보지 않아도 난로의 송풍장치에 대한 자신의 의견을 밝히기도 했다. 그가 내 방의 물건들 대부분이 촌스럽게 배치되어 있다고 여기고 있음을 느낄 수 있었다. 한번은 내가 돈만 많다면 그에게 봉급을 주고 살림살이를 배우고 싶다고 말한 기억이 난다. 가끔 그는 뜬금없는 한숨을 쉬었는데, 그 한숨의 요지는 이랬다. "나한테 이처럼 초라하고 낡아빠진 판잣집이라도 줘봐라, 그럼 아주 근사하게 만들어놓을 테니!" 내가 그를 모델로 쓸 일이 있을 때면 그는 혼자서 왔다. 이는 여자가 더 용기가 있음을 입증하는 사례였다. 그의 아내는 그 고독한 이층방에서도 견딜 수 있었다. 또한 그녀는 대체로 남편보다 더 신중하여 이런저런 사소한 일을 삼가면서 우리 관계를 분명히 직업적인 것으로 유지했다. 슬그머니 사교적인 관계로 빠지지 않게 하려고 깍듯이 예의를 차렸던 것이다. 그녀는 자신과 소령이 고용된 것이지 교제상대가 아님을 분명히 해두길 바랐다. 그리고 그녀는 나를 상관으로 인정하고 그 지위에 따라 합당한 대우를 하더라도 자신과 대등할 정도로 훌륭한 사람이라고는 전혀 생각하지 않았다.

그녀는 대단한 집중력으로 온 마음을 다해 모델 일에 전념했고 사진사의 카메라 앞에 있는 것처럼 거의 꼼짝도 않고 한시간씩이나 앉아 있을 수 있었다. 그녀가 사진 모델을 자주 했음은 알 수 있었지만, 사진에는 어울렸을 바로 그 습성이 어째서인지 내 작업에는 맞지 않다. 처음에 나는 그녀의 귀부인 같은 분위기가 너무도 마음에 들었고, 그녀의 몸매를 따라가면서 그것이 얼마나 근사하며 화필을 얼마나 술술 풀리게 하는지 느끼면서 만족스러웠다. 하지만 몇번 그리고 나자 그녀가 더할 나위 없이 뻣뻣하다는 것을 발견하게 되었다. 어떻게 그려보아도 내 그림은 사진이나 사진을 보고 베낀 그림처럼 보였다. 그녀의 모습은 다양하게 표현되지 못했는데, 그것은 그녀 자신에게 다양한 감각이 전혀 없었기 때문이다. 그림이 이렇게 나오는 것은 내 책임이며, 그녀의 자세를 어떻게 잡아주느냐의 문제일 뿐이라고 할 수도 있겠다. 나는 그녀에게 가능한 모든 자세를 취하게 했지만, 그녀는 용케 그 차이를 지워버렸다. 그녀는 한결같은 귀부인이 확실했고, 게다가 어김없이 똑같은 그 귀부인이었다. 그녀는 진품이긴 했지만 언제나 똑같은 것이었다. 자기가 정말 진품이라고 확신하는 그녀의 차분한 자신감 때문에 내가 압박을 느끼는 순간들이 있었다. 그녀나 그녀의 남편이나 나를 대할 때마다 이 일이 내게는 행운이라는 암시를 은근히 풍겼다. 그러는 동안 나는 그녀가 자신의 유형을 스스로——가령 미스 첨이라면 불가능하지 않은 그런 영리한 방식으로——변모시키도록 만드는 대신 오히려 내 편에서 그녀에게 근접하는 유형을 만들어내려 하고 있음을 알게 되었다. 아무리 조절하고 조심해도 내 그림 속의 그녀는 언제나 너무 키 큰 모습으로 나타났다. 그 바람에 나는 매력적인 여성을 2미터가 넘는 거구로 그리고 마는 곤경에 빠졌다. 내 키가 이에 훨씬 못 미친다는 것을 고려하면 이런 여성은 내 이상형과 거리가 먼데도 말이다.

소령의 경우는 더 심했다. 무슨 수를 써보아도 그를 작게 그릴 수가 없었기에 그는 건장한 거인의 모델로만 쓸모가 있었다. 나는 표현의 다양성과 폭을 존중하고, 인간적 특징을 실감나게 보여주는 사건을 소중히 여겼다. 나는 인물을 치밀하게 형상화하고자 했으므로 어떤 유형에 얽매이는 위험을 이 세상에서 가장 싫어했다. 이 문제로 친구들 몇몇과 언쟁을 벌인 적이 있었다. 친구들이 유형에 얽매일 수밖에 없으며, 그 유형이 아름답다면(라파엘과 다빈치를 보라) 거기에 얽매여도 손해 볼 것이 없지 않느냐고 주장하는 바람에 그들과 결별하기까지 했었다. 나는 다빈치도 라파엘도 아니며 주제넘게 나서는 현대의 젊은 탐구자에 불과할지 모르지만, 무엇보다 인물을 희생해서는 안된다고 주장했다. 사람들의 뇌리에 무시로 떠오르는 문제의 유형이 쉽게 인물이 될 수 있다고 그들이 단언했을 때, 나는 피상적인 대응인지 몰라도 "누구를 그린 인물을 말하는 거야?"라고 반박했다. 만인을 표현한 인물이란 없지 않은가. 그럴 경우 결국 누구도 표현하지 못하는 인물이 될 것이다.

모나크 부인을 열두어번 그리고 난 후에 나는 미스 첨 같은 모델의 가치가 어디서 나오는지 전보다 확실하게 깨달았다. 그 가치는 정확히 그녀에게는 어떤 명확한 유형이 없다는 사실, 그리고 그와 맞물려 그녀의 진정한 자산은 신기하고도 불가해한 모방의 재능이라는 또 하나의 사실에 있었다. 평상시 그녀의 외모는 최상의 연기를 요청받았을 때 걷어올리는 커튼과 같았다. 이 연기는 암시일 뿐이었지만, 그것을 알아보는 사람들에게는 복음이었다. 그것은 그만큼 생생하고 예뻤다. 때로는 그녀 자신은 못생겼지만 그녀가 연출한 모습은 너무 지루할 정도로 예쁘다는 생각마저 들었다. 그래서 나는 그녀를 모델로 그려낸 인물들이 너무 단조로울 정도로 (우리가 늘 사용하던 말로는 '멍청할 정도로') 우아하다고 나무라기까지 했다. 이보다 더 그녀를 화나게 하는 말은 없었다. 그녀는 서로 공통점이 없는 다양한 인물의 모델이 될 수 있다는 것을 최고의 자부심으로 느꼈기 때문이다. 그럴 때 그녀는 내가 자신의 '평판'('평판'을 잘못 발음하는 미스 첨의 말투를 감안하여 옮긴 것—옮긴이)을 떨어뜨린다고 비난하곤 했다.

　나의 새 친구들의 방문이 거듭되면서 이 평판이라는 이상한 것이 얼마간 줄어들게 되었다. 미스 첨은 찾는 곳이 많아서 일자리가 궁한 적이 한번도 없었기 때문에 나는 이따금 주저없이 그녀와의 약속을 미루고 편하게 모나크 부부를 그려보았다. 진품을 다루는 일은 처음에는 확실히 재미있었다. 이를테면 모나크 소령의 바지를 그리는 일은 재미있었다. 그의 모습이 거대하게 그려지긴 했지만 그 바지는 **진품**이었다. 그의 아내의 뒷머리(자로 잰 듯 아주 단정했다)와 딱 조이는 코르셋으로 유난히 '멋지게' 팽팽해진 몸매를 그리는 것도 재미있었다. 특히 그녀는 얼굴을 약간 돌리거나 희미하게 보이는 자세를 잘 잡았는데, 귀부인 같은 뒷모습과 '사라진 옆모습'(약간 뒤에서 그려서 옆모습이 보이지 않는 포즈—옮긴이)을 풍부하게 보여주었다. 똑바로 설 때에 그녀는 궁정화가 앞에 선 왕비나 공주의 자세를 자연스레 취했다. 그래서 그녀의 이런 장기를 살리기 위해 『칩사이드』지 편집자에게 '버킹엄궁 이야기' 같은 진짜 궁정 로맨스를 출간하자고 해볼까 하는 생각까지 했다. 하지만 가끔 진품과 가짜가 맞닥뜨렸다. 이 말은 미스 첨이 약속시간에 맞춰 오거나 내가 붙들고 있는 일이 너무 많은 날에는 약속만 잡으러 왔다가 비위에 거슬리는 경쟁자들과 우연히 마주쳤다는 뜻이다. 이런 마주침을 그들은 만남이라고 생각하지도 않았다. 왜냐하면 그들은 그녀를 마치 하녀인 양 거들떠보지도 않았기 때문이다. 일부러 고상하게 굴려 해서가 아니라 다만 그들이 아직 모델끼리 친하게 지내는 법을 몰랐기 때문일 것이다. 짐작건대 그런 방법을 알기만 했다면 그들은 즐겨 그랬을 것이고 적어도 소령은 그랬을 것이다. 언제나 걸어다녔기 때문에 그들은 승합마차 이야기는 할 수 없었다. 그밖에 무슨 화제를 꺼낼지도 알지 못했는데, 미스 첨은 '좋은 기차'나 값싼 적포도주에는 관심이 없었던 것이다. 게다가 그들은 그녀가 자기들을 재미있어하고 자기들이 뭘 아느냐고 은근히 비웃는다는 것을—분위기로—느꼈음에 틀림없다. 그녀는 미심쩍은 속내를 감출 위인이 아니라서 표현할 기회가 되면 그런 속내를 드러냈다. 반면 모나크 부인은 미스 첨이 단정치 못하다고 생각했다. 그렇잖다면 자기는 천박한 여자들을 싫어한다고 내게 굳이 말할(이런 일은 모나크 부인에게는 흔한 일이 아니었다) 필요가 있었겠는가?

어느날 이 젊은 아가씨가 우연히 나의 다른 모델들과 자리를 같이하게 되었을 때(그녀는 시간이 날 때에는 잡담을 하러 들르기도 했다) 나는 그녀에게 차를 좀 준비해달라고 부탁했다. 그것은 그녀에게 익숙한 일이었고, 내가 단출한 살림살이로 간소하게 살고 있어 내 모델들에게 종종 부탁하는 그런 일이었다. 그들은 내 살림에 손대는 것을 좋아했고 그래서 취했던 포즈를 풀고 쉬기도 하고 때로는 사기 찻잔을 깨뜨리기도 했다. 그로 인해 그들은 집시 같은 기분을 느꼈던 것이다. 그런데 이 일이 있고 난 후 다시 만났을 때 미스 첨은 차 심부름 시킨 일로 한바탕 난리를 피워서 나를 엄청나게 놀라게 했다. 자기에게 창피를 주려고 그랬다고 나를 비난했다. 차 심부름 당시에 그녀는 모욕적이라고 분개하지 않고 오히려 재미있어하며 공손하게 구는 것처럼 보였으며, 멍하니 말없이 앉아 있던 모나크 부인에게 크림과 설탕을 넣으시겠느냐고 물어보고 과장된 억지웃음까지 짓는 등, 우스꽝스러운 상황을 즐기는 듯했었다. 그녀는 자신도 진품으로 통하기를 바라는 듯 평소와는 다른 말투를 구사하는 바람에 모나크 부부가 화를 낼까봐 내가 걱정될 정도였다.

아, 그들은 절대로 화를 내지 않기로 굳게 다짐하고 있었다. 그들이 이다지도 눈물겹게 참아내는 것을 보니 얼마나 궁핍한지 알 수 있었다. 그들은 한마디 불평 없이 내가 필요하다고 할 때까지 몇시간씩 앉아 있곤 했다. 혹시 자신들이 쓰일 수가 있을까 왔다가도 그런 일이 없으면 유쾌하게 돌아가기도 했다. 나는 문간까지 배웅하며 그들이 얼마나 우아한 모습으로 물러가는지 지켜보곤 했다. 나는 그들에게 다른 일자리를 찾아주려고 애썼다. 다른 화가들에게 소개시켜주기도 한 것이다. 하지만 그들은 내가 납득할 만한 이유로 이 부부를 '받아들이지' 않았다. 나는 그들이 이런 실망스러운 일을 겪은 후 더 부담스럽게 내게 의지한다는 것을 다소 걱정스러운 마음으로 의식하게 되었다. 황송하게도 그들은 내가 그들의 품격에 가장 잘 어울리는 사람이라고 생각했다. 그들은 유화화가의 모델이 될 만큼 그렇게 멋지지는 않았고, 당시에는 펜화 작업을 진지하게 하는 사람도 많지 않았던 것이다. 뿐만 아니라 그들은 내가 전에 그들에게 언급했던 그 대단한 작업에 눈독을 들이고 있었다. 그들은 우리의 훌륭한 소설가를 그림을 통해 옹호하는 내 작업의 정수를 제공하겠다는 마음을 은밀하게 품고 있었다. 이 일을 하는 데 내가 의상효과나 지난 시대의 화려한 장식 따위는 필요로 하지 않으리라는 것 ── 모든 것이 현대적이고 풍자적이며 아마도 품위가 있는 그런 경우라는 것 ── 을 알고 있었다. 이 작업은 물론 장기간 계속되어 일거리가 끊이지 않을 것이므로, 내가 그들을 이 일에 쓰게 된다면 그들의 장래는 보장될 것이다.

하루는 모나크 부인이 남편 없이 왔다. 남편은 런던 시내에 볼일이 있어서 못 왔노라고 해명했다. 그녀가 여느 때처럼 불안하고 뻣뻣하게 앉아 있을 때 현관에서 나직한 노크 소리가 들렸고, 나는 실직한 어느 모델이 조심스레 일자리를 부탁하러 온 것임을 금세 알아차렸다. 연이어 한 젊은이가 들어왔는데 그가 외국인임을 나는 쉽게 알아챘다. 사실 그는 이딸리아 사람으로 내 이름 말고는 영어를 한 단어도 몰랐고, 그가 발음하는 방식으로는 내 이름이 전혀 내 이름처럼 들리지 않았다. 당시 나는 이딸리아에 가본 적도 없었고 이딸리아어를 능숙하게 할 줄도 몰랐다. 그러나 그는 혀라는 표현수단에만 의지할 만큼——이딸리아 사람치고 누가 그럴까마는——주변머리가 없는 사람이 아니라서 친근하고 우아한 몸짓을 써서 내 앞에 앉은 부인이 하는 바로 그런 일을 찾고 있다는 뜻을 전달할 수 있었다. 처음에 나는 그에게 강한 인상을 받지 못했기 때문에 계속 그림을 그리면서 거친 소리를 내뱉어 실망과 거부를 표시했다. 하지만 그는 치근대는 기색 없이 너무 순진해서 뻔뻔하게 보일 정도로 우직한 충견처럼 진실한 눈빛을 하고 꿋꿋하게 그 자리에 서 있었다. 그 모습은 마치 억울하게 의심받는 충직한 하인(그는 여러 해 동안 하인노릇을 했을지도 모른다) 같았다. 불현듯 나는 바로 이 자세와 표정이야말로 그림이 된다는 것을 알아보았고 따라서 그에게 자리에 앉아 내가 일을 마칠 때까지 기다리라고 일렀다. 그가 내 말에 고분고분 따르는 모습도 또 한장의 그림이 되었다. 고개를 젖힌 채 높다란 화실 여기저기를 경이에 찬 눈으로 쳐다보는 모습도 여러 장의 그림이 될 만함을 나는 작업중에도 눈여겨보았다. 그는 마치 성 베드로 대성당에 들어와 그 경이로움에 성호를 긋고 있는 듯한 모습이었다. 나는 작업을 끝내기도 전에 속으로 말했다. "저 친구는 빈털터리 오렌지 장사꾼일 테지만 진짜 보물인걸."

모나크 부인이 돌아가려 하자 그는 번개같이 방을 가로질러서 문을 열어주고는 젊은 베아뜨리체에게 매혹당한 젊은 단떼의 황홀하고도 순수한 눈빛을 하고 거기 서 있었다. 나는 이런 경우 멍하게 바라보기만 하는 영국 하인을 결코 고집한 적이 없기 때문에 그에게 모델의 자질뿐 아니라 하인의 자질도 있다고 생각했다(나는 하인이 한 사람 필요했지만 그 일만 보고 급료를 줄 여유는 없었다). 요컨대 그가 이 이중의 직무를 수행하는 데 동의한다면 이 쾌활한 모험가 청년을 고용하기로 결심했다. 내 제안에 그는 뛸 듯이 기뻐했고, 결과적으로 내 성급한 결정(나는 그에 대해 아무것도 아는 게 없었으므로)을 탓할 일은 없었다. 겪어보니 보좌역으로는 산만하긴 하지만 서글서글한 사람이며, 놀라울 정도로 뛰어난 '포즈에 대한 감각'을 지니고 있었다. 그것은 계발된 것이 아니라 본능적인 것이었다. 그런 시의적절한 본능이 그를 내 화실로 인도했고 문간에 걸린 내 이름을 읽어내게 한 것이다. 그는 어떤 사전지식 없이 다만 밖에서 보이는 높다란 북쪽 창문의 모양을 보고 짐작만으로 이곳이 화실이며 화실에는 당연히 화가가 있을 것이라고 생각했다. 그는 여느 떠돌이들처럼 돈벌이를 하려고 영국으로 흘러들었다가 동업자와 함께 조그만 녹색 손수레를 끌고 싸구려 얼음과자 장사를 시작했던 모양이다. 얼음과자가 녹아버리자 동업자 역시 어디론가 감쪽같이 사라져버렸다. 이 젊은 친구는 몸에 딱 붙는 붉은 줄무늬의 노란색 바지를 입고 있었고 이름이 오론떼라고 했다. 얼굴 혈색은 나쁘지만 피부가 희고, 내가 입던 헌옷가지를 입혔더니 영국인처럼 보였다. 그는 필요할 때면 이딸리아 사람처럼 보일 줄 아는 미스 첨이나 마찬가지였다.

4

　남편과 같이 다시 온 모나크 부인은 오론떼가 고용된 것을 보자 얼굴에 약간의 경련이 일어나는 것 같았다. 나뽈리의 부랑자 나부랭이가 그녀의 위풍당당한 소령의 경쟁자라는 사실을 도저히 받아들이기 힘들었던 것이다. 위험을 먼저 감지한 쪽은 부인이었다. 소령은 유별나게 눈치가 없었기 때문이다. 하지만 오론떼는 온갖 실수를 저지르면서도 성의껏 우리에게 차를 내왔고(그는 이 희한한 차 대접과정을 한번도 본 적이 없었다), 그녀는 내가 마침내 '정식 하인'을 두었다고 나를 더 높이 평가한 것 같다. 그들은 이 하인을 모델로 그린 두어 점의 삽화를 보았는데, 모나크 부인은 오론떼가 그 그림의 모델이라는 생각이 전혀 들지 않는다고 넌지시 말했다. "이건 우리를 모델로 그린 그림인데, 우리랑 아주 똑같잖아요." 그녀는 의기양양하게 미소 지으며 나에게 일깨워주었다. 그러자 나는 이것이야말로 바로 그들의 결점임을 깨달았다. 모나크 부부를 그릴 때는 어찌된 일인지 그들로부터 벗어나 내가 표현하려는 인물 속으로 몰입할 수가 없었다. 그리고 내 그림의 모델이 누구인지 사람들이 알아보는 일은 내가 전혀 바라는 바가 아니었다. 미스 첨을 알아보는 일은 전혀 없었는데, 모나크 부인은 그녀가 하도 천박하니까 내가 아주 적절하게 그녀를 감춰버린 것이라고 생각했다. 반면 부인 자신의 모습이 보이지 않는다면 그건 오로지 죽어서 천당에 가는—그 대신 천사 하나가 더 생기는—경우라고 생각했다.
　이 무렵 나는 방대한 기획전집의 첫권인 '러틀랜드 램지'의 삽화작업을 어느정도 시작하고 있었다. 즉 소령 부부의 도움을 받아 그린 몇점을 포함해 십여 점의 삽화를 그려서 승인을 해달라고 출판사에 보냈다. 이미 암시했듯이 이번 경우는 특별히 내게 맡겨진 한권 전체의 작업을 원하는 대로 할 수 있도록 출판사와 양해가 된 상태지만, 내가 전집의 나머지 권들을 맡게 될지는 미지수였다. 솔직히 진품을 수중에 두고 있는 것이 정말로 위안이 되는 순간들도 있었다. '러틀랜드 램지'에는 진품과 흡사한 인물들이 있었기 때문이다. 아마 소령만큼 자세가 똑바른 사람들과 모나크 부인만큼 멋진 옷차림의 여자들이 있었다. 시골 저택의 생활——멋지고 환상적이며 아이러닉하고 일반화된 방식으로 다뤄진 것은 사실이지만——이 많이 나왔고, 니커보커와 킬트(각각 뉴욕과 스코틀랜드의 고유 의상——옮긴이) 차림을 암시하는 대목도 상당히 있었다. 처음부터 결정해두어야 할 사항이 있었다. 가령 주인공의 정확한 외모라든지 여주인공의 얼굴 홍조 같은 것이다. 물론 작가가 실마리를 주지만 해석의 여지는 있었다. 나는 모나크 부부에게 내 속내를 털어놓았고, 내가 무엇을 하려는지 솔직히 말했으며 당면한 어려움과 대안들을 언급했다. "오, 이이를 쓰세요!" 모나크 부인이 자기 남편을 바라보며 다정하게 속삭였다. "제 아내보다 더 좋은 모델이 어디 있겠습니까?" 소령은 이제 우리 사이에 생겨난 편안하고 솔직한 태도로 내게 물었다.

내가 이런 질문에 꼭 대답할 필요는 없었다. 나는 단지 모델들을 배치하기만 하면 되었다. 그럼에도 나는 마음이 편치 않았고, 어쩌면 약간 소심해져서 이 질문에 대한 해결을 미뤘는지 모른다. 책은 커다란 화폭과 같았고 다른 인물도 많이 나왔기 때문에 나는 남녀 주인공이 관련되지 않은 일화들부터 작업해나갔다. 일단 주인공들을 정하고 나면 그들을 끝까지 일관되게 그려야 하기 때문이었다. 내 그림 속 젊은 주인공의 키가 여기서는 210센티미터였다가 저기서는 174센티미터일 수는 없는 노릇이니까. 나는 대체로 후자의 키 쪽으로 마음이 기울었지만, 소령은 자신이 누구 못지않게 젊어 보인다는 것을 여러 차례 상기시켰다. 소령의 나이를 알아차리기 어렵게 그의 모양새를 손보는 것은 분명 가능한 일이었다. 스스럼없는 오론떼와 한달을 지내면서 그의 타고난 생기발랄함 때문에 얼마 못 가서 우리 관계가 넘기 힘든 장애에 부닥칠 것이라고 여러 차례 타이르기도 했지만, 나는 그가 지닌 주인공으로서의 자질에 눈뜨게 되었다. 그는 키가 170센티미터밖에 되지 않았지만 부족한 부분은 얼마든지 채울 수 있을 것 같았다. 처음에 나는 그를 몰래 그리다시피했다. 나의 선택에 대해 모나크 부부가 어떤 판단을 내릴지 정말로 적잖게 염려되었기 때문이었다. 그들은 미스 첨을 모델로 쓰는 것도 속임수나 마찬가지로 여기는데, 이딸리아인 행상처럼 진짜 신사와 동떨어진 사람을 명문사립학교를 나온 주인공의 모델로 쓰는 것을 어떻게 생각하겠는가?

내가 그들을 조금 두려워하게 되었다면 그것은 그들이 나를 윽박질렀다거나 고자세를 취했기 때문이 아니라, 오히려 정말 애처로울 만큼 예의바르면서도 희한하게 항상 새로움을 잃지 않는 태도로 내게 너무도 절박하게 매달렸기 때문이다. 그렇기에 나는 잭 홀리가 귀국하자 무척 기뻤다. 그는 늘 탁월한 조언자였다. 그림은 잘 그리지 못했지만 정확한 비평을 하는 점에서 그를 따를 사람은 없었다. 그는 일년간 영국을 떠나 있었다. 신선한 안목을 얻기 위해 어딘가에——어딘지 기억나지 않는데——가 있었다. 비평적 안목과 같은 그런 재능은 상당히 두려웠지만, 우리는 오랜 친구 사이였다. 사실 그가 떠난 지 몇달이 지나자 내 삶 속으로 공허감이 스며들기 시작했다. 일년간 나는 예리한 비평에 단련받지 못했던 것이다.

그는 신선한 안목을 지니고 돌아왔지만 낡은 검정 벨벳 상의는 그대로였다. 그가 내 화실에 찾아온 첫날 저녁 우리는 새벽까지 담배를 피위댔다. 그는 그림은 그리지 않고 안목만 높아져 돌아왔다. 그렇기에 나의 소품들을 보여주기에는 적격이었다. 그는 『칩사이드』에 실릴 작품들을 보고 싶어했으나 보여주자 실망했다. 적어도 그것이 그가 다리를 꼬고 커다란 소파에 기대앉아 내 최근 그림들을 보며 담배연기와 함께 입술 밖으로 두어 번 토해낸 의미심장한 신음의 의미인 듯했다.

"뭐가 문제야?" 내가 물었다.

"자네야말로 뭐가 문제야?"

"아무 문제도 없어. 그냥 뭐가 뭔지 모르겠어."

"정말 그래. 자넨 완전히 맛이 갔어. 이건 웬 뚱딴지 같은 새 변덕이야?" 그러고는 그는 삽화 한점을 내게 불손하게 집어던졌는데, 그것은 위풍당당한 모나크 소령과 그 부인이 함께 그려진 그림이었다. 내가 그 그림이 근사한 것 같지 않으냐고 물으니까 그는 내가 애써 추구한다고 늘 내세웠던 경지에 비해 너무 형편없는 그림이라고 대답했다. 하지만 나는 그 말을 그냥 넘겼다. 그만큼 그의 진의를 정확히 알고 싶은 마음이 간절했던 것이다. 그림 속의 두 인물은 너무 거대해 보였지만 그것이 문제라는 뜻은 아닌 것 같았다. 왜냐하면 그가 반대로 알고 있는 바에 따르면 내가 의도적으로 그렇게 크게 그리려 했을 수도 있기 때문이다. 나는 그가 일년 전에 영광스럽게도 내게 찬사를 보내던 때와 똑같은 방식으로 작업하고 있다고 주장했다. "글쎄, 어딘가 단단히 잘못됐어." 그가 대답했다. "잠깐 있어봐, 뭐가 잘못된 건지 찾아볼게." 나는 그가 그렇게 해주리라 믿었다. 이때가 아니면 그 신선한 안목을 어디다 써먹겠는가? 하지만 그는 끝내 "모르겠어 — 인물의 유형이 마음에 들지 않아"라는 모호한 말밖에 하지 못했다. 나랑 오로지 기법의 문제나 손놀림의 방향, 명암의 비법만을 논하려 했던 비평가의 발언치고는 시답잖은 답변이었다.

"자네가 보고 있는 이 그림에서 내 인물 유형들은 아주 준수한 것 같은데."

"아, 이런 유형들은 안되겠어!"

"새 모델을 두 명 고용했다네."

"그건 알겠어. 이 사람들은 안되겠어."

"확신하고 하는 소리야?"

"틀림없어. 멍청한 사람들이야."

"내가 멍청하다는 말이군 —— 그런 문제를 극복해야 하는 건 나니까."

"그렇게는 안돼 —— 이런 사람들 갖고는. 이 사람들 도대체 누군가?"

그에게 필요한 만큼 설명하자 그는 매정하게 단언했다. "문밖으로 쫓아내야 할 사람들이야."

"자넨 그 사람들을 아직 못 봤잖은가. 정말 착한 사람들이야." 나는 불쌍한 마음으로 그의 말에 반박했다.

"그 사람들을 못 봤다고? 세상에, 자네 최근작들이 그들 때문에 전부 작살난 상태야. 뭘 더 보고 싶겠어."

"자네 말곤 아무도 그 그림을 비판하지 않았네. 『칩사이드』 쪽 사람들은 마음에 들어했다고."

"모두 바보들이야. 『칩사이드』 놈들은 바보 중의 바보고. 이보게, 요즘 같은 세상에 일반대중, 특히 출판업자와 편집자에 대해 그럴싸한 환상을 가진 척하지 말게. 그런 같잖은 사람들을 위해 자네가 그림을 그리는 게 아니잖은가 —— 자네를 알아보는 사람들을 위해 그리는 거지. '알아보는 사람들'(단떼가 『신곡』에서 아리스토텔레스를 가리켜 '알아보는 사람들의 대가'라고 지칭한 데서 비롯된 표현 ——옮긴이)을 위해서 말이야. 그러니 자네 자신을 위해 정진하지 못하겠으면 나를 위해서라도 정진해주게. 처음부터 자네가 시도한 것에는 뭔가 뜻 깊은 게 있어. 정말 대단한 것이지. 하지만 이런 졸작은 거기에 끼지 않아." 나중에 '러틀랜드 램지'와 내가 맡을 수도 있는 그 후속작업 이야기를 꺼내자 그는 내가 원래의 자세로 돌아가지 않는다면 필시 낭패를 볼 것이라고 단언했다. 그의 목소리는 요컨대 경고의 목소리였다.

나는 그것이 경고임을 알아차렸지만 내 친구들을 문밖으로 내치지는 않았다. 나는 그들이 상당히 지겨웠지만, 단지 지겹다는 사실 때문에 ─ 그들에게 뭔가 해줄 수 있는데도 ─ 그들을 화풀이 대상으로 삼아서는 안된다고 스스로를 타일렀다. 이 시기를 회상해보면 그들이 내 삶에 상당히 깊숙이 파고들었던 것 같다. 내 화실에서 일과의 대부분을 보내던 그들의 모습이 떠오른다. 방해되지 않도록 벽에 등을 대고 낡은 벨벳 긴 의자에 앉아 있는 그들의 모습은 마치 궁정 대기실에서 참을성있게 앉아 있는 한쌍의 신하들처럼 보였다. 동장군이 몰아친 몇 주간은 난방비를 절약하려고 그 자리를 지키고 있었음이 틀림없다. 그들의 참신함은 빛을 잃어가고 있었고 그들을 자선의 대상으로 느끼지 않을 수 없게 되었다. 미스 첨이 올 때마다 그들은 자리를 비켰는데, 내가 '러틀랜드 램지' 작업을 본격적으로 시작한 후 미스 첨은 매우 자주 왔다. 그들은 내가 그 책에 등장하는 하류층의 삶을 표현하려고 그녀를 쓰는 것이려니 하는 자기들 생각을 암묵적으로 전달해왔다. 나는 그들이 그 소설을 유심히 살펴보고도 ─ 그 책은 화실에 아무렇게나 놓여 있었다 ─ 최상류층만을 다룬다는 사실을 알아채지 못하는 것을 보고 그들이 그렇게 생각하도록 내버려두었다. 그들은 우리 시대 최고 소설가의 작품을 훑어보고도 많은 구절의 의미를 해독하지 못했다. 잭 홀리의 경고에도 불구하고 나는 이따금씩 한시간가량 그들을 계속 그렸다. 해고할 필요가 있으면 혹한이 끝난 후에 해고해도 늦진 않을 것이다. 홀리는 그들과 안면을 트게 되었고 ─ 그는 내 난롯가에서 그들을 만났다—그들을 우스꽝스러운 부부로 여겼다. 그가 화가라는 걸 알자 그들은 그에게도 접근해서 자기들이 진품임을 보여주려 했다. 하지만 그는 큰 방의 맞은편에 있는 그들을 수십리 밖에 있는 사람 보듯 바라보았다. 그들은 홀리가 이 나라의 사회체제에서 비판해 마지않는 모든 것을 집약한 축소판이었다. 너무 인습적인데다 온몸에 에나멜가죽을 휘감고 대화의 흐름을 끊는 감탄사를 연발하는 이런 족속은 화실에 있을 일이 없다는 것이었다. 화실이란 보는 법을 배우는 곳인데, 일신의 안락이나 구하는 부부를 통해 뭘 어떻게 볼 수 있단 말인가?

그들 때문에 겪은 가장 불편한 점은 키 작은 재주꾼 하인이 '러틀랜드 램지'의 모델 일을 시작했다는 것을 그들이 알아차릴까봐 처음에는 조심스러웠던 점이다. 그들은 내가 구레나룻에다 충분한 자격을 갖춘 신사를 쓸 수 있는데도 길거리에 떠도는 외국인 부랑자를 채용할 정도로 별스럽다는 것을 알게 되었지만(이때쯤에 그들은 화가들에겐 별난 구석이 있다는 것을 받아들일 마음가짐은 되어 있었다), 내가 그의 재능을 얼마나 높이 평가하는지는 상당한 시간이 흐른 후에야 알게 되었다. 그들은 그가 포즈를 취한 모습을 여러 번 보았으면서도 내가 그를 거리의 풍각쟁이 역으로 쓰고 있다고 철석같이 믿었다. 그들이 짐작도 못할 일들이 몇가지 있었는데, 그중 하나는 제복 입은 하인이 잠시 등장하는 소설 속의 인상적인 장면에서 모나크 소령을 하인 역에 쓸 생각이 문득 떠올랐던 일이다. 나는 이 일을 계속 미뤘는데 그에게 맞는 제복을 구하기도 어렵거니와 제복을 입어달라고 부탁하고 싶지도 않았기 때문이다. 그러던 어느 겨울 오후, 그들한테 경멸받는 오론떼를 모델로 세우고 작업하면서(그는 내 생각을 순식간에 파악했다) 일이 일사천리로 진행될 것 같은 예감에 들떠 있을 때, 소령과 그의 아내가 실없이 사교적인 미소를 지으며(이제는 웃을 일도 점점 없어졌다) 딱

들어섰다. 그들은 마치 예배를 마치고 공원을 산책한 후 점심을 먹고 가라고 하는 바람에 붙잡힌 시골 저택 방문객──그들을 보면 언제나 이런 방문객이 생각났다──같았다. 점심식사는 끝났지만 차를 마시고 갈 수는 있었고, 나는 그들이 그러기를 원한다는 것을 알았다. 하지만 나는 한창 열이 올라있던 터라, 내 모델이 차를 준비하는 동안 저물어 가는 햇빛과 더불어 그 열기를 식히고 작업을 중단할 수는 없었다. 그 래서 모나크 부인에게 차를 준비해줄 수 없겠느냐고 부탁했다. 그렇게 요청하자 일순간 그녀의 얼굴은 새빨개졌다. 그녀는 잠시 남편의 눈을 바라보았고 얼마간의 말없는 교감이 둘 사이에 오갔다. 그들의 어리석 음은 다음 순간 바로 끝나버렸다. 소령이 쾌활하고도 영리하게 상황을 종결지은 것이다. 그들의 상처난 자존심을 동정하기는커녕, 나는 이 기회에 최대한 철저한 교훈을 주기로 마음먹었다는 점을 덧붙여야겠 다. 그들은 둘이 같이 부산을 떨며 잔과 받침을 꺼내고 주전자에 물을 끓였다. 그들이 마치 내 하인에게 시중들고 있는 기분이라는 것을 알 고 있었다. 차가 준비되었을 때, 나는 "그에게도 한잔 갖다주시죠── 피곤할 테니까"라고 말했다. 모나크 부인이 오론떼가 서 있는 곳으로 차를 한잔 가져다주자, 그는 마치 파티장에서 오페라모자(접어도 모양이 망가지지 않는 실크모자──옮긴이)를 팔꿈치에 끼고 있는 신사처럼 그녀에 게서 찻잔을 받아들었다.

그러자 그녀가 나를 위해 굉장한 수고를 했으니──그것도 상당히 고상하게 그 일을 해냈으니──그녀에게 뭔가 보답을 해야 한다는 생 각이 들었다. 이 일이 있은 후 그녀를 볼 때마다 나는 어떤 보답을 할 지 궁리했다. 그들에게 사례하기 위해 잘못된 일을 계속할 수는 없었 다. 그들을 모델로 씀으로써 내 작품에 찍히는 낙인 같은 흔적, 아, 그 것이야말로 정말 잘못된 일이었다. 이제 그렇게 말하는 사람은 홀리만

이 아니었다. '러틀랜드 램지'의 삽화로 실을 많은 그림들을 출판사로 보낸 후, 나는 홀리의 경우보다 훨씬 더 정곡을 찌르는 경고를 받았다. 출판사의 미술고문은 내 삽화의 대부분이 기대에 못 미친다는 의견을 내놓았다. 이 삽화들 대부분은 모나크 부부를 모델로 한 것이었다. 무엇을 기대했는지 캐묻지는 않았지만 이런 식으로 나가다간 후속작업을 따낼 수 없다는 것을 알았다. 나는 미스 첨에게 필사적으로 매달렸고, 그녀가 최대한의 솜씨를 발휘하도록 다그쳤다. 나는 대놓고 오론데를 주인공으로 썼을 뿐 아니라, 어느날 아침 모나크 소령이 지난주에 모델을 섰던 『칩사이드』의 인물을 마저 그리려면 자기가 필요하지 않을까 하고 찾아왔을 때 나는 마음을 바꿨노라고, 그 역에 내 하인을 쓰겠노라고 말했다. 이 말을 들은 소령은 창백해지더니 멍하니 나를 쳐다보며 서 있었다. "당신이 생각하는 영국신사가 그란 말입니까?" 그가 물었다.

나는 실망하고, 신경이 곤두섰으며, 하던 작업을 계속하고 싶었다. 그래서 짜증스럽게 대답했다. "오, 소령—— 당신 때문에 내가 망할 순 없잖소!"

그는 잠시 더 서 있었다. 그러고는 아무 말 없이 화실을 떠났다. 그가 사라졌을 때 나는 다시 그를 만날 일은 없겠지 하고 혼잣말을 하면서 안도의 한숨을 내쉬었다. 내 작품이 거절당할 위기에 처했다고 딱 잘라 말한 적은 없지만, 그가 파국의 분위기를 감지하지 못하고 우리의 성과 없는 협동작업의 교훈을 읽어내지 못하는 게 짜증스러웠다. 가상적인 예술의 세계에서는 아무리 지체높은 명사라 해도 그림이 되지 않을 수 있다는 교훈 말이다.

그들에게 빚진 돈이 없었지만 나는 그들을 다시 보게 되었다. 사흘 후 그들 둘은 다시 나타났는데, 이런 상황에서 그들이 다시 찾아왔다는 사실에는 뭔가 비극적인 면이 있었다. 내게는 그들이 삶에서 다른 할 일을 찾을 수 없었다는 증거이기도 했다. 그들은 우울하게 머리를 맞대고 이 문제를 철저하게 곱씹었고, 자신들이 이번 전집 기획에서 빠졌다는 나쁜 소식을 이미 받아들였던 것이다. 『칩사이드』의 작업에도 소용없다면 그들이 대체 무슨 일을 할지 정하기란 어려워 보였다. 그래서 처음에 나는 그들이 관대하고 예의바르게 마지막 작별인사를 하러 왔다고 판단할 수밖에 없었다. 나는 호들갑을 떨 여유가 없다는 것이 내심 아주 흐뭇했다. 왜냐하면 내 다른 모델 둘에게 함께 포즈를 취하게 하고, 내게 영예를 가져다주길 희망하면서 그림 그리기에 한창 열중하고 있었기 때문이다. 이 장면은 러틀랜드 램지가 자기 의자를 아르테미지어의 피아노의자 곁으로 당겨 그녀에게 아주 특별한 말을 하는데도 그녀가 어려운 피아노곡을 치는 데에만 열중하는 척하는 대목에서 시사받은 것이었다. 나는 전에도 미스 첨이 피아노 앞에 앉은 모습을 그린 적이 있는데, 그녀는 이 자세에서 우아한 시적 분위기를 끌어내는 법을 알고 있었다. 나는 이 두 인물이 '함께 포즈를 취하기'를 간절히 바랐고, 작은 키의 이딸리아인 모델은 내 구상에 완벽하게 들어맞았다. 내 앞에 선 이 한쌍의 모습은 생생하게 살아 있었고, 피아노 뚜껑은 열려 있었다. 그것은 잘 어울리는 젊은이들이 사랑을 속삭이는 매혹적인 장면이었기에 나는 그 모습을 포착해서 그대로 그려내기만 하면 되었다. 모나크 부부는 선 채로 이 모습을 지켜보았고, 나는 그들에게 어깨 너머로 눈인사만 했다.

그들은 아무런 반응을 보이지 않았지만 나는 사람들이 말없이 지켜보는 데 익숙한 터라 작업을 계속했다. 다만(이런 **구도야말로** 적어도 이상적이라는 느낌으로 들떠 있긴 했지만) 결국 그들을 떨쳐버리지 못한 것이 약간 당혹스럽긴 했다. 곧 모나크 부인의 감미로운 목소리가 내 곁에서, 아니 내 머리 위에서 들렸다. "미스 첨의 머리를 좀더 멋있게 손질하면 좋겠어요." 내가 올려다보았더니 그녀는 등을 돌리고 앉은 미스 첨을 묘한 눈빛으로 노려보고 있었다. 그녀는 계속해서 "제가 조금 만져드리면 안될까요?"라고 물었는데, 이 말에 나는 그녀가 젊은 아가씨에게 해코지할 수도 있다는 본능적인 두려움에 사로잡힌 듯 자리에서 벌떡 일어났다. 하지만 그녀는 결코 잊을 수 없는 눈빛——그 눈빛을 그릴 수만 있다면 하는 심정이었음을 고백한다——으로 나를 진정시키더니 곧 내 모델에게 다가갔다. 그녀는 미스 첨의 어깨에 한손을 얹고 그녀의 머리 위로 몸을 굽히며 부드럽게 말을 걸었다. 미스 첨이 말귀를 알아듣고 감사히 받아들이자 부인은 그녀의 헝클어진 고수머리를 몇번 빠른 손길로 매만져서 미스 첨의 머리를 갑절이나 더 매혹적으로 만들었다. 그것은 내가 목격한 개인적인 봉사행위 가운데서 가장 고결한 행동이었다. 그러고 나서 모나크 부인은 낮은 한숨을 쉬며 돌아섰고, 할 일이 없나 둘러보더니 고결하고도 겸손한 태도로 바닥에 몸을 굽혀 내 화구상자에서 떨어진 더러운 천조각을 주웠다.

그러는 동안 소령 또한 일거리를 찾아 화실의 맞은편 끝까지 두리번거리고 가다가 내가 먹은 아침식사 그릇이 방치된 채 치워지지 않은 것을 발견했다. "저기, 제가 여기 일 좀 도와드려도 될까요?" 그는 어쩔 수 없이 떨리는 목소리로 내게 소리쳤다. 나는 아마도 어색하게 웃으면서 그러라고 했고, 이후 십분 동안 나는 그림을 그리면서 사기그릇이 가볍게 부딪히고 숟가락과 유리잔이 달그락거리는 소리를 들었다. 모나크 부인이 남편을 도와서 함께 내 식기를 씻은 후 정리했다. 그들은 부엌 한편의 작은 식기실에도 들어갔는데 나중에 보니 식칼도 말끔히 닦아놓았고 얼마 되지 않는 접시도 전에 없이 반짝거렸다. 그들이 그런 일을 하면서 암묵적으로 호소하는 것이 무엇인지를 확실히 느끼는 순간, 내 그림이 잠시 흐릿해지고 빙빙 도는 것 같았음을 고백한다. 그들은 이미 자신들의 실패를 받아들였지만, 자신들의 운명까지 받아들일 수는 없었다. 그들은 진품이 가짜보다 훨씬 덜 중요해질 수 있는 괴팍하고도 잔인한 법칙 앞에서 당황하며 고개를 숙였지만, 굶주리기를 원치는 않았다. 내 하인이 내 모델이 된다면 내 모델이 내 하인이 될 수도 있는 것이다. 그들은 기꺼이 역할을 뒤바꿀 수 있었다. 저들이 신사숙녀 역을 한다면 그들 자신은 하인 역을 하겠다는 것이었다. 그들은 아직도 가지 않고 화실에 있었는데 그것은 자기들을 내치지 말라고 간구하는 무언의 호소였다. "우리를 써주세요." 그들은 이렇게 말하고 싶어했다. "무슨 일이건 하겠어요."

이 모든 상황이 눈앞에 펼쳐지자 영감은 사라져버렸다. 화필이 내 손에서 툭 떨어졌다. 내 작업은 결딴났고, 나는 무슨 일인지 몰라 어리둥절하고 겁먹은 모델들을 집으로 돌려보냈다. 그후 소령과 그의 부인만 남은 그 순간은 내게 너무도 불편한 시간이었다. 소령은 그들의 기원을 한 문장으로 표현했다. "저, 아시죠— 우리에게 그냥 일을 시켜주시기만 하면 안될까요?" 그럴 수는 없었다. 그들이 내 음식찌꺼기를 비우는 모습을 보는 것은 끔찍했으니까. 하지만 그들의 소원을 들어주는 셈으로 한 일주일은 그렇게 하는 체했다. 그후 나는 약간의 돈을 주고 그들을 내보냈고 다시는 그들을 보지 못했다. 나는 전집의 나머지 권들에 대한 일감을 따냈지만 내 친구 홀리는 모나크 소령 부부가 내게 돌이킬 수 없는 해를 입혀 이류화가의 기교를 부리게 만들었다고 두고두고 지적했다. 그 말이 사실이라 해도 그런 대가를 치렀다는 것에 만족한다. 두 사람에 대한 추억의 대가 말이다.

더 읽을거리

『워싱턴 스퀘어』(유명숙 옮김, 을유문화사 2009)는 1880년에 발표된 장편소설로, 장편치고는 규모가 작지만 제임스 소설의 빼어난 미덕을 실감할 수 있다. 『데이지 밀러』(최인자 옮김, 웅진씽크빅 2009)는 제임스의 화제 인기 중편소설로 그의 특징적인 문체와 화법, 주제가 잘 나타나 있고, 『나사의 회전』(최경도 옮김, 민음사 2005)은 유령이야기를 다루는 중편소설(1898)로서, 제한된 시점의 일인칭 화법과 인물들의 애매모호한 심리를 다루는 솜씨가 탁월하다. 그밖에 한국 헨리 제임스 학회에서 가려뽑아 우리말로 옮긴 『헨리 제임스 단편집』(우리책 2004)에는 제임스의 주요 단편 8편이 수록되어 있다.

Charlotte Perkins Gilman

| 샬롯 퍼킨스 길먼 |

1860~1935

코네티컷 주 하트포드 출생. 종교지도자 라이먼 비처의 증손녀. 어릴 때 아버지가 가족을 버린 후 어머니를 따라 친척집을 전전하며 불안정한 생활을 했다. 『톰 아저씨의 오두막』의 저자 해리엇 비처 스토우를 비롯한 비처 가문의 출중한 여성들을 역할 모델로 삼았다. 1884년 화가인 찰스 월터 스텟슨과 결혼하지만 전통적 성역할을 원하는 남편과 심한 갈등을 겪었다. 딸 캐서린을 출산하고 산후우울증을 겪으면서 남편과의 갈등은 더욱 깊어졌고 극도의 신경쇠약으로 정신과의사인 미첼의 요양소에서 치료를 받았다. 이때의 경험이 「누런 벽지」에 녹아 있다. 미첼의 '휴식요법'을 거부하고 남편과 별거한 후 이혼했다. 1900년 사촌인 조지 휴턴 길먼과 재혼하고 『선구자』(Forerunner, 1909~16)라는 잡지를 창간하여 여성해방운동 관련 글과 시와 소설을 발표하였다. 여성의 경제적 독립과 여성참정권을 역설한 『여성과 경제』(Women and Economics, 1898)를 비롯한 페미니즘 관련 저작들, 여성들만의 유토피아 세계를 그린 『여자만의 나라』(Herland, 1915) 등의 장편소설이 있다. 말년에 유방암에 걸렸음을 알고 자살로 생을 마감했다.

■ 누런 벽지 The Yellow Wallpaper

『뉴잉글랜드 매거진』 1892년 1월호에 발표되었다. 미국 페미니즘 문학의 명편이다. 여성의 우울증과 신경쇠약에 대한 남성들의 가부장적·온정주의적 태도를 실감나게 포착하는 한편 여성문제의 심각성을 환상적이고 상징적인 방식으로 형상화했다. 일기형식의 일인칭 독백으로 구성된 이야기로서, '믿을 수 없는 화자'가 개성적인 목소리로 자신이 서서히 미쳐가는 과정을 섬뜩하게 들려준다. 화자는 누런 벽지의 무늬에서 철창 속에 갇힌 여성의 형상을 보는데, 그 기형적 모습이 고딕풍의 공포물처럼 충격적으로 다가온다. 여기서 화자의 우울증과 정신분열증에 가장 큰 책임이 있는 화자의 남편이 당대의 기준에서 특별히 나쁜 남편은 아니라는 것을 눈여겨볼 필요가 있다. 문제는 의사들인 화자의 남편과 친정 오빠, 권위자인 위어 미철 박사 모두가 한결같이 권하는 '휴식요법'에 집약되어 있다. 이것의 요체는 여성에게 책을 보고 글을 쓰는 등의 지적인 일과 사회활동을 금하는 데 있으니, '여성의 영역'을 설정하여 여성 개인의 자기실현을 봉쇄하는 가부장적 규칙과 통하는 것이다. 그렇기에 화자가 몰래 일기를 쓰는 행위, 그리고 그런 저항적인 글쓰기 행위의 산물로 태어난 이 작품의 성취야말로 각별한 의미를 띤다.

누런 벽지

존과 나 같은 한낱 보통 사람들이 여름을 보내기 위해 조상 전래의 저택을 구하는 일은 매우 드물다.

식민지 시대의 저택이니 세습 소유지니 하면서——나라면 유령이 출몰하는 집이라고 하겠지만——낭만적인 행복감에 들뜰 수도 있을 것이다. 그러나 그건 너무 운명론적인 발상일 것이다!

그래도 나는 그 저택에 뭔가 기이한 면이 있다고 자신있게 단언하겠다.

그렇잖으면 왜 그렇게 싸게 세를 놓겠는가? 그리고 왜 그토록 오랫동안 빈집으로 있었겠는가?

존은 물론 나를 비웃지만 결혼생활이란 으레 그런 것이다.

존은 극도로 실용적이다. 그는 신앙을 참지 못하고 미신에 경악하며 만지고 볼 수 없는 것이나 숫자로 나타낼 수 없는 것을 이야기하면 공공연하게 비웃는다.

존은 내과의사이며, 어쩌면——(살아 있는 사람한테라면 물론 이 말을 하지 않겠지만, 이건 말없는 문서이고 내 마음에 큰 위안이 되니까)—— 어쩌면 그게 내가 빨리 낫지 않는 한가지 이유인지 모른다.

말하자면 그는 내가 아프다는 것을 믿지 않는다!

그러니 어찌할 수 있겠는가?

높은 신분의 내과의사가, 그것도 자신의 남편이, 친구와 친척 들에게 나에게는 단지 일시적인 신경성 우울증——약간의 히스테리 경향—— 말고는 정말로 문제될 것이 없다고 확실히 말하는데 내가 어찌하겠는가?

내 오빠 역시 내과의사이고 또한 신분도 높은데 똑같은 말을 한다.

그래서 나는 인산염 혹은 아인산염——어느 쪽이 맞든——과 강장제를 복용하고 여행을 하고 신선한 공기를 마시고 운동을 하며, 완전히 나을 때까지 '일하는 것'은 절대 금기사항이다.

개인적으로, 나는 그들의 생각에 동의하지 않는다.

개인적으로, 나는 자극과 변화와 더불어 마음에 맞는 일이야말로 내 건강에 좋다고 믿는다.

하지만 내가 어찌하겠는가?

나는 그들의 만류에도 불구하고 한동안 글쓰기를 했지만 그로 말미암아 기운이 상당히 소진된 것은 사실이다. 글쓰기를 은밀하게 해야 하고 그렇잖으면 강력한 반대에 부딪히기 때문이다.

나는 가끔 반대를 덜 받고 교제와 자극의 기회를 더 가진다면 내 상태가 어떠할지 생각해본다. 하지만 존은 내가 할 수 있는 최악의 일은 내 상태에 대해 생각하는 것이라고 하고, 고백하건대 그 생각을 하면 나는 언제나 기분이 나빠진다.

그래서 나는 그 생각을 그만두고 집에 관한 이야기를 하겠다.

참으로 아름다운 집이다! 도로에서 한참 뒤쪽에, 마을에서 족히 오 킬로미터는 떨어진 곳에 있는 상당히 외딴 집이다. 이곳은 책에서 읽은 영국 집들을 생각나게 한다. 왜냐하면 울타리와 담과 자물쇠 달린 문, 그리고 정원사와 일하는 사람을 위한 수많은 작은 별채가 있기 때문이다.

멋진 정원이 있다니! 나는 이런 정원을 본 적이 없다. 크고 그늘진데다 양쪽 가에 회양목이 우거진 오솔길 천지이고 긴 포도넝쿨로 덮인 정자들이 그 아래의 앉는 자리와 함께 줄지어 늘어선 정원 말이다.

온실도 있었지만 지금은 모두 망가졌다.

어떤 법적인 문제, 이를테면 상속자와 공동상속자에 관련된 무슨 일이 있었던 것 같다. 어쨌든 이곳은 여러 해 동안 비어 있었다.

그로써 나의 유령 출몰설은 근거없는 것 같지만 나는 개의치 않는다. 이 집에는 뭔가 기이한 것이 있다. 나는 그걸 느낄 수 있다.

어느 달 밝은 밤에 존에게 직접 그 말을 하기까지 했지만 그는 내가 느낀 것은 **외풍**이라며 창문을 닫았다.

나는 때로 존에게 터무니없이 화가 난다. 전에는 결코 이렇게 예민하지 않았다고 확신한다. 나는 그게 이런 신경과민 때문이라고 생각한다.

그러나 존은 내가 그렇게 느낀다면 적절한 자기통제를 소홀히 하게 된다고 한다. 그래서 나 자신을 통제하려고— 적어도 존 앞에서는— 애쓰는데, 그 때문에 아주 피곤해진다.

나는 우리 방이 조금도 마음에 들지 않는다. 베란다로 통하고 창가에 온통 장미가 있으며 너무나 예쁘고 고풍스러운 사라사 커튼이 있는 아래층 방을 원했지만 존은 내 말을 들으려고 하지도 않았다.

그 방은 창문이 하나밖에 없는데다 침대 두 개를 놓을 만한 공간이 없다고, 자기가 따로 침대를 쓸 경우 자기 쪽으로는 공간이 없다고 반대했다.

그는 매우 자상하고 애정이 깊어, 내가 특별한 지시 없이 움직이게 내버려두지 않는다.

내게는 하루 매시간 정해진 처방이 있다. 이렇게 그가 나의 모든 것을 돌봐주기 때문에 그런 배려를 좀더 존중하지 못하는 나는 배은망덕한 기분이 든다.

그는 우리가 여기 온 것은 전적으로 나 때문이라고, 내가 완벽한 휴식을 취하고 신선한 공기를 마음껏 마실 수 있게 하기 위해서라고 했다. "여보, 당신이 얼마나 운동하는가는 당신 체력에 달려 있고 얼마나 음식을 먹는가는 어느정도 당신 식욕에 달려 있지만, 공기는 당신이 언제든지 들이마실 수 있소" 하고 그가 말했다. 그래서 우리는 그 저택 꼭대기 층의 육아실을 택했다.

그 방은 거의 한층 전체를 차지할 만큼 크고 바람이 잘 통하는 방으로, 사방으로 창문이 나 있어 공기와 햇빛 천지였다. 그 방은 처음에는 육아실이었다가 나중에는 놀이방 겸 체육실이 된 것으로 판단해야 할 것 같다. 왜냐하면 어린아이들을 위해 창문에 창살이 쳐져 있고 벽에는 고리가 달려 있으며 물건들이 걸려 있기 때문이다.

페인트칠과 벽지를 보면 남자아이들이 그 방을 사용한 것 같다. 그것—벽지—은 내 침대 머리맡 주위로 온통, 내 손이 닿는 데까지 뭉텅뭉텅 벗겨져 있고, 방의 맞은편 맨 아래쪽도 널따랗게 벗겨져 있다. 내 생에 이보다 더 흉한 벽지를 본 적이 없다.

무늬들이 마구 뻗어나가면서 예술적인 규칙이란 규칙은 모조리 어기고 있는, 그런 벽지 가운데 하나였다.

그 무늬는 따라가다보면 눈이 어지러울 정도로 흐릿하면서도 사뭇 신경쓰이게 하고 꼼꼼한 주의를 촉발할 정도로 눈에 띈다. 그런데 절뚝거리는 불확실한 곡선들을 좀더 따라가면 그 선들이 갑자기 자살을 해버리는—터무니없는 각도로 툭 떨어져 망가짐으로써 모순적인 무늬를 보여주는—것이다.

벽지의 색깔은 혐오스러워 구역질이 날 정도이다. 서서히 변해가는 햇빛에 묘하게 색이 바래면서 썩어가는 불결한 노란색이다.

벽지의 어떤 부분은 우중충하지만 야하게 짙은 오렌지색이며 어떤 부분은 병적인 황록색이다.

아이들이 벽지를 증오한 것은 당연해! 이 방에서 오랫동안 살아야 한다면 나 자신도 증오할 거야.

저기 존이 오니까 이걸 치워야겠지. 그는 내가 한 자라도 쓰는 걸 싫어하니까.

*

우리는 여기서 이주일간 지냈는데, 나는 첫날 이후로 글쓰고 싶은 기분이 나지 않았다.

나는 이 끔찍한 육아실에 올라와 지금 창가에 앉아 있고, 체력 부족을 제외하고는 원하는 만큼 글쓰는 것을 방해할 것이 없다.

존은 낮에는 종일 나가 있고 심각한 환자들이 있을 때에는 밤에도 가끔 나간다.

내 병이 심각하지 않아서 얼마나 기쁜지!

그러나 이 신경과민 증상은 사람을 지독히 우울하게 만든다.

존은 내가 실제로 얼마나 고통을 겪는지 알지 못한다. 그가 알고 있는 것은 고통을 겪을 이유가 없다는 것이며, 그걸로 그는 만족이다.

물론 이건 신경과민일 뿐이다. 내 의무를 하나도 하지 않기 때문에 마음이 이렇게 무거운 거야!

나는 존에게 정말로 도움이 되고자, 진정한 휴식과 위안이 되고자 했는데, 이미 상당한 부담만 되고 말았어!

별것 아니지만 내가 할 수 있는 일을 하는 것——옷을 차려입고 손님을 접대하고 물건을 주문하는 것——이 얼마나 힘든지 아무도 믿지 않을 것이다.

메어리가 아기를 잘 돌봐서 다행이다. 그토록 사랑스러운 아기를!

그렇지만 나는 아기와 함께 있을 수가 없다. 함께 있으면 내 신경이 너무 예민해진다.

존은 평생에 한번도 신경과민인 적이 없었던 것 같다. 그가 이 벽지 문제로 나를 얼마나 비웃는지!

처음에 그는 방의 벽지를 새로 바꾸려고 했다. 그러나 그후 그는 내가 스스로를 벽지에 압도당하도록 그냥 내버려두고 있는데, 신경과민 환자에게는 그런 공상에 빠지는 것보다 더 나쁜 것이 없다고 말했다.

벽지를 갈고 난 후엔 육중한 침대틀이, 다음엔 창살 댄 창문이, 그다음에는 층계 머리참의 출입문이 문제가 될 거라고 말했다.

"이곳이 당신 건강에 좋단 말이오." 그가 말했다. "그리고 정말이지, 여보, 단지 석 달 빌리는데 집수리를 하고 싶지는 않소."

"그럼 아래층으로 옮겨요." 내가 말했다. "거기에 너무너무 예쁜 방들이 있잖아요."

그러자 그는 나를 껴안고 축복받은 작은 거위라고 부르며 내가 원한다면 지하실로 옮길 것이며, 게다가 지하실 벽을 흰색으로 칠해놓겠고 했다.

그러나 침대와 창문과 물건에 대해서는 그의 말이 맞다.

이곳은 누구나 바라는 만큼 통풍이 잘되고 편안한 방이며, 물론 나는 단지 변덕 때문에 그를 불편하게 할 만큼 어리석게 굴지는 않을 것이다.

사실 저 끔찍한 벽지만 빼면 이 커다란 방이 점점 마음에 든다.

한쪽 창문을 통해서 정원이 내다보인다. 짙게 그늘진 저 신비한 정자며 만발한 예스러운 꽃이며 관목과 옹이진 나무를 볼 수 있다.

다른 쪽 창문 너머로는 이곳 저택에 딸린 작은 개인용 선창과 만(灣)의 아름다운 풍경이 보인다. 나무가 우거진 아름다운 오솔길 하나가 저택에서 선창까지 뻗어 있다. 나는 언제나 이 수많은 길과 정자 속에 사람들이 걸어다니고 있다고 상상하지만 존은 내게 절대 공상에 빠지지 말라고 주의를 주었다. 나처럼 신경이 과민하고 약한 사람이 나처럼 상상력이 풍부하고 이야기를 지어내는 습성이 있으면 온갖 들뜬 공상에 빠지기 마련이라며, 그런 성향을 제어하려면 의지와 상식을 동원해야 한다는 것이다. 그래서 나는 그렇게 하도록 노력한다.

때로는 약간의 글을 쓸 수 있을 정도로만 나아져도 상념의 압박이 덜해지고 안식을 취할 수 있으리라는 생각이 든다.

하지만 나는 글을 쓰려고 애쓰면 아주 피곤해진다는 것을 발견한다.

내 일에 관해 충고하고 함께 있어줄 사람이 없다는 것이 너무 실망스럽다. 존은 내가 정말 좋아지면 사촌 헨리와 줄리아더러 여기 내려와 오랫동안 있어달라고 청하자고 한다. 하지만 지금은 그런 자극적인 사람들을 주위에 두기보다는 차라리 베갯잇 속에 폭죽을 넣는 편이 낫다고 한다.

어서 빨리 나았으면 좋으련만.

그러나 나는 그런 생각을 하면 안된다. 이 벽지는 내게 마치 자신이 얼마나 악영향을 끼치는지를 알고 있는 듯이 보여!

벽지에는 부러진 목처럼 축 늘어지고 둥그런 두 눈이 거꾸로 서서 쳐다보는 것 같은 무늬가 반복해서 등장한다.

나는 그 무늬가 뻔뻔스럽게도 끝없이 펼쳐져 있는 것에 정말 화가 난다. 그 무늬는 위로 아래로 옆으로 기어다니며, 깜빡거리지도 않는 저

놈의 터무니없는 눈들은 곳곳에 있다. 두 장의 벽지가 일치하지 않은 곳이 한군데 있는데, 한쪽이 다른 한쪽보다 약간 높은 상태의 두 눈이 이음선을 따라 오르내리는 형상이다.

나는 이전에 무생물에서 이렇게까지 다양한 표정을 본 적은 없다. 그런데 우리 모두는 그것들에 얼마나 다양한 표정이 있는지 알고 있잖은가! 나는 어릴 적에 잠에서 깬 채 누워서, 텅 빈 벽과 평범한 가구에서 대다수 아이들이 장난감가게에서 발견하는 것보다 더 많은 즐거움과 공포를 얻곤 했다.

우리집의 큼지막한 낡은 장롱의 둥근 손잡이들이 얼마나 다정하게 윙크했는지를 나는 기억하며, 언제나 든든한 친구처럼 보인 의자도 하나 있었다.

다른 가구들이 너무 무섭게 보일 때 언제라도 그 의자 속으로 뛰어오르면 안전해질 수 있다는 기분이 들곤 했다.

그러나 이 방의 가구는 모두 아래층에서 가져와야 했기 때문에 조화롭지 못할 따름이다. 이곳이 놀이방으로 쓰였을 때는 육아시설물을 밖으로 치울 수밖에 없었던 것 같고, 그게 당연했다! 아이들이 여기에 벌여놓은 것만큼 이런 참혹한 광경을 나는 여태껏 본 적이 없다.

앞서 말한 대로 벽지는 군데군데 찢겨져 있지만 찰떡같이 바싹 달라붙어 있다. 아이들은 분명 증오심 못지않게 인내심도 있었던 것이다.

게다가 방바닥은 긁히고 파이고 쪼개져 있고, 회반죽 자체가 여기저기 움푹 파여 있으며, 우리가 이 방에서 발견한 유일한 물건인 이 거대하고 육중한 침대도 마치 전쟁을 겪은 듯한 몰골이다.

그러나 나는 조금도 개의치 않는다. 오로지 벽지만 거슬릴 뿐이다.

저기 존의 누이가 온다. 저렇게 사랑스러운 여자애가 날 이토록 자상하게 돌봐주는 것이다! 내가 글쓰고 있는 모습을 그녀에게 들키지 말아야 해.

그녀는 완벽하고 열성적인 살림꾼이며 그 이상의 직업은 기대하지도 않는다. 틀림없이 그녀는 글쓰기가 내 병의 원인이라고 생각하겠지!

하지만 그녀가 외출하면 나는 글을 쓸 수 있고 창문들 너머로 멀리까지 그녀를 지켜볼 수 있다.

나무가 아름답게 우거진 꼬불꼬불한 길을 내려다보는 창문이 하나 있고, 시골 풍경을 멀리서 굽어보는 창문이 하나 있다. 커다란 느릅나무와 벨벳처럼 부드러운 초원이 펼쳐져 있는, 그야말로 아름다운 시골 풍경 말이다.

이 벽지에는 다른 색조의 새끼무늬 같은 것이 있는데, 그게 특히 나를 짜증나게 한다. 왜냐하면 그것은 일정한 조명 아래에서만 볼 수 있고 그때에도 선명히 보이지 않기 때문이다.

그러나 색이 바래지 않고 햇빛이 안성맞춤인 곳에서는 기이하고 도발적이며 무정형한 종류의 형상을 볼 수 있다. 그 형상이 저 어이없으면서도 눈에 잘 띄는 앞쪽 무늬 뒤에 슬그머니 숨어 있는 듯하다.

시누이가 층계를 올라오고 있다!

*

이제야 7월 4일 독립기념일이 끝났구나! 사람들이 모두 떠나가고 나는 녹초가 되어 있다. 존은 내가 사람을 좀 만나도 좋겠다는 생각을 했고, 그래서 우리는 어머니와 넬리와 아이들만 불러와 일주일 동안 함께 지냈다.

물론 나는 아무것도 하지 않았다. 지금은 제니가 모든 것을 알아서 한다.

그러나 그럼에도 나는 지쳤다.

존은 내가 빨리 회복되지 않으면 가을엔 위어 미철(Weir Mitchell, 1829~1914, 히스테리 증상에 대한 '휴식요법'으로 유명한 의사──옮긴이)한테 보내겠다고 한다.

그러나 나는 거기에 전혀 가고 싶지 않다. 한때 그 의사에게 맡겨졌던 친구가 있는데, 그녀의 말에 따르면 그도 존이나 내 오빠와 똑같고, 오히려 더할 뿐이라는 거다!

게다가 그렇게 멀리 가는 것은 너무나 힘든 일이다.

나는 어떤 일도 손가락 하나 까딱할 가치가 없다는 기분이 들며, 점점 더 안달이 나고 성질을 부린다.

나는 아무것도 아닌 일로 울며, 거의 하루종일 운다.

물론 존이나 다른 누군가가 있을 때는 울지 않지만 나 혼자 있을 땐 운다.

그리고 나는 지금 당장은 혼자 있는 시간이 상당히 많다. 존은 심각한 환자들 때문에 자주 읍내에 붙잡혀 있고, 제니는 착해서 내가 부탁하면 나를 혼자 내버려둔다.

그래서 나는 정원이나 아름다운 오솔길을 산책하기도 하고 현관의 장미꽃 아래 앉아 있기도 하고 여기 올라와 상당히 오랫동안 누워 있기도 한다.

벽지에도 불구하고 나는 정말로 이 방이 점점 마음에 든다. 어쩌면 벽지 때문에 마음에 드는지도 모른다.

벽지가 내 마음속에 자리를 잡은 거다!

여기 이 꿈쩍도 하지 않는 거대한 침대──아마 못을 박아놓은 것 같다──위에 누워 한시간씩 저 무늬를 따라간다. 그건 곡예와 마찬가지라고 해도 좋다. 가령 여태껏 누구도 손대지 않은 저쪽 모서리의 맨 밑바닥에서 출발하여 저 무의미한 무늬를 끝까지 따라가서 모종의 결말에 도달하겠다는 결심을 나는 천번째나 하고 있다.

나는 디자인의 원리를 좀 안다. 그런데 이런 무늬는 방사(放射), 변경, 반복, 대칭 혹은 내가 들어본 다른 어떤 원리에 따라서도 배열된 것이 아니라는 것을 안다.

물론 이 벽지도 일정한 폭마다 무늬가 반복되지만 그밖의 반복은 없다.

한쪽 방향으로 쳐다보면 각 폭의 벽지는 홀로 서 있고, 부풀어오른 곡선과 당초무늬—알코올 중독으로 섬망증(譫妄症)을 겪는 듯한 일종의 '저질 로마네스크 양식'—가 멍청하게 홀로 서 있는 기둥들 위아래로 어기적대며 뻗어 있다.

하지만 다른 한편으로 무늬들은 대각선으로 연결되어 있고, 마구 뻗은 그 윤곽은 마치 허우적거리며 필사적으로 쫓아오는 해초처럼 보기에 섬뜩할 만큼 거대하고 비스듬한 파도의 형상으로 줄달음치고 있다.

모든 무늬는 또한 수평으로도 뻗어 있으며—적어도 그렇게 보인다—나는 그 방향으로 나아가는 문양 층을 식별하려 애쓰다가 녹초가 되고 만다.

벽면과 천장 사이 띠 모양의 부분에는 벽지의 가로폭이 사용되었는데 이로 말미암아 놀랄 만큼 혼란이 가중된다.

방 한쪽 끝에 벽지가 거의 고스란히 보존된 부분이 있다. 거기에 교차광선이 희미해지고 낮은 태양이 직사광선을 비출 때면 마침내 바퀴살 모양의 무늬 같은 것이 있는 게 아닐까 하는 생각이 든다. 그로테스크한 모양들이 공통의 중심 주위에 끊임없이 형성되어 사방으로 곤두박질치며 뛰쳐나가는 것 같다.

그 무늬를 따라가다보니 나는 지쳐버렸다. 낮잠이나 한숨 잘까 한다.

*

내가 왜 이 글을 써야 하는지 모르겠다.

쓰고 싶지 않다.

그럴 능력이 없다고 느낀다.

그리고 존은 글쓰기를 어리석은 짓이라고 생각하리라는 것을 안다. 하지만 내가 느끼고 생각하는 바를 나는 어떤 식으로든 말해야 한다. 그게 얼마나 큰 위안인지!

그러나 위안에 비해 힘이 점점 더 들 것 같다.

나는 이제 거의 언제나 지독하게 게으름을 피우며 너무 많이 누워 있다.

존은 내가 체력을 잃어서는 안된다며 맥주와 포도주와 희귀한 육류는 물론 대구간유와 상당량의 강장제 따위를 복용하게 한다.

사랑하는 존! 그는 나를 정말 끔찍이 사랑하며 내가 아픈 것을 몹시 싫어한다. 나는 며칠 전에 그와 정말 진지하고 합리적인 대화를 하려고 시도하면서 내가 사촌 헨리와 줄리아 집을 방문하러 갈 수 있도록 그가 허락해줬으면 좋겠다는 이야기를 하려고 했다.

그러나 그는 내가 갈 수도 없거니와 거기 도착한 후에는 견딜 수도 없을 것이라고 했으며, 나는 말을 끝내기도 전에 울기 시작했기 때문에 내 주장을 제대로 펴지 못했다.

조리있게 생각하는 것이 점점 힘이 든다. 바로 이놈의 신경쇠약증 탓이지 싶다.

그러자 사랑하는 존이 나를 끌어안아 일으켜세운 뒤 곧장 위층으로 안고 가서 침대에 누이고 곁에 앉아서 내 머리가 피곤할 때까지 책을 읽어주었다.

그는 내가 그의 가장 사랑하는 사람이며 그의 위안이며 그의 전부이니 자기를 위해 나 자신을 스스로 돌보고 늘 건강하게 지내야 한다고 말했다.

그는 누구도 이런 병증에서 벗어나도록 도와줄 수 없고 나 스스로 벗어나야 한다고, 의지와 자제심을 발휘하여 어리석은 공상에 휘둘려서는 안된다고 말했다.

한가지 위안은 내 아기가 건강하고 행복하다는 것, 이 끔찍한 벽지가 있는 육아실에 와 있을 필요가 없다는 것이다.

우리가 육아실을 사용하지 않았더라면 저 축복받은 아이가 사용했을 수도 있었던 것이다! 천만다행으로 그런 불상사는 면했어! 아니, 나는 내 아이가, 저 감수성이 예민한 어린것이 이런 방에 살도록 결코 내버려두지 않을 것이다.

전에는 이 생각을 해본 적이 없지만 따지고 보면 존이 나를 이곳에 붙잡아둔 것은 다행이다. 그래도 내가 아기보다는 이 방을 훨씬 잘 견뎌낼 테니까 말이다.

물론 나는 이제 그들에게 이 점을 절대로 언급하지 않는다──그러기에는 내가 너무 영리하다──하지만 그래도 나는 이 점을 예의주시한다.

저 벽지에는 나 말고는 아무도 모르고 앞으로도 모를 것이 있다.

저 바깥 무늬 뒤에서 어렴풋한 형상들이 날마다 점점 또렷해지고 있다.

그건 언제나 똑같은 형상이지만 다만 수가 아주 많아졌다.

저 무늬 뒤에서 한 여자가 수그린 자세로 여기저기 기어다니는 것 같다. 나는 그게 전혀 마음에 들지 않는다. 나는 궁금해한다──생각하기 시작한다 — 존이 나를 여기서 데리고 나가주었으면!

*

내 병증에 관해서 존과 대화하기가 정말 어렵다. 그가 너무나 현명하기 때문이며 나를 너무나 사랑하기 때문이다.

그러나 나는 어젯밤에 대화를 시도했다.

달 밝은 밤이었다. 달은 해와 마찬가지로 온 사방을 비춘다.

나는 가끔 달을 보기가 싫다. 달은 너무 느릿느릿 기어가며 언제나 이쪽저쪽 창문으로 들어온다.

존은 잠들어 있었고 나는 그를 깨우기 싫었다. 그래서 가만히 있으면서 저 물결무늬 벽지에 비친 달빛을 지켜보다가 섬뜩한 느낌이 들었다.

배후의 희미한 여자 형상이 꼭 거기서 나오기를 원하는 듯 무늬를 흔들어대는 것 같았다.

나는 조용히 일어나서 벽지가 정말로 움직이는지 만져보러 갔고, 침대로 다시 돌아왔을 때 존은 깨어 있었다.

"여보, 무슨 일이야?" 그가 말했다. "그렇게 걸어다니지 마. 감기 걸려."

나는 이야기하기 좋은 때라고 생각했고 그래서 그에게 내가 여기선 기력을 회복하고 있지 못하니 나를 딴데로 데려가줬으면 한다는 이야기를 했다.

"아니, 여보!" 그가 말했다. "삼주 후에 우리 전세 계약이 끝나는데, 그전에 어떻게 떠난다는 건지 모르겠네."

"집수리가 아직 끝나지 않았고 내가 지금 당장 이 마을을 훌쩍 떠날 수는 없어. 물론 당신이 위험에 처해 있다면 떠날 수 있고 또한 떠나겠지만, 여보, 당신은 모르는지 몰라도 당신 건강은 정말 좋아졌다고. 여보, 나는 의사야, 내가 알아. 당신은 살도 찌고 혈색도 돌아오고 식욕도 좋아지고 있어. 당신에 대해서 난 정말 한시름 놓을 수 있을 것 같아."

"내 몸무게는 하나도 안 늘었거나 거의 늘지 않았어요." 내가 말했다. "그리고 식욕은 당신이 여기 있는 저녁때에는 좋아졌을지 모르지만 당신이 없는 오전에는 더 나빠졌어요!"

"사랑하는 당신한테 축복을!" 그가 팔을 크게 벌려 껴안으면서 말했다. "당신이 아플 시간은 얼마든지 있어! 하지만 잠을 좀 자둬야 내일 더 생생해질 테니 그 이야기는 아침에 하자고!"

"그러면 안 떠날 거예요?" 나는 우울하게 물었다.

"아니, 여보, 내가 어떻게 떠나겠소? 이제 삼주밖에 안 남았잖아. 그때 가서 제니가 집단장하는 동안 며칠간 기분좋게 짧은 여행이나 갑시다. 정말이지 여보, 당신은 나아졌어!"

"몸은 나아졌는지 모르지만……" 나는 말을 꺼내다가 흠칫 멈췄다. 왜냐하면 그가 똑바로 앉더니 나를 너무나 엄하게 꾸짖는 표정으로 바라보아서 한마디도 더 할 수 없었기 때문이다.

"사랑하는 당신," 그가 말했다. "당신 자신뿐 아니라 나를 위해서 그리고 우리 아이를 위해서 간청하건대 한순간이라도 그런 망령된 생각은 하지 말아요! 당신 같은 기질에는 그것만큼 위험하고 또 매력적인 게 없단 말이오. 그건 잘못되고 바보 같은 공상이오. 의사인 내가 그렇다고 하는데 내 말을 못 믿겠소?"

그래서 물론 나는 그 문제에 관해 더이상 아무 말도 하지 않았고 우리는 곧 잠자리에 들었다. 그는 내가 먼저 잠들었다고 생각했지만 나는 잠들지 않았으며 벽지의 저 앞쪽 무늬와 뒤쪽 무늬가 실제로 함께 움직이는지 아니면 따로 노는지 가늠하느라 애쓰며 여러 시간을 누워 있었다.

*

이런 무늬는 낮의 햇빛에서 보면 연속성이 결여되어 있어 법칙에 어긋나는데, 그것이 정상적인 사람에게는 언제나 짜증스럽다.

색깔은 섬뜩하고 미덥지 못하고 너무나 화나게 하지만, 무늬는 고문 그 자체이다.

무늬를 나름대로 완전히 이해하고 있다고 생각하다가도 한참 따라가다 보면 무늬가 뒤로 공중제비를 넘어버리니 속수무책이다. 무늬가 보는 사람의 따귀를 때리고 쓰러뜨리고 짓밟는 것이다. 그건 마치 악몽과 같다.

바깥쪽 무늬는 버섯류를 상기시키는 화려한 아라베스크이다. 나뭇가지 마디에 끝없이 소용돌이치며 싹을 틔우고 자라나는 독버섯 무리들, 끝없이 뻗어 있는 독버섯의 행렬을 상상할 수 있다면…… 그렇다, 바깥 무늬는 이와 비슷한 모습이다.

때로는 정말 그렇다!

이 벽지에는 나 말고는 아무도 눈치채지 못한 듯한 두드러진 특징이 하나 있다. 그것은 빛이 변하면 벽지도 따라서 변한다는 것이다.

햇빛이 동쪽 창문을 뚫고 번쩍이며 들어오면 ─ 나는 항상 그 최초의 기다란 직사광선을 지켜보는데 ─ 벽지가 너무 빨리 변해서 나는 그게 도저히 믿어지지 않는다.

그렇기 때문에 나는 항상 벽지를 지켜본다.

달빛이 비칠 때는 ─ 달이 뜰 때에 달빛은 온밤 내내 비치는데 ─ 나는 그게 똑같은 벽지인지 알지 못할 정도이다.

밤에는 석양빛이든 촛불이든 램프불이든 아니면 최악의 경우 달빛이든 어떤 종류의 빛 속에서도 벽지는 창살이 된다! 내 말은 바깥쪽 무늬가 창살이 되고 그 창살 안의 여자가 더없이 선명해진다는 것이다.

나는 오랫동안 그 뒤쪽에 보이는 것, 저 어렴풋한 새끼무늬가 무엇인지 알아채지 못했으나 지금은 그게 여자라는 걸 확신한다.

낮의 빛으로 보면 그 여자는 제압당한 듯 조용하다. 그녀를 그렇게 꼼짝 못하도록 붙잡고 있는 것은 무늬라는 생각이 든다. 참으로 당혹스럽다. 그 때문에 나는 한시간씩 말을 잃는다.

나는 이제 정말로 자주 눕는다. 존은 눕는 것이 내게 좋다며 잘 수 있는 만큼 자라고 한다.

사실 매끼 식사 후 한시간 동안 드러눕도록 그가 시키는 바람에 이 습관이 시작된 것이다.

그게 매우 나쁜 습관이라는 것을 확신한다. 나는 잠을 자지 않으니 말이다.

그리고 내가 깨어 있다는 것을 그들에게 말하지 않기 때문에——절대 안되지!——속임수가 늘기 마련이다.

사실은 존이 조금씩 두려워지기 시작한다.

때때로 그가 아주 이상해 보이며 심지어 제니조차 뜻모를 표정을 짓는다.

가끔 어쩌면 벽지가 문제라는 생각이 불현듯, 마치 과학적 가설처럼 든다!

존이 눈치채지 못하게 그를 몰래 주시하다가 나는 순진하기 짝이 없는 핑계를 대며 불쑥 방으로 들어가 그가 벽지를 바라보고 있는 모습을 여러 차례 포착했다. 제니도 마찬가지였다. 한번은 제니가 벽지에 손을 대고 있는 모습을 포착했다.

그녀는 내가 방 안에 있는 줄 몰랐다. 내가 그녀에게 최대한 자제하는 태도로 조용히, 아주 조용히 벽지에다 무슨 짓을 하느냐고 물었을 때 그녀는 마치 물건을 훔치다가 들키기라도 한 것처럼 화들짝 고개를 돌리고 무척 화를 내면서 왜 사람을 그렇게 놀라게 하느냐고 반문하는 것이다!

그런 후에 그녀는 벽지에 닿은 것은 모두 때가 묻고, 내 옷과 존의 옷에서 온통 누런 얼룩을 발견했다고 하면서 우리가 좀더 조심하면 좋겠다는 것이다!

순진한 이야기처럼 들리지 않는가? 그러나 나는 그녀가 그 무늬를 살펴보고 있었다는 것을 알고 있으며, 나 말고는 어느 누구도 그 비밀을 찾아내지 못하게 하겠다고 결심한다!

*

내 삶은 이제 예전보다 훨씬 더 활기차다. 내게 뭔가 더 기대할 것이, 고대할 것이, 지켜볼 것이 생긴 것이다. 나는 실제로 전보다 더 잘 먹고, 더 차분하다.

존은 내가 나아지는 것을 보고 몹시 기뻐한다! 며칠 전에는 약간 웃으면서 내가 벽지에도 불구하고 활짝 피는 것 같다고 말했다.

나는 웃음으로 받아넘겼다. 그것이 벽지 때문이라는 말을 그에게 할 의향이 없었다. 말했다면 그는 나를 놀릴 것이다. 심지어 나를 딴 곳으로 데려가려 할 수도 있다.

이제 나는 비밀을 알아낼 때까지 떠나고 싶지 않다. 아직 한주가 남아 있고, 그 시간이면 충분하리라.

*

    나는 정말이지 한결 나아지고 있다는 느낌이야! 사태의 진전을 지켜보는 것이 너무 흥미진진해 밤에는 별로 자지 않는다. 그러나 낮시간에는 상당히 많이 잔다.

    낮시간에는 피곤하고 당혹스럽다.

    버섯 무늬에는 항상 새로운 싹이 생겨나고 그 위에 새로운 노란 색조가 온통 뒤덮인다. 꼼꼼하게 그 수를 세어보려 하지만 제대로 셀 수가 없다.

    저 벽지는, 정말 이상한 노란색이야! 지금까지 내가 본 노란 것을 모두 생각나게 하지만, 미나리아재비처럼 아름다운 노란 것이 아니라 늙고 추하고 불쾌한 누런 것을 생각나게 한다.

    하지만 그 벽지에는 뭔가 다른 것이 있다. 냄새 말이다! 우리가 방으로 들어가는 순간 나는 그 냄새를 알아챘지만 통풍이 잘되고 햇빛이 잘 드니 냄새가 그렇게 심하지는 않았다. 지금은 안개와 비가 일주일 동안 계속되다보니 창문이 열려 있건 아니건 그 냄새가 난다.

    그 냄새가 집안 곳곳에 스멀스멀 스며든다.

    그 냄새는 식당 방에 맴돌고 거실에 잠복해 있고 복도에 숨어 있고 층계에 매복하여 나를 기다린다.

    그 냄새는 내 머리카락 속에도 배어든다.

    심지어 말을 타러 갈 때, 내가 고개를 갑자기 돌려 기습적으로 냄새를 맡으면 틀림없이 그 냄새가 나는 것이다!

    게다가 얼마나 특이한 냄새인지! 그 냄새를 분석하느라고, 그게 어떤 냄새인지 알아내느라고 나는 여러 시간을 보냈다.

그 냄새는 처음에는 나쁘지 않고 아주 부드럽지만, 내가 맡아본 것 중에 가장 미묘하고 가장 오래가는 냄새이다.

이런 축축한 날씨에는 그 냄새가 끔찍한데, 밤중에 깨어나면 그 냄새가 내 위로 쫙 드리워져 있는 것이다.

처음에는 그 냄새 때문에 마음이 심란했다. 냄새를 없애려고 집을 불태울 생각까지 진지하게 해보았다.

그러나 지금은 그 냄새에 익숙하다. 그 냄새와 닮은 것으로 내가 생각할 수 있는 것이라곤 벽지의 색깔뿐이다! 누런 냄새 말이다.

벽 아래쪽 굽도리널 근처에 아주 이상한 흔적이 있다. 방을 빙 둘러 줄이 나 있는 것이다. 그 줄은 침대를 제외한 모든 가구 뒤에도 나 있는데, 마치 여러 번 박박 문지른 것처럼 기다란 직선의 고른 얼룩이 져 있다.

어떻게 그런 흔적이 났는지, 누가 그런 짓을 했는지, 무엇 때문에 그랬는지 궁금하다. 빙글 빙글 빙글——빙글 빙글 빙글——따라가면 현기증이 나!

*

마침내 나는 정말로 뭔가를 발견했다.

벽지가 사뭇 변하는 밤에 그토록 집요하게 관찰해서 드디어 발견한 것이다.

앞쪽 무늬는 **실제로** 움직이는데, 그게 당연하다! 뒤쪽의 여자가 그걸 흔들고 있기 때문이다!

때로는 그 뒤쪽에 수많은 여자가 있다는 생각도 들고, 때로는 여자는 하나뿐인데 그 여자가 빠르게 온 사방을 기어다니는 바람에 앞쪽 무늬 전체가 흔들린다는 생각도 든다.

그후 그녀는 아주 밝은 지점에서는 가만히 있다가 아주 어두운 지점에서 창살을 꽉 잡고 세게 흔들어댄다.

그리고 그녀는 줄곧 창살 바깥으로 기어나오려 애쓰고 있다. 그러나 어느 누구도 그 무늬 바깥으로 기어나올 수 없다. 그랬다가는 무늬에 목이 졸리고 만다. 그래서 무늬 속에 그렇게 많은 머리들이 들어 있나 보다.

여자들의 머리가 빠져나오면 무늬는 그들의 목을 졸라 거꾸로 뒤집어서 그들의 눈을 하얗게 만들어버리는 거다!

그런 머리들을 가리거나 치우기라도 하면 그렇게 흉측하지는 않을 텐데.

*

그 여자가 낮 시간에는 밖으로 나오는 것 같다!

왜 그런지 이유를 ─ 은밀하게 ─ 말하자면, 내가 그녀를 봤기 때문이다!

내 방의 어느 창문 너머에서든 그녀를 볼 수 있다!

나는 그녀가 바로 그 여자라는 것을 알고 있다. 왜냐하면 그녀는 항상 기어다니는데 대다수 여자들이 낮에는 그렇게 다니지 않기 때문이다.

나는 그녀가 나무 그늘진 기다란 오솔길을 기어서 오르내리는 모습을 본다. 그녀가 저 음침한 포도나무 정자에 있다가 정원 주위 곳곳을 기어다니는 모습을 본다.

나는 그녀가 나무 밑의 저 기다란 길을 따라 기어가는 모습을 본다. 마차가 오면 그녀는 블랙베리넝쿨 아래로 숨는다.

나는 그녀를 조금도 탓하지 않는다. 대낮에 기어가다가 발각되면 무척 창피한 노릇임에 틀림없다.

나는 낮에 기어다닐 때는 항상 방문을 잠근다. 밤에 그렇게 할 수 없는 까닭은 존이 즉시 낌새를 알아채리라는 것을 알기 때문이다.

그리고 존은 지금 너무 이상해진 상태라서 나는 그의 심경을 건드리고 싶지 않다. 그가 딴 방을 쓰면 좋을 텐데! 게다가, 나 말고 딴사람이 밤에 그 여자를 데려나오는 것을 원치 않는다.

모든 창문 너머로 동시에 그녀를 볼 수 있는지 궁금할 때가 종종 있다.

그러나 아무리 빨리 고개를 돌려도 나는 한번에 한 창문을 내다볼 수 있을 뿐이다.

내가 그녀를 언제나 보긴 하지만, 그녀는 내가 고개를 돌리는 것보다 더 빨리 기어갈 수 있나보다!

때로는 저 멀리 탁 트인 시골풍경 속에서 그녀가 높은 바람에 쫓기는 구름 그림자처럼 빠르게 기어가는 모습을 지켜보기도 했다.

*

저 맨 바깥 무늬를 그 안쪽 무늬에서 떼어낼 수만 있다면! 나는 조금씩 떼어보려고 한다.

나는 또하나 이상한 것을 발견했지만 이번에는 말하지 않겠다! 사람들을 너무 신뢰하는 것은 좋지 않다.

이 벽지를 떼어낼 수 있는 날이 이틀밖에 남지 않았는데, 존이 눈치를 채기 시작하는 것 같다. 그의 눈빛이 마음에 들지 않는다.

그리고 그가 제니에게 나에 대해 수많은 전문적인 질문을 하는 것을 들었다. 제니는 아주 훌륭하게 보고를 했다.

그녀는 내가 낮시간 동안 상당히 많이 잔다고 말했다.

내가 밤에 아주 가만히 있음에도 불구하고 잠을 잘 자지 못한다는 것을 존은 알고 있다!

그는 내게도 온갖 질문을 해대면서 몹시 다정하고 친절한 척했다.

내가 그의 속을 꿰뚫어볼 줄 모르는 것처럼 말이다!

그래도 이 벽지 아래서 석 달을 잤으니 그가 그런 행동을 하는 것이 이상한 것은 아니다.

벽지가 내겐 그저 흥미로울 뿐이지만 존과 제니는 벽지에 은밀한 영향을 받고 있는 것이 확실하게 느껴진다.

*

만세! 이제 마지막 날이 시작되었지만 시간은 충분하다. 존은 밤새 읍내에 머문 후 오늘 저녁때가 되어서야 돌아올 것이다.

제니는 나와 함께 자기를 원했지만—교활한 것!—나는 그녀에게 혼자 있어야 확실히 더 편히 쉴 수 있다고 했다.

영리한 대응이었다. 왜냐하면 나는 정말이지 전혀 혼자가 아니었기 때문이다! 달빛이 비추고 저 불쌍한 것이 기어와 무늬를 흔들기 시작하자 나는 곧장 일어나 그녀를 도우러 달려갔다.

내가 잡아당기면 그녀는 흔들고 내가 흔들면 그녀는 잡아당기고 하면서 우리는 아침이 되기 전에 저 벽지를 몇미터 정도 벗겨냈다.

내 키 높이만한 벽지를 방 둘레 절반 가까이 벗겨냈다.

그런 다음에 해가 뜨고 저 끔찍한 무늬가 나를 비웃기 시작할 때 나는 오늘 일을 끝내겠다고 선언해버렸다!

우리는 내일 떠날 예정이었으므로, 사람들이 이 방의 가구를 모두 원래 있던 자리에 갖다놓으려고 다시 아래로 옮기는 중이다.

제니는 놀라서 벽을 쳐다보았지만 나는 그녀에게 저 못된 것에게 순전히 복수하기 위해 그런 짓을 했다고 명랑하게 말했다.

그녀는 웃으면서 자기는 그런 짓을 해도 괜찮지만, 나는 피곤해지면 안된다고 말했다.

그런 식으로 그녀는 그때 자신의 본심을 드러낸 것이다!

그러나 내가 이 방에 있고, 나 말고는 아무도 이 벽지를 건드리지 못한다. 산 채로는 말이다! 제니는 나를 이 방에서 데리고 나가려 했지만 너무 빤한 속셈이었어! 그러나 나는 이곳이 이제 너무 조용하고 텅 비어 있고 깨끗해서 다시 드러누워 실컷 잠을 잘 수 있을 것 같으니 저녁 식사 때도 깨우지 말라고, 내가 깨면 부르겠다고 했다.

그래서 이제 제니는 가버리고, 하인들도 가버리고, 물건들도 가버리고, 캔버스 매트리스가 깔려 있는 못이 박힌 거대한 침대틀만 남게 되었다.

우리는 오늘밤 아래층에서 잠을 자고 내일 보트를 타고 집으로 갈 것이다.

이제 예전처럼 가구가 없는 이 방에 나는 상당히 흡족해한다.

그 아이들이 여기를 얼마나 뜯어놓았는지!

이 침대틀은 물린 자국투성이구나!

그러나 나는 일에 착수해야 한다.

나는 문의 자물쇠를 잠그고 열쇠를 현관 통로에 던졌다.

존이 올 때까지 밖으로 나가고 싶지 않으며 누가 들어오는 것도 원하지 않는다.

그를 깜짝 놀라게 해주고 싶다.

나는 제니조차 발견하지 못하게 로프를 이 방에 갖다놓았다. 만약 저 여자가 밖으로 나와서 도망치려 한다면 그녀를 묶을 수 있다!

그러나 딛고 올라설 것이 없으면 높은 곳까지 손이 닿지 않는다는 것을 잊고 있었다.

이 침대는 꿈적도 하지를 않아!

나는 침대를 들어서 밀어보려 했으나 발만 저릴 뿐이었다. 그래서 너무 화가 난 나머지 침대 한 모퉁이를 약간 물어뜯었으나 이가 아팠다.

그런 다음 나는 바닥에 서서 손이 닿는 데까지 벽지를 모조리 벗겨냈다. 벽지는 지독하게 달라붙고 무늬는 그걸 마냥 즐거워한다. 그 모든 목 졸린 머리, 툭 튀어나온 눈, 뒤뚱거리며 자라나는 버섯류 전부가 조롱하듯 비명을 지른다!

나는 점점 화가 나서 뭔가 필사적인 행동을 할 것만 같다. 창문 밖으로 뛰어내리는 것이 멋진 행동일 테지만 창살이 너무 강해서 시도조차 할 수 없다.

게다가 나는 그런 짓은 하지 않을 것이다. 당연히 안할 것이다. 그런 행보는 부적절하거니와 오해의 소지가 있음을 나는 잘 알고 있다.

창문 밖을 내다보고 싶지도 않다. 기어다니는 여자들이 저렇게 많은 데다 기는 속도도 너무 빠르다.

그들도 모두 나처럼 저 벽지에서 나온 것인지 궁금하다.

이제 나는 잘 숨겨둔 로프로 단단히 동여매여 있으니 저기 길가로 나를 쫓아내지 못하지!

밤이 되면 나는 무늬 뒤로 다시 들어가야 할 텐데, 그렇게 되면 힘들지!

이 거대한 방에 나와서 마음껏 기어다니는 것이 너무 즐거워!

나는 밖으로 나가고 싶지 않아. 설사 제니가 부탁한다 해도 나가지 않을 거야.

왜냐하면 밖에서는 땅바닥에서 기어다녀야 하는데 모든 것이 노랑이 아니라 초록이니까.

그러나 여기 방바닥에서는 순조롭게 기어다닐 수 있고, 내 어깨가 벽의 저 기다란 얼룩에 딱 들어맞으니 길을 잃을 리가 없지.

이런, 존이 문가에 와 있네!

소용없어, 이봐요, 당신은 문을 못 열어!

그가 얼마나 이름을 불러대며 문을 두드리는지!

이제는 도끼를 가져오라고 고함치고 있다.

저렇게 아름다운 문을 부순다면 심히 유감일 것이다.

"여보, 존!" 나는 최대한 상냥한 목소리로 말했다. "열쇠가 현관 옆, 질경이잎 아래에 떨어져 있어요!"

그러자 존은 잠시동안 조용했다.

그러더니 그가──실로 아주 조용하게──말했다. "문 열어요, 여보!"

"열 수 없어요." 내가 말했다. "열쇠가 현관 옆, 질경이잎 아래에 떨어져 있어요!"

그런 후에 나는 다시, 여러 차례 아주 상냥하게 천천히 그 말을 했고, 계속 되풀이했기 때문에 그는 가서 찾아볼 수밖에 없었다. 그는 물론 열쇠를 찾아서 방으로 들어왔다. 그는 문간에서 돌연 멈춰섰다.

"무슨 일이야?" 그가 외쳤다. "도대체, 당신 무슨 짓을 하고 있는 거야?"

나는 하던 대로 그냥 기어가고 있었으나 어깨 너머로 그를 쳐다보았다.

"나 드디어 나왔어요." 내가 말했다. "당신과 제인의 반대를 무릅쓰고요. 그리고 내가 벽지 대부분을 벗겨냈으니, 당신이 나를 도로 집어넣을 수는 없어요!"

　그런데 저 남자가 왜 기절해버린 거지? 그는 기절했고, 그것도 벽 옆의 내 길목을 가로질러서 쓰러지는 바람에 나는 매번 그를 기어서 넘어가야만 했어!

더 읽을거리
　『여자만의 나라』(손영미 옮김, 한국문화사 2004)는 여성들만 사는 유토피아 세상을 그린 길먼의 장편소설이다.

Charles W. Chesnutt

| 찰스 W. 체스넛 |

1858~1932

오하이오 주 클리블랜드 출생. 자유 흑인 부모 사이에 태어났으며 백인 피가 7/8인 혼혈이지만 흑인의 정체성을 지녔다. 남북전쟁 후 가족을 따라 노스캐롤라이나 주 페이엣빌로 가서 청소년기를 보냈으며 교직에 종사했다. 1883년 클리블랜드로 돌아와 변호사시험에 합격하고 법률속기회사를 차렸다. 1880년대 중반부터 단편을 발표했고 흑인으로서는 처음으로 일급 문예지인 『애틀랜틱 먼슬리』(Atlantic Monthly)에 작품을 실었다. 흑인의 구전 민담을 활용한 단편집 『여자 주술사』(The Conjure Woman, 1899)와 흑백혼혈의 문제를 다룬 『그의 젊은 시절의 아내 및 피부색에 관한 이야기들』(The Wife of His Youth and Other Stories of the Color Lines, 1899)을 잇달아 출간하여 평단의 호평을 받았다. 그러나 『전통의 정수』(The Marrow of Tradition, 1901)를 비롯하여 인종문제를 직접적으로 다룬 장편들이 평단과 독자로부터 외면받은 이후에는 전미 흑인지위 향상협회(NAACP) 활동에 힘을 쏟았다. 체스넛은 흑인 민담의 활용과 흑백혼혈의 주제를 통해 인종적 정체성의 문제를 파고들고 아이러닉한 화법과 어조를 구사함으로써 상투형의 낭만적 흑인문학 전통을 혁신하는 데 이바지했다.

그랜디썬의 위장 The Passing of Grandison

『그의 젊은 시절의 아내 및 피부색에 관한 이야기들』에 수록되었다. 남부 켄터키의 대농장주의 아들인 딕 오언즈가 여자친구의 환심을 사기 위해 아버지 소유의 흑인 노예 그랜디썬을 북부로 데려가 도망치도록 유도하지만 뜻밖의 결과를 낳는 이야기이다. 이 작품의 두드러진 특징은 아이러닉하고 유머러스한 어조에 있다. 발표 당시 도망노예 문제는 과거지사가 되었으나 여전히 폭발성이 강한 흑백간의 차별 문제를 이런 어조로 유연하게 다룬 것이다. 그것은 당시 체스넛의 독자인 교육받은 백인 중산층이 받아들일 수 있었던 유일한 방식이기도 하다. 또 하나 눈여겨볼 것은 당대 문학에서 널리 퍼져 있는 흑인에 대한 상투적인 이미지나 인식을 조롱과 아이러니의 대상으로 삼고 있다는 점이다. 백인 주인 오언즈 대령과 그의 아들 딕이 충직한 흑인 노예라는 상투형에 사로잡혀 사태를 바로 보지 못하기 때문에 코믹한 아이러니와 허를 찌르는 반전이 일어난다. 백인 주인을 속이는 흑인 노예의 이야기 전통을 활용하되 수준 높은 아이러니와 반전의 서사를 구사함으로써 인종문제에 대한 상투적이고 정형화된 인식을 극복할 필요가 있음을 일깨우는 작품이다.

그랜디썬의 위장

1

여자를 기쁘게 하기 위해 그랬다고 하면, 아마 어떤 행동에 대해서도 충분한 설명이 될 것이다. 왜냐하면 여자를 기쁘게 하기 위해서 남자가 하지 않을 일은 아직 발견되지 않았기 때문이다. 그럼에도 불구하고 왜 젊은 딕 오언즈가 아버지 소유의 흑인 노예 한명을 캐나다로 도망치게 하려고 했는지를 분명히 밝히려면 사전에 몇가지 사실을 말해 두는 것이 좋겠다.

1850년대 초반, 노예제반대 정서가 커지고 도망노예들이 끊임없이 북부로 빠져나가자 접경주(남북전쟁 전 자유주에 접해 있으면서도 노예제를 채택한 몇몇 주를 일컬음—옮긴이)의 노예소유주들은 너무 놀란 나머지 도망노예법을 통과시키기에 이르렀다. 이때 오하이오 출신의 한 젊은 백인 남자가 공교롭게 '엄한 주인'을 만난 어떤 노예의 고통에 깊은 연민을 느껴 그 노예가 자유롭게 되도록 도와주려 했다. 이 시도는 발각되어 좌절당했고, 유괴자는 재판을 받아 노예절도죄로 유죄를 선고받고 일정 기간 교도소 수감 형에 처해졌다. 그가 형기를 조금밖에 채우지 못하고 병에 걸린 동료 수인들을 간호하다 콜레라에 감염되어 죽어버리자 이 사건은 그 슬픈 사연으로 관심을 끌면서 노예제 반대운동의 연대기에서 유명해졌다.

딕 오언즈는 이 재판을 참관했었다. 그는 지적이고 잘생겼으며 호감을 주지만 우아한 신사가 그렇듯 극히 나태한 스물두살가량의 젊은이였다. 아니, 나이든 펜더슨 판사가 여러번 표현했듯이 그는 악마처럼 게을렀다. 물론 이는 단순한 비유법에 불과하고 인류의 적인 악마를 정당하게 대접하는 표현은 아니다. 왜 한번도 진지한 일을 하지 않았느냐는 질문을 받으면 딕은 잘 조율된 남부 특유의 느릿한 말투로 그럴 필요가 없었노라고 유순하게 대답하곤 했다. 딕의 아버지는 부자였고 자식으로는 미혼의 딸 하나가 더 있었지만 그녀는 건강이 나빠 십중팔구 결혼을 하지 못할 듯했다. 그러므로 딕은 대토지의 추정 상속인이었다. 부나 사회적 지위는 그가 태어날 때부터 갖고 있었기 때문에 추구할 필요가 없었다. 채러티 로맥스는 그를 부끄럽게 만들어 법률을 공부하도록 했으나 펜더슨 판사 사무실에서 매일 한두 시간을 보내는데도 그는 법률 공부에서 괄목할 만한 진전을 보이지 않았다.

"딕에게 필요한 것은 필요성의 채찍이나 야심의 박차야. 그가 둘 중 하나라도 갖는다면 머잖아 그를 제어할 재갈이 필요할 거야." 학자답게 비유법을 좋아하고 켄터키 사람답게 말[馬]을 좋아하는 판사가 말했다.

그러나 스물다섯살이 되기 전에 가장 주목할 만한 일을 해내도록 딕을 자극하는 데는 사실 채러티 로맥스의 제안만 있으면 되었다. 이 이야기는 당사자인 두 사람만이 실제로 알고 있었으나, 좋은 이야기인데다가 특별히 감출 만한 이유도 없기 때문에 전쟁(1861~65년의 남북전쟁을 일컬음—옮긴이) 후에 세상에 알려지게 되었다.

젊은 오언즈는 이 노예절도범 또는 순교자—둘 중 하나이거나 모두에 해당하는—의 재판을 참관했고 재판이 끝나자 채러티 로맥스를 찾아갔다. 해가 진 후 두 사람이 베란다에 앉아 있는 동안 그는 그녀에게 재판에 관한 모든 것을 얘기해주었다. 그는 최근 몇년간의 경력이 보여주듯 훌륭한 이야기꾼이었고, 재판과정을 아주 생생하게 묘사했다.

 "고백하건대 원칙상으로는 그 죄수의 행동에 반대하지만 그에게 공감이 갔어." 그는 시인했다. "그는 훌륭한 집안 출신이고 말년에 부양하고 위로해드려야 할 존경할 만한 노부모님이 있는 것 같았어. 그는 한 흑인 노예에 대한 동정심 때문에 이 일에 연루된 것인데, 그 흑인의 주인은 자기 노예들을 학대해서 오래전에 이 나라에서 쫓겨났어야 할 사람이야. 이 일이 그저 쌤 브릭스 노인의 노예문제였더라면 아무도 상관하지 않았을 거야. 그러나 아버지와 나머지 사람들이 사태에 대한 원칙적인 입장을 고수하고 판사에게 그걸 전했고, 결국 그 친구는 삼년형을 선고받게 된 거야."

 로맥스 양은 아주 흥미롭다는 듯이 귀를 기울였다.

 "나는 쌤 브릭스 노인이 장작으로 흑인 노예의 다리를 부러뜨렸을 때부터 늘 그를 증오해왔어요." 그녀가 힘주어 말했다. "나는 잔인한 행동에 대한 이야기를 들으면 할머니한테서 물려받은 퀘이커교도 핏줄이 솟구쳐나와요. 개인적으로 나는 쌤 브릭스의 흑인 노예들 모두가 도망쳤으면 좋겠어요. 그 젊은이로 말하자면, 나는 그 사람을 영웅으로 생각해요. 인류를 위해 뭔가 대담한 일을 했으니까요. 나는 다른 사람들을 위해 그런 위험을 무릅쓰는 남자라면 사랑할 수 있을 것 같아요."

 "채러티, 만약 내가 뭔가 영웅적인 일을 하면 나를 사랑할 수 있겠어?"

"딕, 당신은 절대 그런 일을 하지 않을 거예요. 쓸모있는 일을 하기에는 너무 게으르거든요. 카드놀이나 여우사냥보다 더 힘든 일은 절대로 하지 않을 거예요."

"아니, 왜 이래, 자기! 당신한테 일년 동안 구애를 해왔는데, 그거야말로 상상할 수 없을 정도로 가장 힘든 일이야. 당신은 결코 나를 사랑하지 않을 거야?" 그가 애원했다.

그는 그녀의 손을 잡으려 했으나 그녀는 그가 붙잡지 못하도록 손을 뺐다.

"딕 오언즈, 뭔가 뜻있는 일을 할 때까지는 당신을 절대로 사랑하지 않을 거예요. 그런 때가 오면 생각해볼게요."

"하지만 언급할 가치가 있는 일을 하는 데에는 시간이 너무 오래 걸리는데 나는 기다리고 싶지 않다고. 변호사가 되려면 이년 동안 책을 읽어야 하고 게다가 명성까지 얻으려면 오년을 더 일해야 해. 그때쯤에는 우리 둘 다 백발이 되어 있을 거야."

"글쎄요, 그런 것 같지 않은데요." 그녀가 대꾸했다. "남자가 자신이 사나이라는 것을 증명하는 데 평생이 걸리는 것은 아니에요. 이 남자는 뜻있는 일을 했고, 아니면 적어도 그렇게 하려고 했어요."

"좋아, 나도 다른 남자들 못지않게 시도할 용의가 있다고. 자기, 내가 무슨 일을 하길 원해? 나를 한번 시험해봐."

"어머나!" 채러티가 말했다. "나는 당신이 무슨 일을 하든지 상관 안 하니, 뭔가 뜻있는 일을 하세요. 정말이지, 생각해보면 당신이 어떤 일을 하든지 안하든지 왜 내가 신경써야 하죠?"

"채러티, 나도 당신이 왜 신경을 써야 하는지 정말 모르겠어." 딕이 겸손하게 대답했다. "나 자신이 그럴 가치가 없는 놈이라는 건 알고 있으니까."

"정말로 똑똑한 남자가 게을러빠져서 아무짝에도 소용없어지는 꼴은 정말 보기 싫다는 것만 빼놓으면 그렇지요." 그녀는 약간 누그러져서 덧붙였다.

"자기, 고마워. 당신한테 칭찬을 한마디 들으니 벌써 머리가 예리해졌어. 묘안이 하나 떠올랐어! 내가 만약 흑인 노예를 캐나다로 도망가게 해준다면 나를 사랑하겠어?"

"말도 안돼요!" 채러티가 경멸조로 말했다. "제정신이 아닌 것 같네요. 당신 아버지가 노예를 백명이나 소유하고 있는데, 아니, 다른 사람의 노예를 훔치다니 말이에요!"

"아, 그 점에 있어서는 아무 문제가 없을 거야." 딕이 가볍게 받아넘겼다. "아버지 노예 하나를 도망치게 만들면 돼지. 어차피 우린 노예가 너무 많거든. 아마도 이 일은 그 남자의 경우만큼 그렇게 어렵지 않겠지만, 이것도 똑같이 불법적인 일이니까 내가 무얼 할 수 있는지를 증명해줄 거야."

"백문이 불여일견이에요." 채러티가 대답했다. "물론 당신이 지금 하고 있는 것은 말도 안되는 이야기일 뿐이에요. 나는 테네시에 있는 숙모를 뵈러 삼주간 떠나 있을 거예요. 내가 돌아올 때 당신의 자질을 입증할 만한 일을 했다고 내게 장담할 수 있다면 나는— 음, 나한테 그 이야기를 하러 찾아와도 좋아요."

2

젊은 오언즈는 다음날 아침 아홉시경에 일어나 몸단장을 하면서 비슷한 나이의 꽤 영리하게 생긴 젊은 흑백혼혈 하인에게 몇가지 질문을 했다.

"톰." 딕이 불렀다.

"예, 딕 도련님." 하인이 대답했다.

"북부로 여행갈 건데, 나랑 같이 가고 싶나?"

톰이 하고 싶은 것이 있다면, 그건 바로 북부 여행이었다. 그것은 추상적으로는 오랫동안 심사숙고해왔지만 구체적으로 시도할 만큼 충분한 용기를 낼 수 없었던 것이었다. 그러나 그는 자신의 감정을 숨길 만한 분별력은 있었다.

"딕 도련님, 도련님이 저를 돌봐주셔서 집에 무사히 데려오신다면 저야 괜찮지요."

그러나 톰의 눈은 그의 말이 거짓임을 나타냈고, 그의 젊은 주인은 톰이 도망치기 위해서 좋은 기회만 노리고 있음을 확신했다. 주인집이 편안한데다 실패할 경우 전망이 어두웠기 때문에 톰이 무모하게 위험을 무릅쓰지는 않을 듯했다. 하지만 자유주에 가서 약간만 꼬드기면 톰이 타락하리라고 젊은 오언즈는 확신하면서 흐뭇해했다. 게으른 사람답게 필요한 최소한의 노력을 들여서 목적을 달성하려는 매우 논리적인 욕망을 가지고 있었기 때문에 오언즈는 자기 아버지가 반대하지 않으면 톰을 데려가기로 결정했다.

오언즈 대령은 딕이 아침식사를 하러 갔을 때 이미 외출한 터라 딕은 점심때까지 아버지를 보지 못했다.

"아버지." 그는 튀긴 닭고기가 차려진 식탁에서 대령에게 대수롭지 않게 말했다. "제가 요즘 약간 저조한 상태예요. 여행을 좀 하면서 환경을 바꾸면 건강이 나아질 것 같아요."

"북부 여행을 해보지그래." 그의 아버지가 제안했다. 대령은 부성애뿐 아니라 대토지 상속자로서 아들에 대한 상당한 존중심도 갖고 있었다. 대령 자신은 비교적 가난하게 '키워졌고' 열심히 일하여 재산의 기반을 마련했다. 그는 자신이 기어오른 신분의 사다리를 경멸하면서도 그것을 완전히 잊을 수 없었기 때문에 가난한 사람이 부자와 좋은 집안 태생의 사람에게 보내는 존경심 같은 것을 아들을 대할 때도 무의식적으로 드러냈다.

"아버지 제안대로 하겠어요." 아들이 대답했다. "뉴욕으로 올라가서 한동안 지내면서 내친김에 일주일가량 보스턴에도 가볼까 생각해요. 아시다시피, 저는 거기에 가본 적이 없어요."

"네가 뉴욕에 가면 내 대리상과 의논할 일도 좀 있지." 대령이 대꾸했다. "그리고 네가 거기 올라가 북부사람들 사이에 있는 동안 불한당 같은 노예폐지론자 녀석들이 무슨 이야기를 하며 무슨 짓을 하는지 눈과 귀를 활짝 열어 지켜보면 좋겠어. 요즘 그 녀석들이 갈수록 설쳐대서 우리가 편치 못하고 정말 너무 많은 검둥이들이 배은망덕하게 도망치고 있단 말이야. 어제 그 친구가 유죄판결 받은 것이 그런 녀석들의 기를 꺾어주었으면 해. 내 검둥이들 중에 하나라도 달아나게 하려는 녀석은 반드시 붙잡고 싶어. 그런 녀석은 인정사정 볼 것 없어. 그런 녀석은 법정에서 재판받을 기회도 얻지 못할 거야."

"걔들은 해로운 패거리예요." 딕이 동의했다. "그리고 우리 제도에도 위험하죠. 그런데 아버지, 만약 제가 북부로 간다면 톰을 데려가고 싶어요."

대령은 매우 관대한 아버지이기는 하지만 자신이 종종 말하듯 수년간 검둥이들을 연구해왔고 또한 더 자주 주장하듯 검둥이들을 완벽하게 이해하고 있기 때문에 흑인문제에 대해서 분명한 견해를 갖고 있었다. 또한 상속받았을 경우보다는 자기가 힘들여 일하고 꾀를 짜내서 획득한 노예들의 가치를 훨씬 높이 평가했다는 것은 두말할 나위가 없다.

"내 생각에 톰을 북부로 데려가는 것은 안전하지 못해." 그는 즉각 단호하게 잘라 말했다. "톰은 괜찮은 녀석이긴 하지만 비열한 노예폐지론자들 사이에 두기에는 너무 영리해. 어떻게 배웠는지 몰라도 녀석이 글 읽는 법을 배웠다는 의심이 강하게 들어. 요전날 녀석이 신문을 갖고 있는 것을 봤는데, 목판화를 보고 있는 체했지만 녀석은 분명히 신문을 읽고 있었던 거야. 녀석을 데려가는 것은 결코 안전하지 못한 것 같아."

딕은 소용없다는 것을 알기 때문에 자기 생각을 고집하지 않았다. 대령은 다른 문제라면 아들의 청을 다 들어줬을 테지만, 흑인 노예들은 그의 부와 지위를 밖으로 드러내는 징표였고, 따라서 그에게는 신성했다.

"누굴 데려가는 것이 안전하다고 생각하세요?" 딕이 물었다. "제게 몸종이 하나 있어야 할 것 같은데요."

"그랜디썬이라면 무슨 문제가 있겠니?" 대령이 제안했다. "그러면 쓸모도 있고 믿을 수 있을 것 같아. 식탐이 너무 많아서 밥줄이 끊길 모험은 절대 하지 않을 거야. 게다가 네 엄마의 하녀인 베티에게 빠져 있어서 머잖아 둘을 결혼시키기로 약속했어. 내가 그랜디썬을 불러올릴 테니 그에게 이야기를 해보자. 이봐, 잭 녀석아." 대령은 옆방에서 파리를 잡아서 날개를 뜯어내며 시간을 보내고 있는 누런 피부의 젊은 이를 불렀다. "헛간으로 내려가서 그랜디썬에게 이리로 오라고 해."

"그랜디썬." 문제의 흑인이 모자를 손에 쥐고 앞에 서자 대령이 말했다.

"예, 주인님."

"나는 자네를 항상 잘 대해줬지?"

"예, 주인님."

"항상 자네가 먹고 싶은 것은 다 먹었지?"

"예, 주인님."

"위스키건 담배건 맘껏 먹었지, 그랜디썬?"

"그렇습죠, 주인님."

"그랜디썬, 자기를 돌봐줄 친절한 주인도 없고 아플 때 약을 주는 여주인도 없는, 저 아래 판자도로(판자를 깔아 만든 도로—옮긴이) 가의 불쌍한 자유 흑인들보다 자네가 훨씬 낫다고 생각하지 않는가 알고 싶을 따름이고 또— 또—"

"그렇습죠, 주인님, 제가 저 비참한 자유 검둥이들보다 훨씬 낫다고 생각하고말고요! 누군가가 그들한테 누구에게 속해 있냐고 물으면 그들은 아무에게도 속해 있지 않다고 말하거나 아니면 거짓말을 할 수밖에 없습죠. 누군가가 저한테 누구에게 속해 있냐고 물으면 저는 대답하기가 부끄러울 일이 없습죠, 주인님, 암 그렇고말고요!"

대령은 희색이 만면했다. 이것이야말로 진정한 감사였다. 그의 봉건적인 마음은 그런 감사에 찬 경의 표시에 감격했다. 한편에서는 친절하게 보호해주고 다른 편에서는 현명하게 복종하고 충성스럽게 의존하는 이 복된 관계를 파괴하려는 자들은 얼마나 냉혈하고 무정한 불한당들인가! 대령은 그런 사악함을 떠올리기만 하면 어김없이 분노가 치밀었다.

"그랜디썬." 대령은 말을 이었다. "자네 젊은 주인 딕이 몇주 동안 북부로 갈 건데, 그애가 자네를 데려가게 할까 생각중이야. 그랜디썬, 젊은 주인을 잘 돌봐주도록 자네를 이번 여행에 보내려는 거야. 젊은 주인한테는 시중들 사람이 필요할 텐데, 이 오래된 농장에서 그애와 함께 자란 아이들만큼 그 일을 잘할 사람이 없을 거야. 젊은 주인을 자네 손에 맡길 테니, 자네가 틀림없이 자네 의무를 충실히 해서 그를 집으로—정겨운 켄터키로—무사히 데려오겠지."

그랜디썬이 씽긋 웃었다. "아, 그렇습죠, 주인님. 제가 딕 도련님을 돌보겠어요."

"그렇지만 그랜디썬, 이 망할 놈의 노예폐지론자들을 조심하라고 자네한테 주의를 주고 싶네." 대령은 이어서 강조해서 말했다. "녀석들은 하인들을 안락한 가정과 관대한 주인으로부터, 고향인 남부의 푸른 하늘, 녹색 들판, 따뜻한 햇살로부터 꾀어내어 저 먼 황량한 나라, 캐나다로 보내려 하고 있어. 캐나다는 숲에 살쾡이와 늑대와 곰이 득실대고, 일년이면 육개월간 처마 밑까지 눈이 쌓이고, 추위가 너무 혹독해서 입김이 얼고 피가 응결되고, 또 도망쳐온 검둥이들이 병들어서 일을 못하면 쫓겨나서 사랑과 보살핌을 받지 못한 채 굶어죽는 나라란 말이야. 그랜디썬, 자네는 분별력이 있으니 그런 어리석고 사악한 자들 때문에 길을 잃거나 하는 일은 없을 거라고 생각해."

"그렇고말굽쇼, 주인님, 그 비열하고 가증스러운 노예폐지론자들은 누구도 제 근처에 얼씬하지 못하도록 하겠어요. 주인님, 제가— 제가— 그들을 때려도 될까요?"

"물론이지, 그랜디썬." 대령이 껄껄 웃으면서 대답했다. "그 녀석들을 있는 힘껏 치게. 녀석들은 맞는 걸 상당히 좋아할 것 같아. 젠장, 좋아할 것 같다니까! 녀석들은 검둥이한테 맞아도 싸!"

"아니면 주인님, 제가 그들을 치지 못한다면, 딕 도련님한테 일러주면 도련님이 그들을 혼내주겠지요." 그랜디썬은 생각에 빠져 말을 이었다. "딕 도련님이 그들의 면상을 뭉개놓으실 거예요. 주인님, 도련님이 그러실 거라는 것을 저는 그냥 알아요."

"그래 맞아, 그랜디썬, 자네 젊은 주인이 자네를 보호해줄 거야. 젊은 주인이 곁에 있는 동안 자네는 다칠까봐 무서워할 필요가 없어."

"주인님, 그들이 저를 훔치려 하지는 않겠지요?" 그 흑인은 돌연 불안한 듯 물었다.

"그랜디썬, 그건 잘 모르겠어." 새 씨가에 불을 붙이며 대령이 말했다. "녀석들은 지독한 미치광이들이라서 무슨 행동을 할지 알 수 없어. 하지만 자네가 젊은 주인 곁에 꼭 붙어 있고 그가 자네의 가장 친한 친구이며 자네의 실제적인 요구를 이해하며 자네의 진정한 이익을 깊이 마음에 두고 있음을 명심한다면, 그리고 자네한테 말붙이는 낯선 사람들을 피하도록 조심한다면 자네는 자네 집과 친구에게로 돌아올 가능성이 상당히 높아. 그리고 자네가 딕 주인님을 기쁘게 해준다면, 그분은 자네한테 선물을 사주고, 자네가 가을에 결혼할 때 베티가 할 목걸이도 사줄 거야."

"감사합니다, 주인님, 감사합니다, 나리." 온몸에 감사의 빛을 발하며 그랜디썬이 대답했다. "주인님, 주인님은 분명 훌륭한 주인님이세요. 그렇고말고요. 제가 예전에 딕 도련님의 몸종이던 때처럼 저와 딕 도련님은 그렇게 사이좋게 지낼 거라고 확신하셔도 될 겁니다요. 그리고 집에 돌아왔을 때 도련님이 저를 늘 몸종으로 곁에 두고 싶지 않으시다 해도 그건 제 잘못은 아닐 겁니다요."

"알겠네, 그랜디썬, 이제 가보게. 자네는 오늘 더이상 일할 필요 없어. 그리고 여기 자넬 위해 내 쌈지에서 담배를 조금 덜어냈으니 가져가게."

"감사합니다, 주인님, 감사합니다, 주인님! 주인님은 이 세상의 어떤 검둥이 주인보다 좋으신 최고의 주인이십니다!" 그러고는 그랜디썬은 고개를 숙여 절하고 머리를 긁적이다가 턱을 크게 벌려 대령의 최고급 담배를 덥석 물고는 모퉁이를 돌아 사라졌다.

"그랜디썬은 데려가도 돼." 대령이 자기 아들에게 말했다. "그는 노예폐지론자한테도 까딱없을 거야."

3

    켄터키에서 온 리처드 오언즈 님과 하인은 그 당시 남부인들이 즐겨 찾던 뉴욕의 고급 숙소에 투숙했다. 그 호텔에서는 남부의 제도에 어울리는 분위기를 공들여 유지하고 있었다. 그러나 흑인 웨이터들이 식당에 있었고 혼혈 벨보이들도 있었기 때문에 딕은 그랜디썬이 흑인다운 타고난 사교성과 수다스러움으로 조만간 그들과 친하게 지내면서 재잘거리리라는 것을 의심치 않았으며, 그들이 그랜디썬에게 신속히 자유라는 바이러스를 주입하기를 바랐다. 왜냐하면 몇가지 자명한 이유로 자기 하인한테 그를 풀어줄 계획에 대해 일언반구도 하지 않겠다는 것이 딕의 의도였기 때문이다. 한가지 이유를 대자면, 만약 그랜디썬이 도망쳤다가 법적인 절차에 의해 다시 붙잡힌다면 이 문제에서 그의 젊은 주인의 역할이 틀림없이 알려지게 될 것인데, 그것은 딕에게 당혹스러운 일이 아닐 수 없다. 다른 한편 만약 그가 그랜디썬에게 충분한 자유를 주기만 하면 결국에는 그랜디썬이 도망치게 될 것이라고 그는 확신했다. 왜냐하면, 그랜디썬의 열렬한 충성심을 딱히 의심하는 것은 아니지만 딕은 그 나름의 게으른 방식으로나마 인간본성을 꽤 예리하게 관찰해왔고, 자기 하인이 우연히 접할 수밖에 없는 본보기와 논리의 힘에 근거하여 결과를 예측했기 때문이다. 그랜디썬은 당연히 자기 발로 자유로워질 확률이 높은 것이다. 만약 그를 떼어버리기 위해 다른 조치를 취할 필요가 있다면 그런 필요가 생길 때 행동해도 충분할 것이다. 게다가 딕 오언즈는 불필요한 수고를 할 젊은이가 아니었다.

젊은 주인은 몇몇 지인을 다시 만나고 새로 몇사람을 사귀기도 하면서, 부유하고 가문 좋은 젊은 남부인이 적절한 소개를 통해 손쉽게 접근할 수 있는 대도시 상류사회에서 한두 주일을 매우 즐겁게 보냈다. 젊은 여자들은 그에게 미소를 지었고 술잔치를 좋아하는 젊은 남자들은 열렬히 환대했지만, 그는 채러티의 사랑스럽지만 엄한 얼굴과 청초한 푸른 눈을 떠올리면서 여성의 유혹과 남성의 설득을 물리칠 수 있었다. 한편 그는 그랜디썬에게 용돈을 계속 대어주면서 대체로 제멋대로 하도록 내버려두었다. 딕은 매일 밤 호텔로 돌아올 때마다 시중받지 않기를 바랐고 매일 아침이면 도움을 받지 않고 몸단장할 가망성을 즐겁게 고대했다. 그러나 그의 바람은 번번이 실망으로 끝날 운명이었다. 매일 밤 그가 들어올 때 그랜디썬은 장화 벗는 도구와 젊은 주인을 위해 잠자리용 술 한잔을 대령이 가르쳐준 대로 섞어서 들고 대기하고 있었다. 그리고 매일 아침 약칠하여 닦은 주인의 장화와 솔질한 옷을 들고 나타났고 그날 입을 주인의 속옷을 꺼내놓았다.

"그랜디썬." 어느날 몸단장을 마친 후 딕이 말했다. "이번 여행은 너희 종족 사람들과 어울리면서 그들이 어떻게 사는지 볼 수 있는 일생일대의 기회야. 그 사람들 좀 만나봤어?"

"예, 도련님, 몇명 보았지요. 하지만 도련님, 저는 그들이 전혀 마음에 들지 않아요. 그들은 우리 남부 검둥이들과는 달라요. 그들은 자기들이 자유롭다고 생각하지만 분별력이 없어서 자기들이 남부에서 존중받으면서 사는 사람들에 비해 턱없이 못산다는 것도 알지 못해요."

이주일이 지나도 그랜디썬에게 나쁜 본보기의 효과가 뚜렷이 나타나지 않자 딕은 도시 분위기가 자기 목적에 좀더 유리할 것 같은 보스턴으로 가기로 결정했다. 리비어 하우스(보스턴의 유서깊은 저택으로 당시에 호텔로 사용되었음—옮긴이)에서 하루이틀 묵은 후에도 그랜디썬이 도망치지 않자 그는 약간 다른 전술을 쓰기로 결심했다.

시의 인명부에서 몇몇 유명한 노예폐지론자 주소를 확인한 후에 그는 그들 각자에게 이런 편지를 썼다.

> 친애하는 친구 및 형제에게
> 리비어 하우스에 묵고 있는 켄터키 출신의 한 악덕 노예주가 그의 노예를 보스턴 한복판에 보란 듯이 데려옴으로써 자유를 사랑하는 보스턴 시민을 감히 모욕했습니다. 이 일을 참아야 할까요? 아니면 자유의 이름으로 동료 인간을 속박에서 구해내는 조치를 취해야 할까요? 자명한 이유로 제 서명을 이렇게만 남깁니다.
>
> 인류의 친구

딕은 자신의 편지가 효과를 발휘할 수 있도록 그랜디썬을 호텔에서 멀리 떨어진 곳으로 여러 차례 심부름 보내는 것을 잊지 않았다. 이런 경우에 한번은 그랜디썬이 상당히 먼 거리를 가는 동안 딕이 지켜보았다. 그랜디썬이 호텔에서 나오자마자 머리가 길고 생김새가 날카로운 남자 하나가 뒤이어 나오더니 그를 따라갔고 곧 그를 따라잡아서 다음 모퉁이를 돌 때까지 그의 곁에서 나란히 걸어갔다. 이 광경을 보고 딕은 희망이 부풀어올랐으나 그랜디썬이 호텔로 돌아왔을 때는 희망도 함께 꺼져버리고 말았다. 그랜디썬이 그 우연한 만남에 대해 아무 말도 하지 않자 딕은 이런 예기치 못한 침묵 이면에 뭔가 자의식적인 것이 있어서 나중에 그 결과가 더욱 진전되어 나타나기를 기대했다.

그러나 그랜디썬은 주인이 밤에 호텔로 돌아왔을 때 여전히 대기하고 있었고, 아침에도 주인의 몸단장을 돕기 위하여 따뜻한 물을 갖고 시중을 들었다. 딕은 날이면 날마다 그에게 계속 심부름을 보냈고, 한 번은 그랜디썬이 성직자 복장의 젊은 백인남자와 대화를 나누는 동안 그와 정면으로—물론 무심코—맞닥뜨리기도 했다. 그랜디썬은 딕이 다가오는 것을 보자 전도사에게서 조금씩 물러나서 역력하게 안도의 표정을 지으며 주인을 향해 서둘러 왔다.

"딕 도련님." 그가 말했다. "여기 이 노예폐지론자들이 저를 도망치게 하려고 엄청 괴롭히고 있어요. 저는 그들에게 아랑곳하지 않지만 그들이 너무 화를 돋우는 바람에 때로는 이러다간 제가 그들을 몇명 때려서 말썽에 휘말릴까봐 겁나요. 도련님 심사를 어지럽힐까봐 아무 말씀도 안 드렸지만 저는 이런 상황이 싫어요, 도련님. 그래요, 정말 싫어요! 딕 도련님, 우리는 머잖아 집으로 돌아갈 거지요?"

"우린 때가 되면 곧 돌아갈 거야." 딕은 자유로울 수 있는데도 자유롭게 되려 하지 않는 노예의 멍청함을 속으로 저주하면서 다소 냉랭하게 답했다. 그리고 만약 그랜디썬을 죽이지 않고서는 떼어낼 수 없다면, 따라서 그를 다시 켄터키로 데려갈 수밖에 없다면, 그랜디썬이 놓쳐버린 기회를 후회하도록 노예제 조항의 쓴맛을 보게 조치하리라 속으로 맹세했다. 동시에 그는 더 강력하게 하인을 유혹하기로 결심했다.

"그랜디썬." 다음날 그가 말했다. "하루이틀 어디 다녀오려 하는데 너는 이곳에 두고 가겠어. 이 서랍에 백 달러를 넣어 잠그고 열쇠는 너한테 줄게. 돈이 필요하면 쓰면서 즐기고—원한다면 전부 써도 좋아. 이번이 아마 얼마 동안은 네가 자유주에 있는 마지막 기회일 텐데 즐길 수 있을 때 자유를 즐기는 게 낫지."

딕은 이틀 후에 돌아와 충직한 그랜디썬이 제자리를 지키고 있고 백 달러에는 손도 대지 않은 것을 발견하자 몹시 화가 났다. 자신의 감정을 충분히 표현할 수 없다는 사실에 더욱 화가 났다. 그는 심지어 그랜디썬을 야단치지도 못했다. 사실 미국 문명의 경제체제 안에서 자신의 진정한 위치를 그토록 분별력있게 인식하고 그 자리를 감동스러울 만큼 충직하게 지키고 있는 사람을 어떻게 흠잡을 수 있겠는가?

"저 녀석한테는 말 한마디 할 수 없단 말이야." 딕은 신음했다. "녀석의 엉덩이를 흠씬 매질해 그 단단해진 가죽으로 메달을 만들어 걸어줘야겠어. 아버지한테 편지를 써서 내게 얼마나 모범적인 하인을 주셨는지 알려드려야겠어."

그는 아버지에게 편지를 썼다. 그 편지를 받고 대령은 긍지와 즐거움으로 한껏 부풀었다. 대령은 한 친구에게 말했다. "나는 딕이 그 검둥이를 보스턴 신문들과 인터뷰를 시켜서 우리 검둥이들이 실제로 얼마나 만족해하고 행복한지 그 사람들도 알 수 있도록 해야 한다고 생각해."

딕은 채러티 로맥스에게도 장문의 편지를 썼다. 그 편지에서 무엇보다도 특히 자기가 그녀를 위해 뭔가 진지한 일을 성취하려고 얼마나 어려운 처지에서 얼마나 열심히 노력하는지 그녀가 안다면 더이상 자기를 애태우지 않고 사랑과 경탄을 퍼부을 것이라고 말했다.

이처럼 그랜디썬을 제거하는 명백한 방법을 아무리 써보아도 소득이 없고 외교적인 술책도 실패로 끝나자 딕은 좀더 과격한 조처를 고려하지 않을 수 없었다. 물론 그는 혼자 도망침으로써 그랜디썬을 버릴 수도 있었다. 그러나 이 방법은 그랜디썬을 미국 내에 떨어뜨려놓는 것일 뿐이다. 미국에서 그랜디썬은 여전히 노예이고 그의 강한 충성심으로 말미암아 주인에게 신속하게 반환될 것이다. 딕이 북부 여행의 목적을 달성하려면 그랜디썬을 법적으로 자유인이 될 캐나다에 영구히 남겨놓을 필요가 있었다.

'여행을 캐나다까지 연장할 수도 있겠지.' 딕은 생각했다. '하지만 그러면 너무나 속이 들여다보이겠지. 맞아! 집으로 돌아가는 길에 나이아가라 폭포에 들러 그를 캐나다 쪽에서 떼어버리는 거다. 일단 자기가 실제로 자유라는 것을 깨달으면 그는 확실히 그곳에 남아 있을 거야.'

그래서 다음날 그들은 서쪽을 향해 출발했고 당시의 다소 느린 교통 수단으로 일정한 시일이 지난 뒤에 나이아가라 폭포에 도착했다. 딕은 며칠간 폭포 근처를 걷거나 마차를 타고 둘러보았는데, 대부분의 경우 그랜디썬을 데리고 다녔다. 어느날 아침 그들은 캐나다 쪽에 서서 발 아래서 거칠게 소용돌이치는 폭포를 지켜보았다.

"그랜디썬." 딕은 폭포의 굉음 속에서도 들리게끔 목소리를 높이면서 말했다. "네가 지금 어디 있는지 알아?"

"딕 도련님, 저는 도련님하고 함께 있습죠. 제 관심은 그것뿐이에 요."

"그랜디썬, 넌 지금 캐나다에 와 있어. 이곳은 너희 흑인들이 주인한 테서 도망쳐서 찾아오는 곳이야. 그랜디썬, 원한다면 너는 바로 이 순간 나를 떠나갈 수 있고, 그래도 내가 너를 다시 붙잡으려고 손을 댈 수 없어."

그랜디썬은 불안하게 주위를 둘러보았다.

"딕 도련님, 강 건너 저쪽으로 돌아갑시다요. 여기 이쪽에서 도련님 을 놓쳐서 주인을 잃고 다시는 집으로 못 돌아갈까봐 무서워요."

낙심했지만 아직 희망을 버리지 않고 딕은 몇분 후에 이렇게 말했다.

"그랜디썬, 난 저 길을 따라 저 너머의 여인숙까지 좀 올라가볼게. 넌 내가 돌아올 때까지 여기 있어. 아주 오래 가 있진 않을 거야."

그랜디썬은 눈을 크게 뜨더니 다소 겁먹은 표정을 지었다.

"딕 도련님, 이 근처에 그 빌어먹을 노예폐지론자들은 없나요?"

"도저히 있을 것 같지 않아." 그의 주인은 노예폐지론자들이 혹시라도 있기를 바라며 대답했다. '그러나 그랜디썬, 난 네가 도망칠까봐 걱정하지 않아. 그런 걱정을 할 수 있기를 바랄 뿐이야.' 그는 속으로 덧붙였다.

딕은 한가하게 길을 따라 걸어서 길가 나무들 사이로 정말 영국식으로 견고하게 지어지고 흰 도료를 칠한 석조 여인숙이 엿보이는 곳에 이르렀다. 그곳에 도착해서 그는 맥주 한잔과 쌘드위치 하나를 주문하고 멀리 그랜디썬이 보이는 창가의 식탁에 앉았다. 한동안 그는 자신이 뿌린 씨앗이 기름진 땅에 떨어졌기를, 말하자면 그랜디썬이 주인의 눈길이라는 구속에서 놓여나 자신이 자유로운 나라에 있음을 발견하고 일어서서 떠나가기를 바랐다. 그러나 그 희망은 헛된 것이었다. 왜냐하면 그랜디썬은 주인이 돌아오기를 기다리며 충실하게 제자리를 지키고 있었기 때문이다. 그는 널찍하고 평평한 바위 위에 앉아서, 바로 곁에 있는 그 장엄하고 경외스러운 광경에서 눈을 돌려 주인이 그의 시도때도없는 충직성을 증오하면서 앉아 있는 여인숙 쪽을 불안하게 쳐다보고 있었다.

이윽고 한 젊은 여자가 딕이 주문한 것을 들고 식당 안으로 들어왔고, 그는 아주 자연스럽게 그녀를 흘긋 쳐다보았다. 그녀는 젊고 예뻤으며 시중드느라고 남아 있었기 때문에 몇분 후에야 그는 그랜디썬 쪽을 바라보았다. 그가 바라보았을 때 그의 충직한 하인은 온데간데없었다.

계산을 하고 거스름돈도 받지 않고 나간 것은 순식간에 이뤄진 일이었다. 그가 폭포를 향해 온 길을 되짚어가서 그랜디썬을 남겨두었던 장소에 다가가자 너무나 역겹게도 낯익은 하인의 형체가 땅바닥에 대자로 뻗어 있었다. 그랜디썬은 햇빛에 얼굴을 내놓고 입을 벌린 채 그

웅장한 경치도 폭포의 천둥 같은 굉음도 은근하게 유혹하는 내면의 목소리도 안중에 없는지 태평하게 잠을 자고 있었던 것이다.

"그랜디썬." 그의 주인은 검디검은 장애물을 노려보며 서서 독백했다. "나는 미국시민이 될 자격이 없어. 내가 소유한 너에 대한 이점은 마땅히 포기해야 해. 그리고 너를 떨쳐낼 만큼 영리하지도 못하면 나는 분명 채러티 로맥스를 차지할 만한 가치도 없어. 좋은 생각이 있어! 그래도 너는 자유로워질 것이고 나는 너의 해방의 도구가 될 거야. 충직하고 다정한 종이여, 계속 자거라. 정겨운 켄터키의 푸른 풀과 맑은 하늘을 꿈꾸어라. 네 꿈속에서나 그것들을 다시 보게 될 테니까!"

딕은 여인숙을 향해 온 길을 되돌아갔다. 여인숙의 젊은 여자는 우연히 창밖을 내다보다가 몇분 전에 시중들었던 잘생긴 젊은 신사가 조금 떨어진 길가에 서서 여인숙에 말구종으로 고용된 한 흑인과 분명 진지한 대화를 나누고 있는 것을 보았다. 백인 신사가 흑인 말구종에게 뭔가를 건네는 것을 보았지만 그녀는 그때 시중 일 때문에 창가를 떠났다. 그녀가 다시 밖을 내다보았을 때 젊은 신사는 이미 종적을 감추었고 말구종은 백인 한명과 흑인 한명인 이웃의 다른 두 젊은 남자들과 함께 폭포를 향해 급히 걸어가고 있었다.

4

딕은 혼자서 그 당시 탈것의 능력이 허락하는 한 최대한 빨리 집으로 돌아갔다. 집에 가까워짐에 따라 그랜디썬 없이 돌아가는 그의 행동은 어느 때보다 훨씬 심각한 기색이었다. 비록 며칠 전 미리 편지를 보내 대령에게 마음의 준비를 시켜놓았지만 그래도 십오분 정도는 대령과 불쾌한 시간을 보낼 공산이 컸다. 사실은 그의 아버지가 그를 질책할 것 같아서가 아니라 상세하게 캐물을 가능성이 컸기 때문이다. 그리고 딕은 조용히 막무가내로 터무니없는 계획을 밀고 나가는 기질임에도 불구하고 진실과는 다른 이야기를 할 기회나 성향이 거의 없었기 때문에 거짓말하는 데 매우 서툴렀다. 그러나 아버지를 만나기가 꺼려지는 마음은 그를 고향으로 끌어당기는 더욱 강한 힘에 의해 상쇄되고도 남음이 있었다. 왜냐하면 채러티 로맥스가 오래전에 테네시의 숙모댁 방문을 끝내고 분명히 돌아와 있을 것이기 때문이다.

딕은 예상했던 것보다 훨씬 쉽게 빠져나왔다. 그는 솔직하게 이야기했고, 그것은 나름대로는 진실한 이야기이기도 했다.

대령은 처음에는 격노했으나 격노는 화로 가라앉았고 화가 완화되어 짜증이 되고 짜증은 일종의 수다스러운 피해의식으로 바뀌었다. 대령은 자신이 몹쓸 대접을 받았다고 생각했다. 그는 자기 검둥이를 믿었는데 그 검둥이가 믿음을 깨어버린 것이었다. 그러나 따져보면 그가 비난한 것은 그랜디썬보다는 의심할 여지없이 문제의 근원인 노예폐지론자들이었다.

채러티 로맥스로 말하자면, 딕은 그녀에게 물론 은밀하게 자기가 아버지의 노예인 그랜디썬을 캐나다로 도망치게 한 다음 그곳에 그를 남겨두고 왔다고 말했다.

"아아, 딕." 놀라서 몸을 떨면서 그녀가 말했다. "무슨 짓을 한 거예요? 당국에서 알면 그 북부사람한테 그랬던 것처럼 당신을 교도소로 보낼 거예요."

"하지만 당국에서는 알지 못해." 그가 진지하게 대답했고, 상심한 어조로 이렇게 덧붙였다. "당신은 내 영웅적 행위를 그 북부사람의 경우만큼 알아주는 것 같지 않군. 아마도 내가 붙잡혀서 교도소에 보내지지 않아서 그렇겠지. 내가 그렇게 하기를 당신이 바라는 줄 알았는데."

"아니, 딕 오언즈!" 그녀가 탄성을 질렀다. "그렇게 터무니없이 처리할 거라곤 꿈에도 몰랐단 말이에요."

"하지만 오로지 당신을 돌보기 위해서라도 당신과 결혼할 수밖에 없는 것 같네요." 딕 쪽에서 끈질기게 종용하자 그녀는 이렇게 결론지었다. "당신은 매사에 너무 무모해요. 그리고 북부 곳곳을 헤집고 다니면서 뉴욕과 보스턴의 사교계로부터 융숭한 대접을 받은데다 내다버릴 검둥이까지 있는 남자라면 누군가가 돌봐줄 필요가 있겠죠."

"당신의 견해가 나의 심오한 신념과 정확히 일치한다는 것이 무엇보다 주목할 만한 일이네." 딕이 열렬하게 답했다. "우리가 천생연분이라는 것이 의심할 여지없이 입증된 거야."

그들은 삼주 후에 결혼했다. 그들 각자는 여행에서 방금 돌아왔기 때문에 신혼여행을 집에서 보냈다.

결혼식 다음주 어느 오후에 신혼부부는 딕이 신부를 맞이했던 대령의 집 베란다에 앉아 있었다. 그때 마당에서 흑인 한 사람이 좁은 길을 달려가 대령의 사륜마차가 들어올 수 있도록 대문을 열어젖혔다. 대령은 혼자가 아니었다. 그의 곁에는 잃어버렸던 그랜디썬이 남루하고 여행에 더러워지고 지쳐서 허리가 구부러지고 얼굴에는 고난과 궁핍이 역력한 초췌한 표정을 하고 앉아 있었다.

대령이 계단에 내려섰다.

"톰, 이 고삐를 받아." 대령은 대문을 연 남자에게 말했다. "마차를 헛간으로 몰고 가게. 그랜디썬이 내리게 도와주고 ── 불쌍한 녀석, 몸이 너무 뻣뻣해서 제대로 움직이지도 못해! ── 욕조에 물을 받아서 그를 말끔히 씻기고 밥도 먹이고 위스키도 한잔 주고 그리고 한숨 돌리고 나서 젊은 주인과 새 안주인에게 인사시켜."

대령의 얼굴은 기쁨과 분노—귀중한 재산의 반환에 대한 기쁨과 그가 곧 진술한 이유들로 말미암은 분노—가 뒤범벅이 된 표정을 하고 있었다.

"인간의 마음이 얼마나 깊이 타락할 수 있는지 정말 놀라워! 오 킬로 미터쯤 떨어진 곳에서 길을 따라 오고 있는데 길가에서 누가 나를 부르는 소리를 들었어. 암말을 세웠더니 숲에서 나오는 사람이 그랜디썬이 아니고 누구겠어. 그 불쌍한 검둥이는 다리 한쪽이 부러져 잘 기지도 못하더라고. 내 평생 그때만큼 놀란 적이 없었어. 깃털 하나로도 나를 쓰러뜨릴 수 있었을 거야. 그는 완전히 맛이 간 것 같았고—겨우 속삭일 정도로밖에 말을 하지 못하더라고—그래서 그가 자초지종을 이야기할 수 있도록 원기를 북돋우기 위해 그에게 위스키 한모금을 줘야 했어. 딕, 애당초 내가 생각한 대로였어. 그랜디썬은 도망칠 생각이 전혀 없었어. 그는 자신이 잘살았던 때가 언제인지, 또 친구들이 있는 곳이 어디인지 알고 있었거든. 노예폐지론자 거짓말쟁이와 도망흑인들이 아무리 설득해도 그의 마음은 움직이지 않았어. 그러나 저 광신자들의 필사적인 노력은 한계를 몰랐어. 죄의식 때문에 그들은 한시도 쉴 수 없었던 거야. 그들은 왜 그런지 몰라도 그랜디썬이 도망노예 사냥꾼의 소유이고 배은망덕한 도망노예를 잡는 데 와줄 첩자로 북부로 데려온 것이라는 생각을 갖고 있었어. 그들은 실제로 그를 납치해서—그 일을 생각만 해봐!—재갈을 물리고 포박을 한 다음 거칠게 짐마차에 집어던져 캐나다의 한 음침한 깊은 숲속으로 데려가 외딴 헛간에 가둬놓고 삼주간 빵과 물만 먹였대. 그 악당들 중 하나가 그를 죽이고 싶어서 다른 악당들에게 죽여야 한다고 설득했지만 악당들은 어떻게 죽일지를 놓고 언쟁을 하게 되었어. 그들이 마음을 정하기 전에 그랜디썬이 탈출한 거야. 계속 북극성을 등지고 오면서 믿기 힘든 고난을 겪은 후에 예전의 농장으로, 자기 주인과 친구한테로, 집으로 돌아오게 되었어. 그래, 이건 스코트(Walter Scott, 1771~1832, 스코틀랜드의 소설가이자 시인으로 『아이반호』 등의 역사 모험소설 다수를 남겼음—옮긴이)의 소설 못지않아! 우리 남부 작가들 중에 씸즈(William Gilmore Simms, 1806~70, 남부의 주요 소설가이자 시인으로서 노예제 옹호론으로 유명함—옮긴이) 같은 사람이 이걸 자세히 써야 해."

"아버지, 납치 이야기는 약간 허무맹랑하게 들리지 않으세요? 좀더 그럴듯한 설명이 없을까요?" 대령이 활기차게 이야기하는 동안 조용히 씨가를 피우던 딕이 넌지시 말했다.

"쓸데없는 소리 마, 딕. 그건 틀림없는 사실이야! 그 망할 놈의 노예폐지론자들이 못할 짓이 뭐가 있겠어—별별 짓을 다하지! 녀석들이 그 불쌍하고 충성스러운 검둥이를 가두고 때리고 차고 자유를 박탈하고는 길고 외로운 삼주 내내 빵과 물만 주고, 그러는 내내 그 검둥이는 정든 농장을 애타게 그리워했다고 생각해봐!"

대령은 그랜디썬이 고통받는 광경을 눈앞에 떠올리고 눈물을 글썽였다. 딕은 여전히 약간 회의적이라는 의견을 표명했고 엄중하게 캐묻는 채러티의 눈길을 온순하고 무심히 받아들였다.

대령은 그랜디썬을 위해 통통한 송아지를 잡았고, 이삼주일 동안 돌아온 방랑자의 삶은 노예에게는 꿈같은 즐거움이었다. 그의 명성이 그 지방 곳곳에 널리 퍼졌고, 대령은 항상 그를 자기 곁에 편하게 잡아두어 경탄하는 방문객들에게 자기 모험담을 이야기할 수 있도록 그에게 가내하인의 영구적인 지위를 주었다.

그랜디썬이 돌아온 지 삼주가량 지났을 때 검은 피부의 인간에 대한 대령의 신뢰는 격심하게 흔들렸고 그 토대가 무너지다시피했다. 대령은 그간 주인에 대한 흑인 노예의 충성심—대령과 그런 부류의 사람들이 가장 높이 상찬하고 가장 부지런히 함양한 노예의 미덕—을 믿었으나 이제 그런 믿음을 거의 상실하게 되었다. 어느 월요일 아침 그랜디썬이 사라진 것이었다. 그리고 비단 그랜디썬뿐 아니라 그의 아내인 하녀 베티, 어머니 유니스 아줌마, 아버지 아이크 아저씨, 형제들인 톰과 존, 누이동생 엘씨 역시 농장에서 없어졌고, 동네를 급히 수색하고 탐문해도 그들의 소재에 대한 어떤 정보도 나오지 않았다. 그렇게 값비싼 재산을 왕창 잃었는데 찾아보려는 노력이 없을 리는 없었다. 그 사태의 규모가 워낙 커서 흑인 노예를 주요 재산으로 장부에 올려놓은 사람들은 깜짝 놀랐다. 대령과 그 친구들은 극히 강력한 조치를 취했다. 도망자들은 오하이오를 가로질러 북부로 도주하는 동안 세밀히 추적당하고 미행되었다. 몇번이나 사냥꾼들은 도망자들의 뒤를 바싹 추격했으나 도망치는 쪽의 규모가 커서 도망자들에게 공감하는 사람들 쪽에서 특별경계를 서주었고, 또한 이상하게도 지하철도(미국 남부의 노예주로부터 북부나 캐나다로 도망노예들을 도피시키는 비밀 탈주로—옮긴이)는 이 특정한 기차를 위해서 선로를 비우고 신호를 조정해놓은 듯했다. 한두 번 대령은 그들을 잡았다고 생각했지만 그들은 그의 손가락 사이로 빠져나갔다.

대령은 이리 호 남안의 한 항구에 있는 선창에서 미합중국 연방보안관 한사람과 나란히 서서 사라져가는 자기 재산을 마지막으로 잠깐 보았을 뿐이다. 뱃머리를 캐나다 쪽으로 향한 채 선창에서 급속하게 멀어져가는 작은 증기선의 선미에는 한무리의 낯익은 검은 얼굴들이 서 있었다. 그런데 뒤돌아보는 그들의 표정은 무슨 이집트의 환락가를 동경하는 표정이 아니었다. 대령은 그랜디썬이 그 배의 한 승무원에게 자신을 가리키니까 그 승무원이 자기에게 비웃는 듯 손을 흔드는 모습을 보았다. 대령은 어찌할 수 없어 종주먹을 내질렀고, 사건은 이로써 종결되었다.

더 읽을거리

참고할 만한 서지로는, 천승걸과 신문수의 저서들이 있다. 천승걸의 저서 『미국 흑인문학과 그 전통』(서울대출판부 2006)은 체스넛의 주요 작품들에 대한 논의를 포함하여 미국 흑인문학의 주요 작가와 작품을 다뤘고, 신문수 편 『미국 흑인문학의 이해』(한신문화사 2007)는 체스넛의 소설세계를 포함하여 미국 흑인문학의 발전에 기여한 주요 작가들의 작품 세계를 살펴보는 논문 모음집이다.

Stephen Crane

| 스티븐 크레인 |
1871~1900

뉴저지 주 뉴어크 출생. 감리교 목사의 열네번째 아들로 태어났다. 일찍이 신문기자가 되어 세계를 떠돌아다녔다. 뉴욕 슬럼가의 한 소녀의 짧고 비참한 생애를 다룬 『거리의 여자 매기』(*Maggie: A Girl of the Streets*, 1893)는 미국 최초의 자연주의 작품으로 꼽힌다. 스물네살에 쓴 『붉은 무공훈장』(*The Red Badge of Courage*, 1894)은 전쟁의 참상을 인상주의적 언어로 포착한 자연주의 문학의 걸작이다. 크레인은 이 작품의 성공으로 당대 일급 작가의 반열에 오른다. 그후 서부와 멕시코를 여행했고 꾸바로 가려다가 난파당하기도 했으며 그리스·터키 전쟁을 취재했다. 그런 경험을 바탕으로 「푸른 호텔」(The Blue Hotel) 「신부가 옐로 스카이에 오다」(The Bride Comes to Yellow Sky) 「소형 보트」 등의 명단편을 남겼다. 플로리다에서 만난 코라 테일러와 결혼하고 영국에 정착하여 창작과 취재를 계속했다. 그의 비정한 사실주의 문체와 자연주의적 세계관은 앤더슨, 헤밍웨이, 도스 패쏘스(John Dos Passos) 같은 미국 모더니즘 작가들에게 큰 영향을 끼쳤다. 그는 결핵으로 서른도 안 되어 죽었으나 방대한 분량의 시와 소설을 남겼다.

■ 소형 보트 The Open Boat

『스크리브너즈 매거진』(*Scribner's Magazine*) 1897년 5월호에 발표되었고 첫 단편집 『소형 보트와 그밖의 이야기들』(1898)에 수록되었다. 크레인의 최고 단편으로 꼽히는 이 작품은 그가 뉴욕의 한 신문사 특파원 자격으로 스페인 식민지배에 대한 꾸바의 반란을 취재하러 가기 위해 코모도어 호를 탔다가 30시간 동안 표류한 실제 사건을 바탕으로 씌어졌다. 선장, 요리사, 기관사, 특파원 ─ 크레인 자신을 모델로 한 인물 ─ 은 코모도어의 파선 후에 갑판도 없는 소형 보트에 몸을 의지하고 끊임없이 몰아치는 엄청난 파도를 헤치며 해안 가까이까지 나아간다. 그러나 구조는 이뤄지지 않는다. 그들이 자연의 뜻을 해석하기 힘들듯이 해안가의 사람들은 그들이 난파되었다는 사실을 알아차리지 못하다. 그들은 배를 버리고 해안의 거센 파도를 뚫고 헤엄쳐 상륙을 감행할 수밖에 없다. 크레인은 이 작품에서 손쉬운 도덕이나 감상 따위를 덧붙이지 않고 극한상황에 처한 인간들의 처연한 모습, 자연의 파괴적 힘과 아름다움, 인간에 대한 자연의 근본적인 무관심, 그리고 미약하지만 소중한 인간들의 우애를 군더더기 없이 그려냈다.

소형 보트

사실을 추구하려는 이야기:

침몰한 증기선 코모도어호를 탈출한 네 사람의 경험담

1

그들 중 누구도 하늘의 빛깔을 알지 못했다. 그들의 눈은 수평선을 응시했고 그들을 향해 휘몰아치는 파도에 고정되어 있었다. 파도는 하얀 거품이 이는 꼭대기 부분을 제외하면 슬레이트빛이었고 그 남자들 모두는 바다의 빛깔들을 알고 있었다. 수평선이 좁아졌다 넓어지고 가라앉았다 떠오르곤 했는데, 언제든지 그 가장자리는 바위처럼 뾰족하게 솟구치는 파도로 들쭉날쭉했다.

여기 바다 위에 떠 있는 이 보트보다 더 큰 욕조를 갖고 있는 사람도 많을 것이다. 파도는 무작스럽고 해코지할 듯이 가파르고 높았으며, 거품 이는 꼭대기가 덮칠 때마다 소형 보트는 항해하는 데 애를 먹었다.

요리사는 보트 바닥에 쪼그려앉아서 자신과 대양을 분리하는 15센티미터 두께의 뱃전을 두 눈으로 쳐다보았다. 소매는 그의 살찐 팔뚝 위로 걷어올려져 있었고 보트 안에 괸 물을 퍼내려고 몸을 굽힐 때마다 단추를 잠그지 않은 조끼의 양쪽 자락이 아래로 축 늘어졌다. 종종 그는 "맙소사! 이번에 하마터면 작살날 뻔했어"하고 말했다. 그렇게 말하면서 그는 파도치는 바다 너머의 동쪽을 어김없이 응시했다.

기관사는 보트의 노 두 개 중에 하나로 방향을 조종하면서 때때로 고물 위로 소용돌이쳐 들어오는 물을 피하려고 부리나케 몸을 일으키곤 했다. 가늘고 작은 노라서 종종 금방이라도 부러질 것 같았다.

특파원은 다른 쪽 노를 저으면서 파도를 지켜보았고 자신이 왜 거기에 있을까 하고 생각했다.

뱃머리에 누워 있는 부상당한 선장은 이때 깊은 실의와 무관심에 빠져 있었다. 아무리 용감하고 인내할 줄 아는 사람이라도 졸지에 회사가 망하고 군대가 패하고 배가 가라앉으면 적어도 일시적으로는 그런 상태가 찾아오는 법이다. 배를 지휘한 기간이 하루건 십년이건 선장의 생각은 자기 배의 선재(船材)에 깊이 뿌리박고 있기 마련이다. 이 선장은 새벽 어스름에 떠오른 선원 일곱명의 얼굴과 나중에는 하얀 해구(海球)가 달린 중간돛대 한토막이 파도에 이리저리 쓸려가다가 점점 가라앉아 물에 잠기고 마는 장면을 준엄하게 떠올리고 있었다. 그후로 그의 목소리에는 뭔가 이상한 구석이 있었다. 차분했지만 짙은 슬픔이, 그것도 언설이나 눈물로는 표현할 수 없는 성격의 슬픔이 깊이 배어 있었다.

"배를 좀더 남쪽 방향으로 잡게, 빌리." 그가 말했다.

"좀더 남쪽으로요, 선장님." 고물에서 기관사가 말했다.

이 보트의 좌석은 완강하게 저항하는 야생마의 엉덩이와 다르지 않았고, 게다가 야생마가 이 보트보다 별로 작지도 않았다. 보트는 짐승처럼 날뛰며 나아가고 뒷다리로 서서 돌진했다. 파도가 올 때마다 보트가 솟구쳤는데, 그 모양이 터무니없이 높은 담장을 뛰어넘으려는 말 같았다. 보트가 이런 물벽을 기어오르는 방식은 신비로운데, 더욱이 물벽의 꼭대기에 이르면 대개는 하얀 파도가 문제였다. 매번 파도의

218

정점에서 쏜살같이 내려오는 거품 때문에 새로운 도약이, 그것도 허공에서의 도약이 필요한 것이다. 그런 다음 보트는 경멸하듯 물마루를 들이받은 후에 긴 경사면 위를 물을 튀기며 미끄러지듯 달려내려와 수면에 닿으면서 다음번 파도의 위협 앞에서 고개를 위아래로 휙휙 움직이며 끄덕대는 것이다.

바다 특유의 불리한 점은 파도 하나를 성공적으로 타넘은 다음에 그만큼 강력할뿐더러 마찬가지로 보트를 침수시키는 데 뭔가 효과적인 짓을 하려고 안달이 난 또 하나의 파도가 대기하고 있음을 발견하게 된다는 사실에 있다. 작은 보트를 타고 바다에 나가본 적이 없는 일반인의 경험으로는 짐작하기 어렵겠지만, 3미터 길이의 소형 보트에 탄 사람이 파도에 휩쓸려보면 바다가 얼마나 엄청난 힘을 갖고 있는지 알 수 있다. 슬레이트 같은 물의 벽이 다가올 때마다 보트에 탄 남자들의 시야에서 다른 모든 것을 완전히 차단했기에 이번의 특정한 파도가 대양의 마지막 폭발이라는, 무자비한 바다의 마지막 안간힘이라는 상상이 저절로 들게 마련이었다. 파도의 움직임에는 무시무시한 기품이 있었고, 파도는 물마루의 으르렁대는 소리를 제외하면 조용히 다가왔다.

희미한 빛 속에서 사람들의 얼굴은 필시 회색이었을 것이다. 고물 쪽을 꾸준히 응시할 때 그들의 눈은 필시 야릇한 방식으로 번득였을 것이다. 발코니에서 바라보면 그 모든 광경은 기이하게도 그림처럼 아름다웠을 것이 분명하다. 하지만 보트에 탄 남자들은 그 광경을 볼 시간이 없었고, 그럴 여유가 있었다 해도 다른 것들이 그들의 마음을 사로잡고 있었다. 태양이 하늘 위로 차츰 떠올랐고, 바다 색깔이 암청회색에서 황갈색 줄무늬가 쳐진 에메랄드빛 녹색으로 바뀌고 파도 거품이 눈처럼 굴러떨어졌기 때문에 그들은 날이 환히 밝았다는 것을 알았다. 그들은 동트는 과정을 알지 못했다. 그들이 의식한 것은 오로지 동트는 과정이 그들을 향해 굴러오는 파도의 색깔에 미치는 효과였다.

두서없는 말투로 요리사와 특파원은 해난구조소와 난민대피소의 차이점에 관하여 말싸움을 했다. 요리사는 이렇게 말했다. "머스키토 인렛 등대(플로리다 동부 해안에 있는 미국에서 두번째로 높은 등대로서 1927년 폰스드 리온 인렛 등대로 개칭—옮긴이) 바로 북쪽에 난민대피소가 하나 있는데, 그들이 우리를 발견하기만 하면 즉시 보트를 타고 와서 구출할 거야."

"누가 우리를 발견하자마자 그런다고?" 특파원이 물었다.

"요원들이지." 요리사가 말했다.

"난민대피소에는 요원들이 없어." 특파원이 말했다. "내가 이해하기로는 난민대피소는 난파당한 사람들을 위해 옷과 음식물을 비축하는 곳일 뿐이야. 그곳에는 요원들이 없다고."

"아냐, 요원들이 있어." 요리사가 말했다.

"아냐, 요원들이 없어." 특파원이 말했다.

"근데, 어쨌거나 우린 아직 거기까지 안 왔어." 고물에 있는 기관사가 말했다.

"글쎄." 요리사가 말했다. "어쩌면 내가 머스키토 인렛 등대 근처에 있다고 생각하고 있는 건 난민대피소가 아닌지도 몰라. 어쩌면 해난구조소인지도 몰라."

"우린 아직 거기에 안 왔다고." 고물에서 기관사가 말했다.

2

보트가 파도 꼭대기에서 튀어오를 때마다 모자를 쓰지 않은 남자들의 머리카락이 바람에 뿔뿔이 흩날렸고 배가 뒤꽁무니를 다시 물에 풍덩 처박을 때는 물보라가 그들을 후려치고 지나갔다. 파도 하나하나의 물마루가 하나의 언덕이었고 그 언덕 꼭대기에서 남자들은 요동치는 광활한 바다를, 빛나면서 바람에 찢기는 바다를 한순간 내려다보았다. 그 광경은 필시 장관이었을 것이다. 선녹색과 하얀색과 황갈색의 빛깔이 난무하는 자유로운 바다의 이런 움직임은 필시 찬란했을 것이다.

"해풍이 불어서 천만다행이야." 요리사가 말했다. "그렇잖으면 우리가 어딨겠어? 전혀 가망이 없겠지."

"맞는 말이야." 특파원이 말했다.

분주한 기관사는 고개를 끄덕여 동의를 표했다.

그러자 뱃머리에 있는 선장이 유머와 경멸과 비감을 한꺼번에 나타내듯 낄낄 웃었다. "자네들, 지금 우리에게 가망이 많다고 생각하나?" 그가 물었다.

이에 세 사람은 헛기침하고 말더듬는 소리를 약간 낼 뿐 아무 말도 하지 않았다. 이 시점에서 특별한 낙관론을 표하는 것은 유치하고 어리석은 짓으로 느껴졌지만 그들 모두가 머릿속에서 상황에 대해 그런 감각을 갖고 있었던 것은 틀림없다. 이런 때에 젊은이는 집요하게 생각하는 법이다. 한편 그들의 상황에서는 가망없는 상태임을 공개적으로 암시하는 어떤 언행도 확실히 윤리에 어긋났다. 그래서 그들은 아무 말도 하지 않았다.

"아, 괜찮아." 자기 아이들을 달래듯 선장이 말했다. "우린 무사히 해안에 도착할 거야."

하지만 선장의 말투에는 그들로 하여금 생각하게 만드는 뭔가가 있었다. 그래서 기관사가 "해풍이 계속 분다면야 그렇죠" 하고 말했다.

요리사는 배 안에 괸 물을 퍼내고 있었다. "그렇죠! 해안에 밀려드는 파도에 박살나지만 않는다면요!"

꽝뚱(廣東) 플란넬 같은 순백의 갈매기들이 가깝게 멀게 날아다녔다. 때때로 갈매기들은 돌풍 속에서 빨랫줄에 걸린 양탄자처럼 파도 위로 넘실대는 갈색 해초더미 근처의 바다에 내려앉았다. 새들은 떼지어 편안하게 앉아 있었고 소형 보트에 몸을 실은 남자들의 부러움을 샀다. 왜냐하면 바다의 분노란 이 갈매기에게는 수천 킬로미터 내륙의 뇌조(雷鳥)떼에게처럼 전혀 위협이 되지 않았기 때문이다. 새들은 종종 아주 가까이 다가와 검은 구슬 같은 눈으로 남자들을 노려보았다. 이런 때 눈 하나 깜박이지 않는 새들의 면밀한 응시는 섬뜩하고 불길했다. 남자들은 화난 목소리로 우우 하고 소리치며 새들을 쫓았다. 새 한마리가 찾아와 선장의 정수리 위에 내려앉기로 작정한 것이 분명했다. 새는 보트와 나란히 날면서 원을 그리지는 않고 닭처럼 공중에서 짧게 옆으로 팔짝팔짝 뛰어올랐다. 새의 검은 눈은 뭔가 탐을 내듯 선장의 머리에 붙박여 있었다. "볼썽사나운 새야." 기관사가 새에게 말했다. "꼭 잭나이프로 새겨놓은 것 같은 몰골이네." 요리사와 특파원은 새에게 험한 욕을 했다. 선장은 당연히 묵직한 밧줄 끝으로 새를 쳐서 쫓아버리고 싶었으나 감히 그렇게 하지는 못했다. 조금이라도 힘을 주는 동작 같은 것을 취하면 짐을 가득 실은 이 보트가 뒤집힐 염려가 있었기 때문이다. 그래서 선장은 손을 펴서 가만히 조심스럽게 흔들어 갈매기를 쫓았다. 갈매기가 더 따라오기를 단념한 후에야 선장은 머리카락을 정돈할 수 있어서 한결 편하게 숨을 쉬었다. 모두들 이번에 그 새가 왠지 섬뜩하고 불길하다고 생각했기 때문에 다른 남자들도 이제 한결 편하게 숨을 쉬었다.

그러는 동안 기관사와 특파원은 노를 젓고 또 저었다.

그들은 같은 자리에 함께 앉아 각각 한짝씩 노를 저었다. 그런 다음

222

기관사가 양쪽 노를 다 잡았고 그다음에는 특파원이 양쪽 노를 다 잡았다. 그다음엔 기관사가, 그다음엔 특파원이 번갈아가며 노를 잡았다. 그들은 노를 젓고 또 저었다. 이 일의 어려운 부분은 고물에 기대어 쉬던 사람이 노를 잡을 차례가 되었을 때였다. 진실로 말하건대 작은 보트 안에서 자리를 바꾼다는 것은 암탉 궁둥이에서 달걀을 훔치는 것보다 더 어렵다. 우선 고물 쪽의 사람이 노잡이가 앉아 있는 보트의 널빤지를 따라 가만히 손을 내밀면서 마치 자기가 무슨 고급 도자기인 것처럼 조심조심 움직였다. 그다음에 노 젓는 자리에 앉은 사람이 다른 쪽 널빤지를 따라 슬며시 손을 내밀었다. 이 모든 동작은 극도의 주의를 기울여 행해졌다. 두 사람이 가만가만 옆걸음질하면서 서로를 스쳐지나갈 때 보트 안의 모든 사람이 다가오는 파도에 경계의 눈길을 떼지 않았다. 선장은 "자, 조심해! 거기, 가만있어!" 하고 소리쳤다.

이따금 나타나는 갈색의 해초밭은 섬처럼, 혹은 땅뙈기처럼 보였다. 해초밭은 분명히 움직이고 있는 것처럼 보였지만, 이쪽으로도 저쪽으로도 가지 않았다. 그것은 사실상 움직이지 않았다. 해초밭은 보트에 탄 남자들에게 보트가 육지를 향해 천천히 나아가고 있음을 일러주었다.

선장은 소형 보트가 거대한 파도를 타고 솟구쳐오른 후에 뱃머리에서 조심스럽게 몸을 일으키면서 머스키토 인렛에 있는 등대를 보았다고 말했다. 이내 요리사도 그 등대를 보았다고 말했다. 특파원은 그때 노를 잡고 있었다. 그도 당연히 등대를 보고 싶었으나 멀리 떨어진 연안을 등지고 있었고 파도가 거세었기 때문에 한동안 고개를 돌릴 기회를 잡을 수 없었다. 그러나 마침내 다른 때보다 좀더 잔잔한 파도가 왔고 그 파도의 물마루에 올라설 때 그는 잽싸게 서쪽 수평선을 훑었다.

"봤어?" 선장이 말했다.

"아니요." 특파원이 천천히 말했다. "아무것도 보지 못했어요."

"다시 봐봐." 선장이 말했다. 그는 손가락으로 가리켰다. "정확히 저쪽 방향에 있어."

다음번 파도 꼭대기에 올랐을 때 특파원은 시키는 대로 했고, 이번에 그의 두 눈은 흔들리는 수평선 가장자리 위에 정지한 작은 물체를 우연찮게 포착했다. 그것은 핀 끄트머리와 흡사했다. 그렇게 쪼그만 등대를 찾으려면 간절한 눈길이 필요했다.

"선장님, 우리가 거기까지 갈 수 있을까요?"

"해풍이 계속 불고 보트가 침수되지 않는다면, 가지 못할 것도 없지."

작은 보트는 매번 솟아오르는 바다에 들려올라가고 물마루에서 거센 물보라 세례를 받으면서 나아갔는데, 해초가 없을 때는 보트가 나아가는 건지 아닌지 보트에 탄 남자들에게는 분명하지 않았다. 보트는 막막한 대양의 자비에 몸을 내맡긴 채, 기적처럼 뒤집히지 않고 그저 허우적거리며 나아가는 미물처럼 보였다. 간혹 하얀 불꽃 같은 거대한 물줄기가 보트 안으로 왕창 몰려들었다.

"요리사, 물을 퍼내게." 선장이 차분하게 말했다.

"알겠습니다, 선장님." 유쾌한 요리사가 말했다.

3

여기 바다에서 형성된 남자들간의 미묘한 형제애를 묘사하기란 어려울 듯하다. 그것을 형제애라고 말하는 사람은 아무도 없었다. 그것을 언급하는 사람도 없었다. 그러나 미묘한 형제애가 보트에 깃들어 있었고 남자들 각각은 그것이 자신을 따뜻하게 감싸고 있음을 느꼈다. 그들은 선장, 기관사, 요리사, 특파원이었는데, 대개의 경우보다 훨씬 더, 진기할 정도로 유대가 굳건한 친구 사이였다. 뱃머리의 물항아리에 기대어 누워 있는 부상당한 선장은 언제나 낮은 목소리로 차분히 말했지만, 이 소형 보트에서 각각 다른 일을 하는 그 세 사람만큼 명령에 기꺼이 응하고 빠르게 복종하는 선원은 없을 것이다. 그 형제애는 단순히 공동의 안전을 위해 무엇이 최상인가를 인식하는 것 이상이었다. 그 속에는 확실히 사적이고 가슴에서 우러나오는 뭔가가 있었다. 보트 선장에 대한 헌신 뒤에는 이런 동지애가 있었다. 예컨대 사람들을 냉소적으로 대하라고 배워왔던 특파원마저 바로 그때 생애 최고의 경험으로 인식한 동지애 말이다. 그러나 누구도 그렇다고 말하지 않았다. 누구도 그것을 언급하지는 않았다.

"돛이 있으면 좋을 텐데." 선장이 말했다. "노 끝에 내 외투를 매달아 돛을 만들어보고, 두 친구한테 쉴 기회를 줘볼까 하네." 그래서 요리사와 특파원은 돛대 대용의 노를 붙잡고 외투를 넓게 펼쳤다. 기관사는 키를 잡았고 작은 보트는 새로운 의장(艤裝)을 달고 잘 나아갔다. 가끔 기관사는 바닷물이 보트 안으로 들이치지 않도록 작은 노로 급하게 저어야 했지만 그것을 제외하면 돛을 단 항해는 성공이었다.

그러는 동안 등대는 점점 더 커져갔다. 그것은 이제 어렴풋이 색깔을 띠기 시작했고 하늘 위에 걸려 있는 작은 잿빛 그림자처럼 보였다. 노를 잡은 사람은 이 작은 잿빛 그림자를 힐끗 쳐다보려고 꽤 자주 고개를 돌리지 않을 수 없었다.

마침내, 보트가 파도의 꼭대기에 오를 때마다 흔들리는 보트 속의 남자들은 육지를 볼 수 있었다. 등대가 하늘 위에 똑바로 서 있는 그림자였듯이 육지는 그저 바다 위의 기다란 검은 그림자처럼 보였다. 그것은 종잇장보다 더 얇았다. "우리는 뉴 스머나(데이토너 비치 아래에 있는 플로리다 중부 동해안의 해변도시 ─ 옮긴이) 맞은편 부근에 있는 게 확실해요." 범선을 타고 종종 이 연안을 항해했던 요리사가 말했다. "그런데, 선장님, 거기는 일년 전쯤에 해난구조소를 닫아버린 것 같은데요."

"그랬나?" 선장이 말했다.

바람이 서서히 잦아들었다. 요리사와 특파원은 이제 노를 높이 치켜들기 위해서 안간힘을 쓰지 않아도 되었다. 그러나 파도는 전처럼 계속해서 맹렬하게 소형 보트를 잡아채서 그 작은 배는 더이상 나아가지 못한 채 파도를 헤쳐나오려고 심하게 몸부림쳤다. 기관사나 특파원이 다시 노를 잡았다.

파선(破船)은 난데없이 일어난다. 만약 사람들이 파선에 대비해서 훈련하고 기력이 가장 왕성한 상태에서 파선을 당할 수만 있다면 바다에서 익사하는 사고는 줄어들 것이다. 소형 보트의 네 남자 가운데 소형 보트에 올라타기 전 이틀 낮 이틀 밤 동안 잠다운 잠을 잔 사람은 아무도 없었고, 모두들 침몰하는 배의 갑판 주위를 정신없이 기어오르느라고 배불리 먹는 일도 잊어버렸다.

이런 이유로, 그리고 그밖의 이유로, 기관사나 특파원은 이 시점에서는 노 젓기가 달갑지 않았다. 특파원은 도대체 제정신이라면 보트의 노 젓기를 재미있다고 생각하는 사람들이 어떻게 있을 수 있을까 하고 순진하게 생각했다. 노 젓기는 재미있지 않았다. 그렇기는커녕 그것은 지독한 형벌이었다. 심지어 정신착란인 사람조차 그것이 근육에 소름을 돋게 하고 등에 몹쓸 짓을 해대는 것이라고 결론내릴 수밖에 없을 것이다. 특파원은 보트의 남자들 모두에게 노 젓기의 재미가 자기에게는 어떻게 생각되는지 말했고 지친 얼굴의 기관사는 전적으로 공감하는 미소를 지었다. 그런데 배(증기선 코모도어 호를 가리킴 ─ 옮긴이)가 침몰하기 전에 기관사는 배의 기관실에서 곱절의 경계근무를 했었다.

"여보게들, 이제 보트를 느긋하게 몰게." 선장이 말했다. "너무 힘쓰지 말게. 해안에 밀려드는 파도를 타야 한다면 헤엄쳐가야 할 테니 힘을 아껴둬야 해. 슬슬 하라고."

서서히 육지가 바다에서 떠올랐다. 검은 줄 하나였던 것이 검은 줄 하나와 하얀 줄 하나──나무와 모래──가 되었다. 마침내 선장은 해안에서 집 한채를 알아볼 수 있다고 말했다. "저건 난민대피소야, 분명해." 요리사가 말했다. "그들이 머지않아 우리를 보고 구하러 나올 거야."

멀리 등대가 우뚝 솟아 있었다. "만약 등대지기가 망원경으로 보고 있었다면 지금쯤 우리를 식별했을 거야." 선장이 말했다. "그가 구조대원들에게 통고할 거야."

"다른 보트들 어느 것도 해안에 상륙해서 난파 소식을 알리지 못한 모양이야." 기관사가 낮은 목소리로 말했다. "상륙했다면 구명보트가 우리를 찾으러 나와 있을 텐데."

서서히 그리고 아름답게 육지가 바다에서 아련히 떠올랐다. 바람이 다시 불었다. 바람의 방향이 북동풍에서 남동풍으로 바뀌었다. 마침내 새로운 소리가 보트에 탄 사람들의 귀를 때렸다. 그것은 해안 위로 밀어닥치는 낮은 천둥 같은 파도소리였다. "이러면 우린 등대까지 결코 갈 수 없을 거야." 선장이 말했다. "빌리, 뱃머리를 좀더 북쪽으로 돌리게."

"좀더 북쪽으로요, 선장님." 기관사가 말했다.

그러자 작은 보트는 뱃머리를 바람 불어가는 쪽으로 다시 한번 돌렸고, 노잡이를 제외한 모두가 점점 커져가는 해안을 지켜보았다. 이 광경에 영향을 받아 의심과 무서운 걱정이 그들의 마음에서 사라지고 있었다. 보트를 다루는 일이 아직도 몹시 신경쓰이긴 했지만 그들의 잔잔한 즐거움을 막지는 못했다. 어쩌면 한시간 후에 그들은 해안에 닿을 것이다.

그들의 척추는 보트 안에서 균형잡는 데 완전히 익숙해져 있어서 그들은 이제 야생 망아지처럼 날뛰는 소형 보트를 써커스 단원처럼 탔다. 특파원은 속속들이 젖었다고 생각했지만 무심코 외투의 맨 위쪽 호주머니를 더듬다가 그 속에서 여덟 개비의 씨가를 발견했다. 그중 넷은 바닷물에 흠뻑 젖어 있었지만 나머지 넷은 말짱했다. 몸을 뒤진 후에 누군가가 마른 성냥 세 가치를 찾아냈고, 그리하여 작은 보트를 탄 네 명의 방랑자는 한껏 호기를 부렸다. 그들은 임박한 구조를 확신하는 눈빛으로 커다란 씨가를 피우면서 온갖 사람들에 대해 이러쿵저러쿵 평을 해댔다. 모두들 한모금씩 물을 마셨다.

4

"요리사." 선장이 말했다. "자네가 말한 난민대피소 부근에 인적이 전혀 없는 것 같아."

"그러네요." 요리사가 대답했다. "걔들이 우리를 못 보다니 이상해요!"

그들의 눈앞에 나지막한 해안이 넓게 펼쳐져 있었다. 해안의 낮은 모래언덕은 거무스름한 식물로 덮여 있었다. 해안에 밀려드는 파도의 포효소리가 또렷했다. 이따금 그들은 해변 위로 올라가면서 입술처럼 말리는 하얀 파도를 볼 수 있었다. 조그만 집의 윤곽이 하늘을 배경으로 까맣게 박혀 있었다. 남쪽으로 길고 호리호리한 등대가 작고 희끄무레하게 솟아 있었다.

조류와 바람 그리고 파도가 소형 보트의 방향을 북쪽으로 바꾸고 있었다. "걔들이 우릴 못 보다니 이상해." 그들이 말했다.

해안으로 밀려드는 파도소리가 여기서는 둔하게 들렸지만 그럼에도 그 울림은 우레처럼 강력했다. 보트가 큰 파도를 헤쳐나가는 동안 그들은 그 울려퍼지는 소리를 들으며 앉아 있었다. "보트가 물에 잠길 게 분명해." 모두들 이구동성으로 말했다.

사방으로 30킬로미터 내에는 해난구조소가 없었지만 그들은 이 사실을 알지 못했으며 따라서 이 나라 구조대원들의 시력과 관련하여 부정적이고 무례한 발언을 하게 되었음을 여기서 밝혀두는 것이 옳겠다. 네 사람이 오만상을 찌푸리고 소형 보트에 앉아 들어보지도 못한 온갖 욕설을 퍼부었다.

"걔들이 우리를 못 보다니 희한하네."

종전의 가벼웠던 마음은 완전히 사라졌다. 예민해진 그들의 마음속에 온갖 종류의 무능과 맹목 그리고 특히 비겁함이 결집된 상황을 떠올리기란 어렵지 않았다. 사람들이 많이 사는 대륙의 해안인데 거기서 아무런 신호가 없다는 것이 그들에게는 씁쓸하기 짝이 없었다.

"그럼." 선장이 최종적으로 말했다. "우리 힘으로 어떻게 해볼 수밖에 없을 것 같군. 여기서 너무 오래 머물러 있으면 보트가 잠긴 후에는 아무도 헤엄쳐갈 기운이 남아 있지 않게 돼."

그래서 노를 잡은 기관사는 보트를 곧장 해안 쪽으로 돌렸다. 갑자기 근육이 팽팽하게 죄어졌다. 그는 잠시 생각에 잠겼다.

"만약 우리 모두가 해안까지 못 가면—" 선장이 말했다. "만약 우리 모두가 해안까지 못 가면, 자네들이 내 최후를 어디다 알려야 할지 알고 있겠지?"

그러자 그들은 간단히 몇몇 주소와 충고의 말을 교환했다. 이 사람들의 생각으로 말할 것 같으면, 그들 속에 엄청난 분노가 일었다. 그 생각을 정식화하면 아마 이럴 것이다. "만약 내가 물에 빠져 죽게 된다면——만약 내가 물에 빠져 죽게 된다면——만약 내가 물에 빠져 죽게 된다면, 바다를 다스리는 미친 일곱 신의 이름으로 묻겠는데 왜 내가 이렇게 멀리까지 와서 모래와 나무를 볼 수 있게 허락했나? 나를 여기로 데려온 것은 단지 내가 생명의 성스러운 치즈에 입을 대려는 순간 내 코를 꿰어 딴 데로 끌고 가기 위해서였나? 이건 앞뒤가 맞지 않는 이야기야. 이 멍청한 노파 같은 운명의 여신이 기껏 이 정도밖에 안된다면 그녀한테서 인간의 운명관리권을 박탈해야 마땅해. 운명의 여신은 자기가 뭘 하려는지도 모르는 늙은 암탉이야. 만약 여신이 나를 물에 빠뜨려 죽이기로 했으면, 왜 초장에 죽여주지 않고 이 모든 고생을 다 겪게 만들었단 말이야? 이 모든 일이 어처구니가 없어…… 하지만 아냐, 여신이 나를 물에 빠뜨려 죽일 리가 없어. 감히 빠뜨려 죽이진 못해. 그럴 리가 없어. 이 모든 고생을 겪게 한 후에 그럴 순 없지." 그후 그 사람은 구름에 대고 종주먹을 들이대고 싶은 충동을 느꼈을 법하다. "날 물에 빠뜨려 죽여보라고, 그럼 내가 너를 뭐라고 부를지 들려줄 테니!"

이 시점에서 밀려온 큰 파도는 더욱 위협적이었다. 그것은 금방이라도 밀어닥쳐 그 작은 보트를 거품의 소용돌이 속에 처박을 것만 같았다. 큰 파도가 소리를 낼 때에는 사전에 길게 으르렁댔다. 바다에 익숙지 않은 사람이라면 아무도 이 소형 보트가 이렇게 가파른 파고를 때맞춰 넘을 수 있으리라는 결론을 내리지 못했을 것이다. 해안은 아직 멀리 떨어져 있었다. 기관사는 거친 파도 속에서도 보트를 교묘하게 조정하는 사람이었다. "이보게들." 그가 재빨리 말했다. "이 보트는 삼분 이상 버티지 못할 건데 우린 헤엄쳐가기에 해안에서 너무 멀리 떨어져 있어. 선장님, 보트를 다시 난바다로 몰고 갈까요?"

"그래! 그러게!" 선장이 말했다.

기관사는 일련의 기막히게 날쌘 동작과 빠르고 한결같은 조정술로 파도치는 한복판에서 보트를 돌려 안전하게 다시 난바다로 몰고 나갔다.

보트가 고랑을 이루는 바다를 헤쳐 더 깊은 바다로 나아갈 때 한동안 침묵이 흘렀다. 그러자 누군가가 우울하게 말했다. "근데, 어쨌든 분명히 지금쯤은 걔들이 해안에서 우리를 보았을 거야."

갈매기들이 바람을 타고 잿빛의 황량한 동쪽을 향해 비스듬히 날아갔다. 불타는 건물에서 나오는 연기처럼 거무칙칙한 구름과 붉은 벽돌빛 구름을 동반한 스콜이 남동쪽에서 나타났다.

"저 해난구조소 사람들 어떻게 생각해? 대단한 놈들 아냐?"

"걔들이 우리를 못 보다니 이상해."

"아마 걔들은 우리가 여기 놀러 나온 줄로 아나봐! 걔들은 우리가 낚시하는 중이라고 생각하나봐. 어쩌면 우리를 엄청 바보로 생각하거나."

기나긴 오후였다. 조류가 바뀌어 그들을 남쪽으로 밀어붙이는 듯했으나 바람과 파도는 북쪽을 가리키고 있었다. 멀리 앞쪽, 해안선과 바다와 하늘이 거대한 각도로 장관을 이루는 곳에 해안가의 도시로 보이는 작은 점들이 보였다.

"쎄인트 오거스틴(플로리다 북부 동해안의 오래된 도시—옮긴이)인가?"

선장은 고개를 가로저었다. "머스키토 인렛에 너무 가까워."

기관사가 노를 저었고 다음에는 특파원이 노를 저었다. 그다음엔 기관사가 노를 저었다. 피곤한 일이었다. 인간의 등은 한 연대의 종합 해부학 장부에 기록된 것보다 더 많은 아픔과 고통의 집결소일 수 있다. 등은 한정된 부위이지만 근육들의 무수한 충돌, 엉킴, 비틀림, 결절, 그리고 안락의 현장일 수 있다.

"빌리, 전에 노 젓는 일 좋아했어?" 특파원이 물었다.

"아니." 기관사가 말했다. "제기랄."

노 젓는 자리에서 보트 바닥의 쉬는 자리로 옮겨 앉는 차례가 된 사람은 극심한 신체적 기능저하를 겪어 손가락 하나 까딱할 의무를 제외하고는 아무것도 신경쓰고 싶지 않았다. 보트 안에는 차가운 바닷물이 이리저리 쏠리면서 철벅거리는데 그는 그 물속에 누웠다. 보트의 널빤지를 베고 누운 머리는 파도의 물마루 소용돌이 바로 곁에 있었고, 때때로 특히 사나운 바닷물이 배 안으로 들어와 그를 다시 한번 흠뻑 젖게 했다. 그러나 이런 문제들이 그를 성가시게 한 것은 아니다. 만약 보트가 뒤집혔더라면 마치 바다를 거대하고 푹신한 매트리스라고 확실하게 느끼는 것처럼 편안하게 바다로 굴러떨어졌을 것이 분명하다.

"저기 봐! 해안에 한 남자가 있어!"

"어디?"

"저기! 보이지? 보이지?"

"그래, 분명해! 저 사람이 걸어가고 있어."

"이제 걸음을 멈췄어. 저기 봐! ㄱ가 우리 쪽을 보고 있어!"

"우리한테 손을 흔들고 있어!"

"정말 그러네! 이런!"

"아, 이제 살았어! 우린 이제 살았다고! 반시간이면 여기 우리를 구하러 보트가 나올 거야."

"저 사람이 계속 가고 있어. 뛰어가고 있어. 저기 저 집으로 가고 있어."

멀리 떨어져 있는 해변은 해수면보다 낮은 듯했고 그 작고 검은 형체를 식별하려면 유심히 살펴야 했다. 선장은 물 위에 떠다니는 나무토막을 보았고 그들은 거기로 노를 저어갔다. 희한하게도 보트 안에 목욕용 수건이 있었고 선장은 이것을 나무토막에 매달아 흔들었다. 노 젓는 사람은 감히 고개를 돌리지 못했기 때문에 질문밖에 할 수 없었다.

"그 사람은 지금 뭐 하고 있어?"

"다시 멈춰서 있어. 쳐다보고 있는 것 같아…… 저 사람이 다시 가네…… 집쪽으로…… 이제 다시 멈췄어."

"우리한테 손을 흔들고 있어?"

"아니, 지금은 아냐. 그렇지만 아까는 그랬어."

"저기 봐! 또다른 남자가 오네!"

"그는 달리고 있어."

"저 사람 가는 모습 좀 봐!"

"아니, 저 사람은 자전거를 타고 있잖아. 이제 그가 아까 그 남자를 만났어. 그들 둘이 우리한테 손을 흔들고 있어. 자 봐봐!"

"해변 위로 뭔가가 올라오고 있어."

"저게 도대체 뭐야?"

"뭐야, 보트처럼 보이는데."

"그래, 보트가 분명해."

"아냐. 바퀴가 달렸는걸."

"그래, 바퀴가 달렸어. 글쎄, 저건 구명보트가 분명해. 보트를 사륜마차에 실어 해변을 따라 끌고 있어."

"저건 구명보트야, 틀림없어."

"아냐, 아니야—저건—승합마차야."

"장담하건대 저건 구명보트야."

"아냐! 승합마차야. 분명히 보이는걸. 보이지? 호텔의 큰 승합마차 가운데 하나야."

"맙소사, 자네 말이 맞네. 승합마차가 틀림없군. 승합마차로 그들이 뭘 할 것 같아? 어쩌면 구조대원을 모으러 돌아다니려는 거겠지, 안 그래?"

"그래, 그럴 수도 있겠지. 한 친구가 조그만 검은 깃발을 흔들고 있어. 저 친구는 승합마차의 발판에 서 있어. 아까 그 두 친구들도 오고 있어. 인제는 쟤들이 모두 함께 이야기를 하고 있어. 깃발 든 친구를 봐. 어쩌면 깃발을 흔드는 게 아니잖아!"

"저건 깃발이 아니잖아. 저건 저 친구의 외투야. 그래, 저건 저 친구의 외투인 게 분명해."

"그렇군. 저 친구의 외투네. 저 친구가 외투를 벗어서 그걸 머리 위로 둥글게 흔들고 있잖아. 한데 저 친구 외투 돌리는 모양을 좀 봐!"

"아, 그럼, 저기에 해난구조소가 없는 거네. 저건 우리가 물에 빠져 죽는 꼴을 구경하라고 몇몇 호텔 투숙객을 싣고 온 겨울휴양지 호텔의 승합마차인 거고."

"외투 들고 있는 저 바보 같은 녀석은 뭐 하는 거지? 도대체 무슨 신호를 하고 있는 거야?"

"우리한테 북쪽으로 가라는 것 같아. 저 위쪽에 해난구조소가 있는 것이 분명해."

"아냐. 저 녀석은 우리가 낚시하는 중이라고 생각하는 거야. 그냥 즐겁게 손을 흔들고 있는 거야. 보여? 아, 저기야, 윌리."

"글쎄, 저 신호가 무슨 뜻인지 알 수 있으면 좋겠는데. 무슨 뜻이라고 추측해?"

"저 녀석은 아무 뜻도 없어. 그냥 장난치고 있는 거야."

"글쎄, 저 녀석이 그냥 우리더러 해안 파도를 다시 타라는 건지, 바다로 나가서 기다리라는 건지, 북쪽으로 가라는 건지, 남쪽으로 가라는 건지, 아니면 지옥에나 가라는 건지 — 거기에는 뭔가 이유가 있을

234

거야. 하지만 저 녀석을 봐. 그냥 저기 서서 외투만 바퀴처럼 계속 돌리고 있잖아. 멍청한 자식!"

"사람들이 더 오네."

"인제 아주 군중이 됐어. 저길 봐! 저거 보트 아니야?"

"어디? 아, 어딜 말하는 건지 알겠어. 아냐, 저건 보트가 아니야."

"저 녀석은 외투를 아직 돌리고 있어."

"자기가 저렇게 하는 걸 우리가 보고 싶어한다고 생각하는 거야. 왜 그만두지 않지? 아무 뜻도 없는데."

"그게 아닐지도 몰라. 내 생각에 저 녀석은 우리를 북쪽으로 가게 하려는 것 같아. 저기 어딘가에 해난구조소가 있는 게 틀림없어."

"근데, 저 녀석은 지치지도 않나봐. 흔들어대는 꼴을 봐."

"저 녀석이 얼마나 저러고 있을 수 있는지 궁금해. 우리를 본 이후로 외투를 계속 돌리고 있잖아. 저 녀석은 바보천치야. 왜 쟤들은 사람들을 시켜서 보트를 내보내지 않을까? 큼지막한 잡용선 같은 고깃배라면 문제없이 여기로 나올 텐데. 저 녀석은 왜 무슨 조치를 취하지 않는 걸까?"

"아, 이젠 괜찮을 거야."

"이제 쟤들이 우리를 봤으니 곧 우리를 위해 여기로 보트를 내보낼 거야."

나지막한 땅 위의 하늘에 어렴풋하게 노란 색조가 깃들었다. 바다에 드리워진 그림자들이 서서히 짙어져갔다. 바람은 한기를 머금고 있었고 그들은 추위에 떨기 시작했다.

"이런, 제기랄!" 한 사람이 불경한 심사를 내비치며 말했다. "여기서 우리가 계속 이렇게 죽치고 있으면 어떡해! 밤새 여기서 허우적대야 하는 거라면!"

"아, 우리가 여기서 밤새울 필요는 없을 거야! 걱정하지 마. 이제 재들이 우리를 봤으니까 머지않아 우리를 찾아나설 거야."

해안은 점점 어두워졌다. 외투를 흔드는 남자는 점차 이 어둠속으로 한데 어우러졌고, 어둠은 같은 방식으로 승합마차와 사람들 무리를 삼켰다. 물보라가 굉음을 내며 배 옆구리를 후려치자 항해자들은 마치 낙인이 찍히기라도 하듯 몸을 움츠리면서 욕을 했다.

"외투를 흔든 그 멍청한 녀석을 붙잡고 싶어. 그냥 심심풀이 삼아 녀석에게 한방 먹이고 싶어."

"왜? 그 녀석이 무슨 짓을 했기에?"

"응, 아무 짓도 안했어. 그렇지만 너무너무 신이 난 모습이었어."

그러는 동안 기관사가 노를 저었고 그다음에는 특파원이 노를 저었고 그다음에는 기관사가 노를 저었다. 잿빛 얼굴을 하고 앞으로 수그린 채 그들은 기계적으로 번갈아가며 납덩이 같은 노를 열심히 저었다. 등대의 형체가 남쪽 수평선 너머로 사라졌지만 마침내 창백한 별 하나가 바다에서 고개를 살짝 내밀며 나타났다. 서쪽에서 가느다란 황혼의 샛노란 색조가 모든 것을 융합하는 어둠 앞에 사위어가자 동쪽 바다가 깜깜해졌다. 육지는 자취를 감추었고 오로지 해안 파도의 나지막하고 황량한 우레소리를 통해서만 자신을 드러냈다.

"만약 내가 물에 빠져 죽게 된다면——만약 내가 물에 빠져 죽게 된다면——만약 내가 물에 빠져 죽게 된다면, 바다를 다스리는 미친 일곱 신의 이름으로 묻겠는데 왜 내가 이렇게 멀리까지 와서 모래와 나무를 볼 수 있게 허락했나? 나를 여기로 데려온 것은 단지 내가 생명의 성스러운 치즈에 입을 대려는 순간 내 코를 꿰어 딴 데로 끌고 가기 위해서였나?"

인내심이 강한 선장은 물항아리에 몸을 기댄 채 때때로 노잡이에게 말해야 했다.

"뱃머리를 들어올려! 뱃머리를 들어올려!"

"뱃머리를 들어올리라고요, 선장님." 노곤하고 나지막한 목소리들이었다.

아주 조용한 저녁이었다. 노잡이를 제외하고는 모두들 무거운 몸으로 기운없이 보트 바닥에 누워 있었다. 노잡이로 말할 것 같으면, 그의 두 눈이 알아볼 수 있는 것이라곤—간간이 숨죽인 채 으르렁대는 높은 파도소리를 제외하면—불길하기 그지없는 침묵 속에 밀어닥치는 커다란 검은 파도뿐이었다.

요리사는 머리를 널빤지 위에 올려놓고 자기 코 아래에 있는 바닷물을 무심하게 바라보았다. 그는 다른 생각에 깊이 빠져 있었다. 마침내 그는 말했다. "빌리." 그가 꿈꾸듯이 나직하게 말했다. "어떤 종류의 파이를 가장 좋아해?"

5

"파이라니." 기관사와 특파원이 몹시 동요하며 말했다. "그런 이야기는 하지 마. 제기랄!"

"음." 요리사가 말했다. "나는 지금 햄쌘드위치를 생각하고 있어, 그리고 또—"

갑판 없는 작은 보트를 타고 바다에서 보내는 밤은 길다. 마침내 어둠이 내려앉으면서 남쪽 바다에서 비치는 불빛이 찬란한 황금색으로 변했다. 북쪽 수평선 위에 새로운 빛이, 바닷물 가장자리에 조그마한 푸르스름한 빛이 나타났다. 이 두 불빛이 세상의 전부였다. 그밖에는 사방에 파도밖에 없었다.

　두 남자가 고물에 쑤셔박혀 있었는데, 소형 보트 안의 공간적 거리가 굉장히 협소하여 노잡이는 자기 발을 동료의 몸 아래로 밀어넣어 약간이나마 데울 수 있었다. 그들의 다리는 사실 노잡이 좌석 아래로 쭉 뻗어 앞쪽 선장의 발에 닿아 있었다. 지친 노잡이의 노력에도 불구하고 때때로 파도가, 얼음장 같은 밤 파도가 보트 안으로 밀어닥쳐 차가운 바닷물이 그들을 다시 흠뻑 적셨다. 그들은 잠시 몸을 뒤척이고 신음 소리를 내고는 죽은 듯이 다시 잠들곤 했으며 그러는 동안 배가 뒤흔들릴 때마다 배 안의 바닷물이 그들 주위를 꾸르륵거리며 돌아다녔다.

　기관사와 특파원의 계획은 한 사람이 노를 저을 수 있을 때까지 젓고 그런 다음 보트 바닥의 바닷물 침상에서 자고 있는 다른 한 사람을 깨우는 것이었다.

　기관사는 고개가 앞으로 수그러지고 잠이 퍼부어 눈이 저절로 감길 때까지 부지런히 노를 저었고, 그후에도 노를 더 저었다. 그러고는 보트 바닥의 동료를 건드리면서 이름을 불렀다. "잠시 교대해줄래?" 하고 그는 온순하게 말했다.

　"물론이지, 빌리." 특파원이 깨어나 힘들게 일어나 앉으면서 말했다. 그들은 조심스럽게 자리를 바꾸었고, 기관사는 요리사 쪽에 괸 바닷물 속에 웅크려 눕자마자 곧장 잠드는 것 같았다.

　유별나게 거셌던 바다는 점점 잦아들었다. 파도는 으르렁대는 소리 없이 다가왔다. 노잡이의 의무는 보트의 뱃머리를 일정하게 유지하여 파도의 물매에 보트가 뒤집히지 않도록 하고 물마루가 거세게 스쳐 나갈 때 보트가 침수되지 않도록 하는 것이었다. 소리를 내지 않고 다가오는 검은 파도를 어둠속에서 알아보기가 힘들었다. 노잡이가 깨닫기도 전에 파도가 보트를 덮칠 뻔한 경우도 종종 있었다.

낮은 목소리로 특파원은 선장에게 말을 걸었다. 이 강철 같은 사내는 항상 깨어 있는 듯했지만 특파원은 지금 그가 깨어 있는지 확신하지 못했다. "선장님, 배의 항로를 저기 북쪽 불빛 쪽으로 유지할까요?"

선장이 변함없이 차분한 목소리로 대답했다. "그래, 이물에서 좌현으로 약 두 점(한 점은 나침반 주위의 방위를 나타내는 32점의 하나로 11도 15분임—옮긴이) 방향으로 유지하게."

요리사는 구명대의 조잡한 코르크 장치가 보태주는 온기라도 얻으려고 몸에 구명대를 매고 있었다. 그래서 노잡이가 노 젓는 노동을 끝내자마자 어김없이 이를 마구 맞부딪혀 딱딱 소리내면서 꼬꾸라져 잠들 때 요리사는 난로처럼 보일 지경이었다.

특파원은 노를 저으면서 자기 발밑에서 자고 있는 두 남자를 내려다보았다. 요리사의 팔이 기관사의 어깨를 감싸고 있었는데, 다 떨어진 옷에 초췌한 얼굴을 하고 있는 그들은 영판 바다의 아기들이었다. 숲속의 아기들이라는 오래된 이미지가 그로테스크하게 변용된 꼴이었다.

그후 특파원은 노잡이 일을 제대로 못한 것이 분명하다. 왜냐하면 갑자기 바닷물이 으르렁대고 굉음과 함께 높은 파도가 보트를 덮치고 물이 마구 튕겨들어와 구명대를 입은 요리사가 물에 뜨지 않는 것이 이상할 정도였기 때문이다. 요리사는 계속 잠을 잤으나 기관사는 일어나 앉았고, 눈을 껌벅거리면서 새로 닥친 추위에 몸을 떨었다.

"아, 빌리, 정말 미안해." 잘못을 뉘우치듯 특파원이 말했다.

"괜찮아, 이 친구야." 기관사가 말하고는 다시 누워서 잠을 잤다.

곧 선장까지 조는 듯했고 특파원은 자신이 망망대해에 떠 있는 유일한 사람이라고 생각했다. 바람이 파도를 넘으면서 소리를 냈는데, 그소리는 종말보다 더 슬펐다.

보트의 고물 쪽에서 획획 하는 소리가 크고 길게 났고, 마치 푸른 불꽃처럼 빛나는 인광의 흔적이 검은 바닷물 위에 이랑을 이루었다. 그 광경은 거대한 칼로 도려내어 만든 것 같았다.

그러자 정적이 찾아왔다. 그동안 특파원은 입을 벌려 숨을 쉬면서 바다를 쳐다보았다.

갑자기 또다시 휙휙 하는 소리가 들렸고 또다시 푸르스름한 빛이 길게 번쩍였는데, 이번에는 그 소리가 보트의 뱃전을 따라오고 있어서 노를 뻗치면 거의 닿을 것 같았다. 특파원은 엄청나게 큰 지느러미 하나가 물을 가르고 그림자처럼 질주하면서 수정 같은 물보라를 흩뿌려 길고 빛나는 흔적을 남기는 광경을 보았다.

특파원은 어깨 너머로 선장을 바라보았다. 선장은 얼굴이 가려져 있었고 잠든 것 같았다. 그는 바다의 자식들을 바라보았다. 그들은 분명 잠들어 있었다. 그래서 공감을 구할 데 없는 특파원은 몸을 뱃전에 약간 기대고는 바다에 대고 조용히 투덜거렸다.

그러나 그 물체는 그때도 보트 근처를 떠난 것이 아니었다. 뱃머리든 고물이든, 좌현이든 우현이든, 시간 간격이 길든 짧든, 거품을 일으키는 긴 빛줄기가 날래게 질주했고 검은 지느러미가 휙휙 히는 소리가 들렸다. 그 물체의 속력과 힘은 정말이지 경탄할 만했다. 그것은 거대하고 날카로운 발사체인 것처럼 바닷물을 갈랐다.

이 얼쩡대는 물체의 존재가 그에게 준 공포는 가령 유람객이 느꼈을 법한 그런 정도는 아니었다. 그는 그저 뚱하게 바다를 바라보며 낮은 소리로 욕을 했을 뿐이다.

그럼에도 불구하고 특파원이 홀로 그 물체를 상대하고 싶지 않았던 것은 사실이다. 그는 동료 중 하나가 우연히 깨어나 자기와 함께 있어주기를 바랐다. 그러나 선장은 물항아리 위에 꼼짝 않고 늘어져 있었고, 보트 바닥의 기관사와 요리사는 잠에 푹 빠져 있었다.

6

"만약 내가 물에 빠져 죽게 된다면 ─ 만약 내가 물에 빠져 죽게 된다면 ─ 만약 내가 물에 빠져 죽게 된다면, 바다를 다스리는 미친 일곱 신의 이름으로 묻겠는데 왜 내가 이렇게 멀리까지 와서 모래와 나무를 볼 수 있게 허락했나?"

이 음침한 밤 동안에는, 그것이 터무니없이 부당한 일임에도 불구하고 자신을 물에 빠뜨려 죽이는 것이야말로 정말로 미친 일곱 신의 의도라고 결론지을 사람이 있을 법도 하다. 왜냐하면 이렇게 고되게, 정말 고되게 노동한 사람을 물에 빠뜨려 죽이는 것은 터무니없이 부당한 일이 분명했기 때문이다. 그 사람은 그것이 가장 자연에 어긋나는 범죄일 것이라고 느꼈다. 채색한 돛을 단 갤리선(옛날 노예나 죄수에게 젓게 한 돛배─옮긴이)이 넘쳐나던 시절 이래로 많은 사람들이 바닷물에 빠져 죽었지만 그래도 ─

자연은 그를 중요하게 여기지 않으며 또한 자연이 그를 처치한다고 해서 우주를 망쳐놓았다고 느끼지 않는다는 생각이 어떤 사람에게 떠오를 때, 그는 처음에는 자연의 신전에 벽돌을 던지고 싶어질 것이고 그 다음에는 벽돌도 신전도 없다는 사실이 몹시 가증스러워질 것이다. 자연을 가시적으로 나타내는 것이 무엇이든 그는 틀림없이 조소를 퍼부을 것이다.

그런데 만약 손에 잡히는 야유할 만한 것이 없다면 그는 자연의 여신을 직접 만나서 한쪽 무릎까지 머리를 숙이고 두 손으로 빌면서 "맞습니다, 하지만 저는 저 자신을 사랑합니다" 하고 말하며 실컷 탄원하고 싶은 욕망을 느낄 법하다.

겨울밤 높이 뜬 차가운 별은 그의 느낌으로는 자연의 여신이 그에게 건네는 언어이다. 그후 그는 자기가 처한 상황의 비애를 인식하게 된다.

소형 보트에 탄 남자들은 이 문제를 논하지 않았지만 각자 마음속으로 곰곰이 생각해보았음이 분명하다. 그들의 얼굴에는 전반적으로 피곤에 완전히 지친 표정 말고 이렇다 할 표정이 나타나는 경우가 드물었다. 보트와 관련된 사항에 관해서만 서로 말을 건넸다.

자신의 감정의 선율을 연주하듯 시구 하나가 신비하게도 특파원의 뇌리에 떠올랐다. 그는 자신이 이 시를 잊고 있었다는 것조차 잊었는데, 그 시구가 갑자기 떠올랐던 것이다.

> 외인부대 병사 하나 알제리에서 쓰러져 죽어가네,
> 여인의 간호도 없었고 여인의 눈물도 없었네.
> 그러나 그의 곁엔 전우가 서 있었고 그는 그 전우의 손을 잡았네,
> 그리고 이렇게 말했네. "다시는 내 고향을, 내 고향땅을 보지 못하리라."

특파원은 유년기에 외인부대의 병사 하나가 알제리에서 쓰러져 죽어가고 있다는 사실을 알게 되었지만 그 사실을 중요하게 여긴 적은 한 번도 없었다. 수많은 학교 친구들이 그에게 그 병사의 곤경을 일러주었지만 귀가 아프도록 들려주어도 당연히 그는 전혀 무관심했었다. 그는 외인부대의 병사 하나가 알제리에서 쓰러져 죽어간다는 것을 한 번도 자신의 일로 생각한 적이 없을뿐더러 그것이 슬픈 일로 여겨지지도 않았다. 그에게 그것은 연필심이 부러지는 것보다 더 하찮은 일이었다.

그러나 이제 그 일화는 인간적이고 생생한 사건으로 그에게 애틋하게 다가왔다. 그것은 이제 차를 마시고 벽난로에 발을 녹이면서 한 시인이 그냥 가슴속의 몇몇 고뇌를 그려본 것이 아니었다. 그것은 준엄하고 애처롭고 예리한 현실이었다.

특파원은 그 병사를 또렷이 보았다. 병사는 모래 위에 다리를 곧게 뻗은 채 가만히 누워 있었다. 그의 창백한 왼손이 생명이 사라지는 것을 막으려는 듯 가슴 위에 놓여 있었지만 손가락 사이로는 피가 스며나왔다. 저 멀리 알제리에서 나지막한 정방형의 한 도시가 마지막 일몰의 색조로 희미하게 물든 하늘을 배경으로 펼쳐져 있었다. 특파원은 부지런히 노를 저으며 점점 느려지는 병사의 입술 모양을 상상하면서 심오하고 전혀 사심 없는 이해에 도달하여 감동을 받았다. 그는 알제리에서 쓰러져 죽어가는 외인부대 병사가 가여웠다.

보트를 따라오며 기다리던 물체는 시간이 지체됨에 따라 지루해진 것이 분명했다. 더 이상 물결을 가르는 획획 소리도 들리지 않았고 긴 자국을 남기는 불길도 없었다. 북쪽의 불은 아직 희미하게 빛나고 있었지만 보트에 좀더 가까워진 것은 분명 아니었다. 때때로 해안 파도의 붕붕대는 소리가 특파원의 귀에 울렸고 그럴 때 그는 배를 바다 쪽으로 돌려 더 열심히 노를 저었다. 남쪽으로는 해변에 누군가가 모닥불을 지펴놓고 망을 보고 있는 것이 분명했다. 모닥불은 너무 낮고 너무 멀어서 보이지 않았으나 그 뒤쪽 절벽을 은은한 장밋빛으로 비추었고 이것은 보트에서도 식별할 수 있었다. 바람이 더 강하게 불어왔고 때때로 파도가 살쾡이처럼 갑자기 사납게 날뛰었으며 부서지는 물마루의 광채와 잔거품이 보였다. 뱃머리에 있던 선장이 물항아리에 기댄 몸을 움직여 똑바로 앉았다. "밤이 아주 길군." 선장이 특파원에게 한마디했다. 그는 해변을 바라보았다. "해난구조소 사람들이 늑장을 부리네."

"이 근처에서 놀고 있던 그 상어를 보셨어요?"

"그래, 보았지. 확실히 큰 놈이더군."

"선장님이 깨어 있는 줄 알았더라면 좋았을걸."

그후에 특파원은 보트의 바닥에 대고 말했다.

"빌리!" 얽혀 있던 사람들이 천천히 차근차근 풀렸다. "빌리, 교대해줄래?"

"물론이지." 기관사가 말했다.

특파원은 보트 바닥의 차갑고 편안한 바닷물에 몸을 대고 요리사의 구명대 옆에 바싹 몸을 웅크리자마자 이가 딱딱 부딪히면서 온갖 요란한 소리가 남에도 불구하고 곧장 깊은 잠에 빠졌다. 그는 너무 달게 잠을 자기 때문에 극도의 피로감이 역력한 어조로 누가 자기 이름을 부르는 소리를 들었을 때에는 단지 한순간이 지난 것 같았다. "교대해줄래?"

"물론이지, 빌리."

북쪽의 불빛은 신비하게도 사라져버렸으나 특파원은 완전히 깨어난 선장으로부터 항로를 지시받았다.

그날 밤 얼마 후에 그들은 보트를 좀더 난바다로 끌고 나갔고 선장은 요리사에게 고물의 노 한짝을 잡아서 보트가 계속 바다 쪽을 향하게끔 조종하라고 지시했다. 요리사는 만에 하나 우레 같은 해안 파도소리가 들리면 고함을 치기로 했다. 이 계획 덕분에 기관사와 특파원은 함께 휴식을 취할 수 있었다. "이 친구들에게 다시 몸을 추스를 기회를 주자고." 선장이 말했다. 그들은 몸을 잔뜩 움츠리고 누워서 한동안 이를 딱딱 맞부딪히며 떨더니 다시 한번 죽은 듯이 잠을 잤다. 둘 중 어느 쪽도 요리사가 노를 저을 때 또 한마리의 상어가, 아니면 종전의 그 상어가 나타났다는 것을 알지 못했다.

보트가 파도를 타고 요동치며 나아감에 따라 간간이 물보라가 뱃전 너머로 몰아쳐 그들을 새로이 적셨지만 그때문에 그들의 휴식이 중단되는 일은 없었다. 바람과 바닷물이 불길하게 획획 몰아쳐도 그들은 미라처럼 꿈적도 하지 않았다.

"여보게들." 요리사가 깨우고 싶지 않은 기색이 역력한 목소리로 말했다. "배가 해안에 상당히 가깝게 떠밀렸어. 둘 중 하나가 배를 다시 바다 쪽으로 저어가야 할 것 같아." 특파원이 깨어나 파도의 물마루가 와르르 무너져내리는 소리를 들었다.

특파원이 노를 젓자 선장은 물 탄 위스키를 조금 주었고 술기운이 돌자 한기가 서서히 가셨다. "내가 해안에 닿기만 해봐, 누가 노 소리만 꺼내도 가만두지 않을 거야——"

마침내 짧은 대화가 오갔다.

"빌리…… 빌리, 교대해줄래?"

"물론이지." 기관사가 말했다.

7

특파원이 다시 눈을 떴을 때 바다와 하늘은 제각각 동틀 무렵의 잿빛 색조를 띠고 있었다. 잠시 후 양홍색과 황금빛이 바다를 물들였다. 마침내 아침이 맑은 청색의 하늘과 함께 찬란하게 밝아왔고 햇빛이 파도 끄트머리에서 불꽃처럼 타올랐다.

멀리 떨어진 해변의 모래언덕에는 수많은 검은 오두막들이 자리잡고 있었고 그 위로 하얀 풍차가 높이 솟아 있었다. 해변에는 사람도 개도

자전거도 보이지 않았다. 오두막들은 버려진 마을처럼 보였다.

항해자들은 해안을 세밀히 살폈다. 보트 안에서 회의가 열렸다. "자" 하고 선장이 말문을 열었다. "구조대가 오지 않는다면, 해안 파도를 지금 당장 돌파해보는 게 좋겠어. 이제 여기서 더 미적거리면 우리는 너무 힘이 빠져서 우리 혼자 힘으로는 아무것도 하지 못하게 돼." 다른 사람들은 이 논리를 잠자코 받아들였다. 해변을 향하여 보트를 돌렸다. 특파원은 높다란 바람탑에 아무도 올라간 적이 없었는지, 누군가 올라갔으면 바다 쪽을 보지 않았는지 궁금했다. 이 탑은 개미들의 곤경에 등을 돌리고 우뚝 서 있는 거인이었다. 바람탑은 특파원에게 개인이 분투하는 와중에도 자연—바람 속의 자연과 인간의 시야 속의 자연—은 평온하다는 것을 얼마간 나타내고 있었다. 자연은 그때 그에게 잔인하지도 자애롭지도 변덕스럽지도 지혜롭지도 않은 것 같았다. 자연은 무관심했고, 매정하게 무관심했다. 어쩌면 이런 상황에서 한 인간이 우주의 무심함에 감명을 받아 자기 일생의 무수한 결함을 깨닫고 영악하게도 마음속으로 그 결함을 음미하면서 또 한번의 기회가 주어지기를 바랄 법하다. 옳고 그름의 분별이 그때 그에게는 무덤가의 이 새로운 순진무구함 속에서 기이할 만큼 선명하게 보이고, 만약 또 한번의 기회가 주어진다면 그는 자신의 언행을 고쳐서 소개를 받을 때나 차를 마실 때 좀더 나은, 좀더 밝은 모습을 보여주리라는 생각을 하게 된다.

"자, 이보게들." 선장이 말했다. "보트가 물에 잠길 게 뻔해. 우리가 할 수 있는 일이라곤 보트를 해안 쪽으로 가능한 한 멀리 저어가서, 보트가 물에 잠길 때는 잽싸게 뛰쳐나와 해안을 향해 힘껏 헤엄쳐가는 수뿐이야. 당분간 냉정을 유지하고 배가 확실히 물에 잠길 때까지는 물에 뛰어들지 말라고."

기관사가 노를 잡았다. 그는 어깨너머로 해안 파도를 자세히 살폈다. "선장님." 그가 말했다. "배를 돌려서 뱃머리를 바다 쪽으로 유지하면서 배를 후진하여 들어가는 편이 나을 것 같아요."

"좋아, 빌리." 선장이 말했다. "후진해서 들어가자고." 그러자 기관사는 보트를 획 돌렸고, 요리사와 특파원은 이물에 앉아 있는 까닭에 외지고 무심한 해안을 살피려면 어깨너머로 쳐다볼 수밖에 없었다.

해안으로 밀려드는 엄청나게 높은 파도가 보트를 높이 들어올려 사람들은 하얀 물의 천들이 비스듬한 해변 위로 질주하는 광경을 다시 볼 수 있었다. "우리가 해안에 그리 가까이 들어가지는 못할 거야." 선장이 말했다. 각자는 높은 파도에서 주의를 돌릴 수 있을 때마다 해안 쪽으로 눈길을 돌렸다. 이렇게 해안을 찬찬히 살피는 동안 그들의 두 눈에는 독특한 성격의 표정이 담겼다. 특파원은 다른 사람들을 관찰하면서 그들이 겁먹은 것은 아니라는 것을 알았지만 그들의 눈길에 담긴 완전한 의미는 가려져 있었다.

특파원 자신으로서는, 너무 피곤하여 사실을 붙들고 근본적으로 씨름하지 못했다. 그는 억지로 정신을 집중해 사실을 생각해보려 했으나, 이 시점에서 정신은 근육에 지배되었고, 근육은 아무래도 상관없다고 말하고 있었다. 그는 만약 자기가 물에 빠져 죽는다면 심히 유감이라는 생각만 들었을 뿐이다.

말을 다급하게 하거나 얼굴이 창백해지거나 뚜렷이 동요하는 일은 없었다. 사람들은 단지 해변을 바라볼 뿐이었다. "자, 물에 뛰어들 때 보트에서 멀찍이 벗어나는 것을 명심해." 선장이 말했다.

바다 쪽에서 큰 물결의 물마루가 천둥 같은 굉음과 함께 갑자기 내려앉으며 기다랗고 큰 하얀 물결이 으르렁거리며 보트를 덮쳤다.

"자, 침착하라고." 선장이 말했다. 사람들은 아무 말도 하지 않았다.

그들은 해변에서 큰 물결 쪽으로 눈을 돌리고 기다렸다. 보트는 물매를 타고 미끄러지듯 올라가 사납게 몰아치는 꼭대기에서 껑충 뛰어오르더니 파고를 뛰어넘고 파도의 기다란 등을 타고 미끄럼질쳐 내려왔다. 상당량의 바닷물이 보트로 들어와 요리사는 그 물을 밖으로 퍼냈다.

그러나 다음번 물마루 역시 요란한 소리를 내며 돌진해왔다. 하얗게 끓어오르며 마구 덮치는 물의 홍수가 보트를 낚아채어 빙글빙글 돌리면서 거의 수직으로 세웠다. 물이 사방에서 몰려들어왔다. 특파원은 이 시점에서 뱃전 상단에 손을 얹고 있었는데 그 장소로 물이 들어오자 마치 물에 젖는 것이 싫다는 듯 재빨리 손가락을 움츠렸다.

그 작은 보트는 이 육중한 물에 취한 듯 비틀거리며 바닷속으로 더 깊이 빠져들었다.

"요리사, 물을 퍼내! 물을 퍼내!" 선장이 말했다.

"예, 선장님." 요리사가 말했다.

"자, 여보게들, 다음 파도가 우리에게 안성맞춤일 거야." 기관사가 말했다. "보트에서 멀리 뛰어내려야 한다는 것 명심해."

세번째 파두가 어마어마하고 사납고 달랠 길 없는 기세로 다가왔다. 파도는 보트를 감쪽같이 삼켜버렸고 거의 동시에 사람들은 바닷속으로 뛰어들었다. 구명대 하나가 보트 밑바닥에 놓여 있어서 특파원은 배 밖으로 뛰어내릴 때 왼손으로 이 구명대를 가슴에 꼭 붙들었다.

1월의 바닷물은 얼음처럼 차가왔고 플로리다 근해의 온도로 예상한 것보다 더 차갑다는 생각이 즉각 그에게 들었다. 이것은 얼떨떨한 그의 정신에는 당장 특기할 만큼 중요한 사실로 여겨졌다. 바닷물의 차가움은 슬펐고, 심지어 비극적이었다. 이 사실은 어쩐지 자신의 상황에 대한 견해와 뒤섞이고 혼동한 결과 눈물을 흘릴 적절한 이유로까지 여겨졌다. 바닷물은 차가왔다.

특파원이 수면에 떠올랐을 때 그는 요란한 물소리 말고는 거의 아무 것도 의식하지 못했다. 그후에 그는 바다에 떠 있는 동료들을 보았다. 기관사가 경주에서 앞서나갔다. 그는 강하고 빠르게 헤엄쳐가고 있었다. 특파원의 왼쪽 조금 떨어진 곳에 요리사의 크고 하얗고 탄력 있는 등이 물 바깥으로 불룩불룩 솟아났으며, 후미에서는 선장이 뒤집어진 소형 보트의 용골에 성한 손으로 매달려 있었다.

해안에는 확실히 부동성(不動性) 같은 것이 있는데 특파원은 어지러운 바다 한가운데에서도 그 점을 경이롭게 생각했다.

그 부동성 또한 매우 매력적으로 여겨졌으나, 특파원은 갈 길이 많이 남아 있음을 알고 천천히 손을 놀렸다. 구명대가 그를 아래에서 떠받치고 있었고, 때때로 그는 마치 손썰매를 탄 것처럼 파도의 경사면을 질주하여 내려왔다.

그러나 그는 마침내 더 나아가기가 어려운 바다의 한 지점에 도달했다. 자신이 어떤 종류의 조류에 휩쓸렸는지 알아보려고 헤엄을 멈춘 것은 아니었는데 그는 거기서 더 나아가지 못했다. 해안은 그의 앞에 마치 무대장치처럼 펼쳐져 있었고 그는 해안을 쳐다보면서 그 모든 세목을 눈으로 이해했다.

요리사가 좀더 왼쪽에서 지나가자 선장은 그에게 소리쳤다. "요리사, 뒤집어 등을 대고 누워! 뒤집어 등을 대고 누워서 노를 써."

"알겠습니다, 선장님." 요리사는 등을 대고 누워서 노를 저으면서 마치 자기 몸이 카누인 양 앞으로 나아갔다.

머지않아 보트 역시 특파원의 왼쪽으로 지나갔다. 선장은 보트의 용골에 한손으로 매달려 있었다. 보트가 기상천외하게 요동치지 않았더라면, 선장은 마치 나무담장 너머를 쳐다보려고 몸을 들어올린 사람처럼 보였을 것이다. 특파원은 선장이 아직도 보트에 매달려 있을 수 있다는 것이 놀라웠다.

그들——기관사, 요리사, 선장——은 해안에 점점 더 가까이 계속 나아갔고, 바다 위로 쾌활하게 튀어오르는 물항아리가 그 뒤를 따랐다.

특파원은 이 낯설고 새로운 적인 조류의 손아귀에서 아직 벗어나지 못했다. 하얀 모래비탈과 녹색 절벽 위에 자그마한 오두막들이 조용히 얹혀 있는 해안이 그의 앞에 그림처럼 펼쳐져 있었다. 해안은 그때 매우 가까이 있었으나 그는 화랑에서 영국이나 알제리를 그린 한 장면을 바라보는 듯한 감흥을 느꼈다.

그는 '내가 물에 빠져 죽는 걸까? 그런 일이 가능할까? 그게 가능할까? 그게 가능해?' 하고 생각했다. 어쩌면 한 개인은 자신의 죽음을 최후의 자연현상으로 여길 수밖에 없을지 모른다.

그러나 그후 아마도 소용돌이 파도가 그를 이 작은 죽음의 조류에서 끄집어냈을 것이다. 왜냐하면 그는 문득 자신이 다시 해안을 향해 나아갈 수 있다는 것을 발견했기 때문이다. 좀더 나중에 그는 선장이 한 손으로 소형 보트의 용골에 매달린 채 해안 쪽에서 그를 향해 얼굴을 돌려 자기 이름을 부르고 있다는 것을 알았다. "보트로 와! 보트로!"

선장과 보트 쪽으로 가려고 버둥거리면서 그는 사람이 몹시 지치게 되면 물에 빠져 죽는 것이야말로 정말로 편안한 방법이 틀림없다고 생각했다. 그 상태에서는 적개심이 사라지고 크나큰 안도감이 찾아오는데, 그는 그 점이 반가웠다. 왜냐하면 얼마 동안 그의 주된 관심사는 그 순간의 끔찍한 고통에 대한 공포였기 때문이다. 그는 고통을 당하고 싶지 않았던 것이다.

곧 그는 한 남자가 해변을 따라 달리고 있는 모습을 보았다. 그 남자는 정말 놀랄 만한 속도로 옷을 벗고 있었다. 외투, 바지, 셔츠, 모든 것이 요술처럼 순식간에 그의 몸에서 벗겨졌다.

"보트로 와!" 선장이 소리쳤다.

"알겠습니다, 선장님." 특파원은 개헤엄을 치며 나아가면서, 선장이 보트 밑바닥까지 몸을 낮춰 보트에서 벗어나는 것을 보았다. 그때 특파원은 그 항해에서 한가지 놀라운 일을 해냈다. 큰 파도가 그를 낚아채어 힘들이지 않고 최상의 속도로 보트 훨씬 너머로 그를 훌쩍 집어던진 것이었다. 그것이 그때에도 그에게는 곡예의 묘기이자 바다의 진정한 기적으로 여겨졌다. 해안 파도에 휩쓸린 뒤집힌 보트는 헤엄치는 사람에게는 위험천만한 것이다.

특파원은 자기 허리까지밖에 차지 않는 물에 당도했으나 한순간도 제대로 서 있을 수 없는 상태였다. 파도가 칠 때마다 그는 털썩 쓰러졌으며, 해안에서 되돌아가는 저류가 그를 잡아당겼다.

그러자 그는 달리면서 옷을 벗고, 옷을 벗으면서 달리던 남자가 물속으로 뛰어드는 것을 보았다. 그 남자는 요리사를 해안으로 끌어올렸고, 그런 다음 선장을 향해 물을 헤치며 걸어왔다. 그러나 선장은 손사래를 치며 그를 특파원에게 보냈다. 그는 벌거벗었지만, 마치 겨울나무처럼 헐벗었지만, 머리 둘레에 후광이 있는 성자처럼 빛났다. 그는 특파원의 손을 세게 잡아당겨 길게 끌고 가더니 멋지게 들어올렸다. 예법에 맞는 관용어를 배운 바 있는 특파원은 "선생님, 고맙습니다" 하고 말했다. 그러나 그 남자는 갑자기 "저게 뭐죠?" 하고 소리쳤다. 그는 재빨리 손가락으로 가리켰다. 특파원은 "가보세요" 하고 말했다.

얕은 물속에 얼굴을 처박은 채 기관사가 누워 있었다. 그의 이마는 모래에 닿아 있었는데, 파도가 밀려갈 때마다 그 모래에서 바닷물이 주기적으로 빠져나갔다.

특파원은 그후 일어난 모든 일을 알지 못했다. 안전한 땅에 도달하자 그는 쓰러졌고, 그의 몸의 모든 세세한 부위들이 한꺼번에 모래에 부딫혔다. 마치 그는 지붕에서 떨어진 것 같았으나 쿵 하는 충격이 그에게는 고마웠다.

순식간에 해변은 담요, 옷, 물병을 든 남자들과 커피포트와 그들 생각에 성스러운 온갖 치료약을 든 여자들로 붐비는 듯했다. 바다에서 온 사람들에게 육지가 베푸는 환영은 따뜻하고 관대했다. 그러나 꼼짝 않고 물이 뚝뚝 듣는 형체 하나가 천천히 해변 위로 옮겨졌으니, 육지가 그 남자에게 베푸는 환영은 전혀 다르고 불길한, 무덤의 환대일 수밖에 없었다.

밤이 찾아왔을 때 하얀 파도가 달빛 속에서 이리저리 철썩거렸고 바람은 거대한 바다의 목소리를 해안에 있는 남자들에게 들려주었으며, 그들은 이제 그 뜻을 해석할 수 있다고 느꼈다.

더 읽을거리

『매기: 거리의 여자』(심규세 옮김, 한국외국어대 출판부 2000)는 크레인의 주제와 문체, 세계관이 선명하게 나타나 있는 미국 최초의 자연주의 작품이다. 『피의 무공훈장』(김종운 옮김, 삼중당 1980)은 남북전쟁의 참상을 아이러닉한 관점에서 인상주의적으로 그려낸 미국 자연주의 문학의 걸작이다.

Sherwood Anderson

| 셔우드 앤더슨 |

1876~1941

오하이오 주 캠던 출생. 아버지의 사업 실패로 자주 이사를 다녔고 열네살에 학교를 그만두고 시카고로 가서 노동자로 일하다가 육군에 입대했다. 제대 후 잠시 대학에 다녔으며 시카고에서 카피라이터로 성공했다. 1904년 부잣집 딸과 결혼하고 페인트 회사의 사장이 된다. 그러나 1912년 일종의 정신적 와해를 겪고 나서 사회적 지위와 가정을 모두 버리고 작가의 삶을 시작했다. 1916년부터 장편소설을 썼으나 연작단편집 『와인즈버그, 오하이오』(*Winesburg, Ohio*, 1919)를 출간하면서 재능을 인정받았다. 그후 『가난한 백인』(*Poor White*, 1920) 『여러 번의 결혼』(*Many Marriages*, 1923) 등 다수의 장편을 썼지만 그의 재능은 단편 장르에서 빛났다. 첫 단편집을 비롯하여 『달걀의 승리』(*Triumph of the Egg*, 1921) 『숲에서의 죽음』(*Death in the Woods*, 1933) 등의 단편집에 수록된 작품들은 플롯 위주의 구성에서 벗어나 소외된 존재들의 내밀한 성애와 환상이 그로테스크하게 표출되는 순간을 포착하는 데 뛰어나다. 주제와 감수성에서의 이런 특징과 간결하고 인상적인 언어 덕분에 그는 종종 미국 모더니즘 문학의 선구자로 평가되며, 헤밍웨이와 포크너를 비롯한 후배 작가들에게 상당한 영향을 끼쳤다.

■ 달걀 The Egg

『다이얼』(Dial) 1920년 3월호에 '달걀의 승리'로 발표되었고 두번째 단편집 『달걀의 승리』에 수록되면서 '달걀'이라는 제목으로 바뀌었다. 출세하려는 '미국의 꿈'이 중서부 소도시의 한 가난한 가족을 어떻게 변화시키는가를 강렬한 이미지와 상징적인 일화로 아로새기듯 그려낸 이야기이다. 화자인 아들이 들려주는 이야기로는 결혼 전 아버지는 남의 농장에서 일하고 주말이면 읍내에 가서 맥주잔을 기울이는 평범한 일꾼이었다. 그런 그가 결혼을 하고 자식을 낳은 후에는 출세의 야망을 가진 아내에게 이끌려 양계 사업을 했고 그것이 실패하자 읍내 인근 기차역 맞은편에 음식점을 차렸다. 그후 아버지 역시 성공의 욕망에 감염되면서 상황은 급진전된다. 신기한 볼거리로 손님을 즐겁게 해줘야 성공할 수 있다는 생각에 사로잡힌 아버지는 읍내의 한 젊은이를 상대로 달걀을 가지고 일종의 마술쇼를 보여주려 한다. 이 작품은 그로테스크하고 마술적인 볼거리를 제공하고자 애쓰는 아버지의 안쓰러운 모습을 통해 중서부 소시민의 애환을 보여주는 한편 미국의 꿈으로 인한 삶의 왜곡에 대해 우회적으로 논평한다.

달걀

나의 아버지는 확실히 천성적으로 유쾌하고 친절한 사람이었다. 서른네살까지 아버지는 토머스 버터워스라는 남자의 집에서 농장일꾼으로 일했는데, 그 집은 오하이오 주 비드웰 읍 근처에 있었다. 아버지는 그때 자기 말 한필을 가지고 있어서 토요일 저녁이면 읍내로 말을 몰고 나가 다른 농장일꾼들과 사교를 나누며 몇시간을 보냈다. 읍내에서 아버지는 맥주를 서너 잔 마시면서 벤 헤드 술집에서 어슬렁거렸다. 그곳은 토요일 저녁마다 찾아드는 농장일꾼들로 붐볐다. 사람들은 노래를 부르고 바에 술잔을 요란하게 내려쳤다. 열시에 아버지는 한적한 시골길을 따라 말을 몰고 귀가하여 말이 편안히 밤을 보낼 수 있도록 해놓고 삶에서의 자기 위치에 상당히 행복해하며 잠자리에 들었다. 그 무렵 아버지는 출세해보겠다는 생각이 전혀 없었다.

아버지가 당시 시골의 교사였던 어머니와 결혼한 것은 서른다섯살 되는 해의 봄이었고 이듬해 봄에 내가 몸부림치고 고고성을 울리며 세상에 나왔다. 그때 두 분에게 무슨 일인가가 일어났다. 그들은 야망을 갖게 되었다. 출세하겠다는 미국적 열정이 그들을 사로잡은 것이다.

아마도 어머니 탓이었을 것이다. 교사였기 때문에 어머니는 분명히 책과 잡지를 읽었을 것이다. 어머니는 가필드(James Abram Garfield, 1831~81, 개척농민의 아들로 고학하여 미국 20대 대통령이 되었음──옮긴이), 링컨, 그리고 그밖의 미국인들이 어떻게 가난에서 벗어나 유명해지고 위대해졌는가를 읽었으며──해산 후 조리를 하는 동안──나를 자기 곁에 눕혀놓고 어머니는 내가 언젠가는 사람과 도시 들을 통치하는 꿈을 꾸었을 듯하다. 어쨌든 어머니는 아버지가 농장일꾼의 지위를 포기하고 말을 팔고 자신의 독립적인 사업을 시작하게끔 꼬드겼다. 어머니는 긴 코에 수심어린 회색 눈을 가진 키가 크고 조용한 여자였다. 어머니가 자신을 위해서 원하는 것은 아무것도 없었다. 아버지와 나를 위한 어머니의 야심은 고질적이었다.

두 분이 뛰어든 첫번째 사업은 결과가 좋지 않았다. 그들은 비드웰에서 13킬로미터 떨어진 그릭스 로드의 척박한 돌투성이 땅 1만 2천평을 세내어 양계를 시작했다. 나는 그곳에서 소년으로 자라났고 거기서 삶에 대한 첫번째 인상을 갖게 되었다. 처음부터 그것은 참담한 실패라는 인상을 주었다. 지금 내가 그분들처럼 삶의 어두운 면을 보는 우울한 성향의 사람이 되었다면, 나는 그 원인을 한창 행복하고 즐거웠어야 할 유년기를 양계장에서 보냈다는 사실에 돌린다.

그 일에 밝지 못한 사람은 닭한테 일어날 수 있는 수많은 비극적 일들을 전혀 생각지도 못할 것이다. 닭은 달걀에서 태어나 몇주 동안 부활절 카드에 그려져 있는 것처럼 솜털로 덮인 아주 작은 병아리로 살다가 섬뜩하게 털이 빠지고, 아버지가 이마에 땀을 흘리면서 구입한 다량의 옥수수와 거친 곡식을 먹어치우고, 혀와 목의 병이라든가 콜레라 등등의 이름으로 불리는 병에 걸려 멍청한 눈으로 해를 쳐다보며 서 있다가, 앓고 죽어버린다. 몇마리의 암탉과 간혹 한마리의 수탉이 신의 신비한 목적에 복무하기로 의도된 것인지 어렵사리 살아남아 성년에 도달한다. 암탉은 달걀을 낳고 거기서 또 병아리가 나오고 그래서 이 끔찍한 순환이 완성된다. 이 모든 일이 믿기지 않을 만큼 복잡하다. 철학자들 대다수는 필시 양계장에서 자라났을 것이다. 닭에게서 너무나 많은 것을 바라다가 지독한 환멸을 느끼는 것이다. 삶의 여정을 막 시작하는 병아리들은 너무나 영리하고 기민해 보이지만 사실 그것들은 너무 끔찍할 정도로 멍청하다. 병아리는 사람과 아주 비슷해서 우리가 인생을 판단할 때 혼동을 일으키게 한다. 만약 병으로 죽지 않으면 그것들은 자신에 대한 기대가 한껏 부풀 때까지 기다렸다가 마차 바퀴 아래로 걸어들어간다. 으스러져 죽어서 조물주한테로 돌아가는 것이다. 병아리는 어린시절에 해충이 들끓어 치료용 가루약에 엄청난 돈을 써야 한다. 만년에 나는 양계로 재산 모으는 주제를 체계적으로 다룬 문헌을 보았다. 그것은 방금 지혜의 나무에서 선악과를 따먹은 신 같은 이들에게나 읽히려고 작성된 문헌이다. 희망적인 그 문헌은 몇마리의 암탉을 소유한 소박한 사람들이 야망을 지니면 많은 것을 이룰 수 있다고 장담하고 있다. 이런 문헌에 현혹되지 마라. 그건 당신을 위해 씌어진 것이 아니다. 알래스카의 얼어붙은 언덕에서 금을 찾든지, 정치인의 정직성을 신뢰하든지, 원한다면 세상이 나날이 나아지고 있으며 선이 악을 이길 것이라고 믿을지언정 암탉에 관해 씌어진 문헌은 읽지도 믿지도 마라. 그건 당신을 위해 씌어진 것이 아니다.

그런데 이야기가 옆길로 새고 있다. 내 이야기의 주된 관심은 암탉에 관한 것이 아니다. 제대로 이야기하자면 내 이야기의 중심은 달걀이 될 것이다. 십년 동안 아버지와 어머니는 양계장의 수지를 맞추려고 몸부림치다가 그 분투를 포기하고 다른 사업을 시작했다. 부모님은 오하이오 주 비드웰 읍으로 이사해 요식업을 시작한 것이다. 알을 까지 못하는 부화기 때문에, 그리고 아주 작은——그것들 나름으로는 사랑스러운—솜털덩어리가 반쯤 털이 벗겨진 어린 암탉으로, 어린 암탉에서 죽은 암탉으로 변해가는 과정 때문에 십년간 골머리를 앓은 후 우리는 모든 것을 집어치우고 가진 세간을 마차에 싣고 그릭스 로드를 따라 비드웰을 향해 말을 몰았다. 출세의 여정을 시작할 새 장소를 찾는 자그마한 희망의 짐마차였던 셈이다.

우리는 전장에서 도망치는 난민과 다르지 않은, 필시 애처로워 보이는 무리였을 것이라는 생각이 든다. 어머니와 나는 길을 걸어갔다. 이 삿짐을 실은 마차는 이웃인 앨버트 그릭스 씨에게서 그날 하루 동안 빌린 것이다. 마차 옆구리로 싸구려 의자들의 다리가 튀어나왔고, 침대와 탁자 그리고 부엌살림으로 가득한 상자를 쌓아올린 짐 뒤쪽에 산닭들이 들어 있는 나무상자가 있었으며, 그 위에 내가 젖먹이일 때 타고 다닌 유모차가 얹혀 있었다. 왜 우리가 유모차를 가져갔는지 모르겠다. 아이가 또 태어날 것 같지도 않았거니와 바퀴도 부서졌는데 말이다. 별로 소유한 것이 없는 사람들은 지금 가지고 있는 것을 단단히 붙든다. 삶을 너무 실망스럽게 만드는 사실들 가운데 하나가 바로 그것이다.

아버지는 마차 꼭대기에 타고 있었다. 아버지는 그때 마흔다섯살로 머리가 벗겨진 중년이었고 약간 뚱뚱했다. 그리고 오랫동안 어머니와 닭들과 어울리다보니 습관적으로 말이 적어지고 용기를 잃게 되었다. 양계장에서의 십년 동안 아버지는 줄곧 이웃의 여러 농장에서 인부로 일했고 그렇게 번 돈의 대부분은 닭 병 치료약들, 가령 '윌머의 경이로운 백색 콜레라 치료제'니 '비도 교수의 산란 촉진제'니 혹은 어머니가 양계신문의 광고에서 발견한 다른 조제약품들에 쓰였다. 아버지의 머리에는 양쪽 귀 바로 위쪽에 작은 머리카락 덤불이 하나씩 있었다. 어릴 때 한겨울 일요일 오후가 되면 난로 앞 의자에 잠드신 아버지를 쳐다보며 앉아 있곤 했던 기억이 난다. 그 당시 나는 벌써 책을 읽기 시작해서 내 나름의 생각이 있었다. 아버지 정수리의 벗겨진 통로가 대로 같은 것, 이를테면 씨저가 로마에서 대군단을 이끌고 나와 경이로운 미지의 세계로 들어갈 때 만들었을 법한 그런 길이라고 상상했다. 아버지의 귀 위쪽에 자란 머리털 덤불은 숲과 같은 것이라고 생각했다. 나는 비몽사몽의 상태에 빠져들었다. 나는 아주 작은 존재가 되어 그 길을 따라가——양계장이 없고 달걀이 없어서 삶이 행복한——멀리 떨어진 아름다운 곳으로 들어가는 꿈을 꾸었다.

우리가 양계장에서 읍내로 도망친 일에 대해서는 책 한권을 쓸 수도 있다. 어머니와 나는 꼬박 12킬로미터를 걸어갔다. 어머니는 마차에서 물건이 하나라도 떨어지지 않는지 단속하고 나는 경이로운 세상의 풍물을 보면서 말이다. 마차 위 아버지 옆자리에는 그의 가장 큰 보물이 있었다. 이제 여러분에게 그 이야기를 들려주겠다.

달걀에서 수백 수천 마리의 병아리가 태어나는 양계장에서는 놀라운 일들이 가끔 일어난다. 사람의 경우와 마찬가지로 달걀에서도 기형이 태어나는 것이다. 이런 사고는 자주 일어나지 않고, 아마 천 마리 중 한 마리일 것이다. 다리 네 개, 날개 두 쌍, 머리 두 개 따위를 가진 병아리가 태어난다는 말이다. 그런 것들은 살지 못한다. 그것들은 한순간 손이 떨려 실수한 조물주에게 재빨리 돌아간다. 그 불쌍한 어린것들이 살 수 없다는 사실이 아버지에겐 삶의 비극 가운데 하나였다. 아버지는 다리가 다섯인 암탉이나 머리가 둘인 수탉을 장성한 닭으로 키울 수만 있다면 한 재산 모을 거라는 그런 생각을 갖고 있었던 것이다. 아버지는 그 불가사의한 것을 시골 장터에 가지고 다니면서 다른 농장 일꾼들에게 전시하여 부자가 되는 꿈을 꾸었다.

어쨌거나 아버지는 우리 양계장에서 태어난 작은 괴물들을 모두 모아두었다. 그것들은 알코올에 보존된 채로 하나씩 유리병에 담겨 있었다. 아버지는 그것들을 조심스럽게 상자에 넣어두었고 읍내로 이사가는 길에서도 그 상자를 마차의 자기 옆자리에 실어놓았다. 아버지는 한손으로 말을 몰고 다른 한손으로 상자를 붙들고 있었다. 우리가 목적지에 도착했을 때 아버지는 상자를 즉시 내려 병들을 꺼냈다. 우리가 오하이오 주 비드웰 읍의 식당 주인으로 지낸 시절에도 작은 유리병에 담긴 기형들은 카운터 뒤쪽 선반에 줄곧 놓여 있었다. 어머니가 가끔 항의했지만 아버지는 자기 보물 문제에 있어서는 조금도 흔들리지 않았다. 그로테스크한 것들은 값진 것이라고 아버지는 단언했다. 사람들은 이상하고 경이로운 것을 보고 싶어한다는 말이었다.

우리가 오하이오 주 비드웰 읍에서 식당업을 시작했다고 말했던가? 내가 약간 과장했다. 읍 자체는 나지막한 언덕 기슭에 작은 강을 따라 자리잡고 있었다. 철도는 읍내를 통과하지 않고 역은 1.6킬로미터 북쪽의 피클빌이라 불리는 곳에 있었다. 역에는 예전에 사과술 제조장과 피클 공장이 있었지만 우리가 이곳으로 이사하기 전에 모두 문을 닫았다. 아침저녁으로 버스가 비드웰의 중심기에 있는 호텔에서 디너즈 파이크라 불리는 도로를 따라 역까지 다녔다. 우리가 식당을 시작하기 위해 외진 곳으로 간 것은 어머니의 발상이었다. 어머니는 그 이야기를 일년 내내 해오다가 어느날 나가더니 철도역 맞은편의 빈 가게건물 하나를 세냈다. 식당은 수지가 맞을 것이라는 것이 어머니의 생각이었다. 어머니 말에 따르면 여행객들은 언제나 기차를 타려고 읍내를 나와 역 주위에서 기다릴 것이고, 읍내 사람들은 들어오는 기차를 마중하기 위해 역에 올 거라는 것이다. 사람들은 식당에 와서 파이 몇조각을 사먹고 커피를 마실 거라는 것이다. 이제 나도 나이가 들었으니 어머니가 거기로 간 데에는 또다른 동기가 있었다는 것을 안다. 어머니는 나에게 큰뜻을 품고 있었다. 어머니는 내가 출세하기를, 읍내 학교에 다니고 도회사람이 되기를 원했던 것이다.

피클빌에서 아버지와 어머니는 언제나 그랬듯이 열심히 일했다. 처음에는 우리가 있는 곳을 식당에 걸맞은 모습으로 개조할 필요가 있었다. 그 일에 한달이 걸렸다. 아버지는 선반을 만들어달고 그 위에 야채 깡통들을 얹어놓았다. 아버지는 간판을 만들고 거기에 큼지막한 글씨로 자신의 이름을 써놓았다. 그 이름 아래 "식사는 여기서 하시오"라는 노골적인 명령이 적혀 있었지만 그에 복종하는 사람들은 드물었다. 진열장도 구입해서 씨가와 담배로 채웠다. 어머니는 마루와 내벽을 문질러 닦았다. 나는 읍내 학교에 다녔고 농장에서 벗어난 것이, 풀죽고 애처로운 닭들에게서 벗어난 것이 기뻤다. 그래도 내가 마냥 즐거웠던 건 아니다. 저녁이 되어 터너즈 파이크를 따라 학교에서 집으로 걸어올 때 읍내 학교 운동장에서 뛰놀던 아이들의 모습이 기억났다. 한무리의 어린 소녀들이 깡충깡충 뛰어다니며 노래를 부르고 있었다. 나도 따라해보았다. 얼어붙은 길을 따라 나는 진지한 표정으로 외발로 깡충거리면서 뛰어왔다. "이발소까지 깡충깡충 뛰면서" 하고 나는 목청껏 노래를 했다. 그러고는 걸음을 멈추고 의심스럽게 주위를 둘러보았다. 흥겹게 기분내는 내 모습을 누가 볼까봐 두려웠다. 죽음이 매일 찾아오는 양계장에서 자란 나 같은 아이가 해서는 안될 짓을 하고 있는 것처럼 여겨졌던 것이다.

어머니는 식당을 밤에도 열어야 한다고 결정했다. 밤 열시에 여객열차가 우리 가게 앞을 지나 북쪽으로 갔고 뒤이어 이 지역의 화물열차가 왔다. 화물열차 승무원들은 피클빌에서 선로를 변경해야 하는데, 그 일이 끝나면 뜨거운 커피와 음식을 먹으러 우리 식당으로 왔다. 가끔 그들 중 하나가 달걀프라이를 주문했다. 새벽 네시에 승무원들은 북행열차로 되돌아왔고 다시 가게를 찾아왔다. 조금씩 장사가 커지기 시작했다. 어머니는 밤에 주무셨고 낮에 아버지가 주무시는 동안 식당 일을 돌보면서 하숙인들에게 식사를 대접했다. 아버지는 어머니가 밤에 누웠던 바로 그 침대에서 주무셨고 나는 비드웰 읍내로 가서 학교에 갔다. 긴긴 밤 어머니와 내가 자고 있는 동안 아버지는 우리집 하숙인들의 점심도시락용 쌘드위치에 들어갈 고기를 요리했다. 그때 출세하는 것과 관련해서 아버지의 뇌리에 한가지 묘안이 떠올랐다. 미국적 정신이 아버지를 사로잡은 것이다. 아버지 역시 야망을 갖게 된 것이다.

별로 할 일이 없는 긴긴 밤이면 아버지는 생각할 시간이 있었다. 그게 아버지를 파멸시킨 원인이었다. 아버지는 자신이 과거에 그리 쾌활하지 못했기 때문에 성공하지 못했으니 앞으로는 쾌활한 인생관을 갖기로 결심했다. 아버지는 새벽에 위층으로 올라와 어머니와 함께 침대에 누웠다. 어머니는 잠에서 깨어나 두 분이 이야기를 나눴다. 구석에 놓인 내 침대에서 나는 귀를 기울였다.

자신과 어머니 둘 다 우리 식당에 오는 사람들을 즐겁게 해주려고 애써야 한다는 것이 아버지의 생각이었다. 지금은 아버지가 한 말을 기억하지 못하지만 아버지는 어렴풋하게나마 일종의 대중연예인이 되려는 사람 같은 인상을 주었다. 사람들이, 특히 실제로 찾아오는 경우는 아주 드물지만 비드웰 읍내의 젊은 사람들이 우리 가게에 올 때 밝고 흥겨운 대화를 나눠야 한다는 것이었다. 아버지의 말을 헤아려보면 유쾌한 여인숙 주인의 분위기 같은 것을 추구한 듯했다. 어머니는 처음부터 미심쩍어한 것이 분명했지만 기를 죽이는 말은 한마디도 하지 않았다. 아버지 자신과 어머니의 말벗이 되고자 하는 열망이 비드웰 읍내 젊은이들의 가슴속에서 솟아날 것이라는 것이 아버지의 생각이었다. 저녁이면 밝고 행복한 젊은이들이 노래를 부르며 터너즈 파이크를 따라 떼지어 올 거야. 그들은 환호성을 지르고 웃음을 터뜨리며 우리 가게로 몰려들 거야. 노래를 부르고 잔치가 벌어질 거야. 그 일에 대해 아버지가 그렇게 상세하게 말했다는 인상을 주려는 것은 아니다. 앞서 말했듯이 아버지는 속내를 털어놓는 사람이 아니었다. "걔들은 어딘가 갈 데를 원해. 걔들은 어딘가 갈 데를 원한다고." 아버지는 되풀이 말했다. 그게 아버지로서는 표현할 만큼 한 것이다. 나머지 공백은 나 자신의 상상력으로 채운 것이다.

　이삼주 동안 아버지의 이런 생각이 우리집을 온통 사로잡았다. 우리는 그다지 많은 말을 하지는 않았지만 일상생활에서 무뚝뚝한 표정 대신에 미소를 지으려고 열심히 노력했다. 어머니는 하숙인들에게 미소지었고, 나도 거기에 감염되어 우리집 고양이한테까지 미소지었다. 아버지는 즐겁게 해주려고 애태우다보니 약간 들뜬 듯했다. 분명히 아버지의 내면 어딘가에 쇼맨십 같은 것이 숨어 있었다. 아버지는 밤에 접대하는 철도 인부들에게는 자기 재능을 별로 보여주지 않고 비드웰에서 젊은 남녀가 오기를 기다렸다가 자기 능력을 한껏 발휘하려는 듯했다. 식당 카운터에는 언제나 달걀로 가득 채워진 철사바구니가 있었다. 손님을 즐겁게 해주리라는 생각이 아버지의 뇌리에서 생겨났을 때 그것이 아버지의 눈앞에 있었음에 틀림없다. 아버지의 생각이 진전될 때마다 달걀이 관련되는 데에는 뭔가 운명적인 면이 있었다. 어쨌든 달걀 하나가 아버지의 새로운 삶의 충동을 망쳐놓았다. 어느날 밤늦게 나는 아버지의 목에서 터져나오는 포효 같은 분노의 함성에 잠이 깼다. 어머니와 나는 일어나 침대에 똑바로 앉았다. 떨리는 손으로 어머니는 머리맡 탁자에 놓여 있는 램프에 불을 붙였다. 아래층의 우리 식당 앞문이 꽝 하면서 닫히더니 몇분 뒤에 아버지가 쿵쾅거리며 층계를 올라왔다. 아버지는 한손에 달걀 하나를 들고 있었는데, 마치 오한이 난 것처럼 그 손이 떨렸다. 아버지의 눈빛은 반쯤 미친 것 같았다. 우리를 노려보고 서 있을 때 아버지는 분명코 어머니나 나에게 그 달걀을 던질 태세였다. 그런데 아버지는 달걀을 탁자 위 램프 옆에 가만히 놓고 어머니의 침대 옆에 무릎을 꿇었다. 아버지는 어린 소년처럼 울기 시작했고 나도 아버지의 깊은 슬픔에 휩쓸려 덩달아 울었다. 우리 부자의 비통한 울음소리로 그 작은 위층 방이 가득 찼다. 우스꽝스러운 일이지만 우리가 벌려놓은 광경에서 내가 기억할 수 있는 것은 어머니의 손이 아버지의 정수리를 가로지르는 그 벗겨진 길을 계속 어루만지고 있었다는 사실뿐이다. 나는 어머니가 아버지에게 뭐라고 말했는지, 그리고 어떻게 아버지를 설득해서 아래층에서 일어난 일을 털어놓게끔 했는지 잊어버렸다. 아버지의 설명 역시 내 기억에서 사라졌다. 기억하는 것이라곤 오로지 나 자신의 깊은 슬픔과 무서움, 그리고 아버지가 침대 곁에 무릎을 꿇고 있을 때 램프 불에 번쩍이던 아버지 머리 위에 난 빛나는 그 길뿐이다.

아래층에서 일어난 일에 대해서 이야기해보겠다. 뭐라고 이유를 설명할 수 없지만 나는 아버지가 낭패를 보는 모습을 마치 현장에서 목격한 것처럼 그 이야기를 잘 알고 있다. 사람은 때가 되면 설명할 수 없는 많은 것들을 알게 되는가보다. 그날 저녁 비드웰 상인의 아들인 조 케인이라는 젊은이가 남부에서 저녁 열시 기차로 오기로 되어 있는 자기 아버지를 마중하러 피클빌에 왔다. 기차는 세 시간 연착이라서 조는 우리 가게에서 빈둥거리며 기차가 오기를 기다렸다. 지역 화물열차가 들어와 화물차 승무원들이 식사를 했다. 조는 아버지와 함께 단둘이 식당에 남겨졌다.

비드웰의 그 젊은이는 우리 가게에 들어오는 순간부터 아버지의 행동에 당황했음이 분명하다. 그는 자기가 죽치고 있어서 아버지가 화난 것이라고 생각했다. 그는 자기가 들어온 것을 식당 주인이 분명 귀찮아한다고 여기고 밖으로 나갈 생각을 했다. 그러나 비가 오기 시작했고 읍까지 먼 길을 걸어갔다 되돌아오는 것이 마음에 들지 않았다. 그는 5센트짜리 씨가를 사고 커피 한잔을 주문했다. 그는 호주머니에 넣어둔 신문을 꺼내 읽기 시작했다. "저녁 기차를 기다리고 있어요. 연착이거든요." 그가 사과하듯이 말했다.

아버지는 오랫동안 조 케인을 가만히 응시했는데, 그는 아버지와 일면식도 없었다. 아버지는 무대공포증에 시달리고 있는 것이 분명했다. 실제 삶에서 아주 흔히 일어나듯이, 아버지는 지금 자기가 맞닥뜨린 상황을 너무 많이 너무 자주 생각해왔기 때문에 막상 그 일을 당하자 신경이 꽤 날카로워진 것이다.

우선 아버지는 자기 손을 어떻게 해야 할지 몰랐다. 아버지는 과민하게 한쪽 손을 카운터 위로 내밀어 조 케인과 악수를 했다. "반갑구먼" 하고 아버지가 말했다. 조 케인은 신문을 내려놓고 아버지를 응시했다. 카운터에 놓여 있는 달걀 바구니에 눈길이 멎자 아버지는 말문을 열었다. "저기." 아버지는 머뭇거리며 말을 시작했다. "저기, 자네 크리스토퍼 콜럼버스 이야기 들어봤겠지?" 아버지는 화난 것 같았다. "그 크리스토퍼 콜럼버스는 사기꾼이었단 말이야." 아버지는 힘주어 단언했다. "그는 달걀을 한쪽 끝으로 세우는 방법을 말했지. 그렇게 말했고, 분명히 그렇게 장담해놓고서는 달걀 한쪽 끝을 깨뜨리고 말았거든."

그 손님이 보기에 아버지는 크리스토퍼 콜럼버스의 표리부동함에 광분한 것 같았다. 아버지는 중얼거리며 욕을 했다. 따져보면 크리스토퍼 콜럼버스가 결정적인 순간에 속임수를 썼는데도 그를 위대한 사람이라고 아이들에게 가르치는 것은 잘못이라고 아버지는 단언했다. 콜럼버스는 달걀을 한쪽 끝으로 세우겠다고 장담했고 그의 허세가 도전 받자 속임수를 썼다는 것이다. 콜럼버스에게 여전히 불평을 늘어놓으면서 아버지는 카운터의 바구니에서 달걀 하나를 꺼내들고 왔다갔다 하기 시작했다. 아버지는 달걀을 양 손바닥 사이에 끼워서 굴렸다. 아버지는 상냥한 미소를 지었다. 아버지는 인체에서 나오는 전기가 달걀에 미치게 될 효과에 관해 중얼거리기 시작했다. 아버지는 달걀을 손안에서 앞뒤로 굴림으로써 껍데기를 깨지 않고 달걀을 한쪽 끝으로 세울 수 있다고 단언했다. 아버지는 달걀에 가하는 손의 온기와 살살 굴리는 동작으로 인해 새로운 중심이 생겨난다고 설명했고, 조 케인은 가볍게 흥미를 보였다. "난 수천개의 달걀을 다뤄봤어." 아버지는 말했다. "달걀에 대해 나보다 더 잘 아는 사람은 없다고."

아버지는 카운터 위에 달걀을 세웠지만 그것은 옆으로 쓰러졌다. 아버지는 그 묘기를 여러 차례 거듭해서 시도했고, 그럴 때마다 번번이 달걀을 손바닥 사이에 굴리며 전기와 중력법칙의 경이로움에 관해 이야기했다. 반시간 동안 애쓴 끝에 달걀을 한순간 세우는 데 마침내 성공하여 아버지가 고개를 들었지만 손님은 쳐다보지도 않고 있다는 것을 발견했다. 아버지가 조 케인의 주목을 끌어 자기 노력이 성취된 것을 보게 했을 즈음에 달걀은 다시 옆으로 굴러 쓰러져 있었다.

쇼맨의 열정으로 사뭇 불타고 있음에도 첫번째 노력의 실패에 상당히 당황한 아버지는 이제 기형 닭이 담긴 병들을 선반에서 내려놓고 손님에게 보여주기 시작했다. "이놈처럼 다리 일곱에 머리 둘이 있는 것을 갖고 싶지 않아?" 아버지는 자기 보물 가운데서도 가장 주목할 만한 것을 꺼내 보이면서 물었다. 아버지의 얼굴에 유쾌한 미소가 번졌다. 아버지는 젊은 농장일꾼 시절 토요일 저녁마다 읍내로 말을 타고 가서 벤 헤드의 술집에서 본 남자들처럼 카운터 너머로 손을 뻗쳐

조 케인의 어깨를 철썩 치려고 했다. 손님은 끔찍한 기형 닭의 사체가 병 안의 알코올 속에 떠다니는 광경에 속이 메스꺼워져 나가려고 일어났다. 아버지가 카운터 뒤쪽에서 돌아나와 젊은이의 팔을 붙들고 그의 자리로 이끌고 갔다. 아버지는 약간 화가 나서 한동안 얼굴을 돌리고 억지로 미소를 지어야 했다. 그런 다음 아버지는 병들을 선반에 도로 얹었다. 갑자기 선심을 쓰고 싶은 욕망이 솟구쳐 아버지는 조 케인에게 새로 커피 한잔과 씨가 하나를 자기가 살 테니 더 즐기라고 강요하다시피했다. 그러더니 아버지는 냄비 하나를 꺼내들고 카운터 밑에 두었던 병에서 식초를 따라 가득 채우면서 새로운 수법을 써보겠노라고 선언했다. "이제 이 달걀을 이 식초 냄비 안에 넣고 끓이겠어." 그가 말했다. "그런 다음 껍데기를 깨뜨리지 않고 달걀을 병목으로 집어넣겠어. 달걀이 병에 들어가면 원래의 정상적인 형태를 되찾고 껍데기는 다시 딱딱해질 거야. 그러면 달걀이 들어 있는 이 병을 자네한테 주겠어. 자네는 어디에 가든지 이걸 가지고 갈 수 있어. 사람들은 달걀을 어떻게 병 속에 넣었는지 알고 싶을 거야. 사람들에게 말하지 마. 그들을 계속 궁금하게 만들어. 그게 이 수법의 묘미를 즐기는 방법이거든."

아버지는 씩 웃으면서 손님에게 윙크했다. 조 케인은 자기가 맞닥뜨린 사람이 정신이 약간 이상하지만 악의는 없는 사람이라고 판단했다. 그는 자기에게 주어진 커피를 마시고 다시 신문을 읽기 시작했다. 달걀이 식초 속에서 뜨거워지자 아버지는 그것을 스푼으로 떠서 카운터에 가져왔고 뒤쪽 방으로 들어가 빈병 하나를 구해왔다. 묘기를 부리려고 하는데 손님이 쳐다보지 않아서 아버지는 화가 났지만 그럼에도 불구하고 유쾌하게 작업을 시작했다. 오랫동안 아버지는 달걀을 병목 안으로 통과시키느라 애를 썼다. 아버지는 달걀을 다시 가열할 요량으로 식초 냄비를 다시 난로에 얹었고 그런 다음 달걀을 집어들다가 그만 손가락을 데었다. 뜨거운 식초에 두번째 담겨진 후에 달걀껍데기는 조금 부드러워졌지만 아버지의 목적을 성취하기에는 부족했다. 작업이 거듭될수록 필사적인 결의가 아버지를 사로잡았다. 아버지가 마침내 그 묘기가 곧 완성될 것이라고 생각했을 때 연착한 기차가 역에 들어왔고 조 케인은 무심하게 문밖으로 나가려고 했다. 아버지는 달걀을 정복하여 자기 식당에 온 손님을 즐겁게 해줄 줄 아는 사람으로 이름을 날리는 일에 성공하려고 마지막 필사적인 노력을 다했다. 아버지는 달걀을 들볶았다. 그는 달걀을 다소 거칠게 다루기까지 했다. 아버지는 욕을 했고 이마에는 땀이 솟아났다. 달걀이 아버지 손에서 깨어졌다. 달걀의 내용물이 튀어나와 아버지의 옷에 묻자 조 케인이 문간에서 걸음을 멈추고는 뒤돌아보면서 웃었다.

아버지의 목구멍에서 분노의 울부짖음이 일었다. 아버지는 길길이 날뛰면서 알아들을 수 없는 말들을 연달아 소리쳤다. 아버지는 카운터의 바구니에서 또 하나의 달걀을 집어서 던졌는데 젊은이의 머리를 살짝 빗나갔고 젊은이는 문밖으로 피해 도망쳤다.

아버지는 달걀 하나를 손에 쥐고 위층의 어머니와 나에게로 왔다. 아버지가 무슨 일을 하려고 했는지 나는 알지 못한다. 아버지는 달걀을 파괴하려는, 달걀이란 달걀을 모조리 파괴할 그런 생각을 하고 있었고, 어머니와 나로 하여금 자신이 그런 짓을 시작하는 것을 지켜보게 하려는 의도가 있었다고 생각한다. 하지만 어머니 앞에 왔을 때 아버지에게 무슨 일인가 일어났다. 이미 설명한 대로 아버지는 달걀을 탁자에 가만히 내려놓고 침대 옆에 무릎을 꿇었다. 얼마 후 아버지는 그날 밤은 일찌감치 식당 문을 닫고 위층으로 올라와 잠자리에 들기로 작정했다. 그런 다음 아버지는 램프 불을 불어서 껐고, 아버지와 어머니는 상당히 오랫동안 두런두런 대화를 나누고 나서 두 분 다 잠이 들었다. 나 역시 잠이 들었던 것 같지만 잠자리가 뒤숭숭했다. 나는 새벽에 깨어 탁자에 놓인 달걀을 한참 쳐다봤다. 나는 왜 달걀이 있어야 하는지, 그리고 왜 달걀에서 다시 달걀을 낳는 암탉이 나오는지 궁금했다. 그 의문은 내 핏속에까지 스며들어 있었다. 그 의문이 내 핏속에 머물러 있는 것은 내가 내 아버지의 아들이기 때문일 것이라고 상상한다. 어쨌든 내 마음속에서 그 문제는 아직도 해결되지 않은 채 남아 있다. 그리고 그 점이야말로——적어도 내 가족에 관한 한——달걀이 완전하고 최종적으로 승리했음을 보여주는 또 하나의 증거일 뿐이라는 것이 내 결론이다.

■ 더 읽을거리

『와인즈버그, 오하이오』(서숙 옮김, 글빛 2004)는 앤더슨의 첫 단편집으로, 작품과 미국 모더니즘 문학을 이해하는 데 도움이 된다.

F. Scott Fitzgerald

| F. 스콧 피츠제럴드 |

1896~1940

미네쏘타 주 쎄인트 폴 출생. 프린스턴 대학에 입학하여 학내 뮤지컬·연극 클럽 활동에 몰두했다. 1917년 군에 입대했으나 전선에 배치되기 전에 일차대전이 끝났다. 초기에 장편소설 『천국의 이쪽』(*This Side of Paradise*, 1919) 『아름다워서 저주받은 사람들』(*The Beautiful and Damned*, 1922)과 단편집 『말괄량이들과 철학자들』(*Flappers and Philosophers*, 1920) 『재즈 시대 이야기들』(*Tales of the Jazz Age*, 1922)을 잇달아 출간하면서 '재즈 시대' 문학의 기수로 등장했고, 이 시대의 걸작 『위대한 개츠비』(*The Great Gastsby*, 1925)로 큰 인기를 누렸다. 이 장편과 세번째 단편집 『그 모든 슬픈 젊은이들』(*All the Sad Young Men*, 1926)은 당대 젊은이들이 열병처럼 겪은 사랑과 부의 꿈과 그 좌절의 기록이다. 그후에도 장편 『밤은 부드러워』(*Tender Is the Night*, 1934)를 비롯한 뛰어난 장·단편을 다수 남겼고, 할리우드에서 씨나리오 작업을 하기도 했다. 그의 소설은 사랑과 부에 대한 청춘기의 낭만적 열정과 그 낭만적 이상주의를 날카롭게 비판하는 도덕감각이 팽팽하게 맞서 있어서 '미국의 꿈'에 대한 탐구의 성격을 띤다.

■ 거울 꿈 Winter Dreams

『메트로폴리턴 매거진』(Metropolitan Magazine) 1922년 12월호에 발표되었고 세번째 단편집 『그 모든 슬픈 젊은이들』에 수록되었다. 피츠제럴드 문학세계에서 '개츠비 시대'에 속하는 작품으로, 여기 등장하는 주제와 인물, 모티프 등이 『위대한 개츠비』에서 한층 더 심화·발전된다. 특히 주디와 함께 있고자 하는 덱스터의 '겨울 꿈'이 수년 전에 잃어버린 데이지와의 사랑을 되찾으려는 개츠비의 '미국의 꿈'으로 발전되는 양상은 주목을 요한다. 주디는 재래의 도덕과 관습을 깨뜨리는 1920년대 신여성(flapper)의 전형으로서 『위대한 개츠비』의 데이지가 암시는 하되 충분히 보여주지는 못한 변덕스러운 활력과 찰나적인 아름다움을 생생하게 보여준다. 덱스터는 물질적 성공을 거두었으나 주디와의 사랑을 얻을 수 없었는데, 그것은 주디의 격정적이고 변덕스런 삶의 방식이 덱스터의 '겨울 꿈'에 포섭되기를 거부하기 때문이다. 주디는 주디대로 대가를 치른다. 한때 '대단한 미인'으로 남자들을 달고 다니던 주디가 결국 술주정뱅이 난봉꾼 남편만을 바라보는 아내의 삶에 만족해야만 한다. 청춘의 찬란한 아름다움과 변덕스러운 열정, 그리고 그 빛과 신명이 사라졌을 때의 덧없음까지 되살려놓은 작품이다.

겨울 꿈

1

캐디들 가운데 몇몇은 찢어지게 가난하여 앞마당에 신경쇠약에 걸린 암소가 있는 단칸방 집에서 살았지만 덱스터 그린의 아버지는 블랙베어에서 두번째로 좋은 식품점을 소유하고 있었고——가장 좋은 식품점은 셰리아일랜드의 부유한 사람들이 이용하는 '더 허브'였다——덱스터는 다만 용돈을 벌려고 캐디 일을 했다.

날씨가 상쾌해지고 하늘이 잿빛으로 변하는 가을에, 그리고 하얀 상자 뚜껑처럼 굳게 닫힌 기나긴 미네쏘타의 겨울에 덱스터의 스키는 골프코스의 페어웨이를 뒤덮은 눈 위를 미끄러져갔다. 이런 때가 되면 이 지방은 그에게 깊은 우수를 안겨주었다. 그는 긴 겨울 동안 골프장을 털이 덥수룩한 참새들이 출몰하는 휴한지로 놀려둘 수밖에 없다는 데 속이 상했던 것이다. 여름에는 화사한 깃발들이 펄럭거렸던 골프 티 위에 이제는 황량한 모래통들만이 무릎 깊이의 딱딱한 얼음으로 덮여 있었다. 그가 언덕을 가로지를 때는 찬바람이 매섭게 불었으며, 해가 나온 경우에도 한없이 내리쬐는 가혹한 빛 때문에 두 눈을 가늘게

뜬 채 터벅터벅 걸었다.

사월이 되면 겨울이 갑자기 끝났다. 때이른 골퍼들이 붉고 검은 공으로 용감히 겨울에 맞서기를 채 기다려주지 않고 눈이 녹아서 블랙베어 호수로 흘러내렸다. 우쭐대지 않고 찬란한 우기도 거치지 않은 채 추위는 사라져버렸다.

덱스터는 이 북부 지방의 가을에 뭔가 찬란한 구석이 있듯이 봄에는 뭔가 음울한 구석이 있다는 것을 알고 있었다. 가을이 되면 그는 두 손을 불끈 쥐고 온몸을 떨면서 바보 같은 문장을 속으로 되뇌며 상상으로 불러낸 청중과 군대에게 불현듯 힘차게 명령을 내리는 동작을 취했다. 시월은 그에게 희망을 불어넣었고 십일월은 그 희망을 일종의 황홀한 승리로 끌어올렸으며, 이런 분위기에서 속절없이 지나가는 셰리 아일랜드 여름날의 빛나는 인상들은 그에게 손쉬운 공상거리가 되었다. 그는 상상 속에서 골프대회 챔피언이 되었고 상상 속 페어웨이에서 수백번이나 치른 멋진 시합에서 T. A. 헤드릭 씨를 어김없이 물리쳤는데, 그 시합의 세부 내용을 그는 지치지도 않고 바꿔댔다. 어떤 때는 거의 우스꽝스러울 정도로 쉽게 이겼으며 어떤 때는 뒤지다가 멋지게 따라잡기도 했다. 또한 모티머 존즈 씨처럼 피어스 애로(1901~38년 뉴욕 버팔로에서 제조된 고급 승용차—옮긴이) 자동차에서 내려 쌀쌀맞은 태도로 셰리아일랜드 골프클럽 라운지로 어슬렁대며 걸어들어가거나 아니면 어쩌면 경탄하는 군중에 둘러싸인 채 클럽 부대(浮臺)의 도약판에서 멋진 다이빙 시범을 보이기도 했다⋯⋯ 놀라서 입을 벌리고 그를 지켜보는 사람들 가운데는 모티머 존즈 씨도 끼어 있었다.

그러던 어느날 존즈 씨—그의 유령이 아니라 바로 그 사람이—가 두 눈에 눈물을 글썽이며 덱스터에 다가와 이렇게 말하는 사태가 벌어졌다. 덱스터는 클럽에서 최고의 캐디이며, 만약 존즈 씨가 그에 걸맞은 배려를 해준다면 그만두지 않기로 할 수 없겠느냐는 것이다. 왜냐하면 클럽의 다른 캐디들은 모두 홀에 공을 하나 넣을 때마다 공 하나씩을 상습적으로 잃어버렸기 때문이다.

"아니요, 선생님." 덱스터가 단호하게 말했다. "더이상 캐디 일을 하고 싶지 않습니다." 그러고는 잠시 후에 덧붙였다. "전 나이가 너무 많아요."

"자넨 기껏 열네살밖에 되지 않았어. 도대체 하필이면 왜 오늘 아침에 그만두고 싶다는 결심을 했단 말인가? 다음주 나와 함께 주(州) 토너먼트 경기에 나가기로 약속했잖은가."

"제 나이가 너무 많다는 생각이 들었어요."

덱스터는 'A 클래스' 배지를 반납하고 캐디마스터한테서 받을 돈을 받은 다음 블랙베어 마을의 집으로 걸어갔다.

"내가 만난 캐디 중에…… 최고였어." 그날 오후 모티머 존즈 씨는 술잔을 기울이며 소리쳤다. "공 하나 잃어버린 적이 없어! 열의있고! 영리하고! 조용하고! 정직하고! 감사할 줄 알아!"

일을 이렇게 만든 것은 열한살짜리 작은 소녀였다. 몇년 뒤에는 형언할 수 없을 만큼 사랑스러워져 숱한 남자들한테 끝없는 비참함을 안겨줄 숙명을 타고난 작은 여자애들이 그렇듯이 그녀는 굉장히 밉상이었다. 그러나 생기가 불꽃처럼 번득였다. 미소를 지을 때 두 입술을 입 가장자리 아래쪽으로 비트는 방식이라든지 그리고— 맙소사!— 열정적이라고 할 만한 두 눈에 전반적으로 불경함이 깃들어 있었다. 이런 여자들에게 삶의 활력이란 일찍 나타나는 법이다. 그 활력이 지금 너무 역력하여, 그녀의 가냘픈 체구를 통해 환한 빛을 뿜어내고 있었다.

여자애는 아홉시에 흰 무명옷 차림의 보모와 함께 열성적으로 골프장에 나왔었다. 보모는 자그마한 새 골프채 다섯 개가 담긴 하얀 캔버스 가방을 들고 있었다. 덱스터가 처음 보았을 때 여자애는 꽤나 불편한 기색으로 캐디 하우스 옆에 서 있었다. 그녀는 간간이 깜짝 놀라거나 어색하게 찡그리는 표정을 지으면서 누가 봐도 부자연스럽게 보모에게 말을 건네면서 불편한 심사를 감추려 하고 있었다.

"그래요, 힐다 아줌마, 오늘은 분명히 날씨가 좋아요." 덱스터는 그녀가 말하는 소리를 들었다. 그녀는 입술 가장자리를 아래쪽으로 당겨 미소짓고는 슬쩍 주위를 둘러보다가 한순간 덱스터에게 눈길을 주었다.

그러고는 보모에게 이렇게 말했다. "그런데, 오늘 아침엔 사람들이 별로 많지 않은 것 같죠, 그렇죠?"

그녀는 또다시 미소를 지었다. 찬란하고 뻔뻔할 정도로 작위적이면서도 마음을 사로잡는 미소였다.

"우리가 지금 뭘 하면 되는지 모르겠어." 보모가 딱히 어딘가를 보는 것은 아닌 채로 말했다.

"아, 괜찮아요. 내가 알아서 할게요."

덱스터는 입을 약간 벌린 채로 꼼짝 않고 서 있었다. 그는 자신이 한발짝 앞으로 이동하면 자기의 눈길이 그녀의 시아에 들어오게 되고, 뒤로 물러나면 그녀가 얼마나 어린지 볼 수 없게 된다는 것을 알고 있었다. 한동안 그는 그녀가 얼마나 어린지 깨닫지 못했었다. 그제야 그는 그 전해에 골프 바지를 입은 그녀의 모습을 몇차례 본 기억이 났다.

불현듯 자기도 모르게 그는 짧고 갑작스러운 웃음을 터뜨렸고, 그런 다음 자신의 행동에 흠칫 놀라 돌아서서 잽싸게 걸어가기 시작했다.

"보이!"

덱스터는 걸음을 멈췄다.

"보이……"

의문의 여지없이 그를 부르는 소리였다. 뿐만 아니라 그에게 그 터무니없는 미소, 그 종잡을 수 없는 미소까지 짓는 것이었다. 적어도 여남은 명의 남자들은 중년까지 기억할 그런 미소였다.

"보이, 골프 강사가 어디 있는지 알아요?"

"지금 레슨중인데요."

"그럼, 캐디마스터가 어디 있는지는 알아요?"

"오늘 아침에는 아직 안 나왔는데요."

"아." 한동안 그녀는 난감해했다. 그녀는 번갈아가며 오른발로 섰다 왼발로 섰다 했다.

"캐디를 구했으면 해서요." 보모가 말했다. "모티머 존즈 부인이 골프를 치라고 우리를 보냈는데 캐디를 구할 수 없으면 어떻게 골프를 칠지 모르겠어요."

여기서 존즈 양이 험악한 눈짓을 하다가 연이어 미소를 짓자 보모는 말을 멈췄다.

"여기는 나 말고는 캐디가 없어요." 덱스터가 보모에게 말했다. "그런데 나는 캐디마스터가 나올 때까지는 책임지고 여기에 머물러 있어야 해요."

"아."

존즈 양과 보모는 이제 물러나 덱스터로부터 적당히 떨어져 열띤 대화를 시작했다. 존즈 양이 골프채 하나를 꺼내 난폭하게 땅을 치는 것으로 그 대화는 끝났다. 자기 뜻을 좀더 강조하기 위해 그녀는 골프채를 다시 들어올려 보모의 젖가슴을 세게 내려치려 했으나 보모가 골프채를 붙잡아 그녀의 손에서 비틀어 빼앗았다.

"이 빌어먹을 야비한 할망구 같으니!" 존즈 양은 발광하듯 소리쳤다.

또다시 말싸움이 시작되었다. 이 장면에 코미디 같은 구석이 있음을 깨닫고 덱스터는 몇번이나 웃기 시작했지만 그때마다 웃음소리가 또렷이 들리기 전에 웃음을 자제했다. 그는 그 어린 여자애가 보모를 때리는 것이 정당하다는 괴상망측한 생각을 떨쳐버릴 수 없었다.

때마침 캐디마스터가 나타남으로써 이 상황은 해결되었다. 보모는 즉시 그에게 하소연했다.

"존즈 양한테는 어린 캐디가 있어야 하는데, 여기 이 아이는 갈 수 없다고 그러네요."

"머케너 씨가 아저씨가 올 때까지 여기서 기다려야 한다고 했어요." 덱스터가 재빨리 말했다.

"그런데, 지금 그 사람이 왔네요." 존즈 양은 캐디마스터에게 명랑하게 미소지었다. 그런 다음 그녀는 가방을 바닥에 떨어뜨리고는 거만하고 맵시있는 걸음걸이로 첫번째 티를 향해 출발했다.

"뭐야?" 캐디마스터는 덱스터 쪽으로 돌아섰다. "왜 장승처럼 거기 멀뚱하게 서 있는 거야? 얼른 가서 젊은 숙녀분의 골프채를 들어야지."

"오늘은 필드에 나가지 않을 생각입니다." 덱스터가 말했다.

"나가지 않을 생각이라고—"

"그만둘 생각입니다."

그 결정의 중대함에 그는 겁이 났다. 그는 총애받는 캐디였고 여름 동안 그가 버는 한달에 30달러는 호수 주변 다른 어디에서도 벌 수 없는 액수였다. 그러나 그는 강렬한 정서적 충격을 받았으며, 이런 마음의 동요는 곧바로 격렬하게 터져나올 수밖에 없었다.

또한 그게 그렇게 단순한 문제가 아니기도 하다. 앞으로도 아주 종종 그러하듯이, 덱스터는 무의식적으로 그의 겨울 꿈의 명령을 받았던 것이다.

2

이제 물론 이 겨울 꿈의 성격과 시의성이 달라졌지만 꿈의 실제 내용
은 그대로 남아 있었다. 몇년 뒤에 이 꿈에 설득당해 덱스터는 주립대
학 경영학과정 진학——이제 그의 아버지는 사업이 번창하여 그 정도
학비는 댈 수 있었을 텐데——을 포기하고, 학자금 부족으로 고통당하
면서 그 이점은 불확실한 동부의 좀더 전통있고 유명한 대학에 다니는
쪽을 택했다. 그러나 그의 겨울 꿈이 처음에 우연히도 부자들에 대한
생각과 관련되었다고 해서 이 소년에게 단지 속물적인 것밖에 없다는
인상을 갖지는 말아 달라. 그는 번쩍이는 물건이나 번쩍이는 사람들과
어울리기를 원하지 않았다. 그가 원하는 것은 바로 번쩍이는 물건 그
자체였다. 종종 그는 왜 그걸 원하는지 이유도 모른 채 최상의 것에 손
을 뻗치곤 했고, 때로는 인생에 충분히 내장된 신비한 거절과 금기에
맞닥뜨리곤 했다. 이 이야기가 다루는 것은 그런 거절 가운데 하나이
지 그의 전반적인 삶의 이력은 아니다.

그는 돈을 벌었다. 그건 상당히 놀라운 일이었다. 대학을 졸업한 뒤
그는 블랙베어 호수에 찾아오는 부유한 사람들이 사는 그 도시로 갔
다. 그는 겨우 스물세살이었고 그곳에 온 지 이태밖에 되지 않았지만
벌써 "요새 이런 젊은이가 있어——"라고 즐겨 말하는 사람들이 생겨났
다. 주위의 부잣집 아들들은 불안정하게 채권을 팔러 다니거나 물려받
은 재산을 되는 대로 투자하거나 아니면 24권짜리 '죠지 워싱턴 상업강
좌'를 붙들고 씨름했지만, 덱스터는 대학 학위와 자신감에 찬 말솜씨를
밑천으로 1천 달러를 빌려서 한 세탁소의 공동소유권을 사들였다.

그가 사업에 뛰어들었을 때 세탁소는 작았으나 덱스터는 가는 모직

골프 스타킹을 쪼그라들지 않게 세탁하는 영국인들의 방법을 특화해서 일년이 안되어 니커보커 바지(무릎 아래에서 홀치는 느슨한 반바지로 20세기 초엽에는 골프를 칠 때 이 바지를 입었다—옮긴이)를 입는 고객을 상대로 장사를 하고 있었다. 남자들은 골프공을 잘 찾는 캐디를 고집했듯이 셰틀랜드 양말과 스웨터를 그의 세탁소에 맡길 것을 고집했다. 얼마 뒤 덱스터는 그들 부인의 속옷까지 맡게 되었고, 그 도시의 여러 구역에서 다섯 개의 지점을 운영하고 있었다. 스물일곱살이 되기 전에 그는 그 지역에서 가장 큰 세탁소 체인점을 소유하게 되었다. 그가 세탁소를 팔고 뉴욕에 간 것은 그때였다. 하지만 그의 이야기 중에 우리의 관심을 끄는 부분은 그가 처음으로 큰 성공을 거두는 시절로 거슬러올라간다.

덱스터가 스물세살이었을 때—"요새 이런 젊은이가 있어"라고 즐겨 말하던 머리가 희끗한 사람들 가운데 하나인—하트 씨가 그에게 셰리아일랜드 골프클럽의 방문객용 주말 이용권 한장을 주었다. 그래서 덱스터는 어느날 이름을 등록하고 그날 오후에 하트 씨, 쌘우드 씨, T. A. 헤드릭 씨와 함께 사인조 골프를 쳤다. 그는 자기가 한때 바로 이 골프장에서 하트 씨의 골프가방을 들고 다녔으며 어디에 모래 구덩이가 있고 어디에 도랑이 있는지 두 눈을 감고도 알 수 있다는 것을 굳이 말할 필요는 없다고 생각했다. 그러나 그는 뒤따라오는 네 명의 캐디를 힐끗 바라보면서 예전의 자기를 상기시키거나 현재의 자신과 과거의 자신 사이에 놓인 간격을 좁힐 어렴풋한 눈빛이나 몸짓이 없는지 살펴보았다.

그날은 낯익은 인상들이 갑자기 후려치듯 스쳐지나가는 묘한 날이었다. 한순간 그는 침입자가 된 느낌이 들었다가 다음 순간 T. A. 헤드릭 씨에 대해 자신이 느끼는 엄청난 우월감에 압도되었다. 헤드릭 씨는 따분한 사람이었으며 이제는 예전처럼 골프를 잘 치지도 못했다.

　그때 하트 씨가 열다섯번째 그린 근처에서 잃어버린 공 때문에 굉장한 일이 일어났다. 그들이 페어웨이를 벗어난 구역의 뻣뻣한 잡초들을 뒤지고 있을 때 그들 뒤쪽의 언덕 너머에서 "공 날아가요!" 하는 소리가 또렷이 들렸다. 공을 찾다가 그들이 부리나케 몸을 돌리는 순간 밝은 색 새 공 하나가 돌연 언덕 위로 가르듯이 날아와 T.A. 헤드릭 씨의 복부를 맞췄다.

　"아이쿠!" T.A. 헤드릭 씨가 소리쳤다. "저런 미친 여자들은 골프장에서 쫓아내야 해. 점점 더 미쳐 날뛴단 말이야."

　언덕 너머로 머리 하나가 나타나면서 목소리가 들렸다.

　"지나가도 되겠어요?"

　"당신 공이 내 배를 맞혔다고!" 헤드릭 씨가 거칠게 항의했다.

　"그랬어요?" 그 아가씨는 남자들에게 다가왔다. "미안해요. 난 '공 날아가요!' 하고 소리질렀는데요."

　그녀는 남자들 한사람 한사람을 대수롭지 않게 힐끗 쳐다보고는 공을 찾으려고 페어웨이를 뒤졌다.

　"내 공이 잡초 속으로 튀어갔나요?"

　이 물음이 순진한 건지 악의적인 건지 도저히 판단할 수 없었다. 그러나 잠시 뒤 그녀의 파트너가 언덕 위로 올라오자 그녀가 명랑하게 이렇게 말한 것으로 보아 의문의 여지가 없었다. "나 여기 있어! 무언가에 맞지 않았다면 내 공은 그린에 가 있었을 거야."

　그녀가 짧은 매시(골프채의 아이언 5번 ―옮긴이) 샷을 치려고 자세를 잡는 동안 덱스터는 그녀를 유심히 보았다. 그녀는 푸른색 줄무늬 무명옷을 입고 있었는데, 목과 어깨 주위로 하얀 가두리가 달려 있어 햇볕에 탄 피부가 돋보였다. 열한살 때 그녀의 열정적인 눈과 아래쪽으로 말리는 입을 우스꽝스럽게 보이게 했던 과장기와 수척한 느낌이 이제 사라지고 없었다. 그녀는 눈에 띄게 아름다웠다. 두 뺨의 홍조는 그림 속의 홍조처럼 뺨 가운데 집중되어 있었다. 그것은 '좋은 혈색'에서가 아니라 수시로 변하는 열기에서 생겨난 것으로 아주 옅어서 금방이라도 옅어져 사라질 것만 같았다. 이런 홍조와 입놀림은 줄곧 거침없는 흐름, 강렬한 생기, 열정적인 활력의 인상을 주었는데, 부분적으로나마 균형을 맞추는 것은 슬픈 듯 고혹적인 두 눈뿐이었다.

그녀는 성급하고 무심하게 매시 샷을 휘둘러 공을 그린 저편의 모래 구덩이 속에 빠뜨렸다. 거짓 미소를 살짝 짓고 건성으로 "고마워요!" 하고 그녀는 공을 따라갔다.

"저 주디 존즈 말이야!" 그들이 그녀가 앞서서 계속 골프 치기를 기다리는 얼마간의 순간 동안 헤드릭 씨가 다음 티에서 개탄했다. "저런 애는 엎어놓고 한 여섯달 동안 볼기를 친 다음 구닥다리 기병대장에게 시집을 보내야지 정신차릴 거야."

"맙소사, 그 여자는 정말 미인이에요!" 서른을 갓 넘은 쌘우드 씨가 말했다.

"미인이라고!" 헤드릭 씨가 경멸스러운 어조로 소리쳤다. "언제나 키스를 받고 싶은 모습이야! 읍내의 온갖 송아지 같은 놈들한테 그 큰 암소 눈알을 돌리면서 말이야!"

헤드릭 씨가 모성본능을 언급하려 했는지는 의문이었다.

"노력만 하면 그녀는 골프를 상당히 잘 칠 것 같아요." 쌘우드 씨가 말했다.

"폼이 안 잡혀 있어." 헤드릭 씨가 근엄하게 말했다.

"몸매는 좋아요." 쌘우드 씨가 말했다.

"더 빠른 공을 치지 않은 게 천만다행이지." 하트 씨가 덱스터에게 윙크하며 말했다.

　그날 오후 늦게 해가 지면서 황금색과 변화무쌍한 청색이며 진홍색이 뒤섞여 광란의 소용돌이를 보여주었고 메마르고 바스락거리는 서부지방 특유의 여름밤을 남겨놓았다. 덱스터는 골프 클럽의 베란다에서 보름달 아래의 은빛 당밀처럼 미풍에 일렁이는 호수의 물결들이 잔잔히 겹쳐지는 모습을 지켜보았다. 그러다가 달이 자기 입술에 손가락 하나를 갖다 대자 호수는 창백하고 조용한 맑은 풀장으로 바뀌었다. 덱스터는 수영복을 입고 가장 멀리 있는 부대까지 헤엄쳐나가, 도약판의 축축한 캔버스 위에 물을 뚝뚝 떨어뜨리며 온몸을 쭉 뻗었다.

　물고기 한마리가 튀어오르고 별 하나가 반짝거리고 호수 주위의 불빛들이 어렴풋이 빛나고 있었다. 저 멀리 바다로 뻗은 컴컴한 땅 위에서 지난 여름과 지지난 여름에 유행하던 노래들——「친친」과 「룩셈부르크의 백작」 그리고 「초콜릿 병사」에 나오는 노래들(20세기 초반에 흥행한 뮤지컬과 오페레타——옮긴이)——이 피아노로 연주되고 있었고, 넓은 물 위로 퍼지는 피아노 소리는 언제 들어도 아름다운 것 같았기 때문에 덱스터는 꼼짝 않고 가만히 누워서 귀를 기울였다.

　그 순간 피아노가 연주하는 곡은 덱스터가 대학 2학년이던 오년 전만 해도 유쾌하고 참신했었다. 이 곡은 대학무도회 때에 한번 연주되었으나 그때 그는 무도회에 가는 호사를 누릴 여유가 없어서 체육관 바깥에 서서 귀를 기울였다. 이 선율이 그의 내면을 일종의 황홀경에 빠지게 했고, 그는 이런 황홀경에 빠진 채 지금 자신에게 일어난 일들을 바라보았다. 그것은 절절하게 이해가 되는 기분이었고 이번만은 자신이 삶에 멋지게 조율되어 있는 느낌, 주위의 모든 것이 다시는 결코 알지 못할 환한 빛과 신비한 마력을 뿜어내고 있는 느낌이었다.

　나지막하고 창백한 장방형 물체 하나가 셰리아일랜드의 어둠속에서 떨어져나오더니 경주용 모터보트의 붕붕거리는 소리를 토해냈다. 그 뒤쪽으로 두 갈래로 나눠진 물결의 선이 기다랗게 펼쳐지면서 보트가 순식간에 그의 곁으로 왔고, 땡땡대는 피아노의 고음은 윙윙거리며 물을 뿜어대는 보트 소리에 잠겨버렸다. 팔을 딛고 몸을 일으키면서 덱스터는 키를 잡고 선 어떤 사람의 검은 두 눈이 길게 퍼진 수면 너머로 자신을 쳐다보고 있음을 알아보았다. 그러자 보트는 그를 지나쳐 달리더니 호수 한가운데서 빙글빙글 무의미하게 광대한 물보라의 원을 그리는 것이었다. 그 못지않게 기이한 것은 이윽고 물보라의 원이 평평해지더니 다시 부대를 향해 오는 것이었다.

"거기 누구예요?" 그녀가 모터를 끄면서 소리쳤다. 그녀가 이제 너무 가까이 다가와 있어 덱스터는 분홍색 롬퍼인 듯한 그녀의 수영복을 볼 수 있었다.

보트의 앞머리가 부대를 들이받았고, 부대가 삐딱하게 기울면서 그는 그녀를 향해 곤두박질쳤다. 관심의 정도는 달랐지만 두 사람은 서로를 알아보았다.

"오늘 오후 골프 치면서 만났던 남자들 가운데 한사람 아닌가요?"

그는 그렇다고 했다.

"그런데, 모터보트 몰 줄 아세요? 아신다면 내가 뒤에서 써프보드를 탈 수 있도록 이 모터보트를 몰아주면 좋겠어요. 내 이름은 주디 존즈예요." 그녀는 그에게 어쭙잖은 억지웃음을 지었다. 아니, 억지웃음이 되려다가 못된 것이라고 해야 할지 모른다. 아무리 입을 비틀어도 그로테스크하지 않고 그냥 아름다웠기 때문이다. "그리고 나는 셰리아일랜드의 저기 저 집에 살아요. 근데 저 집에는 지금 남자 하나가 나를 기다리고 있어요. 그가 우리집에 차를 몰고 왔을 때 나는 선착장에서 보트를 몰고 나왔어요. 내가 자기 이상형이라나요."

물고기 한마리가 튀어오르고 별 하나가 반짝이면서 호수 주위의 불빛들이 어렴풋이 빛났다. 덱스터는 주디 존즈 곁에 앉아 있었고 그녀는 보트를 어떻게 모는지 설명했다. 그런 다음 그녀는 물에 뛰어들어 떠 있는 써프보드를 향해 유연하게 크롤 영법으로 헤엄쳐갔다. 그녀를 바라보는 것은 마치 흔들리는 나뭇가지나 나는 갈매기를 보는 것과 마찬가지로 눈에 아무런 부담이 되지 않았다. 햇볕에 탄 엷은 갈색의 그녀의 팔은 우중충한 백금색 잔물결 사이를 유연하게 헤쳐나갔으며 팔꿈치가 먼저 나타나고 떨어지는 물과 장단을 맞춰 팔뚝을 다시 던져 아래로 죽 뻗으면서 전방의 물길을 찔러나갔다.

그들은 호수 가운데로 이동했다. 덱스터가 고개를 돌리니 이제 앞머리가 들린 써프보드의 뒤쪽 낮은 곳에 무릎을 꿇고 있는 그녀의 모습이 보였다.

"좀더 빨리 가요." 그녀가 소리를 질렀다. "최대한 속력을 내봐요."

시키는 대로 덱스터가 레버를 앞으로 제치자 뱃머리에 하얀 물보라가 솟구쳐올랐다. 그가 다시 돌아보았을 때 그 여자는 두 팔을 활짝 벌리고 달을 향해 두 눈을 치켜뜬 채 질주하는 보드 위에 서 있었다.

"굉장히 추워요." 그녀가 고함쳤다. "이름이 뭐예요?"

그는 그녀에게 이름을 말했다.

"근데, 내일 밤 만찬에 오지 않겠어요?"

그의 마음이 마치 보트의 플라이휠처럼 홱 돌아갔고, 생애 두번째로 그녀의 우연한 변덕이 그의 삶에 새로운 방향을 부여했다.

3

다음날 저녁 그녀가 아래층으로 내려오기를 기다리는 동안 덱스터는 부드럽고 그윽한 여름방(여름 땡볕에 서늘한 응달을 제공하기 위해 지은 별채 혹은 부속 방―옮긴이)과 그곳에서 통하는 유리 현관이 이미 주디 존즈를 사랑했던 사내들로 가득 차 있는 광경을 상상했다. 그는 그들이 어떤 종류의 사내들인지 알고 있었다. 그가 대학에 갔을 때 그들은 우아한 옷에다 여름 동안 짙게 그을린 건강한 살갗을 하고 명문 사립고에서 진학한 학생들이었다. 그는 어떤 의미에서는 자신이 그런 사내들보다 낫다는 것을 알고 있었다. 그는 그들보다 새롭고 강했다. 그러나 자기 자식들은 그들처럼 되기를 바란다는 것을 자인한다는 점에서, 자기는 계속해서 그런 자식들을 낳는 거칠고 강인한 재료에 불과함을 시인하는 셈이었다.

좋은 옷을 입을 시기가 왔을 때 그는 미국 최고의 재단사가 누구인지 알고 있었고 그래서 오늘 저녁 입고 있는 옷을 최고의 재단사에게 주문했다. 그는 다른 대학과 뚜렷이 구분되는, 그가 다닌 대학 특유의 과묵함을 배웠다. 그는 그런 매너리즘이 자신에게 소중하다는 것을 알았고 그래서 그것을 택했다. 옷과 매너에 무심하려면 그것들에 세심한 경우보다 더 많은 자신감을 요한다는 것을 그는 알고 있었다. 그러나 그런 무심함은 그의 자식들 몫이었다. 그의 어머니 이름은 크림슬리치였다. 그녀는 보헤미아의 농민계급 출신이었고 생애 마지막 날까지 엉터리영어를 했다. 그녀의 아들은 정해진 패턴을 벗어나서는 안되었다.

일곱시 조금 넘어서 주디 존즈가 아래층으로 내려왔다. 그녀는 푸른색의 실크 칵테일 드레스를 입고 있었다. 그는 처음에는 그녀가 좀더 격식을 차린 옷을 입지 않은 데에 실망했다. 간단한 인사를 한 뒤 그녀가 식기실로 가서 문을 열면서 "마사, 이제 만찬을 차려요" 하고 소리를 질렀을 때 이런 실망감은 더욱 또렷해졌다. 덱스터는 집사가 만찬 시간을 공표하고 칵테일이 있을 것으로 기대한 것이다. 그후 나란히 라운지에 앉아 서로를 바라보았을 때 덱스터는 이런 생각을 접어치웠다.

"엄마와 아빠는 오시지 않을 거예요." 그녀가 사려깊게 말했다.

덱스터는 그녀의 아버지를 마지막으로 만난 때를 기억했고, 그녀의 부모가 오늘밤 집에 오지 않는 것이 기뻤다. 그들은 그가 누구인지 의아해할 수도 있었다. 그는 이곳에서 90킬로미터 북쪽에 있는 키블이라는 미네쏘타의 마을에서 태어났고, 고향을 물으면 언제나 블랙베어 마을 대신 키블을 댔다. 시골 읍이란 불편하게도 지적에 있는 유명한 호수의 발판처럼 이용되지 않는다면 고향으로서 나쁠 것이 없었다.

그들은 그녀가 지난 이년 동안 자주 방문했다는 그가 다닌 대학에 대해, 셰리아일랜드에 손님을 공급해주는 인근 도시에 대해, 그리고 덱스터가 다음날 자신의 번창하는 세탁소로 돌아갈지에 대해 이야기를 나누었다.

만찬 동안 그녀가 변덕스러운 우울증에 빠진 탓에 덱스터는 불편했다. 그녀가 쉰 목소리로 무슨 토라진 말을 내뱉건 그는 걱정스러웠다. 그녀가 무엇에—그에게나 닭의 간요리에나 그밖에 아무것도 아닌 것에—미소짓든 그 미소가 기쁘거나 심지어 즐거워서 짓는 것이 아니라는 사실이 그를 심란하게 했다. 그녀의 진홍색 입술 가장자리가 아래로 말릴 때 그것은 미소라기보다 키스해달라는 요청에 가까웠다.

만찬이 끝난 후에 그녀는 그를 어두운 유리 현관으로 데려가서 의도적으로 분위기를 바꿨다.

"좀 울어도 될까요?" 그녀가 물었다.

"내가 당신을 따분하게 하는가 보군요." 그가 재빨리 대답했다.

"그게 아니에요. 나는 당신이 좋아요. 하지만 오늘 오후에 정말 끔찍한 일을 당했거든요. 내가 좋아하던 남자가 있는데, 오늘 오후에 마른 하늘에 날벼락 치듯 자신이 땡전 한푼 없는 가난뱅이라고 실토하는 거예요. 전에는 그런 내색을 전혀 하지 않았어요. 지극히 세속적인 이야기로 들리죠?"

"어쩌면 당신한테 말하기가 겁났던 거지요."

"그랬던 것 같아요." 그녀는 대답했다. "그 사람은 시작부터 잘못한 거예요. 있잖아요, 내가 설령 그를 가난하다고 생각했더라도 그렇죠. 근데 나는 가난한 남자들한테 반한 적이 엄청 많고요, 그들 모두하고 결혼할 생각도 있었어요. 그러나 이번 경우 그 사람을 그런 식으로 생각한 적이 없을뿐더러 그에 대한 내 관심도 충격을 이겨낼 만큼 강한 것은 아니었어요. 마치 여자애가 약혼자에게 자기가 과부라고 차분히 통고하는 격이지 뭐예요. 그 사람은 과부라도 반대하지 않을 수 있겠지만…… 우리는 시작부터 제대로 해요." 그녀는 돌연 말을 중단했다가 이렇게 말했다. "어쨌거나 당신은 어떤 사람이에요?"

덱스터는 잠시 머뭇거렸다. 그러고는,

"난 별볼일없는 사람이오." 그가 단언했다. "내 경력은 대체로 앞날에 달려 있어요."

"가난한가요?"

"아니요." 그가 솔직하게 말했다. "북서부에서 내 또래의 어느 남자보다 돈을 많이 벌걸요. 가증스러운 말이라는 건 알지만 당신이 시작부터 제대로 하자고 충고하니 하는 말이오."

침묵이 흘렀다. 그러다가 그녀가 미소를 지으며 입 가장자리를 내려뜨렸고 감지하기 어려울 정도로 살짝 몸을 기울여 그의 쪽으로 가까워지면서 그의 눈을 올려다보았다. 덱스터는 목이 멨고 숨을 죽이면서 새로운 실험을 기다렸다. 그들의 입술에서 신비하게 형성되는 예측불허의 합성물을 앞에 두고 말이다. 그때 그는 목격했다. 그녀는 키스로써 그에게 자신의 흥분을 깊이, 아낌없이 전달했다. 그 키스는 미래의 약속이 아니라 당장의 성취였다. 그 키스는 그에게 재생을 요구하는 갈망이 아니라 포만을 불러일으켰는데, 그 포만은 더 많은 포만을 요구하는 것 같았다. 아무것도 아끼지 않음으로써 되레 결핍을 창출하는 자선과도 같은 키스였다.

덱스터는 야심을 지닌 자신만만한 소년시절부터 줄곧 주디 존즈를 갈망해왔다고 판단하는 데 그리 오랜 시간이 걸리지 않았다.

4

그렇게 시작된 둘의 관계는 긴장의 강도가 다양하게 변주되었지만 대단원에 이르기까지 줄곧 그런 기소로 계속되었다. 덱스터는 자신이 접촉해본 사람들 중에 가장 직설적이고 방종한 인물에게 자신의 일부를 바쳤다. 주디는 원하는 것이 무엇이든 자신의 매력을 최대한으로 발휘하며 추구했다. 방법상의 차별화도 유리한 입지를 위한 책략도 효과를 고려한 계획도 없었다. 그녀의 연애에는 정신적인 면이 조금밖에 없었다. 그저 남자들이 그녀가 지닌 최고도의 육체적 아름다움을 의식하게끔 만들었을 뿐이다. 덱스터는 그녀를 변화시키고 싶은 욕망이 없었다. 그녀에게 결핍된 것들은 그 결핍을 초월하고 정당화하는 열정적인 에너지와 결합되어 있었다.

그들의 관계가 시작된 첫날밤 주디가 그의 어깨에 머리를 기대면서

"나한테 무슨 문제가 있는지 모르겠어요. 어젯밤에는 어떤 남자를 사랑한다고 생각했는데 오늘은 당신을 사랑한다고 생각하고 있으니……" 하고 속삭였을 때, 그 말이 덱스터에게는 아름답고 낭만적으로 들렸다. 그녀의 이런 절묘한 흥분상태를 그는 잠시 통제하고 소유하고 있었다. 그러나 일주일 뒤 그는 이 똑같은 특질을 다른 관점에서 보지 않을 수 없었다. 그녀는 그를 자신의 지붕 없는 자동차에 태워 야외 저녁식사 파티에 데려가더니 저녁식사 후에는 마찬가지로 그 자동차를 타고 다른 남자랑 사라져버렸다. 덱스터는 엄청나게 마음이 상했고 거기에 참석한 다른 사람들에게 점잖게 예의를 차리기가 힘들었다. 그녀가 다른 남자에게 키스를 하지 않았다고 단언할 때 그는 그녀가 거짓말하고 있다는 것을 알았다. 그러면서도 그녀가 자기에게 애써 거짓말까지 하는 수고를 했다는 것이 기뻤다.

여름이 끝나기 전에 그는 자신이 그녀 주위를 맴도는 여남은 명의 남자들 중의 하나임을 알았다. 그들 각자는 한때 다른 모든 남자를 물리치고 총애를 받았고 그 가운데 절반 정도는 아직도 이따금씩 감상적으로 재생된 사랑의 위로를 받았다. 그중 한 남자가 오랫동안 무시당한 끝에 경쟁에서 빠질 조짐을 보이면 그때마다 그녀는 그에게 짧으나마 밀월의 시간을 허락했고 그러면 그는 다시 일년가량 더 버텨나갈 용기를 냈다. 주디는 아무런 악의 없이, 사실은 자기 행실이 나쁘다는 의식도 거의 없이, 무력하고 패배당한 남자들을 이렇게 공략했다.

새로운 남자가 읍내에 나타나면 모든 남자는 뒤로 빠졌다. 데이트는 자동적으로 취소되었다.

이에 대해 뭔가 조치를 취하려 해도 어쩔 도리가 없는 것은 그녀가 모든 일을 알아서 했기 때문이다. 그녀는 동역학적 의미에서 '이길' 수 있는 여자가 아니었다. 그녀한테는 영리함도 통하지 않고 매력도 통하지 않았다. 이런 것 중 하나를 가지고 그녀를 너무 강하게 공략하면 그 녀는 사태를 즉각 육체적인 차원으로 환원시켜버리곤 했으며, 그녀의 육체적 광채의 마술 아래서는 영리한 자들뿐 아니라 강한 자들도 자기들의 규칙이 아니라 그녀의 규칙대로 게임을 했다. 그녀는 오로지 자신의 욕망을 충족시키고 자신의 매력을 직접 행사함으로써만 즐거움을 느꼈다. 어쩌면 너무 많은 젊은 사랑을 하고, 너무 많은 젊은 연인들을 만나다보니 자기방어로서 오로지 자기 내부로부터만 자양분을 섭취하게 되었는지 모른다.

처음의 들뜬 기분이 가라앉은 후에 덱스터에게 찾아온 것은 초조함과 불만이었다. 그녀에게 넋을 잃고 빠져드는 어쩔 수 없는 황홀경은 강장제라기보다 마취제에 가까웠다. 그런 황홀경의 순간이 자주 찾아오지 않은 것이 겨울철 그의 사업에는 천만다행이었다. 처음 사귈 무렵 그들은 한동안 서로에게 자연스럽게 우러나오는 깊은 매력을 느낀 것 같았다. 이를테면 그 첫번째 팔월의 사흘간, 그녀의 어둑한 베란다에서 보낸 긴 저녁이며, 늦은 오후 내내 어두침침한 골방이나 정원 정자의 격자 울타리 뒤에서 주고받은 기이하고 아련한 키스며, 해가 뜨면서 환하게 밝아올 때 꿈결처럼 청순한 그녀가 그와의 만남을 수줍어하다시피하던 아침이 그러했다. 거기에는 약혼을 하지 않았다는 자각 때문에 더욱 예민해진 약혼에 대한 온갖 황홀경이 깃들어 있었다. 그가 처음으로 그녀에게 청혼한 것은 그 사흘 동안이었다. 그녀는 "어쩌면 언젠가는요"라거나 "키스해줘요" 혹은 "당신과 결혼하고 싶어요" 아니면 "당신을 사랑해요" 하고 말했다. 말하자면 그녀는 아무것도 말하지 않은 것이다.

그 사흘은 뉴욕에서 한 남자가 와서 구월의 절반 동안 그녀의 집에 머무르는 바람에 중단되었다. 덱스터에게는 괴롭게도 그 둘에 관한 소문이 돌았다. 남자는 커다란 신탁회사 사장의 아들이었다. 그러나 한 달 후에 주디가 하품을 하고 있다는 소문이 들렸다. 어느날 밤 뉴욕에서 온 남자가 그녀를 찾으려고 미친 듯이 클럽을 수색하는 동안 그녀는 댄스파티에 가서 그 지방 토박이 멋쟁이 남자와 저녁 내내 모터보트를 탔다. 그녀는 그 멋쟁이 남자에게 자기 집에 온 남자가 지겹다는 말을 했고, 그 남자는 이틀 후에 떠났다. 그녀가 역까지 배웅하러 나간 것이 목격되었는데, 사실인즉 그가 참으로 애처롭게 보였다는 소문이 돌았다.

이런 분위기로 여름이 끝났다. 덱스터는 스물네살이었고 점점 자기가 하고 싶은 대로 할 수 있는 위치에 서게 되었다. 그는 그 도시의 클럽 두 군데에 가입했으며 그중 한군데서 살았다. 그는 이런 클럽에서 여자 파트너 없이 한쪽 구석에 몰려 있는 총각들 축에는 끼지 않았지만, 주디 존즈가 나타날 법한 무도회에는 용케 자리를 지키고 있었다. 그는 원한다면 얼마든지 사교계로 나갈 수 있었다. 이제는 자격이 충분하여 도심지 상가의 딸을 둔 아버지들에게 인기가 있었다. 주디 존즈에 대한 사랑을 공언한 것이 오히려 그의 입지를 굳혀주었다. 그러나 그는 사교적인 열망이 전혀 없었고, 목요일이나 토요일 파티에 언제든지 달려갈 태세이거나 젊은 부부와 함께 저녁식사 자리를 채우는 남자 춤꾼들을 경멸하는 쪽이었다. 이미 그는 동부의 뉴욕으로 갈 생각을 굴리고 있었다. 그는 주디 존즈를 데려가기를 원했다. 그녀가 성장한 세계에 대해 아무리 환멸을 느껴도 그녀를 차지하고 싶다는 자신의 환상을 치유할 수 없었던 것이다.

그 점을 기억해야 한다. 오로지 그런 관점에서만이 그가 그녀를 위해 한 일이 이해될 수 있기 때문이다.

주디 존즈를 만난 지 18개월만에 덱스터는 다른 여자와 약혼을 했다. 그 여자의 이름은 아이린 쉬어러였고 그녀의 아버지는 언제나 덱스터를 믿어준 사람 중의 하나였다. 아이린은 머리색이 연하고 상냥하고 조신하며 땅딸한 편이었다. 구혼자가 두 명 있었지만 덱스터가 정식으로 청혼하자 그녀는 흔쾌히 그 둘을 포기했다.

여름 가을 겨울 봄, 그리고 또 한번의 여름과 또 한번의 가을—— 돌이켜보면 그는 자신의 활동적인 삶의 너무 많은 부분을 주디 존즈의 못 말리는 입술에 바쳤었다. 그녀는 그를 때로는 흥미로 때로는 격려로 때로는 악의로 때로는 무관심으로 때로는 경멸로 대했다. 그녀는 그런 경우에 있을 법한 수많은 냉대와 모멸감을 그에게 가했는데, 애당초 그를 사랑한 것에 대해 복수라도 하는 듯했다. 그녀는 손짓해서 그를 불러놓고 그에게 하품을 했으며 다시 손짓하여 그를 불렀다. 그는 종종 눈을 가늘게 뜨면서 씁쓸하게 반응했다. 그녀는 그에게 황홀경의 행복과 참을 수 없는 정신적 고뇌를 동시에 주었다. 말로 다할 수 없는 불편과 적잖은 골칫거리를 일으키기도 했다. 그에게 모욕을 주는가 하면 그를 밟고 지나가기도 했으며 재미삼아 그의 일에 대한 관심과 자신에 대한 관심을 견주기도 했었다. 그녀는 그를 비판하는 일을 빼고는 온갖 짓을 다했었다. 비판만은 하지 않았다. 그를 비판할 경우 그녀가 진지하게 느꼈고 노골적으로 드러냈던 그에 대한 순전한 무관심을 더럽힐 수 있기 때문인 듯했다.

가을이 왔다가 다시 갔을 때 그는 주디 존즈를 차지할 수 없다는 생각이 들었다. 그는 이 생각을 좀처럼 마음속에 받아들이지 못했으나 마침내 자신을 납득시켰다. 밤중에 잠이 깬 채로 한동안 누워서 이 문제를 철저히 따져보았다. 그녀가 자신에게 안겨준 골칫거리와 고통을 되뇌어보고 아내로서라면 눈에 띄는 결격사항을 꼽아보았다. 그러고는 그래도 자기는 그녀를 사랑한다고 중얼거리고 잠시 후 잠이 들곤 했다. 전화기 저편에서 들리는 그녀의 목쉰 소리나 점심식사 때 자기를 쳐다보는 그녀의 눈이 떠오를까봐 일주일 동안 그는 일부러 늦게까지 열심히 일했으며 밤에는 사무실에 가서 향후 몇년간의 계획을 짰다.

일주일이 지나자 그는 댄스파티에 가서 한번은 춤상대를 가로채어 그녀와 춤을 추었다. 그들이 만난 이래 거의 처음으로 그는 자기랑 바깥에 앉아 있자고 청하지도 않았고 그녀가 사랑스럽다는 말도 하지 않았다. 그녀가 이런 말을 아쉬워하지 않는다는 것이 마음아팠다. 그뿐이었다. 그녀에게 오늘밤 새로운 남자가 있다는 사실을 알았을 때 그는 질투하지 않았다. 오래전에 질투하지 않기로 마음을 단단히 먹었던 것이다.

그는 댄스파티에 늦게까지 남아 있었다. 그는 아이린 쉬어러와 함께 한시간 동안 앉아서 책과 음악에 관해 이야기했다. 그는 어느 쪽에 대해서도 거의 아는 바가 없었다. 하지만 그는 시간을 자기 마음대로 쓰기 시작했고 그러므로 자신——젊은 나이에 이미 엄청나게 성공한 덱스터 그린이니까——은 그런 것들에 대해 좀더 많이 알아야 한다는 다소 건방진 생각을 갖고 있었다.

그때는 그가 스물다섯살 되던 시월이었다. 이듬해 일월에 덱스터와 아이린은 약혼을 했다. 약혼은 유월에 발표하기로 하고 그로부터 석달 뒤에 그들은 결혼할 예정이었다.

미네쏘타의 겨울은 끝없이 이어졌고, 바람이 부드러워지고 마침내 눈이 녹아 블랙베어 호수로 흘러들 때는 오월이 다 되어서였다. 일년여 만에 처음으로 덱스터는 얼마간 정신적인 평온을 누리고 있었다. 주디 존즈는 플로리다에 갔다가 나중에는 핫스프링즈(아칸소 주의 유명한 온천 휴양지——옮긴이)에 머물렀고 어디에선가 약혼을 했다가 어디에선가 파혼을 했다. 덱스터가 그녀를 단호하게 포기했을 때 처음에는 사람들이 아직도 그 둘을 함께 연관짓고 그녀의 소식을 묻는 것이 슬펐지만 만찬 때 아이린 쉬어러 옆자리에 앉기 시작하면서 사람들은 주디 존즈의 소식을 더이상 묻지 않고 오히려 그에게 그녀 이야기를 들려줬다. 이제 그는 그녀에 대해 별로 아는 바가 없었다.

드디어 오월이 왔다. 덱스터는 어둠이 비처럼 축축한 밤거리를 걸으면서 별로 한 일이 없는데도 너무 많은 황홀경이 너무 빨리 사라져버렸다는 생각이 들었다. 일년 전 오월은 용서할 수 없지만 그럼에도 용서할 수밖에 없었던 주디의 격심한 변덕의 기억으로 또렷했다. 그녀가 그를 사랑하게 되었다고 상상한 드문 시기 중 하나였다. 그는 옛날의 자그마한 행복을 다 써버리고 이제 생활의 만족을 택한 것이다. 그는 아이린이 자기 뒤에 펼쳐진 커튼이며, 빛나는 찻잔들 사이를 움직이는 손길이며, 아이들을 부르는 목소리에 지나지 않으리라는 것을 알고 있었다…… 정염과 사랑스러움은 사라졌고, 밤의 마술과 변화무쌍한 시간과 계절의 경이로움도…… 아래쪽으로 말리면서 자신의 입술에 내려앉아 두 눈의 천국 속으로 자신을 들어올리는 가느다란 입술도…… 그런 것은 이제 그의 내면 깊은 곳에 있었다. 그것을 가볍게 죽이기에는 그는 너무나 강하고 생생하게 살아 있었다.

깊은 여름으로 접어드는 길목에서 날씨가 며칠간 오르락내리락 하던 오월 중순의 어느날 밤 그는 아이린의 집에 들렀다. 그들의 약혼은 이제 일주일 후에 발표될 예정이었고 그 소식에 놀랄 사람은 아무도 없었다. 그리고 오늘밤 그들은 '유니버씨티 클럽'의 라운지에 함께 앉아서 춤추는 사람들을 한시간 동안 구경할 것이다. 그녀와 함께 다니면 그는 든든해졌다. 그만큼 그녀는 인기가 탄탄했고 굉장한 '영향력'을 갖고 있었다.

그는 적갈색 사암으로 지은 집 층계를 올라가서 집 안으로 들어섰다.

"아이린." 그가 불렀다.

쉬어러 부인이 거실에서 나와 그를 맞았다.

"덱스터." 그녀가 말했다. "아이린은 심한 두통 때문에 이층 침실로 올라갔네. 그애는 자네와 함께 나가고 싶어했지만 내가 잠을 자라고 했네."

"심각한 것은 아니겠지요. 전—"

"아, 아닐세. 내일 아침이면 자네랑 골프 치러 갈 걸세. 딱 하룻밤만 그애 없이 지낼 수 있겠지, 덱스터, 그렇지?"

그녀의 미소는 상냥했다. 쉬어러 부인과 덱스터는 서로를 마음에 들어했다. 거실에서 그는 잠시 이야기를 하다가 작별인사를 했다. 숙소가 있는 '유니버씨티 클럽'으로 돌아와 그는 잠시 문간에 서서 춤추는 사람들을 바라보았다. 문설주에 기댄 채 한두 남자에게 고개를 끄덕여 인사를 하고는 하품을 했다.

"자기, 잘 있었죠."

그는 팔꿈치 쪽에서 들리는 낯익은 목소리에 깜짝 놀랐다. 주디 존즈가 한 남자와 헤어진 뒤 방을 가로질러 그에게로 왔다. 주디 존즈는 금색 옷을 입은 날씬한 에나멜 인형 같았다. 머리밴드가 금색이었고, 드레스 가두리로 보이는 실내화의 코끝도 금색이었다. 그에게 미소지을 때 그녀의 희미한 얼굴빛이 꽃피듯 환해졌다. 따뜻하고 밝은 미풍이 방 안 전체를 휩쓸고 지나갔다. 야회복 호주머니에 있는 그의 손이 경련을 일으키듯 불끈 쥐어졌다. 그는 갑작스러운 흥분으로 달아올랐다.

"언제 돌아온 거요?" 그가 대수롭지 않게 물었다.

"따라오면 말해줄게요."

그녀는 돌아섰고 그는 그녀를 따라갔다. 그녀는 떠나 있었는데…… 그는 그녀가 돌아온 것이 놀라워 눈물이 날 것 같았다. 그녀는 도발적인 음악처럼 충동적으로 행동하면서 마법에 걸린 거리를 돌아다녔던 것이다. 온갖 신비스러운 일, 온갖 참신하고 생동하는 희망이 그녀와 함께 사라졌다가 이제 그녀와 함께 돌아온 것이다.

그녀는 문간에서 돌아섰다.

"차 가지고 왔나요? 갖고 오지 않았으면 내 차가 있어요."

"쿠페를 갖고 있어."

그녀는 금색 옷을 부스럭거리며 차에 탔다. 그는 문을 쾅 닫았다. 그녀는 지금까지 너무 많은 차들에 이렇게저렇게 올라탔고, 가죽 씨트에 등을 대고 저렇게 차 문에 팔꿈치를 괴고 기다리고 있었다. 그녀 자신을 제외하고, 그녀를 더럽힐 수 있는 어떤 것이 있었더라면 그녀는 오래전에 더럽혀졌을 것이다. 그러나 이번에 쏟아져나오고 있는 것은 바로 그녀 자신이었다.

힘을 내어 그는 억지로 차의 시동을 걸고 다시 거리로 나왔다. 이건 아무 것도 아니다, 그는 명심해야 했다. 그녀는 전에도 이런 짓을 했으며 그는 장부에서 잘못된 계정을 열십자를 그어 지우듯 그녀를 잊어버리려고 했었다.

그는 천천히 시내로 차를 몰았고 짐짓 정신이 멍한 듯, 여기저기 사람들이 보이는 상가지역의 텅 빈 거리를 가로질러갔다. 영화관에서 사람들이 몰려나오거나 폐병환자나 권투선수 같은 젊은이들이 당구장 앞에서 빈둥거리고 있는 모습이 보였다. 판유리와 우중충한 노란 불빛이 회랑처럼 늘어선 술집에서 술잔이 쩽그랑 부딪히고 손으로 카운터를 철썩 치는 소리가 들렸다.

그녀는 그를 찬찬히 쳐다보았고 당혹스러운 침묵이 흘렀다. 하지만 그는 이런 결정적 순간에서 경건한 분위기를 깰 허물없는 말 한마디를 찾아내지 못했다. 편리하게 차를 돌릴 수 있는 지점에서 그는 '유니버씨티 클럽'을 향해 다시 지그재그로 나아가기 시작했다.

"내가 보고 싶었나요?" 그녀가 갑자기 물었다.

"모두들 당신을 보고 싶어했지."

그는 그녀가 아이린 쉬어러에 대해 알고 있는지 궁금했다. 그녀는 돌아온 지 하루밖에 되지 않았다. 그녀가 떠나 있던 시기와 그가 약혼한 시기는 거의 일치했다.

"절묘한 대답이네요!" 주디는 슬프게 웃었다. 그러나 슬픔은 없었다. 그녀는 탐색하듯 그를 쳐다보았다. 그는 운전석 계기판에 몰두하고 있었다.

"전보다 더 멋있어졌네요." 그녀가 생각에 잠겨 말했다. "덱스터, 당신은 가장 오래 기억에 남을 눈을 갖고 있어요."

이 말을 듣자 그는 웃음이 나오려 했지만 웃지는 않았다. 대학 2학년생들에게나 할 법한 그런 종류의 말이었다. 하지만 그 말은 그의 폐부를 찔렀다.

"자기, 이제 모든 게 지긋지긋해졌어요." 그녀는 누구에게나 '자기'라고 불렀고 그 애칭에 그녀 특유의 허물없는 동료애를 부여했다. "당신이 나랑 결혼하면 좋겠어요."

이렇게 단도직입적인 말을 듣자 덱스터는 당황했다. 지금 그는 다른 여자와 결혼하기로 했다는 말을 해야 했으나 차마 할 수가 없었다. 그것은 그녀를 사랑한 적이 없었노라고 맹세하는 것만큼이나 어려웠다.

"우리는 사이좋게 지낼 거예요." 그녀가 똑같은 어조로 말을 이었다. "당신이 나를 잊어버리고 다른 여자와 사랑에 빠지지 않았다면 말이에요."

그녀의 자신감은 누가 봐도 엄청났다. 그녀는 그런 일은 있을 수 없다는 것을 알고 있으며, 설령 그게 사실이라 해도 십중팔구 그가 자신을 과시하기 위해 유치하고 분별없는 짓을 저질렀을 뿐이라는 요지의 말을 했다. 그녀는 그를 용서할 것이었다. 왜냐하면 그건 조금도 중요한 게 아니고 가볍게 털고 지나가야 할 문제이기 때문이었다.

"물론 당신은 나 말고 다른 사람을 절대 사랑할 수 없을 거예요." 그녀가 계속 말했다. "난 당신이 나를 사랑하는 방식이 좋아요. 아, 덱스터, 작년 일을 잊었나요?"

"아니, 잊지 않았어."

"나도 잊지 않았어요!"

그녀는 진정으로 감동한 것일까, 아니면 자신의 연기에 빠져들어 도취한 것일까?

"우리가 다시 그렇게 될 수 있으면 좋겠어요." 그녀가 말했고 그는 가까스로 이렇게 대답했다.

"그렇게 될 수는 없을 것 같아."

"나도 그렇게 생각해요…… 들자 하니 아이린 쉬어러한테 맹렬하게 구애하고 있다고 하더군요."

'아이린 쉬어러'라는 이름에 조금도 강세가 주어지지 않았지만 덱스터는 갑자기 부끄러움을 느꼈다.

"아, 집으로 데려다줘요." 주디가 갑자기 소리쳤다. "그런 바보 같은 댄스파티로는 돌아가고 싶지 않아요. 어린애 같은 사람들이 있는 곳으로는 말이에요."

그래서 그가 주택가로 통하는 거리로 차를 돌리자 주디는 혼자 조용히 울기 시작했다. 그는 지금껏 그녀가 우는 모습을 본 적이 없었다.

어두운 거리에 불이 들어오면서 그들 주위에 부자들의 주거지가 나타나자 그는 크고 하얀 모티머 존즈 가의 웅장한 저택 앞에 쿠페를 세웠다. 저택은 축축한 달빛의 광휘에 젖어 졸고 있는 듯했고 호화로웠다. 그는 그 견고함에 움찔 놀랐다. 튼튼한 벽이며 강철 대들보며 그 가로 세로의 폭과 웅장함은 오로지 자기 옆에 있는 이 젊은 미녀와 뚜렷한 대조를 이루기 위해 있는 듯했다. 저택의 견고함은 그녀의 가냘픔을 돋보이게 했는데, 마치 나비 한마리의 날갯짓으로 얼마나 근사한 미풍이 생겨나는지를 보여주려는 듯했다.

움직이기만 하면 그녀를 품에 안을 수밖에 없을 것 같아 아우성치는 신경을 곤두세운 채 그는 꼼짝 않고 가만히 앉아 있었다. 눈물 두 방울이 그녀의 젖은 얼굴에 흘러내려 윗입술에 맺혀 떨고 있었다.

"난 누구보다 더 아름다워요." 그녀가 훌쩍이면서 말했다. "근데 왜 행복할 수 없나요?" 그녀의 촉촉한 두 눈이 다잡은 그의 마음을 찢어발겼다. 그녀의 입이 절묘하게 슬픈 표정을 지으며 천천히 아래로 뒤틀렸다. "덱스터, 당신이 나를 갖겠다면 당신과 결혼하고 싶어요. 당신은 내가 차지할 만한 가치가 없다고 생각하는 것 같은데, 덱스터, 나는 당신에게 더없이 아름다운 여자가 되겠어요."

분노와 자존심과 열정과 증오와 다정함을 담은 백만 구절의 말이 그의 입술에서 맴돌았다. 그러자 완벽한 감정의 파도가 그를 엄습해서 지혜와 관습과 의심과 명예의 앙금을 모두 휩쓸고 가버렸다. 지금 말하고 있는 이 사람이야말로 그의 여자였다. 그의 것이자 그의 아름다움이자 그의 자존심이었다.

"들어오지 않겠어요?" 그는 그녀가 급하게 숨을 들이마시는 소리를 들었다.

기다림.

"좋아." 그의 목소리가 떨렸다. "들어가지."

5

그녀와의 관계가 끝났을 때나 그후 오랜 시간이 지난 후에도 그에게 그날 밤 일이 후회스럽지 않은 것은 이상했다. 십년의 관점에서 보면 자신에 대한 주디의 정염이 겨우 한달간 지속되었다는 사실도 별로 중요한 것 같지 않았다. 또한 그녀에게 굴복함으로써 그가 끝내는 더 깊은 고뇌를 겪게 되었을뿐더러 아이린 쉬어러와 그를 다정하게 대해준 아이린의 부모에게 심각한 상처를 주었다는 것도 중요하지 않았다. 아이린의 비애에는 그의 뇌리에 각인될 만큼 그림처럼 생생한 것이 없었다.

덱스터는 본질적으로 마음이 강한 사람이었다. 자신의 행동에 대한 이 도시 사람들의 태도는 그에게 전혀 중요하지 않았다. 이 도시를 곧 떠날 예정이라서 그런 것이 아니라 그 상황에 대해 밖으로 드러나는 어떤 태도도 피상적으로 여겨졌기 때문이다. 그는 대중의 의견에는 전적으로 무관심했다. 또한 이세 소용없다는 것을, 즉 자신에게는 주디 존즈를 근본적으로 움직이게 하거나 붙잡아둘 힘이 없다는 것을 깨달았을 때 그녀에게 어떤 악의도 품지 않았다. 그는 그녀를 사랑했고 너무 늙어서 사랑할 수 없는 그날까지 그녀를 사랑할 것이지만, 그녀를 차지할 수는 없었다. 그래서 그는 잠시 깊은 행복을 맛보았듯이 오직 강자들한테만 주어지는 깊은 고통을 맛보았다.

심지어 주디가 약혼을 끝내는 근거로 내세운 것, 즉 아이린에게서 "그를 빼앗고" 싶지 않다는 것이 궁극적으로 거짓이라는 것 ― 주디는 오로지 그를 빼앗기만을 원했다 ― 에도 그는 반감을 갖지 않았다. 그는 어떤 반감이나 즐거움도 초월해 있었다.

덱스터는 세탁소를 팔고 뉴욕에 정착할 생각으로 이월에 동부로 갔으나, 삼월에 미국이 전쟁(1914~18년의 제1차 세계대전을 가리키는데, 미국은 1918년 3월 연합군 측에 참가하였음――옮긴이)에 참가하는 바람에 계획을 바꾸었다. 그는 서부로 돌아와 사업의 경영권을 동업자한테 넘기고 사월 말에 제1사관훈련소에 입소했다. 그는 뒤얽힌 감정의 타래에서 해방되는 것을 반기며 얼마간 안도감으로 전쟁을 맞이한 수천명의 젊은이들 가운데 하나였다.

6

비록 덱스터가 어렸을 때 꾸었던 꿈들과는 무관한 사건들이 끼어들었지만 이 이야기는 그의 전기가 아님을 기억하기 바란다. 우리는 이제 그의 꿈들과 그에 관해서 할 이야기를 거의 다 했다. 여기서 이야기할 사건이 딱 하나 더 남아 있을 뿐인데, 그 일은 칠년 후에 일어난다.

ㄱ 사건은 뉴욕에서 일어났다. 거기서 덱스터는 성공해서, 너무나 큰 성공을 거두어서 넘지 못할 장애가 없었다. 그는 서른두살이었으며 전쟁 직후에 딱 한번 비행기로 다녀온 것을 제외하면 칠년 동안 서부에 가지 않았다. 디트로이트 출신의 데블린이라는 이름의 남자가 사업상의 용무로 사무실로 그를 찾아왔다. 그때 거기서 그 사건이 일어남으로써 말하자면 그의 생애의 이 특정한 국면을 종결지었다.

"그러니까, 선생님은 중서부 출신이군요." 데블린이라는 사람이 호기심으로 무심결에 말했다. "이상하군요. 선생님 같은 사람들은 월스트리트에서 태어나 자란다고 생각했어요. 한데 말이지요, 디트로이트의 내 친한 친구의 부인이 바로 선생님 고향 출신이에요. 그 친구 결혼

　　　　　　　　　　　　　　　　미국 **창비세계문학**

식에서 내가 들러리를 섰지요."

덱스터는 무슨말이 나올지 전혀 감을 잡지 못한 채 기다렸다.

"주디 씸즈라고." 데블린은 특별한 관심을 보이지 않고 말했다. "결혼 전에는 주디 존즈였죠."

"네, 그 여자를 알지요." 희미한 조바심이 서서히 그를 덮쳤다. 그는 물론 그녀가 결혼했다는 말은 들었다. 어쩌면 일부러 더이상의 소식을 듣지 않았는지 모른다.

"굉장히 좋은 여자죠." 데블린은 생각에 잠겨 별뜻 없이 말했다. "좀 안됐어요."

"왜요?" 덱스터 내면의 뭔가가 긴장하면서 동시에 예민해졌다.

"아, 루드 씸즈는 어떤 면에서는 망가졌거든요. 그 친구가 그녀를 학대한다는 뜻은 아니지만 술 마시며 놀아나고——"

"그녀는 놀아나지 않고요?"

"아니요. 애들이랑 집에 있지요."

"아."

"그녀는 그에 비해 나이가 좀 많아요."

"나이가 너무 많다고요!" 덱스터가 소리쳤다. "아니, 이보시오, 그녀는 스물일곱밖에 안됐단 말이오."

그는 당장 길거리로 달려나가 디트로이트 행 기차를 잡아탈까 하는 걷잡을 수 없는 생각에 사로잡혔다. 그는 발작하듯 벌떡 일어섰다.

"바쁘신 것 같군요." 데블린이 재빨리 사과했다. "그러신 줄도 모르고——"

"아니요, 바쁘지 않아요." 덱스터는 목소리를 가라앉히며 말했다. "전혀 바쁘지 않아요. 전혀 바쁘지 않다고요. 그녀가—— 스물일곱살이라고 선생님이 말했던가요? 아냐, 내가 스물일곱살이라고 했지."

"맞습니다, 선생님이 그렇게 말했어요." 데블린이 메마른 목소리로 동의했다.

"그럼, 계속해보세요. 계속해봐요."

"무슨 말씀이세요?"

"주디 존즈 이야기 말이오."

데블린은 어쩔 수 없다는 듯이 그를 쳐다보았다.

"글쎄요, 그게—선생님한테 할말은 다했어요. 그 친구가 그녀를 아주 심하게 대해요. 아, 그렇다고 이혼할 거라거나 그런 것은 아니고요, 그 친구가 아주 몹쓸 짓을 해도 그녀가 용서해주니까요. 사실 나는 그녀가 그 친구를 사랑한다고 생각하는 편이에요. 디트로이트에 처음 왔을 때 그녀는 예쁜 여자였어요."

예쁜 여자였다니! 그 구절이 덱스터에게는 우스꽝스럽게 여겨졌다.

"더이상 예쁜 여자가 아니라는 거요?"

"아, 그런대로 괜찮아요."

"이보시오." 덱스터가 갑자기 앉으면서 말했다. "이해가 되지 않아요. 그녀가 '예쁜 여자'였다고 했다가 이제는 '그런대로 괜찮다'고 하니. 무슨 말인지 이해가 되지 않아요. 주디 존즈는 예쁜 여자 정도가 아니었어요. 그녀는 대단한 미인이었어요. 아니, 난 그 여자를 알고 있어요, 그녀를 알고 있다고요. 그녀는—"

데블린이 유쾌하게 웃었다.

"말싸움을 하려는 것은 아닙니다." 그가 말했다. "난 주디가 좋은 여자라고 생각하고 그녀를 좋아해요. 이해할 수 없는 것은 루드 씸즈 같은 사내가 어떻게 그녀와 미친 듯이 사랑에 빠질 수 있는가 하는 것인데, 그 친구는 그랬거든요." 그러고는 이렇게 덧붙였다. "대부분의 여자들과 다를 게 없는 여잔데 말이죠."

덱스터는 이 사람이 이런 말을 하는 것은 상당히 둔감하거나 사적인 악의를 품고 있거나 필시 어떤 이유가 있을 거라는 생각이 들어서 데블린을 유심히 쳐다보았다.

"수많은 여자들이 바로 그렇게 시들지요." 데블린은 손가락으로 딱딱 소리를 내며 말했다. "선생님도 그런 일이 일어나는 것을 봤을 거예요. 어쩌면 결혼식 때 그녀가 얼마나 예뻤는지 내가 잊어버렸는지도 모르지요. 그때 이후로 그녀를 너무 많이 보아왔으니까 말이에요. 그녀는 눈매가 예뻐요."

아둔함 같은 것이 덱스터에게 찾아들었다. 난생처음 그는 몹시 취하는 듯한 기분이었다. 데블린의 말을 듣고 자신이 요란하게 웃고 있음을 알고 있었지만 그게 무슨 말인지, 그게 왜 우스운지 알지 못했다. 그러다가 몇분 후에 데블린이 나가자 그는 안락의자에 누워 창밖으로 뉴욕의 스카이라인을 쳐다보았다. 희미한 분홍빛과 황금빛의 영롱한 색조로 둘러싸인 태양이 스카이라인 속으로 가라앉고 있었다.

덱스터는 더이상 잃어버릴 것이 없으니 이제는 상처받지 않을 것이라고 생각했다. 그러나 마치 주디 존즈와 결혼하여 그녀가 자기 눈앞에서 삭아가는 모습을 보기라도 한 듯이 그는 더 소중한 무엇을 방금 잃어버렸다는 것을 확실히 알았다.

꿈이 사라진 것이었다. 그는 무엇인가를 빼앗긴 것이었다. 공포와 비슷한 감정에 사로잡혀 그는 두 손바닥을 두 눈에 갖다대고 셰리아일랜드에 넘실거리는 물결이며 달밤의 베란다며 골프장에서의 줄무늬 옷이며 메마른 태양이며 그녀 목덜미의 부드러운 황금색 솜털의 모습을 떠올리려고 애썼다. 그리고 키스할 때 촉촉하게 느껴지던 그녀의 입술이며 우수에 젖은 그녀의 서글픈 두 눈이며 아침나절의 새 고급 리넨 같은 그녀의 청순함도 떠올리려 애썼다. 아니, 그것들은 이제 세상에는 없구나! 그것들은 한때 존재했지만 이제 더이상 존재하지 않았다.

몇년 만에 처음으로 눈물이 그의 얼굴에 흘러내렸다. 그러나 그 눈물은 이제 그 자신을 위해 흘리는 것이었다. 그는 입이며 눈이며 움직이는 손이 어떻든 개의치 않았다. 그러고 싶었지만 그럴 수가 없었다. 왜냐하면 그는 멀리 사라져버렸고 다시는 돌아올 수 없었기 때문이다. 문들은 굳게 닫혔고 해는 졌으며 모든 시간을 견뎌내는 회색 강철의 아름다움 말고는 이제 어떤 아름다움도 없었다. 심지어 그가 감내할 수 있었던 비애조차도 그의 겨울 꿈이 만발했던 환상의 나라, 청춘의 나라, 풍요로운 삶의 나라에 남겨진 것이었다.

"오래전에," 그가 말했다. "오래전에 내 속에 무엇인가가 있었지만 이제 그것은 사라졌어. 이제 그것은 사라졌어, 사라졌단 말이야. 난 울 수 없어. 마음을 쓸 수도 없어. 이제 그것은 다시는 돌아오지 않을 거야."

■ 더 읽을거리

『위대한 개츠비』(김욱동 옮김, 민음사 2003)는 1920년대 사회상을 풍부하게 묘사하고 '미국의 꿈'을 깊이 탐구한 미국 모더니즘 시대의 걸작이다. 김욱동과 한은경 번역의 『피츠제럴드 단편선』 2권(민음사 2005, 2009)은 다수의 피츠제럴드 단편들 가운데 주요 작품을 뽑은 선집번역본이다.

William Faulkner

| 윌리엄 포크너 |

1897~1962

미시씨피 주 뉴 앨버니 출생. 네살 때 인근 옥스퍼드 읍으로 이사하여 평생을 그곳에서 지냈다. 라파예트 군의 옥스퍼드는 그의 소설들에 등장하는 요크너퍼토퍼 군 제퍼슨이라는 가상공간의 모델이다. 포크너는 남부의 역사와 전통에 깊은 영향을 받았으며 선조들의 이야기를 폭넓게 활용했다. 스무 권의 장편과 120여편의 단편을 남겼다. 그는 복잡하고 호흡이 긴 만연체 문장을 구사했으며, '의식의 흐름'과 '플래시백'의 수법을 종종 활용했다. 이런 특징은 『소리와 분노』(*The Sound and the Fury*, 1929) 『내가 죽어 누워있을 때』(*As I Lay Dying*, 1930) 『팔월의 빛』(*Light in August*, 1932) 『압살롬, 압살롬!』(*Absalom, Absalom!*, 1936) 등의 걸작들에 뚜렷이 나타난다. 제퍼슨의 변천상을 기록한 '스놉스가 삼부작'(Snopes Trilogy)도 주목할 만하다. 포크너는 남북전쟁에서 2차대전에 이르는 한 세기 동안 남부의 중요한 성원들 ─ 노예의 자손인 흑인, 백인 빈곤층과 중산층, 몰락한 '귀족'계층 ─ 의 이야기를 사실과 설화가 뒤섞인 모더니스트의 육성으로 들려줌으로써 남부의 풍부한 이야기들을 미국문학의 중요한 자산으로 만들었다. 그는 피츠제럴드처럼 한동안 할리우드에서 일했으며 노벨문학상과 퓰리처상을 받았다.

에밀리에게 장미를 A Rose for Emily

『포럼』(Forum) 1930년 3월 30일자에 발표되었고 첫 단편집 『이 13편』(These 13, 1931)에 수록되었다. 남부 명문가의 후예 에밀리의 비극적 삶을 포크너 특유의 관점과 서사방식으로 그려낸 명단편이다. 포크너 문학을 관통하는 핵심 모티프는 한때 찬란한 빛을 발했던 남부체제의 몰락에 대한 회한과 애도인데, 이 단편은 그런 분위기를 압축적으로 보여준다. '우리'라는 일인칭 복수 화자의 목소리가 중요하다. 이 목소리는 예전 남부 귀족계층의 삶의 방식이 유효하지 않은 현실을 직시하지만 과거의 전통 속에 홀로 남겨진 에밀리에게 따뜻한 연민을 담고 있다. 아울러 사건이 화자의 '플래시백'(회상)을 통해 연대기적 순서를 거슬러서 이야기된다는 점도 눈여겨볼 대목이다. 에밀리의 장례에서 시작하여 그녀 생애의 특정 국면을 이리저리 옮겨다니는 화법을 구사함으로써 화자는 그녀의 삶에서 무엇이 중요했는지를 암시한다. 이를 바탕으로 에밀리의 생애를 재구성하고 남부의 과거와 현재를 비교하면서 작품의 배면에 깔린 남부사회의 변화를 감지할 수 있다. 고딕 장르를 연상시키는 결말의 섬뜩한 장면은 현재로 향하는 문을 스스로 걸어잠근 에밀리의 고립되고 밀폐된 삶과 그로테스크하되 애절한 사랑을 짐작케 한다. 작품의 제목은 이런 에밀리에 대한 화자의 심경을 아이러닉하게 담아내고 있다.

에밀리에게 장미를

1

미스 에밀리 그리어슨이 죽었을 때 우리 마을 사람들은 전부 그녀의 장례식에 갔다. 남자들은 쓰러진 기념비에 대한 일종의 존경스러운 애정 때문에, 여자들은 대개 그녀의 집 안을 보고 싶은 호기심에서였다. 정원사겸 요리사인 늙은 남자 하인 말고는 적어도 십년간은 아무도 그 집 안을 본 적이 없었다.

그 집은 한때는 흰색이던 큰 정방형의 목조가옥으로, 상당히 우미한 1870년대 건축양식을 본받아 둥근 지붕이며 뾰족탑이며 소용돌이무늬의 발코니 따위로 장식되어 있었고 한때는 우리 마을에서 최상류층 거리였던 곳에 자리잡고 있었다. 그러나 차고라든지 조면기(繰綿機)의 침입을 받으면서 그 동네의 위풍당당한 명사들조차 잊혀져버렸다. 오로지 미스 에밀리의 집만이 남아서 면화마차와 휘발유 펌프 위로 그 쇠락한 모습을 완강하고 요염하게 쳐들고 있어 볼썽사납기 그지없었다. 그 위풍당당한 명사의 대표들은 제퍼슨 전투에서 쓰러진 남군·북군 장병 및 무명용사 무덤들 가운데 삼목 우거진 묘지에 누워 있었는데, 이제 미스 에밀리가 그들과 합류하게 된 것이다.

살아생전에 에밀리는 하나의 전통이자 의무이자 걱정거리였고, 시장이던 싸르토리스 대령——흑인 여자는 앞치마를 하지 않고서는 길거리에 나와서는 안된다는 포고령을 만든 장본인——이 그녀의 세금을 면제해준 1894년의 그날부터 마을에는 일종의 세습 채무이기도 했다. 이 시혜 조처는 그녀 아버지가 죽는 날부터 시작되어 영원히 계속되는 것이었다. 에밀리가 자선을 받아들였다는 말은 아니다. 에밀리의 아버지가 시에 돈을 빌려줬는데 시는 사업상 이런 식으로 되갚고자 한다는 취지의 복잡한 이야기를 싸르토리스 대령이 지어낸 것이다. 오로지 싸르토리스 대령의 세대와 그 세대의 사고방식을 가진 남자만이 그런 이야기를 지어낼 수 있었고 오로지 그 세대의 여자만이 그런 이야기를 믿을 수 있었을 것이다.

좀더 현대적인 생각을 지닌 다음 세대가 시장과 시의원이 되었을 때 이 조처는 약간의 작은 불만을 야기했다. 그해 정월 초하룻날 그들은 에밀리에게 납세고지서를 우편으로 보냈다. 이월이 되어도 아무런 답장이 없었다. 그들은 그녀가 편한 시간에 군(郡) 보안관 사무실에 나와달라고 요청하는 공식서한을 그녀에게 썼다. 한주 후에 시장은 그녀의 집을 방문하거나 아니면 그녀를 위해 자기 차를 보내겠노라고 제안하는 편지를 직접 그녀에게 썼다. 그리고 그 답장으로 고색창연한 형태의 편지지에 색바랜 잉크로 가늘고 유려한 필체로 씌어진, 그녀는 이제 외출을 전혀 하지 않는다는 취지의 쪽지를 받았다. 납세고지서 역시 동봉되어 있었는데, 아무런 논평도 없었다.

그들은 시의회 특별회의를 소집했다. 대표단이 에밀리를 방문하여 그녀가 팔년인지 십년인지 전에 도자기칠 강습을 그만두고 나서 방문객이 한번도 통과한 적이 없는 그 문을 두드렸다. 대표단은 늙은 흑인의 인도로 어두운 현관에 들어섰는데, 거기에서 위쪽의 더욱 어두컴컴한 곳으로 올라가는 층계가 있었다. 먼지냄새에다 오랫동안 쓰지 않아 퀴퀴하고 축축한 냄새가 났다. 흑인은 그들을 응접실로 인도했다. 그곳에는 가죽 커버를 입힌 묵직한 가구들이 놓여 있었다. 흑인이 창문의 블라인드를 열자 그들은 가죽에 나 있는 갈라진 줄을 볼 수 있었고, 자리에 앉자 그들의 허벅지 주위에서 희미한 먼지가 느릿느릿 일어나더니 한줄기 햇살 속에 가벼운 티끌들을 머금고 뱅뱅 돌았다. 벽난로 앞의 변색된 도금 이젤 위에는 에밀리 아버지의 크레용 초상이 놓여 있었다.

대표단은 그녀가 들어오자 일제히 일어섰다. 그녀는 검은 옷을 입은 작고 살찐 여자로서, 가는 시계 금줄이 그녀의 허리춤까지 내려와 벨트 속으로 사라졌는데, 변색된 도금 손잡이의 흑단 지팡이에 몸을 의지하고 있었다. 그녀의 골격은 작고 가늘었다. 아마 이 때문에 딴 사람이라면 그냥 통통한 정도였을 것이 그녀한테는 비만으로 보였을 것이다. 그녀는 고인 물속에 오랫동안 잠긴 시체처럼 부풀어오른 듯이 보였고 피부색도 그런 핏기없는 색조였다. 방문객들이 용건을 말하고 있는 동안 이 얼굴 저 얼굴 돌아보는 그녀의 두 눈은 얼굴의 지방질 살집에 파묻혀 마치 밀가루반죽 속에 박아놓은 두 조각의 작은 석탄처럼 보였다.

그녀는 방문객들에게 앉으라고 청하지 않았다. 그냥 문간에 서서 대변인이 머뭇거리다가 말을 멈출 때까지 조용히 듣고 있을 뿐이었다. 그러자 그들은 금줄 끝에 매달린 보이지 않는 시계가 재깍재깍하는 소리를 들을 수 있었다.

그녀의 목소리는 메마르고 차가웠다. "나는 제퍼슨에서 낼 세금이 없어요. 싸르토리스 대령이 내게 그렇게 설명해줬어요. 아마 당신들

중 하나가 시의 기록을 찾아보면 확인할 수 있을 거예요."

"하지만 우린 그렇게 했습니다, 미스 에밀리. 우리가 바로 시당국입니다. 보안관이 서명한 고지서를 받지 않았습니까?"

"문서 한장을 받긴 받았죠." 에밀리가 말했다. "아마 그 사람은 자신을 보안관으로 여기는 모양인데…… 나는 제퍼슨에서 세금이 없어요."

"하지만 장부에는 그 사실을 보여주는 기록이 없고요, 알다시피 우리가 따라야 하는—"

"싸르토리스 대령을 만나보세요. 나는 제퍼슨에서 세금이 없어요."

"하지만, 미스 에밀리—"

"싸르토리스 대령을 만나보라니까요." (싸르토리스 대령은 죽은 지 거의 십년이 되었다.) "나는 제퍼슨에서 세금이 없어요. 토브!" 흑인이 나타났다. "이 신사분들을 배웅해드려."

2

이렇게 그녀는 사정없이 그들 모두를 물리쳤다. 그녀가 삼십년 전 냄새 사건과 관련하여 그들의 아버지들을 물리쳤던 것과 마찬가지로. 그때는 그녀의 아버지가 죽은 지 이년 후였고 그녀의 연인—그녀와 결혼하리라고 우리가 믿었던 사람—이 그녀를 버린 직후였다. 아버지가 죽은 후 그녀는 거의 외출하지 않았고, 애인이 가버린 후 사람들은 그녀를 거의 보지 못했다. 몇몇 부인네들이 만용을 부려 방문해보았지만 접대받지 못했고, 그 집에 사람이 살고 있다는 표시는—당시에는 젊은이였던—그 흑인 남자가 장바구니를 들고 들락날락하는 것이 고작이었다.

"마치 남자가―어느 남자라도―부엌살림을 제대로 할 수 있다는 듯이 말이야." 부인네들이 말했다. 그러니 그들은 악취가 풍길 때에도 놀라지 않았다. 그 사건은 쌍스럽고 혼잡한 세상과 고상하고 대단한 그리어슨 가 사이를 잇는 또 하나의 고리였다.

이웃의 한 여자가 시장인 여든살의 스티븐스 판사에게 하소연했다.

"그렇지만 부인, 내가 그 일을 어떻게 처리해주면 좋겠소?" 그가 말했다.

"그야, 냄새 안 나게 하라는 말을 전하는 거지요." 그 여자가 말했다. "규제하는 법이 없나요?"

"그럴 필요는 없을 거라고 생각하오." 스티븐스 판사가 말했다. "십 중팔구 미스 에밀리네 깜둥이 녀석이 마당에서 죽인 뱀이나 쥐 탓일 뿐일게요. 내가 녀석에게 따끔하게 일러두겠소."

그 다음날 판사는 두 건의 불평을 더 받았는데, 그중 한번은 한 남자가 찾아와서 머뭇거리며 이렇게 비난했다. "판사님, 우리는 정말로 뭔가 조치를 취해야 합니다. 나는 미스 에밀리를 괴롭힐 사람은 절대 아니지만 뭔가 조치를 취해야 해요." 그날 밤 시의회 위원들이 만났는데, 셋은 흰 수염의 노인이었고 하나는 신세대의 일원인 젊은이였다.

"그거 간단하잖아요." 그 젊은이가 말했다. "집을 말끔히 치우라는 말을 그녀에게 전하는 거예요. 그녀에게 언제까지 치워야 한다는 말미를 주고 그때까지 안 치우면……"

"제기랄, 이 양반아." 스티븐스 판사가 말했다. "숙녀에게 악취가 난다고 대놓고 비난할 텐가?"

그래서 다음날 밤 자정이 넘어 남자 넷이 에밀리네 잔디밭을 가로질러 집 주위를 강도처럼 살금살금 돌아다니면서 벽돌 토대 아래와 지하실 입구에 코를 대고 쿵쿵거렸다. 그러는 동안 그들 중 한사람은 어깨에 둘러맨 자루에서 한손으로 씨 뿌리는 동작을 하듯 소독약을 뿌려댔다. 그들은 지하실 문을 억지로 열어젖히고 그 안에다 석회를 뿌렸고 모든 헛간에도 뿌렸다. 그들이 잔디밭을 다시 가로질러 나갈 때 어두웠던 창문에 불이 켜지자 에밀리가 창가에 등불을 등지고 앉아 있었다. 그녀의 꼿꼿한 상체는 우상처럼 꿈쩍도 하지 않았다. 그들은 잔디밭을 조용히 기어나와 길가에 늘어선 개아카시나무 그늘 속으로 몸을 감추었다. 한두 주 후에 냄새는 사라졌다.

사람들이 그녀를 정말 가엾게 여기기 시작한 것이 바로 그때였다. 마을 사람들은 그녀의 고모할머니인 와이어트 노부인이 끝내 완전히 미쳐버리고 만 것을 기억하고는 그리어슨 가 사람들이 자기네 실제 처지에 비해 좀 거만을 부린다고 믿었다. 젊은이들 가운데 누구도 에밀리의 신랑감으로는 충분하지 못했다는 것 등이 그렇다. 우리는 그리어슨 가를 오랫동안 하나의 활인화(活人畵)로 여겨왔다. 이를테면 흰옷차림의 날씬한 에밀리의 모습이 후경에, 그녀를 등지고 말채찍을 틀어쥐고 두 다리를 벌린 채 앉아 있는 그녀 아버지의 씰루엣이 전경에 있고, 뒤로 젖혀진 현관문이 액자처럼 두 사람을 담고 있는 그림 말이다. 그래서 그녀가 서른살이 되어도 여전히 미혼이었을 때 우리는 딱히 흐뭇한 것은 아니었으나 우리 생각이 맞다고 입증된 기분이었다. 집안에 미친 사람이 있음에도 불구하고 만약 혼인 기회가 정말로 구체화되었더라면 그녀가 그런 기회를 모조리 거절하지는 않았을 것이기 때문이다.

에밀리의 아버지가 죽었을 때 그녀에게 남겨진 것이라곤 집 한채밖에 없다는 소문이 돌았으며, 어떤 의미에서 사람들은 기뻤다. 마침내 사람들은 에밀리를 동정할 수 있었던 것이다. 홀로 남겨진데다가 극빈자이니 그녀는 인간다워진 것이었다. 이제 그녀 역시 다른 사람처럼 돈 한푼 많고 적음에 따라 그 흔한 전율과 절망을 느낄 터였다.

에밀리의 아버지가 죽은 다음날 부인네들은 우리의 관습대로 모두 상가를 방문하여 조의와 부의를 표할 채비를 했다. 에밀리는 문간에서 그들을 맞았는데, 여느 때와 같은 복장이었고 얼굴에는 애도의 흔적이 전혀 없었다. 그녀는 부인네들에게 아버지가 죽지 않았다고 했다. 목사들이 그녀를 방문하고 의사들이 그녀에게 시신을 처리하게 해달라고 설득해보아도 그녀는 사흘 동안 계속 그랬다. 그들이 막 법적 강제 수단을 취하려 할 때 그녀는 허물어졌고, 그들은 그녀의 아버지 시신을 재빨리 묻었다.

그때 우리는 그녀가 미쳤다고 말하지 않았다. 우리는 그녀로서는 그럴 수밖에 없었다고 믿었다. 우리는 그녀의 아버지가 쫓아버린 젊은이들을 모두 기억했고, 사람들이 그렇듯 아무것도 남은 것 없는 그녀가 자기의 모든 것을 앗아간 사람에게 집착할 수밖에 없었으리라는 것을 알았다.

3

에밀리는 오랫동안 아팠다. 우리가 그녀를 다시 보았을 때 그녀는 머리를 짧게 깎아서 소녀처럼 보였고, 어딘지 교회 색유리창의 천사들을 닮아 있었다. 비극적이되 평온한 모습이랄까.

마을은 바로 전에 보도 포장하는 일을 도급주었고, 그녀의 아버지가 죽고 난 여름에 공사가 시작되었다. 건설회사는 흑인 인부들과 노새들과 설비들, 그리고 호머 배런이라는 이름의 북부 출신 십장을 데리고 왔다. 배런은 몸집이 크고 검게 탄 민첩한 남자로서 목소리가 크고 눈빛은 얼굴색보다 엷었다. 작은 남자아이들은 떼를 지어 따라다니며 배런이 흑인들에게 욕하고 흑인들은 곡괭이질하면서 장단맞춰 노래하는 소리를 듣곤 했다. 어느새 그는 마을사람을 모두 알게 되었다. 광장 근처 어디에서든 큰 웃음소리가 들리면 그 무리 한가운데는 호머 배런이 있곤 했다. 곧 우리는 일요일 오후면 그와 에밀리가 마차대여점에서 빌린 노란색 바퀴의 사륜마차와 한쌍의 적갈색 말을 몰고 다니는 광경을 보기 시작했다.

처음에 우리는 에밀리가 남자에게 관심을 가지려 하는 것이 기뻤다. 왜냐하면 부인네들은 모두 "그리어슨 가의 규수가 북부 출신의 날품팔이꾼을 진지하게 생각하는 것은 물론 아니겠지"라고 말했기 때문이다. 그러나 노인네들 중에는 아무리 슬픔이 크다 해도 진정한 숙녀라면 '귀족의 의무'(noblesse oblige, 높은 사회적 신분에 따르는 도덕적 의무를 뜻함—옮긴이)를 잊을 수 없다고 말하는 사람들도 여전히 있었다. 그들은 '귀족의 의무'라는 말을 거론하지는 않았다. 그들은 그냥 "딱한 에밀리. 그녀의 친척들이 와야 해"라고 했을 뿐이다. 그녀는 앨러배머에 친척들이 있었지만, 수년 전에 실성한 여자인 와이어트 노부인의 재산문제로 에밀리의 아버지는 그들과 사이가 틀어져 양가는 서로 연락을 하지 않았다. 그들은 심지어 장례식에도 사람을 보내지 않았다.

노인네들이 "딱한 에밀리" 하고 말하자마자 수군거림이 시작되었다. "정말 그런 거라고 생각해?" 그들은 서로에게 물었다. "물론이지. 다른 뭐가 있을려고……" 한쌍의 말들이 날렵하게 타각타각 지나가는 일요일 오후, 햇빛을 차단한 덧문 뒤에서 목을 빼고 바라보던 그들은 비단옷을 부스럭거리며 손으로 입을 가리며 이렇게 말했다. "딱한 에밀리."

에밀리는 얼굴을 꼿꼿이 들고 다녔다. 심지어 그녀가 추락했다고 우리가 믿었을 때조차도 그랬다. 마치 그녀는 어느 때보다 그리어슨 가의 마지막 후예로서 그녀의 존엄함을 인정하기를 요구하는 듯했으며, 어떤 영향에도 끄떡 않는 자기의 비정함을 사람들에게 다시 확인시키기 위해 약간의 그런 속된 면이 필요한 듯했다. 그녀가 쥐약인 비소를 샀을 때도 그랬다. 그들이 "딱한 에밀리"라고 탄식하기 시작한 지 일년도 더 되는 때였고, 사촌언니 둘이 그녀를 방문하고 있을 때였다.

"독약 좀 주세요." 그녀가 약사에게 말했다. 그녀는 그때 서른살이 넘었지만 아직 날씬한 여자였다. 여느 때보다 야위긴 했으나 얼굴에 자리잡은 두 눈은 차갑고 거만했는데, 등대지기의 얼굴 표정이 그러려니 생각되듯 관자놀이 부근과 눈구멍 주위의 살이 팽팽하게 당겨져 있었다. "독약 좀 주세요." 그녀가 말했다.

"예, 미스 에밀리. 어떤 종류 말입니까? 쥐 같은 것 잡으려고요? 추천할 만한 건—"

"여기 있는 것 중에 가장 좋은 것 주세요. 어떤 종류건 상관없어요."

약사는 제품 이름을 몇가지 댔다. "그것들은 코끼리까지 죽일 수 있지요. 하지만 원하시는 것이—"

"비소예요." 에밀리가 말했다. "그게 효력이 좋지요?"

"비소…… 라고요? 예, 효력이 좋습니다. 하지만 원하시는 것이—"

"비소를 달라니까요."

약사는 그녀를 내려다보았다. 그녀는 꼿꼿하게 서서 얼굴을 팽팽한 깃발처럼 하고는 그를 마주 보았다. "그야, 물론." 약사가 말했다. "원하시는 게 그거라면 좋습니다. 하지만 법에 따라 그걸 어디에 사용하실지 말씀해주셔야 합니다."

에밀리는 약사의 눈을 똑바로 마주 보기 위해 고개를 뒤로 젖힌 채 그를 뚫어질 듯이 쳐다볼 뿐이었다. 마침내 약사는 눈길을 돌리고 안으로 들어가 비소를 꺼내어 포장했다. 흑인 배달꾼 소년이 그녀에게 포장한 것을 갖다주었다. 약사는 다시 나오지 않았다. 그녀가 집에서 포장을 열었을 때 약상자 위에는 독약 표시의 해골 그림 아래에 "쥐잡기용"이라고 씌어 있었다.

4

그래서 그 다음날 우리 모두는 "그녀는 자살할 거야"라고 말했고, 또한 그것이 최상일 거라고 말했다. 그녀가 처음 호머 배런과 함께 다니는 모습을 보이기 시작했을 때 우리는 "그녀는 그와 결혼할 거야"라고 말했었다. 그런 다음 우리는 "그녀는 아직 그를 설득하지 못했어"라고 말했다. 호머 자신이 자기는 결혼할 사람이 아니라는 발언을 했기 때문이다. 그는 남자를 좋아했고, 그가 엘크스 클럽에서 젊은 남자들과 술 마시는 것은 잘 알려진 사실이었다. 나중에 우리는 그들이 일요일 오후에 번쩍이는 사륜마차를 타고 지나갈 때 덧문 뒤에서 "딱한 에밀리" 하고 탄식했다. 에밀리는 고개를 꼿꼿이 쳐들고 호머 배런은 모자를 삐딱하게 쓰고 이 사이에 씨가를 꼬나물고 노란색 장갑을 낀 한쪽 손으로 고삐와 채찍을 잡고 있었다.

그러자 몇몇 부인네들이 이건 마을의 창피이고 젊은이들에게 나쁜 본보기라고 비난하기 시작했다. 남자들은 끼어들고 싶지 않았으나 부인네들의 압박으로 마침내 침례교 목사——에밀리의 집안사람들은 성공회 신도였지만——가 그녀를 방문하게 되었다. 목사는 그 면담 동안 무슨 일이 일어났는지 절대 밝히려 하지 않았으나 두번 다시 그녀를 방문하기를 거절했다. 그다음 일요일 그들은 또다시 말을 몰고 거리를 다녔으며 그 이튿날 목사의 아내는 앨러배머에 있는 에밀리의 친척들에게 편지를 썼다.

그래서 에밀리는 집 안에 다시 혈족을 들이게 되었고 우리는 느긋하게 사태의 진전을 지켜보았다. 처음에는 아무 일도 일어나지 않았다. 그런 후에 우리는 그들이 결혼할 것임을 확신했다. 우리는 에밀리가 보석상에 가서 품목 하나하나마다 H.B.라는 이니셜을 새긴 은제 남성용 화장도구 일습을 주문했음을 알게 되었다. 이틀 후 그녀가 잠옷을 포함한 남성용 의복 일습을 샀다는 것을 알았을 때 우리는 "그들은 결혼한 거야"라고 말했다. 우리는 진짜 기뻤다. 두 여자 사촌들이 심지어 에밀리보다 더 그리어슨 가 사람다웠기 때문에 우리는 기뻤다.

그래서 우리는 호머 배런이 사라졌을 때 놀라지 않았다. 보도 공사도 얼마 전에 끝났던 것이다. 공개적인 결혼발표가 없어서 약간 실망했지만 우리는 그가 에밀리의 북부행을 맞이할 준비를 하러 갔거나 아니면 그녀에게 사촌들을 쫓아보낼 기회를 주기 위해 갔다고 믿었다. (그때쯤에 그 일은 하나의 음모가 되었고 우리는 모두 에밀리의 편이 되어 사촌들을 따돌리는 일을 도왔다.) 아니나다를까 일주일 후에 사촌들은 떠났다. 그리고 우리가 줄곧 기대했던 대로 그로부터 사흘 안에 호머 배런이 다시 마을에 되돌아왔다. 이웃사람 하나가 어느날 저녁 어스름에 흑인 하인이 부엌문으로 그를 들이는 것을 보았다.

그런데 우리가 호머 배런을 본 것은 그것이 마지막이었다. 그리고 에밀리도 한동안 보지 못했다. 흑인 하인이 장바구니를 들고 들락날락했으나 앞문은 줄곧 닫혀 있었다. 석회를 뿌리던 그날 밤의 남자들처럼 때때로 우리는 그녀가 창가에 있는 모습을 잠시 동안 보곤 했지만 거의 여섯달 동안 그녀는 거리에 모습을 나타내지 않았다. 그러자 우리는 이것 또한 예상할 수 있는 일임을 알았다. 이를테면 마치 그녀의 여자로서의 삶을 그처럼 여러번 꺾어놓은 그녀 아버지의 성품이 너무 지독하고 사나워서 아직 죽지 않은 것 같았다고나 할까.

우리가 다음에 에밀리를 보았을 때 그녀는 살이 쪘고 머리가 세기 시작했다. 그뒤 몇년 동안 머리는 점점 더 희끗희끗해지더니 마침내 후춧가루에 소금을 섞은 것 같은 고른 철회색 상태에 도달하자 그때부터 더이상 세지 않았다. 일흔넷의 나이로 죽는 날까지 그녀의 머리는 정력적인 남자의 머리처럼 여전히 그런 원기왕성한 철회색이었다.

그때부터 앞문은 그녀가 도자기칠 강습을 하던 마흔살 전후 육칠년간의 기간을 제하면 줄곧 닫혀 있었다. 그녀는 아래층 방들 가운데 하나에다 화실을 꾸렸고, 싸르토리스 대령과 동년배 사람들의 딸과 손녀들이 일요일이면 헌금 접시에 놓을 25센트짜리 동전을 갖고 교회로 보내질 때와 똑같이 규칙적으로 그리고 똑같은 마음으로 거기에 보내졌다. 그러는 동안 그녀의 세금은 면제되었다.

그후 새로운 세대가 마을의 주축이 되고 대세를 이루자 칠하기 강습생들은 성인이 되어 하나둘 떨어져나갔다. 또한 자기 자녀들에게 도료 상자와 지겨운 붓들과 여성잡지에서 오려낸 사진들을 함께 들려서 에밀리에게 보내지도 않았다. 마지막 강습생을 보내면서 앞문이 닫히더니 영원히 열리지 않았다. 마을이 무료 우편배달제도를 시행했을 때 오로지 에밀리만 집 문 위에 금속번호를 부착하거나 우편함 달기를 거부했다. 그녀는 당국의 말을 들으려 하지 않았다.

날이 가고 달이 가고 해가 바뀌면서 우리는 장바구니를 들고 들락날락거리는 흑인 하인의 머리가 점점 세어가고 등이 굽어가는 것을 지켜보았다. 십이월이 될 때마다 우리는 그녀에게 납세고지서를 보냈지만 그것은 일주일 후에 우체국에서 수취인 불명으로 반송되곤 했다. 이따금 우리는 그녀가 아래층 창가에서 — 그녀는 집의 위층을 폐쇄했음이 분명했다——마치 벽감에 놓인 조각 흉상처럼 앉아 있는 것을 보곤 했는데, 우리를 쳐다보는 건지 아닌지 도무지 알 수 없었다. 그렇게 에밀리는 세대에서 세대로 양도되었다——소중하고, 피할 수 없고, 무감하며, 차분하며, 외고집인 존재로서.

그리고 그런 상태로 그녀는 죽었다. 먼지와 어두운 그림자로 가득한 집에서 병이 들었고 그녀를 시중들 사람은 오로지 비실비실하는 흑인 남자뿐이었다. 우리는 그녀가 아픈 줄도 몰랐으니, 흑인에게서 정보를 캐내려는 노력도 오래전에 포기했던 것이다. 흑인은 누구에게도, 십중 팔구 그녀에게조차 말을 걸지 않았을 것이다. 그의 목소리는 마치 오랫동안 쓰지 않아서인 듯 거칠고 녹슬어 있었다.

그녀는 아래층 방들 중의 하나에서, 커튼이 처진 묵직한 호두나무 침대에서 죽었다. 오랜 세월 햇볕을 쬐지 않아 노랗고 곰팡내 나는 베개 위에 그녀의 희끗희끗한 머리가 놓여 있었다.

5

흑인은 맨 처음 문상온 부인네들을 앞문에서 맞았고 귓엣말로 수군거리며 호기심어린 눈길로 잽싸게 두리번거리는 그들을 안으로 들인 다음 감쪽같이 사라졌다. 그는 집 안을 곧장 가로질러 뒷문으로 나갔으며 두번 다시 모습을 보이지 않았다.

에밀리의 여자 사촌 둘도 곧바로 찾아왔다. 그들은 이튿날 장례식을 거행했다. 마을사람들이 문상하러 와서 구입한 꽃더미 아래 안치된 에밀리에게 마지막 고별을 하는 동안 관가(棺架) 위쪽에 걸어놓은 그녀 아버지의 크레용 초상이 수심에 잠겨 있었다. 부인네들은 쉬쉬 소리를 내며 상중임을 나타냈으며, 현관과 잔디밭에서는 아주 늙은 남자들——
몇몇은 남부군 제복을 솔질하여 입고 있었는데——이 마치 자기들과
동년배였던 것처럼 에밀리에 대한 이야기를 했으며, 그녀와 춤을 추었
고 어쩌면 그녀에게 구애를 하기도 했다고 믿으면서 노인들이 으레 그
렇듯 과거로 갈수록 시간이 눈덩이처럼 불어나는 것으로 혼동하고 있
었다. 그들에게 과거란 모두 점점 작아지는 길이 아니라——다만 좁다
란 병목 같은 최근 십년으로 말미암아 그들로부터 절연되어 있을
뿐——겨울의 손길조차 닿지 않는 거대한 초원인 것이다.

우리는 층계 위쪽 부근에 사십년간 아무도 보지 않았고 억지로 열어
야 하는 방 하나가 있다는 것을 이미 알고 있었다. 사람들은 에밀리가
예법에 맞게 땅에 묻힐 때까지 기다렸다가 그 방을 열었다.

문을 부술 때의 격렬함으로 방 안은 자욱이 퍼지는 먼지로 가득 차는
듯했다. 마치 무덤을 덮은 듯한 얇고 역한 장막이 신방처럼 장식되고
가구를 갖춘 방 안 도처에——빛바랜 장미색 밸런스커튼 위에, 장밋빛
갓등의 등불 위에, 화장대 위에, 정교한 크리스털 제품들과 변색된 은
으로, 호머 배런의 머리글자가 잘 보이지 않을 정도로 변색된 은으로
뒤를 덧댄 남성용 화장도구 위에——펼쳐져 있는 듯했다. 이런 물건들
사이에 마치 방금 벗어놓은 듯한 칼라와 타이가 놓여 있었고, 그것을
들어올리자 먼지로 덮인 표면에 엷은 초승달 자국이 생겨났다. 의자
위에는 조심스레 개어진 양복 한벌이 걸려 있었고, 그 아래에는 말없
는 구두와 벗어서 던져버린 양말이 있었다.

남자 자신은 침대에 누워 있었다.

오랫동안 우리는 그 자리에 우두커니 선 채 살이 없어진 해골의 의미
심장한 싱긋 웃음을 내려다보았다. 시신은 한때는 포옹의 자세로 누워
있었던 것이 분명했으나 이제는 사랑보다 오래 견디는, 심지어 절정의

322

찡그림조차 정복하는 긴 잠이 이 남자를 속여버린 것이다. 남자의 시신에서 남은 것은 그의 너덜거리는 잠옷 속에서 썩어문드러져 그가 누워 있는 침대와 완전히 엉겨붙어 있었고, 그와 그 옆의 베개 위에는 끈질기게 남아 있는 먼지가 고르게 덮여 있었다.

그런 다음 우리는 두번째 베개에 머리에 눌려 들어간 자국이 있음을 알아보았다. 우리 가운데 하나가 거기서 뭔가를 들어올렸다. 몸을 앞으로 수그리자 어렴풋하고 보이지 않는 메마른 먼지가 코를 톡 쏘는 것을 느끼며 우리는 철회색의 긴 머리카락 하나를 보았다.

더 읽을거리

포크너 초기 걸작 『내가 죽어 누워 있을 때』(김명주 옮김, 민음사 2003)가 우리말 번역본으로 출간되어 있는데 한 남부 여인의 죽음과 기이한 장례 여행을 가족들 하나하나의 독립된 내면 독백만으로 서술한 작품이다. 또 『음향과 분노』(정인섭 옮김, 민족문화사 2000)는 포크너의 특징적인 주제와 문체, 그리고 '의식의 흐름'과 '플래시백' 기법을 잘 보여주는 모더니즘 소설의 걸작이며, 『성역』(이진준 옮김, 민음사 2007)은 1931년 작으로, 선정적이고 폭력적인 범죄사건을 추적하면서 타락한 속물의 세상으로 변한 남부사회의 치부를 해부하는 문제작이다. 그밖에 참고할 만한 서지로는 데이비드 민터 『윌리엄 포크너』(신명아 옮김, 책세상 1999)가 있는데 포크너의 생애와 작품세계를 열 시기로 나눠 꼼꼼하게 살피고 주요 작품을 상세하게 분석한 전기이다.

근대적 삶의 실험과 미국 단편문학

1830~1930년대의 주요 단편들

한기욱

1. 미국 단편문학의 형성과 그 특성

장편소설이 근대문학 최고의 장르라는 것은 두루 통용되는 사실인데 반해 단편소설의 지위는 나라와 문학전통에 따라 상당히 다르다. 미국에서는 단편소설이 장편소설과 더불어 일찍 발달했을 뿐더러 그 지위와 비중이 유별나게 높다. 걸작 장편을 쓴 호손, 멜빌, 트웨인, 제임스, 크레인, 피츠제럴드, 헤밍웨이, 포크너 같은 미국문학의 대가들은 동시에 뛰어난 단편작가였고 그들의 문학에서 단편의 성취는 장편의 그것에 버금갈 정도로 높다. 가령, 호손 문학을 논할 때 『주홍글자』와 아울러 「젊은 굿맨 브라운」을 비롯한 수십 편의 명단편을 빠뜨릴 수 없다.

근대적 단편소설의 효시 가운데 하나로 흔히 워싱턴 어빙 (Washington Irving)의 「립 밴 윙클」(Rip Van Winkle, 1819)과 「슬리피 할로우의 전설」(The Legend of Sleepy Hollow, 1820)이 거론된다. 그런데 어빙의 이야기들은 '미국' 단편소설의 효시가 되기에는 미흡한 점이 있다. 그 이야기들이 유럽/미국, 여자/남자, 문명/자연의 대비를 주된 모티프로 내세우는 등 미국문학의 특징을 선보인 것은 사실이지만 그 원재료는 독일의 민담에서 발췌한 것이다. 게다가 주요 모티프 역시 당대 미국의 이데올로기에 부합할 뿐 미국적 삶에 대한 깊이있는 탐구로 나아가지는 못했다. 그렇기에 어빙의 중요한 공로는 인정하되 1830년대에 씌어진 호손과 포우의 완성도 높은 이야기들을 미국 단편소설의 효시로 꼽는 입장이 좀더 설득력이 있다. 정교한 언어와 치밀한 구성, 근대적·미국적 삶의 방식에 대한 깊이있는 탐구에서 그들의 이야기들은 어빙의 느슨한 설화적 이야기와 현격한 차이가 있다.

　호손, 포우, 멜빌을 비롯한 미국의 주요 작가들은 단편소설을 미국적 삶을 탐색하는 유력한 예술형식으로 활용했다. 그들의 단편은 재래의 전통적인 삶에 안주하지 않고 새로운 삶을 실험하는 미국인들의 혁신적인 면모에 초점을 맞추었다. 미국적 삶은 영국인들이 아메리카 땅으로 이주하면서부터 시작되었으니, 그 이주 자체가 실험적인 삶의 출발이었다. '이주민들의 나라'로서 미국이 특별한 까닭은 미국 땅에서만은 그들이 유럽의 전통적인 삶의 방식에 구애되지 않고 새 삶을 실험할 수 있었다는 것, 그리고 그 실험은 집단적인 차원에서 영국 식민지배로부터의 독립과 민주주의 수립이라는 이중의 혁명을 달성했다는 것 때문이다. 한편 미국적 삶은 청교주의 공동체 혹은 그후의 민주주의 공동체라는 이상향을 내세우지만 자본주의체제라는 근대적 방식을 실현하는 것이었고, 그 실현의 과정에서 아메리카원주민의 학살과 흑인의 노예화도 마다하지 않았으니, 진실을 파헤치자면 그 이중성과의 대면이 불가피했다. 요컨대 미국적 삶이란 처음부터 근대적이자 실험적이었는데, 그것의 구체적이고 다면적인 의미를 캐묻는 데 단편소설이라는 형식이 주효했다.

호손과 포우가 단편문학의 장르적 가능성을 활발히 실험한 1830~50년대가 미국의 국민문학 형성기에 해당한다는 것도 주목을 요한다. 영국의 식민지배로부터 독립한 신생국 미국의 주된 과제 중의 하나는 미국 고유의 문학예술을 건설하여 문화적 독립을 이루는 일이 었다. 호손, 포우, 멜빌, 에머슨(R. W. Emerson), 소로우(Henry D. Thoreau), 휘트먼(Walt Whitman) 등은 문학적 혁신을 통해 이 시대적 과제에 부응하고자 했다. 가령 호손과 포우가 단편소설을 유력한 문학 형식으로 일궈내는 동안 에머슨과 소로우가 에쎄이 형식으로 초월주의와 생태주의 사유를 펼쳤으며, 멜빌이 대중적인 해양모험소설을 변용하여 서사시적 장편 『모비 딕』을 쓰는가 하면 휘트먼은 정형화된 시를 혁파하여 미국의 민주주의를 노래하는 자유시를 창안한 것이다. 미국적 근대의 삶과 예술, 민주주의와 개인주의, 산업화와 생태주의 등에 대한 그들의 탁월한 표현과 집요한 탐구, 깊은 통찰은 '미국의 르네쌍스'(American Renaissance)라 불리는 고전시대를 꽃피우면서 미국의 문화적 독립에 결정적으로 이바지했다. 미국에서 단편소설 장르의 탄생 자체가 이런 창의적인 시대정신과 밀접한 관련이 있는 것이다.

　이렇게 단편소설이 유력한 장르로 발전한 데는 이 장르 특유의 미덕이 작용했을 법하다. 포우는 최초의 단편소설론으로 알려진 서평——호손의 『두 번 말한 이야기들』 증보판(1842)에 대한 두 차례의 서평(Graham's Magazine, 1842년 4월, 5월)——에서 단편소설이 에쎄이보다 훨씬 섬세한 영역일 뿐더러 장편소설이 갖지 못한 특이한 이점이 있으며 시보다 우월한 점이 있다고 강력히 옹호한다. 단편의 유리한 특성은 '한 자리에서'(at one sitting) 정독할 수 있는——대략 30분에서 2시간 사이를 요하는——짧은 분량이라는 데서 나온다. 이런 짧은 글에서만이 포우가 중시하는 '효과와 인상의 통일' 혹은 '단일한 효과'가 성취될 수 있기 때문이다. 포우의 이런 주장은 당시 단편들의 발표매체였던 잡지의 성격과 밀접한 관련이 있다. 잡지에 실린 이야기를 어디서건 간단히 읽자면 '단일한 효과'가 중요한 것이다. 미국 단편문학의 발달이 잡지들의 발전과 더불어 이루어졌음을 고려하면 포우 단편소설론의 지속적인 영향력을 짐작할 수 있다.

그러나 후대의 작가들은 포우의 생각과 달리 아주 긴 단편과 심지어 중편 형식도 마다하지 않았고 '효과와 인상의 통일'을 무시하는 작품을 쓰기도 했다. 어쨌거나 미국에서는 다양한 길이와 다채로운 스타일의 명단편이 끊임없이 생산되어 독자들의 사랑을 받았다. 아일랜드 출신의 단편작가 프랭크 오코너(Frank O'Connor)는 미국사람에게는 단편소설이 '국민적 예술형식'이 되었다고 부러워했다. 단편소설이 본질적으로 미국적인 형식이라기보다 근대적 삶의 새로운 단면을 고찰하는데 적합한 형식이었던 것 같다. 공동체의 와해와 더불어 찾아온 근대적 삶이란 것이 상실과 새로움, 파괴와 생성의 극적인 교차를 동반하고 근대인은 그런 근대적 변화의 소용돌이 속에서 새로운 삶을 끊임없이 실험해야 할 운명이라면, 그런 개인의 변전하는 삶의 단면을 그때그때 잡아내는 일에 단편소설이라는 형식이 맞춤한 것도 사실이다. 그리고 미국적 삶이야말로 그런 근대적인 삶의 전형이므로, 이 형식이 미국에서 풍성한 결실을 맺은 것은 우연이 아니다.

2. 초창기의 고전들: 호손, 포우, 멜빌의 단편들

호손, 포우, 멜빌의 단편들을 '고전'이라고 칭한 것은 그들의 단편이 심오하고 혁신적이면서 고전적인 품격을 지니고 있기 때문이다. 그들의 단편은 흥미로운 이야기로 충만하면서 동시에 미국 근대의 삶에 대한 발본적인 사유와 울림을 내장하고 있다. 달리 말하면 이야기와 발상이 결합되어 있되 한쪽이 다른 한쪽에 흡수되지 않고 팽팽하게 살아 있다. 이런 서사적 혁신으로 해서 그들의 단편은 지금의 독자들에게도 퇴색되지 않은 현재성을 지니고 있다. 미국 단편문학은 그 초창기에 이미 최고 경지의 작품들을 쏟아낸 것이다.

호손의 여러 단편은 영국의 청교도들이 미국 땅에 이주한 이래 발생한 중요한 역사적 계기들을 탐구하면서 미국인의 근대적 삶과 정체성 문제를 천착한다. 호손은 특히 뉴잉글랜드의 청교도 역사에 비상한 관심을 보였는데,「메리마운트의 오월제 기둥」(The May-Pole of Merry Mount, 1836)과「엔디코트와 붉은 십자가」(Endicott and the Red Cross, 1838) 같은 단편에서 식민지 초기 청교도 공동체의 경직된 신앙과 도덕률을 또렷이 그려내는 한편 그런 성향이 전래의 자연스러운 관능적 욕구를 억압하는 반생명적 흐름이었음을 분명히한다.

청교도 공동체에 대한 더욱 근본적인 물음은「젊은 굿맨 브라운」과「목사의 검은 베일」(The Minister's Black Veil, 1835) 같은 작품들에서 제기된다. 이를테면 청교도사회는 그 지도부가 강력하게 내세우고 성원들이 당연한 것으로 받아들였듯이 진정한 신앙의 공동체인가를 묻는 것이다. 이때 주목할 것은 호손의 특이한 이야기 방식이다. 호손은 소설의 공간에 미국사의 중요한 계기들을 배치하지만 사실 위주의 공식 역사를 소설화하는 것은 아니다. 그는 '사실'과 '상상'을 혼합한 양식과 여러 갈래의 해석 가능성을 늘어놓는 '애매한'(ambiguous) 서술방식을 통해 미국사의 주요 계기들에 담긴 여러 겹의 의미를 탐구한다.

가령「젊은 굿맨 브라운」은 1692년 마녀재판 사건 직전의 쎄일럼 마을을 소설의 시공간으로 설정하지만 주된 사건인 브라운의 숲에서의 경험이 실제인지 환상인지 모를 애매한 방식으로 서술된다. 그후 브라운은 아내 '페이스'를 포함한 마을 사람들의 신앙을 의심하지만 그렇다고 그 의심이 맞는지 안 맞는지 확증할 수 없다는 데에 작품의 묘미가 있다. 브라운은 청교도 공동체가 내세우는 믿음을 불신하지만 그 공동체의 믿음이 가짜라고 비판하고 새로운 믿음을 찾아나설 수 없으니 청교도 공동체의 거짓 믿음의 체제에 갇혀버린 꼴이다. 이밖에도 호손은 「내 친척 몰리노 소령」(My Kinsman, Major Molineux, 1831)에서 시골의 한 순진한 청년이 미국혁명기의 세상 물정을 깨닫는 과정을 통해 민주주의의 이중성을 날카롭게 포착하기도 했다. 또한 「미의 예술가」(The Artist of the Beautiful, 1844) 「라파치니의 딸」(Rappaccini's Daughter, 1844) 등의 작품에서는 전래의 '미친 과학자' 이야기를 변용하여 근대 예술과 과학의 기괴한 측면을 파헤치기도 했다.

포우의 단편들은 그의 다재다능함을 반영하듯 소재와 기법, 스타일에서 매우 다양하고 기발하다. 우선 「모렐라」(Morella, 1835) 「라이지아」(1838) 「어서 가의 몰락」(1839)처럼 아름다운 여인의 죽음을 그 연인의 관점에서 서술하는 사랑이야기들이 있는데, 여기에 망상과 환생의 모티프가 섬뜩하게 끼어들기 일쑤이다. 포우의 사랑이야기는 공포소설의 일종인 것이다. 그 다음엔 '망상과 죽음의 서사'라고 부름직한 「고자질하는 심장」(The Tell-Tale Heart, 1843) 「검은 고양이」(1843) 「삐뚤어진 악귀」(1845) 「아몬띨라도의 술통」(1846) 등이 있다. 또하나의 계열은 「모르그 가의 살인」(1841) 「마리 로제의 미스터리」(The Mystery of Marie Rogêt, 1842) 「도둑맞은 편지」(1844) 등 포우가 창안한 탐정소설 장르의 작품들이 있다.

포우의 단편들은 소재와 스타일에서 다양성을 자랑하지만 그의 이론처럼 '단일한 효과'를 노리고 치밀하게 제작된 측면이 있다. 말하자면 아름다움이건 공포이건 간에 철저히 계산되어 구축되는 '효과'의 대상인 것이다. 이 점에서는 일상적 삶의 두께를 제거하고 소설 텍스트를 일종의 두뇌 게임처럼 재구성한 그의 탐정·추리소설은 그의 단편소설론을 극단적으로 구현한 형태랄 수 있다. 그리고 이처럼 삶과 예술을 분리하여 후자를 기술공학적인 차원에서 다루는 태도는 후대의 '예술을 위한 예술'이나 모더니즘 예술, 심지어 포스트모던 예술과도 맥이 닿는다.

하지만 포우가 위대한 작가로 남는 것은 그의 명단편들이 어쩌면 자신이 의도한 '단일한 효과'를 넘어서기 때문인지 모른다. 가령 「검은 고양이」를 비롯한 여러 소설들에 주요하게 등장하는 '삐뚤어짐'의 충동은 공포라는 '단일한 효과'를 거두는 동시에 근대적 합리성의 정언명령에 반기를 드는 느낌을 강하게 남긴다. 예컨대 검은 고양이를 목매달아 죽이는 것은 고양이에 대한 증오 때문이 아니라 그렇게 해서는 안된다는 이성적인 판단에 반발하려는 충동 때문이다. 작품 말미에서 일껏 은폐한 살인을 경찰관에게 스스로 고자질하는 자해행위도 이런 삐뚤어진 충동의 일종으로서, 프로이트가 말하는 '죽음 충동'(death drive)과도 통하는 듯하다.

포우는 당대 미국의 주요 이념이던 '민주주의' '자립' '평등'과 같은 가치들에는 아랑곳하지 않고 자신의 영혼 깊은 곳에서 벌어지는 끔찍한 현상에 매료된 듯하다. 우리는 프로이트의 정신분석학에 이르러서야 포우의 이야기에 담긴 어둡고 그로테스크한 이야기들, 삐뚤어진 충동이 상징계와는 다른 맥락의 이야기를 지녔음을 인지하게 된다. 포우가 느끼는 공포는 근대적 합리성으로 밀폐된 감옥 속에서 자신의 오래된 정신이 단말마의 발버둥 속에서 해체되는 광경을 직시할 때의 공포에 가깝다. 그의 예술의 비범함은 그런 끔찍한 공포의 현장을 근대적 사유의 어떤 경계에 따라 재단하지 않고 끝까지 기록하는 데 있다.

미국적 삶의 방식에 대한 멜빌의 반응은 호손과 포우에 비해 훨씬 정치적이고 논쟁적이다. 그는 민주주의를 숭배하지만 미국의 민주주의 제도 이면에 서구(미국)중심주의와 계급적·인종적·성적 위계질서가 구축되어 있음을 간파하고 있었다. 이런 '사회과학적' 인식은『모비딕』을 비롯한 그의 장편 곳곳에서 피력되거니와『피에르』실패 이후 씌어진 중편『베니토 써레노』(1855)와 열서너 편의 단편에도 뚜렷하게 나타난다. 가령「빈자의 푸딩과 부자의 빵부스러기」(Poor Man's Pudding and Rich Man's Crumbs, 1854)나「총각들의 천국과 처녀들의 지옥」(The Paradise of Bachelors and the Tartarus of Maids, 1855)은 계급적·성적으로 분리되어 착취당하는 사회상을 생생한 이미지와 노골적인 비유를 통해 강하게 풍자한다. 이 스케치풍의 사회풍자소설에도 멜빌의 정치적 감각이 배어 있지만, 이 감각이 섬세하게 조율되고 충분히 소설화되어 근대 자본주의체제와 근대적 인간에 대한 심오한 탐구로 나아간 작품은「필경사 바틀비」(1853)이다.

「필경사 바틀비」의 비범함은 우선 그 발상의 담대함에서 비롯된다. '월가 이야기'라는 부제가 붙어 있고 월가의 변호사 사무실이 주된 공간으로 설정된 이 소설에서 문제삼는 것은 월가의 일상이라기보다, 필경과 같은 법률적 업무가 떠받치는 근대 자본주의체제와 그 체제 속 인간의 삶의 방식 자체이다. 이 작품이 세계단편문학 최고의 작품 가운데 하나로 꼽히는 까닭은 이런 대담한 발상이 그에 걸맞은 혁신적인 형태로 소설화되었기 때문이다. 무엇보다 바틀비의 기이한 행위를 오로지 고용주인 변호사의 시점에서 서술함으로써 이야기 전체에 체제 우호적인 변호사의 관점이 배어들게 한 것이 주효했다. 특히 자유간접화법으로 들려주는 변호사의 내면독백이 압권인데, 덕분에 바틀비로 말미암은 변호사의 곤혹스런 속내가 미세한 결에 이르기까지 선명히 드러난다. 그런데 또다른 관점을 제공할 근거인 바틀비의 속내는 짐작조차 하기 힘든데, 그로 말미암아 소설의 언어가 절묘한 유머의 효과를 거두는 것에 주목할 필요가 있다. "그렇게 안하고 싶습니다"라는 구절이 반복될 때마다 심각해지기도 코믹해지기도 부조리해지기도 하는 뉘앙스의 변화는 멜빌의 정교한 언어구사 솜씨를 보여준다.

바틀비가 어떤 사람인가에 대해서는 다양한 비평적 논의가 있었다. 가령 근대 자본주의사회의 인습적 요구를 거부하는 예술가, 속세에서 물러나 수도하는 종교적 은둔자, 자본주의체제를 지탱하는 일을 거절하는 새로운 존재 등의 해석이다. 이런 다양한 해석이 나온 까닭은 멜빌이 바틀비라는 인물의 근본적인 지향을 최소한으로 일러주면서 그의 구체적인 성격이나 기이한 행동의 동기를 수수께끼로 남겨두었기 때문이다. 독자는 바틀비가 자본주의체제에 타협하고 살아가는 변호사와 완전히 다른 종류의 인간임을 짐작할 수 있지만 그 나머지는 스스로 재구성해야 할 처지에 놓인다. 변호사의 전적으로 신뢰할 수는 없는 이야기를 가려들으면서 우리가 사는 자본주의 세상에서 바틀비는 어떤 존재인지, 그의 삶의 방식이 어떤 의미를 지니는지 스스로 사유할 수밖에 없다. 근래에 들뢰즈(G. Deleuze), 아감벤(G. Agamben), 지젝(S. Zizek) 등 서구의 첨단 이론가들이 이 소설에 비상한 관심을 갖는 것은 멜빌의 이 작품이 이런 철학적인 문제를 근본적으로 제기하고 있기 때문일 것이다.

3. 남북전쟁 이후의 다양한 목소리들: 트웨인, 제임스, 길먼, 체스넛, 크레인의 단편들

19세기 미국 소설문학의 흐름은 남북전쟁을 계기로 사실주의적인 경향이 강화된다. 남북전쟁 이전 호손, 포우, 멜빌의 소설들에는 우화, 알레고리, 로맨스, 설화 등의 비사실적인 양식들이 두루 활용되었는데, 전후에는 좀더 현실적인 문학관과 사실주의적인 양식이 주종을 이룬다. 노예제 철폐 문제를 포함하여 미국의 향방을 걸고 남북부가 격돌한 남북전쟁과 전후 재건기의 급속한 산업화와 도시화를 계기로, 현실의 변화를 충실하게 기록하고 그 변화의 의미를 구체적 삶 속에서 따져보는 문학이 주도적인 자리를 차지한 것이다. 이런 사실주의 경향의 소설은 동해안 지역뿐 아니라 남부와 서부에도 광범위하게 나타났고 종종 민담과 같은 토착적 양식과 결합하여 '지방색(local color) 문학' 혹은 '지역문학'을 낳았다. 한편 남북전쟁 이전 소설의 중요로운 유산을 계승·발전시킨 트웨인과 제임스는 현실의 복합적인 층위를 깊숙이 탐색하는 수준 높은 리얼리즘 예술을 보여주었다. 19세기 후반에는 급속한 근대화로 말미암아 불거진 계급적·인종적·성적 갈등을 날카롭게 파헤치는 뛰어난 단편소설들이 다수 나왔다.

장편 『허클베리 핀의 모험』과 더불어 마크 트웨인의 단편들이 후대의 미국문학에 끼친 영향은 실로 광범위하다. 그는 동북부 중심의 미국문학을 남부와 서부로 확산시키는 데 결정적인 역할을 했으며, 가난한 백인과 흑인 들의 토착적인 입말과 말투를 폭넓게 사용함으로써 소설언어의 혁신을 불러일으켰다. 그의 단편은 대중적인 소재를 유연하되 경박스럽지 않게 다룰 뿐더러 미국의 거의 모든 지역을 망라하고 있어 '국민문학'이라는 명칭에 값하는 폭과 깊이를 보여주었다. 주제적으로 볼 때 어린이의 '순진성'으로 미국문명의 타락한 '양심'—가령 도망노예를 백인 주인에게 돌려주어야 한다는 생각—을 심문함으로써 미국문화와 미국의 정체를 캐묻는 것이 그의 문학의 주된 특징이요 미덕이다. 이런 특징은 『허클베리 핀의 모험』에 탁월하게 구현되어 있지만 흑인의 언어를 실감나게 구사하면서 흑인의 상투적 이미지를 해체하는 「진실한 이야기」(A True Story, 1868)나 돈의 유혹 앞에서 미국인의 양심이 변하는 모습을 냉정하게 추적하는 「해들리버그를 타락시킨 남자」(1899) 같은 단편에서도 유감없이 발휘된다.

트웨인의 초기 걸작이자 출세작인 「캘레바래스 군의 명물, 뜀뛰는 개구리」는 브렛 하트(Bret Harte)의 서부 이야기들과 함께 서부의 '지방색문학'에 속한다. 트웨인이 젊었을 때 캘리포니아 금광에 찾아간 경험을 바탕으로 씌어졌는데, '허풍'과 '속임수'(hoax)라는 서부의 구비문학적 유머를 활용함으로써 발표하자마자 폭발적인 인기를 누렸다. 두 명의 화자를 사용한 액자형 화법이라든지 토착적 어법과 사투리, 황당무계한 이야기를 유려한 화술로 눙치는 수법에서 자유자재로 목소리를 조절하는 탁월한 이야기꾼의 면모가 엿보인다.

헨리 제임스는 여러 모로 마크 트웨인과 대조적인 작가이다. 트웨인이 미시씨피 강변에서 자라나 미국 각지를 떠돌면서 인생을 배웠다면 그는 최고로 지적인 환경에서 교육을 받고 유럽의 유서 깊은 박물관과 무도회를 드나들며 문학과 예술을 배웠다. 트웨인의 언어가 남부·서부의 민중적 토착어라면 제임스의 언어는 상류사회의 품위 있고 세련된 언어이다. 그러나 공유점도 많은데, 두 작가 모두 섬세하고 지적인 감수성을 지니고 화법과 관점을 빼어나게 운용함으로써 현실의 복잡한 결을 깊숙이 파고든다. 두 작가는 인물의 '순진성'을 속물적인 문화에 대한 비판의 준거로 활용하는 점에서도 통한다. 나아가 제임스는 '미국적 순진성'을 영국을 비롯한 유럽의 문명 속에서 시험함으로써 '국제주제'라는 소설적 과제를 수행하는 데 활용한다.

112편에 이르는 제임스의 중단편은 실로 다양한 주제 혹은 관심사를 보여주는데, 작품이 여성의 삶에 대한 집요한 관심을 중심으로 전개되는 경우가 많다. 제임스는 호손처럼 사회 풍속이나 사회경제적 조건이 여성에 미치는 영향을 세심하게 관찰할 뿐 아니라 여성의 삶의 변전을 통해 사회의 변화를 감지하는 비범한 능력을 보여준다. 이런 능력은 『데이지 밀러』(1878) 『새장 속에서』(*In the Cage*, 1898) 같은 명작 중편들과 「특별한 유형」(The Special Type, 1900) 등 상당수의 단편에서 실감할 수 있다. 또하나의 계열은 10편의 유령이야기들인데, 『나사의 회전』(*The Turn of the Screw*, 1898)과 「밝은 모퉁이집」(The Jolly Corner, 1908)은 이 장르의 걸작으로 꼽힌다.

제임스의 재능이 유감없이 발휘된 또다른 계열은 예술과 삶의 관계를 다룬 것으로 『애스펀의 문서』(*The Aspern Papers*, 1888) 『카펫의 무늬』(*The Figure in the Carpet*, 1896) 같은 중편과 「진품」(1892) 「중년」(The Middle Years, 1893) 「사자의 죽음」(The Death of the Lion, 1894) 같은 단편 등 상당수에 이른다. 「진품」에서 보듯이 제임스는 삶과 예술의 미묘한 관계를 탐구하는 한편 삶의 활력을 상실한 속물적인 귀족계급을 정치하게 비판하는 이중의 작업을 해낸다. 삶과 예술 가운데 어느 한쪽으로 기울지 않고 양자간의 극적 긴장을 팽팽하게 끌어가는 솜씨는 그의 전성기 소설들의 활력이 어디서 나오는가를 짐작케 한다.

제임스는 여성의 삶을 다각도로 섬세하게 다뤘을 뿐더러 여성문제에 대한 그의 인식은 쑤전 워너(Susan Warner)나 해리엇 비처 스토우 같은 전 세대 여성작가보다 더 나아갔다. 하지만 19세기가 끝나도록 참정권도 갖지 못한 여성의 입장에서는 제임스의 섬세하고 끈질긴 관심도 미흡하게 느껴질 법하다. 그렇기에 제임스 소설은 이디스 워튼(Edith Wharton)과 케이트 쇼팬(Kate Chopin) 같은 동시대 여성소설가들의 작품과 비교하여 평가할 필요가 있다. 그리고 샬롯 퍼킨스 길먼의 「누런 벽지」와의 비교도 빠뜨릴 수 없는데, 그것은 이 소설이야말로 가부장제 아래서 억압받는 여성의 문제를 당사자의 입장에서 형상화할 뿐 아니라 여성의 그런 절박한 처지를 이야기 짜임새 속에 절묘하게 통합하고 있기 때문이다.

「누런 벽지」에서 관점이나 화법의 운용, 그로테스크한 이미지와 전복적인 발상이 전 세대 단편소설의 유산을 이어받은 것이라는 점도 눈여겨볼 대목이다. 이 작품의 소설적 효과는 점점 미쳐가는 여성을 화자로 삼아 어디까지 믿어야 할지 알 수 없는 그녀의 내밀한 독백을 들려주는 이야기방식에서 나온다. 그런데 미쳐가는 인물을 화자로 삼는 것은 포우의 공포소설이 흔히 취하는 포석이다. 또한 신뢰할 수 없는 인물의 독백을 들려주면서 어디까지가 진실인지를 사유하게 만드는 것은 멜빌이 「필경사 바틀비」에서 보여준 수법이다. 누런 벽지 속에 갇힌 여성이나 벽지 속에서 빠져나와 사방으로 기어다니는 여성의 섬뜩한 이미지도 지하실 벽 속에 파묻힌 아내(「검은 고양이」)나 산 채로 묻혔다가 관을 열고 복수하러 찾아오는 여동생(「어셔가의 몰락」)의 모습과 그렇게 동떨어진 발상은 아니다. 이 소설은 여성문제에 대한 각성의 소산이자 미국 단편소설의 자산을 종요롭게 활용한 걸작이다.

흑백간의 인종주의적 갈등도 이 시대의 핵심 쟁점이었는데, 흑백문제에 대한 입장 차이도 논란의 대상이었다. 찰스 W. 체스닛은 온건한 중도노선의 작가로서 씸즈(William Gilmore Simms)처럼 남부 노예제를 옹호하는 백인작가들을 비판하되 흑백의 분리를 주장하는 급진적 흑인운동과는 거리를 두었다. 대신 흑인의 백인으로의 위장(passing)과 흑백혼혈 같은 정체성의 문제에 깊은 관심을 갖고 인종적 상투형을 비판하고 해체하는 데 주력했다. 이런 주제와 태도는 흑인 피가 1/8밖에 섞이지 않은 흑백혼혈로서의 체험에서 우러나온 듯하다. 체스닛의 또하나의 공로는 흑인의 구전민담을 소설 속에 중요하게 두루 활용한 점이다. 그는 '흑인노예 이야기'(slave narratives) 장르의 걸작으로 꼽히는 『프레드릭 더글러스의 자서전』(*The Life of Frederick Douglass*, 1845)과 백인 노예철폐론 소설로 유명한 스토우의 『톰의 오두막』(*Uncle Tom's Cabin*, 1852)의 자양분을 모두 섭취하되 그 중간지점에 자신의 문학적 기반을 구축했다.

「그랜디썬의 위장」은 체스닛의 이런 온건한 입장과 문학적 재능을 잘 보여준다. 여기서 체스닛은 남부 노예제사회의 메커니즘과 도망노예의 문제를 아이러닉하고 유머러스하게 다루면서 흑인에 대한 상투형을 뛰어난 솜씨로 해체한다. 백인 노예소유주인 오언즈 대령과 그의 아들 딕이 충직하되 우둔한 흑인이라는 상투형에 사로잡혀 사태를 제대로 파악하지 못하기 때문에 코믹한 아이러니와 통쾌한 반전이 일어난다. 흑인 작가로서는 드물게 백인 노예주의 세계를 분별력 있게 그려낸 것도 미덕이다. 가령 오언즈 대령과 그의 아들 세대의 입장이 다르게 나타나면서 남부 사회의 변화가능성을 우회적으로 암시하는 것이 그런 점이다. 오언즈 대령은 노예제 철폐에 결사반대겠지만 딕과 그의 아내 로맥스는 반대 일변도는 아닐 것이 예견된다. 체스닛의 이런 온건한 태도는 좀더 급진적인 후세대 흑인작가들의 질타를 받았지만, 그의 문학은 1960년대 흑인운동 시기에 재평가받았다.

19세기말에 이르러 트웨인과 제임스의 리얼리즘 소설의 영향력이 약해지면서 크레인(Stephen Crane), 드라이저(Theodore Dreiser), 노리스(Frank Norris), 런던(Jack London) 같은 자연주의 작가들이 등장한다. 크레인은 도시 사창가의 비루한 현실과 전쟁의 무의미한 참상에 매료되어 『거리의 여자 매기』(1893)와 『붉은 무공훈장』(1894)을 썼다. 이 소설들에 담긴 어두운 주제나 결정론적인 세계관은 다른 자연주의 소설들과 크게 다르지 않지만, 그의 언어는 이들과 다르게 '모던한' 감각과 시적인 함축성을 지니고 있었다.

가령 크레인의 걸작 단편 「소형 보트」(1898)는 아직 공동체적 호흡이 살아 있는 트웨인의 민중적 토착어에서 실존적 개인주의 감각이 배어 있는 새로운 경향의 작가들(특히 헤밍웨이)의 문체로 넘어가는 가교에 해당하는 작품이다. 자연과 사투를 벌이는 네 사람의 모습이 더없이 사실적으로 제시되는데, 인물들의 내면에 대한 표현은 극히 절제되어 있는 반면 상황과 사물에 대해서는 미세한 감각에 이르기까지 정밀하게 묘사된다. 자연과 인간의 관계 변화도 주목을 요한다. 이 작품에서 자연은 그 무자비함과 사나움이 실감될수록 더욱 아름답게 느껴진다. 화자인 특파원은 자연이 그들 표류자들에게 근본적으로 무심하다는 것을 느낄 뿐 자연의 의도를 해석할 수 없다. 또한 자연에 맞서 싸우면서 생겨난 그들 사이의 동지애는 위안이 되기는 하지만 그들의 개별화된 삶에 지속적인 의미를 지닐 수 없다. 이런 자연에 대한 태도와 인간들 서로간의 관계는 전 세대의 그것과 다른 '모던한' 느낌이다. 가령 이 네 남자의 사투와 동지애를 『허클베리 핀의 모험』에서 뗏목을 타고 미시씨피강을 여행하는 헉 핀과 흑인노예 짐의 모험과 우정과 비교하면 무엇이 변했는지 실감할 수 있다. 서로 감싸안던 인간과 자연의 관계가 날카롭게 나뉘어졌고 인간들 서로간의 우애를 나누는 바탕인 공동체도 이미 영속적이지 않은 것이다.

4. 20세기 초반의 모던한 경향들: 앤더슨, 피츠제럴드, 포크너의 단편들

세기 전환기를 거치면서 미국은 동북부 지역뿐 아니라 시카고를 비롯한 중서부와 서부 연안까지 공업화·도시화되어 경제적인 붐을 누렸고 1929년에는 사상 최대의 경제공황을 겪었다. 그 사이 작지만 응집력이 강했던 마을공동체들이 해체되면서 전통적인 가치와 도덕이 무너졌다. 젊은이들은 도회의 공장에서 일자리를 찾았고 1차 세계대전(1914~18)에 매료되거나 환멸을 느꼈으며 밀주에 취해 흥청거렸고 재즈와 춤과 영화 등의 대중문화에 열광했다. 이런 시대 분위기 속에 미국문학의 주된 흐름은 도시 중심의 모던한 경향으로 바뀌었고, 단편소설은 세기 전환기를 거치면서 부쩍 늘어난 잡지들의 발달과 함께 또 한번의 전성기를 누렸다. 1900~20년 사이 잭 런던과 오 헨리(O Henry)가 단편소설의 대중적 기반을 넓혔다면 1920년대 이후에는 '길 잃은 세대'라 불리는 앤더슨, 피츠제럴드, 헤밍웨이, 그리고 조금 다른 경향의 스타인벡(John Steinbeck)과 포크너 등이 단편문학을 꽃피웠다. 1920년대 이후의 단편은 플롯 중심에서 벗어나서—T. S. 엘리엇의 『황지』(*The Waste Land*, 1922)에서처럼—종종 파편화된 감각과 문체로 도시의 들뜬 열기와 모던한 풍경, 소외된 개인의 이미지화된 모습을 인상주의적 언어로 포착했다.

이런 새 경향을 처음 선보인 것은 셔우드 앤더슨의 연작단편집 『와인즈버그, 오하이오』(1919)였다. 이 단편집은 중서부 지방의 작은 마을에 사는 정신적으로 소외되고 뒤틀린 사람들의 그로테스크한 이야기의 모음인데, 눈길을 끄는 것은 모던한 감각이 벌써 시골마을의 평범한 사람들의 의식에까지 스며들어와 전통적 자아의 안정된 기반을 무너뜨리는 장면들이다. 특히 성적으로 억눌린 자아의 욕구가 느닷없이 분출되면서 그로테스크한 아름다움을 연출하는 장면과 종교적 광신의 세계나 개인적 소외의 심연에 빠져서 섬뜩하고 기이한 행동을 드러내는 장면 들이 인상적이다.

앤더슨의 단편들은 중서부 소읍의 가난한 백인의 삶에 초점을 맞춰 그들 삶의 변화를 모던한 감각으로 다뤘다는 데 특별한 의의가 있다. 「달걀」은 앤더슨의 이런 특징을 잘 보여주면서 이를 성공의 꿈 혹은 '미국의 꿈'에 대한 비판적 탐구로 연결시킨다. 총각시절 시골 농장의 일꾼으로 태평하게 살아가던 화자의 아버지가 결혼 후 아내의 주도로 양계를 시작하고 그것이 실패하자 기차역 맞은편의 음식점을 운영하게 된다. 화자 가족의 읍내 이주와 생계수단의 변화는 그 시대 미국사회의 변화와 일치하는데, 주목할 것은 그 변화가 자연스러운 흐름이 아니라 기형의 닭처럼 그로테스크한 면을 내포하게 된다는 것이다. 이를테면 뒤늦게 성공의 꿈에 감염된 아버지는 음식점에 찾아온 고객들에게 뭔가 흥미로운 유흥거리를 제공해야 한다는 생각에 사로잡힌다. 내성적인 아버지는 읍내 청년을 상대로 기형 닭을 보여주고 달걀을 가열하여 병에 집어넣는 묘기를 보여주려고 안달하지만 실패하고 만다. 이 애절한 장면과 그로테스크한 이미지는 종래의 가난하고 고된 삶과는 다른 질감을 내포하고 있다.

미국인의 삶의 변화를 '미국의 꿈'과 관련하여 좀더 확장된 맥락에서 보여준 작가는 피츠제럴드이다. 『위대한 개츠비』(1925)에서 보듯이 그는 미국의 꿈의 필수성분으로 세속적인 성공과 더불어 사랑의 성취를 중시했다. 그런데 그 사랑은 낭만적이되 돈의 위력이 속속들이 스며든 세속적인 것이라는 데 주목할 필요가 있다. 이를테면 그 사랑은 시골

농가 출신의 가난한 개츠비가 아름다운 부잣집 딸 데이지의 "돈으로 가득한" 목소리에 매혹될 때 일어나는 운명적인 사건이다. 개츠비에게 세속적인 성공은 그 자체로서는 의미가 없고 오로지 데이지의 사랑을 되찾기 위해 필요한 것이다. 그런데 그가 사랑한 데이지는 애초부터 '돈으로 가득한' 존재가 아니었던가. 이 소설은 낭만적 사랑의 열정과 환희를 '재즈 시대'의 분위기 속에서 감미롭게 그려내면서도 그 사랑이 돈에 의해 침윤되고 타락했음을 직시하는 이중의 흐름을 보여준다. 그렇기에 미국의 꿈의 매력을 보여주는 동시에 그 꿈에 스며든 낭만적 이상주의를 날카롭게 비판할 수 있었다.

피츠제럴드가 남긴 총 178편의 단편 가운데 상당수가 수작이다. 그 중에서 「겨울 꿈」(1922), 「부자 아이」(The Rich Boy, 1926) 「다시 찾은 바빌론」(Babylon Revisited, 1931) 등은 『위대한 개츠비』와 주제와 스타일에서 공통점이 많다. 우선 사랑과 성공을 작품의 양대 축으로 삼은 것이 같은데, 단편에서 이런 주제를 통해 미국사회의 핵심적인 면모를 성찰하거나 비판하기는 쉽지 않다. 반면 이 단편들은 사랑과 부의 관계를 장편과는 다른 각도에서 포착함으로써 뜻밖의 통찰을 안겨주기도 하고 어떤 대목은 장편보다 실감나기도 한다. 가령 「겨울 꿈」은 첫사랑의 느낌과 사랑의 풍속, 1920년대 신여성들의 변덕스런 행태를 그려내는 데는 장편 못잖은 생생함을 지니고 있다. 덱스터의 사랑도 개츠비의 사랑과 대조적이다. 그는 그렇게 가난하지 않거니와 그가 성공을 위해 노력하는 것도 부잣집 딸 주디 존즈와의 사랑을 차지하기 위한 것만은 아니다. 세속적인 성공이 그들의 사랑에 영향을 끼친다고 해도 개츠비와 데이지의 경우처럼 결정적인 것은 아니다. 오히려 이 단편의 매력은 덱스터의 대단한 성공마저도 주디 존즈를 오래 붙들 수 없다는 데 있다.

앤더슨과 피츠제럴드가 근대화의 물결과 미국의 꿈으로 말미암아 중서부 사람들의 삶이 변하는 양상을 탐구했다면 포크너는 근대화의 물결이 비껴갔거나 당도하지 않은—종종 미국의 악몽에 갇힌 듯한—남부의 삶을 조명하고 있다. 『소리와 분노』(1929)에서 『압살롬, 압살롬!』(1936)에 이르는 그의 전성기 장편들은 남부 몰락의 원인을 탐색하고 흑백문제를 비롯한 남부의 문제점들을 파헤치며 그 몰락을 애도하는 역할을 수행한다. 그런데 한때 찬란했던 남부의 몰락과 20세기 초의 낙후된 남부의 모습을 다루는 데 '의식의 흐름'이나 '플래시 백' 같은 모더니즘적 기법이 동원된다는 것이 흥미롭다. 이를테면 포크너 소설이 보여주는 모던한 경향은 새 시대의 풍속과 새 인물을 포착하는 데보다 새 시대에 대한 오래된 남부의 대응을 새로운 미학적 감각으로 조명하는 데서 비롯된다.

포크너는 스무 권의 장편소설을 통해 남부문학의 저력을 보여주었는데 120여 편에 달하는 단편의 성취도 만만찮다. 남부 구전의 민담과 전설에서부터 자신이 체험한 남부의 과거와 현재에 이르기까지 그의 단편은 소재와 발상, 스타일이 폭넓고 다양하다. 「메마른 구월」(Dry September, 1931)과 「저 저녁 해」(That Evening Sun, 1931)처럼 흑백문제를 다룬 작품들, 「점박이 말」(Spotted Horses, 1931)과 「마당의 노새」(Mule in the Yard, 1934)처럼 트웨인풍의 '허풍'과 '속임수'를 활용한 유머러스한 작품들, 「너머」(Beyond, 1933)와 「다리」(The Leg, 1934)처럼 초자연적인 이야기도 주목할 만하다. 남부 고딕풍으로 씌어진 「에밀리에게 장미를」(1930)도 포크너 단편의 풍부한 레퍼토리를 보여주는 일례인데, 한 귀족 출신 여인의 유아론적이고 자폐적인 삶의 비극을 통해 남부 몰락의 원인을 음미하는 듯하다. 포크너는 '우리'라는 일인칭 복수형의 목소리를 통해 에밀리 개인의 비극과 남부 문화의 몰락

원인을 탐색하는 한편 근대화와 함께 도래한 모던한 삶의 방식을 거부하는 에밀리의 고집스런 태도에 안타까운 경의를 표한다. 시대 변화를 무시하는 에밀리의 오만함과 현실 거부의 몸짓에서 남부 몰락의 중요한 원인을 찾기는 어렵지 않지만 세상과 단절한 채 자폐적인 사랑 속에 침잠해온 에밀리의 선택에 담긴 의미는 간단치 않다.

1930년대 이후 지금에 이르는 미국의 단편문학 역시 독창적이고 비범한 명작들로 가득하지만 여기서 그것들에 대해 길게 논할 계제는 아니다. 다만 1930년대 이후 미국의 단편들에서도 창의적인 혁신이 활발히 이뤄진 데는 그 전시대 단편문학의 풍요로운 유산에 힘입은 바 크다는 것만은 일러두고 싶다. 사실 미국인들의 근대적 삶의 방식과 연동된 이런 부단한 형식 실험과 혁신 자체가 미국 단편문학의 가장 뚜렷한 특징이었음은 1830~1930년대의 단편들이 증언하고 있는 바이다.

미국단편문학선집을 기획한 것은 아주 오래 전의 일이었다. 번역초고를 마련하는 데도 몇해가 걸렸다. 다행히 역자가 재직하고 있는 인제대학교에서 연구년을 맞아 일년간 미국의 대학에 나가게 된 덕분에 번역을 완성할 수 있었다. 그러고도 한두 차례 더 교정을 보면서 꽤 많은 손질을 해야 했는데, 그럴 때마다 아내이자 동학인 강미숙 교수의 토론과 논평이 요긴한 도움이 되었다. 독창적인 작품일수록 세심함을 요구하기 때문에 이번 번역에 유독 품이 많이 든 것 같다. 가령 바틀비의 결정적인 구절 "I would prefer not to"를 '그렇게 안하고 싶습니다'로 옮기기로 최종 결정하기까지 몇년에 걸쳐 고심을 했다. 「누런 벽지」에서 벽지 무늬에 관한 부분을 번역할 때에는 벽지 전문가의 관련 기사들을 참조하고서야 감을 잡았다. 읽을 때는 구구절절 실감나게 다가오는 '자유간접화법'의 독백이 번역할 때는 약간이라도 어조가 맞지 않으면 그 맛이 사라진다는 것도 절감했다. 이런 미묘한 독백으로 가득한 작품들을 옮기는 작업이 어렵지 않을 리가 없지만, 역자가 대학 시절부터 애지중지한 텍스트들과 씨름하면서 특별한 즐거움과 보람을 느끼기도 했다. 기획에서 최종 교정까지 실제적인 도움을 준 창비 문학출판부에게 심심한 감사를 표한다. 많은 분들의 도움을 받았지만 번역의 책임은 오로지 역자의 것이다. 독자 여러분이 잘못 번역된 부분이나 개선의 소지가 있는 부분을 지적해주시면 그보다 더 감사할 일이 없을 것이다.

| 수록작품 출전 |

젊은 굿맨 브라운

Hawthorne, Nathaniel. *Mosses from an Old Manse*. Boston: Wiley & Putnam, 1846.
참조본 *Nathaniel Hawthorne's Tales*. Ed. James McIntosh. Norton Critical Edition. New
    York, 1987.
    http://www.enotes.com/young-goodman-text/young-goodman-brown

검은 고양이

Poe, Edgar Allan. *Tales*. New York: Wiley & Putnam, 1845.
참조본 *The Selected Writings of Edgar Allan Poe*. Ed. G. R. Thompson. Norton Critical
    Edition. New York, 2004.
    http://www.eapoe.org/works/tales/blcatb.htm

필경사 바틀비

Melville, Herman. *The Piazza Tales*. New York: Dix & Edwards, 1856.
참조본 *The Piazza Tales and Other Prose Pieces 1839-1860*. Eds. Harrison Hayford et. als.
    Northwestern-Newberry Edition. Evanston and Chicago, 1987.
    http://www.bartleby.com/129

캘레바래스 군의 명물, 뜀뛰는 개구리

Twain, Mark. *The Celebrated Jumping Frog of Calaveras County and Other Sketches*, New
    York: C. H. Webb, 1869.
참조본 http://www.enotes.com/celebrated-jumping-text

진품

James, Henry. *The Real Thing and Other Tales*. London: Macmillan and Co., 1893.
참조본 *Tales of Henry James*. Ed. Christof Wegelin. Norton Critical Edition. New York,
    1984.
    http://www.fullbooks.com/The-Real-Thing.html

누런 벽지

Gilman, Charlotte Perkins. *The Yellow Wallpaper*. Boston: Small & Maynard, 1899.
참조본 http://www.library.csi.cuny.edu/dept/history/lavender/wallpaper.html

그랜디썬의 위장
Chesnutt, Charles W. *The Wife of His Youth and Other Stories of the Color Lines*, 1899.
참조본 *Charles W. Chesnutt: Stories, Novels, & Essays*. New York: Library of America, 2002.
　　http://www.archive.org/details/wifeofhisyouthot00chesrich

소형 보트
Crane, Stephen. *The Open Boat and Other Tales of Adventure*. New York: Doubleday &
　　McClure Co., 1898.
참조본 *Stephen Crane: Prose and Poetry*. New York: Library of America, 1984.
　　http://www.archive.org/details/openboatothertal00cranuoft

달걀
Anderson, Sherwood. *Triumph of the Egg*. New York: B. W. Huebsch, 1921.
참조본 http://etext.virginia.edu/toc/modeng/public/AndTriu.html

겨울 꿈
Fitzgerald, F. Scott. *The Stories of F. Scott Fitzgerald*. New York: Charles Scribner's Sons,
　　1951.
참조본 http://www.sc.edu/fitzgerald/winterd/winter.html

에밀리에게 장미를
Faulkner, William. *Collected Stories of William Faulkner*. New York: Random House,
　　1950.
참조본 http://www.archive.org/details/collectedstories030393mbp

| 원저작물 계약 상황 |